DER TOD IN DEN GASSEN
VON *Konstanz*

Doris Röckle, geboren 1963, lebt mit ihrer Familie in Vaduz im Fürstentum Liechtenstein. Neben ihrer Tätigkeit im medizinischen Sektor gehört ihre Leidenschaft dem Schreiben historischer Romane. Von der Mystik des Alpenrheintals und seinen Burgen gefangen, lässt sie das Mittelalter nicht mehr los.

DORIS RÖCKLE

DER TOD IN DEN GASSEN VON *Konstanz*

HISTORISCHER KRIMINALROMAN

emons:

Bibliografische Information der Deutschen Nationalbibliothek
Die Deutsche Nationalbibliothek verzeichnet diese Publikation
in der Deutschen Nationalbibliografie; detaillierte bibliografische
Daten sind im Internet über http://dnb.d-nb.de abrufbar.

© Emons Verlag GmbH
Alle Rechte vorbehalten
Umschlaggestaltung: Nina Schäfer unter Verwendung des Bildmotivs
mauritius images/Westend61/Werner Dieterich
Gestaltung Innenteil: DÜDE Satz und Grafik, Odenthal
Lektorat: Hilla Czinczoll
Druck und Bindung: CPI – Clausen & Bosse, Leck
Printed in Germany 2023
ISBN 978-3-7408-1524-0
Historischer Kriminalroman
Originalausgabe

Unser Newsletter informiert Sie
regelmäßig über Neues von emons:
Kostenlos bestellen unter
www.emons-verlag.de

Dieses Werk wurde vermittelt durch die Agentur Editio Dialog,
Dr. Michael Wenzel (www.editio-dialog.com).

Für Christina –
danke für die vielen harmonischen Jahre
gemeinsamer Arbeit

Dramatis Personae

Hanna – sturköpfig, neugierig, junge Wehmutter am Ende der Ausbildung; lässt sich durch nichts unterkriegen

Wendelgart – Hannas Lehrmutter; das Alter macht ihr zu schaffen

Ursus – Stallmeister und Hannas Geliebter; nicht immer einer Meinung mit Hanna, doch würde er alles für sie tun

Lena – Frau des Rheinmüllers, Hannas Freundin und Verbündete im Kampf um Gerechtigkeit

Klara – Magd bei Lena und mit im Bunde

Alma – junge Begine und ebenfalls in die Aufklärung der Morde involviert

Prolog

In der Nacht rüttelte der Wind so heftig an den Fensterverschlägen, dass an Schlaf nicht zu denken war. Sturmwinde zu Beginn des Winters waren ein schlechtes Omen. Warum nur standen die Ratsherren ständig im Streit mit dem Bischof? Bestimmt war der Wettersturz die Strafe für diese Versündigung, dachte so mancher brave Konstanzer Bürger.

Die junge Magd versuchte, das Schreien ihres Kindes zu bändigen. In ihrer Verzweiflung drückte sie dem Jungen ein Stück Leinentuch auf den Mund, doch das kleine Würmchen schrie dadurch nur noch lauter. Schon regten sich die beiden anderen Frauen, mit denen sie die Kammer teilte. Nicht mehr lange und sie würden ihrem Unmut mit Schimpftiraden Luft machen.

Seit der Geburt des Kindes war ihr Leben in diesem Haus zur Qual verkommen. Schnupfend rieb sich die junge Frau eine Träne aus den Augenwinkeln, dann rappelte sie sich langsam auf. Sie drückte das Kind fest gegen ihre Brust, in der Hoffnung, dass ihr Herzschlag es beruhigte.

»Sieh zu, dass der Balg endlich Ruhe gibt«, zischte es in diesem Augenblick von der gegenüberliegenden Bettstatt.

Trotz des dämmrigen Lichtes glaubte sie, das wütende Blitzen in den Augen der Obermagd zu sehen. Hastig stand sie auf und tippelte mit bloßen Füßen auf die Tür zu, das Kind noch eine Spur fester gegen die Brust drückend. Zum Glück war die andere Magd durch den Lärm nicht aufgewacht. Das Weibsbild hielt sich mit Schlägen nur selten zurück. Das kleine Würmchen hatte dies schon mehrmals zu spüren bekommen.

Erleichtert schlüpfte die Magd hinaus in die Diele. Der Sturm brachte das Haus zum Knarren, irgendwo schlug ein Holzladen auf und zu. Mittlerweile fror sie so entsetzlich, dass sie am ganzen Leib zitterte.

Die Geburt des Kindes lag gute fünf Wochen zurück, und

doch schmerzte ihr Unterleib oftmals so heftig, dass sie die ihr aufgetragenen Arbeiten kaum erledigen konnte. Doch weder die Obermagd noch die Köchin nahm darauf Rücksicht. Für sie war sie ohnehin eine Hure, die den Herrn verführt hatte. Verführt – dass sie nicht lachte. Der Mann hatte ihr bei jeder sich bietenden Gelegenheit nachgestellt. Sie hasste ihn dafür, und doch konnte sie nicht weg von hier. Sie brauchte diese Stellung, ansonsten würde ihr Kind verhungern.

Hastig schlug sie mit der freien Hand das Kreuzzeichen, ehe sie leise nach unten in die Küche schlich.

Durch den Bretterverschlag drang ein wenig Mondlicht, sodass sie den Honigtopf auf der Anrichte schnell fand. Mit zittrigen Fingern tauchte sie das Leinenstück in die köstliche Süße und drückte den Stoffzipfel sanft zwischen die Lippen ihres Kindes. Das Schreien verstummte augenblicklich, und ein wohliges Schmatzen verriet, welche Wonne der kleine Junge in diesem Augenblick durchlebte. Sie beneidete ihn um diese Sorglosigkeit. Wie gern würde auch sie die Augen schließen und alles vergessen. Doch so einfach war das Leben nicht, nicht in diesem Haus. Jedermann wusste von den grapschenden Händen des Herrn, seiner Triebhaftigkeit und seiner Verschlagenheit, und doch stellte sich niemand auf ihre Seite.

Die junge Frau schniefte. Zärtlich strich sie ihrem Würmchen über die Stirn. Sie liebte das Kind, auch wenn es unter Gewalt gezeugt worden war. Noch nie hatte sie etwas Eigenes besessen, etwas, das nur ihr allein gehörte. Sie würde dieses Kind niemals hergeben, auch wenn der Herr es verlangte.

Ein Rascheln ließ sie herumfahren. Als von der hinteren Ecke ein Miauen zu hören war, entspannte sich ihr Körper. Der fette Hauskater nutzte die Sturmnacht für eine Jagd.

Hinauf in die Kammer wollte sie nicht mehr, auch wenn das Kind in ihren Armen längst zur Ruhe gekommen war. Also zog die Magd einen Hocker an den Herd und setzte sich darauf. Die nächtliche Kälte kroch ihre nackten Beine hoch. Sie seufzte. Bis zum Morgengrauen würden noch etliche Stunden vergehen.

Gähnend beobachtete sie das schemenhaft zu erkennende Gesichtchen ihres Kindes. Er war hübsch, ihr Sohn, trotz der Pein, die ihr der Herr zugefügt hatte. Die Erinnerung an seine Grobheit, wenn er sie wieder einmal hart im Keller hinter ein Weinfass gedrängt hatte, um ihr den Rock über die Hüften zu ziehen, schmerzte. Sie schloss die Augen und schluckte den Kloß in ihrer Kehle hinunter.

Irgendwann musste sie wohl doch eingeschlafen sein, denn als die Köchin die Tür mit Schwung aufstieß, fuhr sie erschrocken von ihrem Hocker hoch.

»Hast du etwa hier geschlafen?«, rümpfte die dicke Frau mürrisch die Nase, wobei sie auf das Fenster zuschlurfte, um den Bretterverschlag zu öffnen.

»Der Sturm hat den Jungen unruhig gemacht ... Und ich wollte ...«, stammelte die Magd verlegen.

»Leg ihn in die Kiste und dann zieh dich ordentlich an. Halb nackt hier herumzulungern, da muss man sich nicht wundern, wenn Kerle die Gelegenheit ergreifen.« Die Köchin schüttelte missbilligend den Kopf. »Mach vorwärts, oder willst du, dass die Herrschaft dich in deinem Nachthemd sieht?«

Der Herr hatte sie schon ganz anders gesehen, durchfuhr es die junge Frau, doch sagte sie dies natürlich nicht laut. Stattdessen nickte sie nur hastig und legte das schlafende Kind in die grob gezimmerte Kiste hinter dem Tisch. Sie drückte ihm einen liebevollen Kuss auf die Stirn, dann rannte sie nach oben in die Kammer.

»Das Kind muss weg!«, zischte die Obermagd, als sie gleich darauf die Küche betrat. »Der Balg schreit die ganze Nacht. Wie sollen die Mägde so ihr Tagwerk erledigen, wenn ihnen vor Müdigkeit die Augen zufallen?«

»Ich werde sehen, was zu machen ist.« Die Köchin blickte missmutig auf die Gasse. Der Sturmwind zischte noch immer mit ungehinderter Wucht um die Ecken und wirbelte Unmengen von Unrat vor sich her. »Weit mehr zu schaffen macht mir im

Augenblick das Wetter. Der Herd wird für Tage kalt bleiben. Nicht auszudenken, wenn das Kind der Herrin krank wird.« Beinahe gleichzeitig schauten die beiden Frauen zur Decke. Über ihnen lag die Kinderstube. Das Kind der Herrin schrie viel, fast noch mehr als der kleine Wurm drüben in der Holzkiste. Die Herrin hatte das Kind eine Woche vor der Magd zur Welt gebracht.

»Die Amme wird schon gut für ihn sorgen«, entgegnete die Obermagd. »Und dass das Unwetter ausgerechnet jetzt über Konstanz hereinbricht, dafür kannst du ja schlecht etwas. Die Herrschaft wird das verstehen.«

»Dein Wort in Gottes Ohr.« Die Köchin schnaubte. »Sieh du zu, dass die Mägde ihre Arbeit heute ordentlich verrichten. Ich will keine Klagen vom Herrn hören über dreckige Böden oder Fettflecken an den Tischtüchern. Zudem mach ihnen ein für alle Mal klar, dass sie keine Lügen verbreiten sollen. Mir kam nämlich gestern auf dem Markt zu Ohren, dass bereits in der Stadt getratscht wird über den Balg dort.« Die Köchin wies mit dem Kinn in Richtung der Holzkiste. »Schnattergänse braucht die Herrschaft keine«, fügte sie brummig hinzu.

»Ich werde das Schandmaul zur Rede stellen, sei unbesorgt. Sollte wirklich eines der Weiber geschwatzt haben, wird es dies bitter bereuen. Meine Gertenhiebe haben schon so manches Maul gestopft.«

Die beiden Frauen waren sich einig. Sie dienten dem Herrn schon viele Jahre und wollten es auch weiterhin tun.

»Die Herrin hat auch so schon genug zu leiden«, fuhr die Köchin eine Spur versöhnlicher fort. »Die Geburt war hart. Ich habe gesehen, wie der Herr der Wehmutter den doppelten Lohn bezahlt hat.«

»Warum hat er denn ausgerechnet diese alte Vettel geholt?« Die Magd trat einen Schritt auf die Köchin zu und senkte ihre Stimme. »Bestimmt hätte eine der anderen Wehmütter unserer Herrin besser helfen können.«

Auf diese Frage wusste auch die Köchin keine richtige Antwort. Sie hatte sich über die Wahl des Herrn ebenfalls gewundert. Und sie wunderte sich zudem, warum niemand die Kinderstube betreten durfte. Außer der alten Wehmutter und der Amme hatte bislang keiner das Kind zu Gesicht bekommen. Die Tür zur Kinderstube blieb stets verschlossen.

»Womöglich wird der Sturm die Gerüchte noch anfeuern«, seufzte sie. »Das Beste wäre, der Balg hier würde sterben, dann wäre das Problem aus der Welt.« Sie goss etwas Milch in einen Becher und angelte sich anschließend einen Kanten Brot.

»Du meinst doch nicht etwa, dass wir es ...« Die Obermagd drückte sich erschrocken eine Hand auf den Mund.

»Du blöde Kuh!«, schimpfte die Köchin. »Wehe, du setzt dieses Gerücht in die Welt!«

Die Obermagd warf den Kopf in den Nacken und verschränkte die Arme vor der Brust. Der Ton der Köchin missfiel ihr. Sie wollte ihrem Ärger eben Luft machen, als auf der Diele Schritte zu hören waren. Hastig stoben sie auseinander.

»Hol dort drüben den Schmalztopf.« Die Köchin wies mit dem Kinn auf ein kleines Wandregal. »Sieh zu, dass die Herrin keinen Krümel des Morgenmahls übrig lässt, ansonsten wird sie die Messe morgen nicht durchstehen.«

Anderntags war Sonntag, und der übliche Kirchgang stand an. In der Küche wurden die letzten Handgriffe in aller Eile erledigt. Die unreine Zeit der Herrin war vorbei, sodass auch sie wieder an der Messe teilnehmen durfte. Der Sturm tobte nach wie vor mit aller Heftigkeit, und die Aufregung im Haus wuchs stetig.

Oben in der Kammer der Herrin machte sich eine besonders missliche Stimmung breit. Die Frau hatte sich in den Kopf gesetzt, den mit feinen Borten verzierten Samtrock anzuziehen. Die Nähte spannten so sehr, dass zu befürchten war, der Rock würde den Kirchgang nicht überstehen. Als der Herr mit tiefem Bariton zum Aufbruch drängte, schloss die Obermagd eben den letzten Hornknopf. Mit gesenkten Häuptern reihte sich das Gesinde anschließend im Innenhof hinter der Herrschaft ein.

Einzig die junge Magd mit ihrem Balg würde das Haus hüten, ebenso wie die Amme die Kinderstube.

Der Wind schien noch an Stärke zugelegt zu haben, denn das schwere Holztor schlug hinter der munteren Kirchschar so hart zu, dass die junge Magd in der Küche aufschreckte und das Würmchen augenblicklich in lautes Schreien ausbrach.

»Schau zu, dass das Kind Ruhe gibt.« Die Amme streckte den Kopf durch den Türspalt und schielte aufgebracht auf die Holzkiste. »Der Balg weckt sonst noch den Herrensohn auf.«

Die Amme war eine dralle Frau mit ausladender Oberweite. Ein wenig neidisch blickte die junge Magd an sich hinunter. Ihre Milch reichte kaum aus, den Hunger ihres Kindes zu stillen. Hastig nickend lief sie auf die Holzkiste zu und streichelte ihrem Sohn über die zarten Wangen. Dünne Ärmchen streckten sich ihr entgegen, die sie mit zarten Küssen bedeckte.

»Ich müsste schnell zu meiner Schwester«, druckste die Amme ungewohnt verlegen herum. »Der kleine Junge oben schläft friedlich. Sollte er trotzdem schreien, machst du keinen Schritt in die Kammer. Hast du mich verstanden?« Die Amme nahm das Nicken der jungen Frau mit einem tiefen Einatmen zur Kenntnis. »Ich bin zurück, noch bevor die Messe vorbei ist.«

Die Magd verbarg ihr Staunen hinter einer stoischen Maske. Die Amme hatte strikte Anweisung, die Kinderstube nur zum Gang auf den Abort zu verlassen oder um sich kurz das Essen in der Küche zu holen. Dass sie die Stube jetzt sich selbst überließ, passte so gar nicht zu ihr.

»Geh nur. Ich werde dich nicht verraten, falls es das ist, was dich beunruhigt«, sprach die junge Magd leise, wobei sie der Frau ein Lächeln schenkte.

»Wie geht es deinem Kind?« Die Amme war keine böse Frau. Sie mochte Kinder, man sah es ihren Augen an, als sie sich über die Holzkiste beugte.

»Die Wehmutter sagt, es sei zu dünn.« Die Magd zuckte mit den Schultern. »Ich habe halt nicht so viel Milch. Das Schleppen der schweren Körbe sei schuld.«

»Da hat sie wohl recht, doch anderen Frauen ergeht es nicht besser. Wenn Gott es will, kommt dein Junge durch.« Die Amme knotete ihr Schultertuch enger. »Denk daran, du bleibst hier unten. Mach keinen Schritt über die Schwelle der Kinderstube! Ich werde mich beeilen.« Mit diesen Worten verließ die dralle Frau die Küche. Als sie mit wehendem Rock über den Hof lief, begann das kleine Würmchen wieder zu schreien. Seine Lippen waren durch die Kälte schon blau und die Haut so kalt, dass die junge Frau einen hilfesuchenden Blick auf den Herd warf. Zwei, drei Holzscheite würden die Kochstelle gerade so weit wärmen, dass sie den Bettstein in einen Topf mit heißem Wasser legen konnte. Das Kind fror, nur deshalb schrie es so heftig. Bis der Kirchgang beendet war, wären die Flammen längst erloschen. Niemand würde ihren Frevel bemerken.

Das Würmchen schrie immer lauter, und die Magd glaubte bereits, auch oben ein Schreien zu hören. Sie hielt sich die Ohren zu, doch der Lärm wollte nicht verebben. Mit zittrigen Händen griff sie sich zwei der Holzscheite und legte sie auf den Ascheberg. Die Feuersteine fielen ihr mehrmals zu Boden. Dann endlich züngelten die Flammen. Ihre Hektik hatte ihren kleinen Jungen noch mehr aufgewühlt, er schrie jetzt so heftig, dass er schon ganz rot im Gesicht war. Hastig tunkte sie den Leinenzipfel in den Honigtopf, und der Junge sog gierig daran. Erschöpft ließ sie sich auf den Hocker fallen.

Oben in der Kinderstube allerdings war an Ruhe nicht zu denken. Das Kind der Herrin schrie aus Leibeskräften.

Mit einem letzten Blick auf das Feuer rannte die junge Frau die Stiege hoch. Vor der Tür blieb sie kurz stehen. Das Schrillen dahinter war kaum noch auszuhalten. Was, wenn das Kind in Gefahr war? Wenn es sich in seinem Schreikrampf die Decke um den Hals gewickelt hatte? Bestimmt würde der Herr sie mehr schelten, wenn er erfuhr, dass sie ihm in seinem Todeskampf nicht geholfen hatte. Sie schluckte all ihre Befürchtungen und Ängste hinunter und trat ein.

Die Wiege stand in der Mitte des Raumes. Dichte Vorhänge hielten jegliches Licht fern. Ein Wackeln verriet, dass das Kind heftig strampelte. Zögernd trat die Magd in die Düsternis. Sie griff sich das schreiende Kind und wog es sanft in ihren Armen. Anschließend zog sie einen der Vorhänge leicht zur Seite, damit sie etwas erkennen konnte. Das Kind glich dem ihren wie ein Ei dem anderen. Sie hielt ihm den Daumen hin, und augenblicklich begann der kleine Junge zu saugen. Ein erleichtertes Seufzen rang sich ihre Kehle hoch.

Sie wollte den Jungen eben zurück in die Wiege legen, als ein Schrei die Stille der Kammer zerriss. Erstaunt blickte sie auf das Kind in ihren Armen. Der Junge war still. Neugierig trat sie auf eine zweite Wiege zu, die leicht verdeckt hinter einer Truhe stand.

1. Kapitel

Das Gepolter wurde von Mal zu Mal eindringlicher. Erst glaubte Hanna, dass lediglich eine Windbö in den Bretterverschlag gefahren sei und so den Lärm verursachte. Doch dann wurde ihr mit Schrecken bewusst, dass heute eine besondere Nacht war. In den zwölf Raunächten stand der Durchlass zur Unterwelt sperrangelweit offen, und Geister konnten ungehindert in die Welt der Lebenden eindringen. Heute war die letzte dieser gefährlichen Nächte.

Sie zog die wollene Decke über den Kopf und drückte die Augen zu. Doch der Lärm wollte und wollte nicht aufhören. Ja schlimmer noch, jetzt begann der nächtliche Störenfried auch noch lautstark zu rufen. Aber nein, Geister kommen still und leise, sagte sich die junge Wehmutter mit bebenden Lippen, also konnte der Schreier da draußen vor der Hütte kein Wesen aus der Anderswelt sein.

Widerstrebend kroch Hanna unter der Decke hervor. Aus der Nachbarskammer drang kein Laut. Offenbar hatte Wendelgart von alldem nichts mitbekommen. Im Stillen beneidete sie ihre Lehrmeisterin um den tiefen Schlaf.

Auf Zehenspitzen trippelte Hanna auf das Fenster zu. Den Bretterverschlag zu öffnen, kam nicht in Frage. Neugierig lugte sie durch eine der Ritzen, doch die Nacht hielt sich noch zu hartnäckig, sodass sie außer dem fahlen Schein des Mondes und ein paar funkelnden Sternen nichts erkennen konnte. »Hör mit dem Krach auf!«, rief sie gerade so laut, dass Wendelgart nebenan nicht aufwachte. »Ich komme ja schon herunter.«

Hastig schlüpfte Hanna in ihren Rock, dann lief sie vorsichtig den dunklen Treppengang hinab. In den vier Jahren, die sie nun schon im Haus der alten Wehmutter lebte, hatte sie jede der aus-

15

gewetzten Stufen kennengelernt. Sie wusste, welche knarrten und bei welchen man den Fuß nur vorsichtig aufsetzen durfte, da sie morsch waren.

»Was willst du?«, herrschte sie den nächtlichen Besucher eine Spur schroffer als gewollt an, nachdem sie den Riegel mit ihren eiskalten Fingern endlich aus der Verankerung gelöst hatte, um ihren Kopf durch den Türspalt zu stecken. Der Mond trat eben hinter einer Wolke hervor und erlaubte einen verschleierten Blick auf den jungen Mann.

Wütend blähten sich seine Wangen. Der Kerl schluckte seinen Ärger ob der langen Warterei jedoch hinunter. »Wir brauchen dringend Hilfe«, kam es zerknirscht über seine Lippen.

»Kann das nicht bis morgen warten? Es ist saukalt und mitten in der Nacht.« Hanna zog das Wolltuch enger und schaute missmutig auf die verblassenden Sterne, ehe sie ihren Kopf etwas weiter durch den Spalt drückte und die dunkle Gasse mit finsterem Blick nach weiteren Besuchern absuchte.

»Ich bin allein«, erwiderte der Mann hastig. »Mein Herr schickt mich, es eilt. Die Herrin liegt in den Wehen und schreit sich die Lunge aus dem Leib.«

»Das kann ja jeder sagen.« Hanna verschränkte die Arme vor der Brust und musterte den jungen Mann skeptisch. »Wer bist du überhaupt?«

Der Besucher stampfte mit dem Fuß auf. »Du kennst mich doch, ich bin Vitus.«

»Vitus, Vitus, da gibt es viele davon.« Hanna glaubte sich schwach an den grimmigen Kerl zu erinnern. »Wer ist denn deine Herrin?«, fragte sie lauernd. Zurzeit betreuten Wendelgart und sie fünf Frauen, die allesamt in den nächsten Tagen niederkommen sollten.

»Lisbeth Hagen, die Frau des Goldschmieds in den Blatten. Es wird bestimmt nicht dein Nachteil sein, wenn du dich jetzt endlich beeilen würdest.« Die Geduld des Mannes schien erschöpft.

»Was soll der Tumult zu dieser Stunde?« Wendelgarts heisere Stimme kam irgendwo aus dem dunklen Inneren des Hauses.

»Jetzt hast du sie aufgeweckt, blöder Kerl.« Hanna warf Vitus einen bitterbösen Blick zu.

Die alte Wehmutter kämpfte seit Tagen mit einer Erkältung. Hustend hielt sie sich die Hand vor den Mund, als sie in den Mondschein trat.

»Die Lisbeth Hagen liegt offenbar in den Wehen«, bemerkte Hanna über ihre Schulter. »Wir werden wohl in die Stadt müssen.«

»Wie lange schreit deine Herrin schon?«, wandte sich Wendelgart mit rauer Stimme an den jungen Mann. Die Arme um den mageren Leib geschlungen, schielte sie auf die Schneehaufen zu beiden Seiten der Tür.

»Die geschworenen Frauen sind schon gestern Abend gekommen, aber da ging es der Herrin noch gut. Doch seit Mitternacht ist im Haus nicht mehr an Schlaf zu denken.«

»Dann warte auf der Gasse. Wir kommen mit«, meinte Wendelgart. »Allerdings werden wir erst alles richten müssen, dauert etwas.«

Vitus brummelte ein paar unverständliche Worte, dann drehte er sich um und trat zurück auf die Gasse. Mit einem Ruck schloss Hanna die Tür.

»Warum schreit die Goldschmiedin denn so?«, fragte sie gereizt. »Es ist doch bereits ihre dritte Geburt. Allmählich sollte sie wissen, wie alles vonstattengeht.«

»Urteile nicht vorschnell. Nicht alle Menschen empfinden den Schmerz auf die gleiche Weise. Zudem weißt du, dass Lisbeth Hagen Angst hat, wieder nur ein Mädchen zur Welt zu bringen. Ihr Mann will endlich einen Sohn.« Wendelgart schlüpfte hustend in ihre Stiefel, während Hanna den Korb mit den Geburtsutensilien aus der Kräuterstube holte.

In Bälde war ihre Lehrzeit zur Wehmutter zu Ende. Wendelgart hatte ihr alles beigebracht, was sie wissen musste. Allerdings sah Hanna dem Tag der Prüfung mit Besorgnis entgegen, nicht aus Angst vor Versagen, sondern weil sie an diesem Tag auch ein altes Versprechen einlösen musste. Ursus, der Knecht der Liebenfels, drängte sie schon seit Jahren zur Heirat.

»Träumst du?« Die alte Wehmutter stand bereits fertig gekleidet unter der Tür und schaute mit zusammengekniffenen Augen auf ihre Lehrtochter.

Hanna angelte sich das wollene Tuch vom Haken und zog es sich über den Kopf. Dann schlüpfte sie in die mit Schafwolle ausgestopften Stiefel.

»Wo ist der Karren?«, fragte Wendelgart verwundert, als sie die dunkle Gasse hochschaute.

»Ich bin zu Fuß gekommen. Der Wächter hätte mich mit dem Karren bestimmt nicht durch das Heimlichkeitstürchen gelassen«, verteidigte sich Vitus. »Eine Geburt werten die Tormänner nicht unbedingt als so dringliche Angelegenheit, dass sie sich über das Verbot des Großen Rates hinwegsetzen, bei Nacht die Tore zu öffnen. Es sei denn, man besitzt einen gefüllten Geldsäckel, was ich leider nicht tue.«

»Dein Herr knausert. Ist nicht gut«, brummte Wendelgart in ihr Tuch, das sie sich eben höher ins Gesicht zog. In solchen Augenblicken überkam sie stets ein Anflug von Zorn, wenn sie an die Sturheit und die Gier der Torwächter dachte, Hanna sah es dem Flackern ihrer Augen an.

Die alte Wehmutter galt als eine der besten Hebammen von Konstanz, weswegen sie in der Gunst des Großen Rates stand und als Einzige ein Haus draußen in der Vorstadt besaß. In der Regel war es Bedingung, dass die Hebammen innerhalb der Stadtmauer ein Haus bezogen, damit sie schnell zur Stelle sein konnten, für Notfälle wie ebendiesen.

Die Kälte ging durch Mark und Bein. Vitus eilte mit großen Schritten voraus. Hin und wieder blickte er besorgt über seine Schulter. Lazarus Hagen, sein Herr, war nämlich nicht nur geizig, auch die Gerte griff er sich schnell. Sollte er ohne die beiden Hebammen zurückkommen, dann gnade ihm Gott. So mühten sich die beiden Frauen redlich ab, Schritt mit ihm zu halten, was ihnen nicht leichtfiel. Wendelgart machte das Alter zu schaffen, und Hanna hinkte seit einem Unfall mit einer Wildererfalle.

Die Vorstadt schlief. Hie und da bellte ein Hund, ansonsten war alles still. Die Stadtmauer trennte die vornehmen Städter von den einfachen Handwerkern, den Tagelöhnern, den Bettlern und den Huren hier draußen.

Als dunkle Schatten hasteten die drei Gestalten auf das Schnetztor zu. Erst nach einem energischen Klopfen gegen das kleine Nebentor wurde dieses gerade so weit geöffnet, dass sie hindurchschlüpfen konnten. Der Wächter gab sich mürrisch und stapfte mit einem Brummen zurück in das Wächterhäuschen. Die Stadelhofergasse lag noch in völliger Dunkelheit, ebenso der Obermarkt vor der Ratskapelle St. Laurenz. Als die drei die Blattengasse erreichten, standen sie zu ihrem Entsetzen plötzlich einem Rudel fletschender Gassenköter gegenüber.

Im Winter war es für die Tiere schwierig, inmitten der gefrorenen Abfallberge Futter zu finden, weswegen man ihnen besser nicht zu nahe kam. Hanna und Wendelgart wichen erschrocken einen Schritt zurück, doch Vitus zeigte sich von der Boshaftigkeit der Tiere wenig beeindruckt. Er verscheuchte sie mit kräftigen Fußtritten, dann drängte er die Frauen hastig weiter.

Je näher sie dem Haus des Goldschmieds kamen, desto unruhiger wurde Vitus allerdings. Vor der Tür drehte er sich noch einmal um. »Der Herr ist heute nicht gut zu sprechen. Er … er hat … er war im Blauen Pfau und …«

»… hat über den Durst getrunken«, ergänzte Wendelgart schroff. »Ich kenne Lazarus Hagen besser, als du denkst. Und ich werde nicht zögern, ihn in die Schranken zu weisen, sollte es vonnöten sein.«

Vitus versuchte sich an einem Lächeln. Dann drückte er die Tür auf.

Auf den Truhen befanden sich etliche Talglichter, die den langen Dielengang in eine düstere Helle tauchten und die kostbaren Gobelins an den Wänden nur erahnen ließen. Eine Magd streckte den Kopf aus der Küche. Als sie die beiden Wehmütter erblickte, schlug sie die Hände über dem Kopf zusammen und jammerte in einem fort.

»Beruhig dich«, herrschte Wendelgart sie an. »So bist du deiner Herrin wahrlich keine große Hilfe.«

»Ja, ja, entschuldigt.« Die Magd nickte schluchzend und wies mit dem Kinn auf die Treppe. »Die Herrin liegt oben in ihrer Kammer.«

In diesem Augenblick trat Lazarus Hagen aus der guten Stube. Er versperrte den beiden Frauen mit grimmigem Gesichtsausdruck den Weg, wobei er sich mit einer Hand am Türsturz festhielt. Er stank nach Wein, ranzigem Fett und Schweiß.

»Hier habt ihr sechs Pfennige, dafür … dafür seht zu, dass es endlich ein Junge wird!«, rülpste er.

»Mein Herr, ich würde Euren Wunsch gerne erfüllen, wenn es in meiner Macht stünde«, säuselte Wendelgart, wobei sie ihre angewiderte Miene nur schlecht zu verbergen vermochte. »Doch glaubt mir, das Geschlecht Eures Kindes ist längst von Gott bestimmt, da kann ich nichts mehr machen.«

»Dann halt acht Pfennige!«, knurrte Lazarus Hagen.

»Auch für zehn Pfennige kann ich keinen Schniedel herzaubern, wo keiner ist.« Wendelgart hielt dem Goldschmied die offene Hand hin. »Gebt mir die vorgeschriebenen vier Pfennige, und dann sehe ich nach Eurer Frau.«

Mürrisch zählte der Mann die verlangten Münzen in die Hand der Wehmutter, dann wankte er zurück in die Stube. Die Tür schlug er so laut hinter sich zu, dass Vitus noch eine Spur bleicher wurde. Der junge Mann hatte sich die ganze Zeit im Hintergrund gehalten. Auf seinem Gesicht war zu lesen, wie sehr er das Verhalten seines Herrn missbilligte. »Hoffentlich wird es ein Junge«, flüsterte er. »Die Laune des Herrn ist schon jetzt nicht mehr auszuhalten.«

»Vitus hat recht, seht zu, dass es ein Junge wird«, kam ihm die Magd seufzend zu Hilfe, »schon wegen der Herrin. Er wird sie sonst noch gröber behandeln.«

Wendelgart stopfte die Münzen in ihren Beutel, dann scheuchte sie die Magd zur Seite. Hanna folgte ihr auf dem Fuße. Mit jedem Schritt hörten sie das Gejammer aus der Kammer von

Lisbeth Hagen umso lauter. Sie schrie, als sei der Teufel in sie gefahren.

»Warum hast du die acht Pfennige nicht genommen? Der Kerl hat genug davon«, murrte Hanna leise. »Sich zu besaufen, während seine Frau in den Wehen liegt, und das zudem im Wirtshaus.«

»Du weißt, dass das nicht geht. Es ist nun mal Gesetz, nicht mehr als vier Pfennige für eine Geburt zu nehmen. Willst du die Prüfung im Frühjahr bestehen, musst du dir das hinter die Ohren schreiben.«

Unwillig stimmte Hanna zu. Der Hebammeneid besagte, stets alle hilfsbedürftigen Frauen, arm wie reich, gleich zu behandeln, es an der nötigen Sorgfalt nicht mangeln zu lassen und niemals abtreibende Mittel oder gar Magie einzusetzen. Dafür erhielten die Hebammen, nebst den üblichen vier Pfennigen Geburtsgeld, ein vierteljährliches Wartegeld vom Großen Rat der Stadt. Reich wurden die Hebammen von Konstanz dadurch nicht.

Wendelgart hustete und räusperte sich. »So, und jetzt zeig, was du in den letzten Jahren von mir gelernt hast«, sagte sie, wobei sie Hanna ein gequältes Lächeln schenkte. Auf der Stirn der alten Frau standen dicke Schweißperlen.

In der Kammer roch es abgestanden und fahl. Der Bretterverschlag vor dem Fenster ließ kaum Frischluft herein. Wenigstens hatten die zwei Frauen, die mit finsteren Mienen an der Bettstatt der Lisbeth Hagen wachten, so viel Weitsicht besessen und einen der Gebärstühle aus dem Heiliggeistspital aufgetrieben. Es war Brauch, dass die Geburt von mindestens einer außenstehenden Frau begleitet werden musste, besser waren zwei. Sollte es zu Komplikationen kommen, würden sie bezeugen, dass die Wehmutter alles in ihrer Macht Stehende unternommen hatte, Mutter und Kind zu retten.

»Holt aus der Küche einen Bottich mit heißem Wasser und bringt eine geweihte Kerze mit«, wandte sich Wendelgart an die Wächterinnen.

»Warum? Es gibt hier doch genügend Licht«, bemerkte eine der beiden, wobei sie mit dem Kinn auf die Truhe mit dem Talglicht zeigte.

»Stellt keine unnötigen Fragen und macht, was ich sage.« Wendelgarts Stimme klang hart.

Widerstrebend erhoben sich die Frauen, strichen sich erst die Röcke glatt, ehe sie erhobenen Kopfes der Kammer entschwanden.

»Solche Weiber sind mir ein Groll«, murrte Wendelgart. »Ich werde nie verstehen, warum für die Bezeugung einer Geburt immer griesgrämige Weiber ausgewählt werden.« Als sie sich an Lisbeth Hagen wandte, bekam ihre Stimme wieder den einfühlsamen Ton, den sie Gebärenden stets schenkte. »Hanna wird Euch jetzt untersuchen, habt also keine Angst. Ich werde mich so lange auf einen der Hocker setzen.«

Auf ein Zeichen ihrer Lehrmeisterin schlug Hanna die Decke zurück und schob das knöchellange Unterhemd der noch immer wimmernden Lisbeth Hagen bis weit über den dicken Bauch. Die Scham der Goldschmiedin zeichnete sich dunkel gegen das düstere Licht ab.

»Hilf mir, dass es dieses Mal ein Junge wird«, flehte Lisbeth Hagen leise, wobei sie die Augen schloss und sich auf die Lippen biss. »Ein weiteres Mädchen wird mir Lazarus nicht verzeihen. Er zetert schon jetzt über die Mitgift und …« Der Rest des Satzes ging in einer neuerlichen Wehe unter.

Mädchen galten als unvollkommene Menschen, als unter ungünstigen Umständen gezeugt. Eine Frau, die nur Mädchen zur Welt brachte, wurde hinter vorgehaltener Hand nicht selten der Untreue bezichtigt. Und Lazarus Hagen war in dieser Hinsicht wohl einer der lautesten Rufer, obwohl gerade er es mit der ehelichen Treue nicht allzu genau nahm. Es war stadtbekannt, dass er jedem Rock hinterherschaute. Und es nicht nur beim Schauen beließ.

In diesem Augenblick kamen die zwei Zeuginnen zurück. Sie stellten den Bottich an das Fußende des Bettes, die Kerzen legten sie auf den Beistelltisch, dann setzten sie sich mit mürrischen Mienen in die Nähe des wärmenden Kamins.

»Die Kerze wird die bösen Geister vertreiben und vielleicht …«, sie verdrehte die Augen, »vielleicht auch alle Wünsche erfüllen«, flüsterte Wendelgart.

Hanna tat die Goldschmiedin leid. Nicht so sehr, weil sie unter argen Geburtsschmerzen litt, dies gehörte nun mal zum Leben, sondern vielmehr wegen des Drucks, der auf ihr lastete.

»Vielleicht würden etwas Wermut, Beifuß und Diptam hier helfen«, schlug Hanna so leise vor, dass nur Wendelgart sie hören konnte. »Ich weiß, Letzteres nur in geringen Mengen, aber so ginge die Geburt vielleicht leichter vonstatten.«

»Ich sehe schon, viel kann ich dir nicht mehr beibringen.« Wendelgart lächelte.

Ein Schrei der hilflosen Lisbeth Hagen schreckte Hanna in dem Moment auf. Hastig griff sie sich die Kräuter aus ihrem Korb und streute sie in den silbernen Wasserkrug, und augenblicklich erfüllte ein balsamischer Duft den Raum. Dann klaubte sie noch einige Wacholderbeeren aus ihrem Beutel und warf sie in die züngelnden Flammen des Kamins. Die geschworenen Frauen beobachteten sie mit skeptischem Blick.

»Atmet ruhig und tief in den Bauch, das wird dem Kind helfen«, wandte sich Hanna an die wimmernde Lisbeth Hagen.

»Vielleicht solltest du sie endlich pressen lassen, das würde die Geburt deutlich beschleunigen«, maulte eines der beiden Weiber, unterstützt vom heftigen Nicken ihrer Freundin. »Die Sibylla in der Bruggasse wartet nicht so lange hin. Bei ihr wären wir längst wieder zu Hause.«

»Zu frühes Pressen schadet Mutter und Kind, das solltet auch ihr mittlerweile wissen«, schnaubte Wendelgart. »Warum, glaubt ihr wohl, ruft man die Sibylla nicht gerne?«

Die beiden Frauen pressten die Lippen zusammen und wandten sich beleidigt ab, ehe sie wieder zu tuscheln begannen.

Lisbeth Hagen schloss fortan bei jeder sich ankündigenden Wehe die Augen und atmete im Rhythmus, den Hanna ihr vorgab. Allmählich zog sich die Zeit. Als Hanna begann, das Leinenkleid aufzuknöpfen, um Lisbeth Hagens Brust zu untersuchen, beugte sich ihre Lehrmutter neugierig vor. Die seltsamen Knoten unter den Armen waren nicht zu übersehen.

Wendelgart nahm eine feine Nadel aus dem Korb und stach diese in einen der Knoten. Hanna schaute dabei erschrocken auf Lisbeth Hagen, die jedoch keinerlei besondere Reaktion zeigte. Mit seltsam verklärtem Gesichtsausdruck griff sich Wendelgart die Hand der stöhnenden Goldschmiedin und begutachtete die Finger. Auch Hanna bemerkte die vielen Wunden daran. Währenddessen keuchte und stöhnte Lisbeth Hagen in einem fort.

»Jetzt ist es so weit«, wandte sich Hanna über die Schulter an die geschworenen Frauen, die daraufhin schneller als eine Kreuzotter von ihren Hockern aufschossen und an die Bettstatt herantraten. »Helft uns, sie auf den Gebärstuhl zu tragen.«

Lisbeth Hagen krümmte sich, und am Schluss saß sie voller Angst auf dem Stuhl. Hanna tauchte zwei ihrer Finger in den Tiegel mit Schweineschmalz und schmierte die klebrige Masse auf Lisbeth Hagens Scham. Die Goldschmiedin schrie, presste und keuchte jetzt gleichzeitig. Als das schreiende Kind endlich in Hannas Händen lag, zeigte sie es wie eine Trophäe erst den zwei Zeuginnen, dann Lisbeth Hagen.

»Es ist ein Junge«, stöhnte diese erschöpft und erleichtert gleichermaßen auf. Willig ließ sie sich in ein sauberes besticktes Leinenhemd kleiden und zurück auf die Bettstatt führen. Unterdessen wusch Hanna dem Kind den Mund mit Honig aus und wickelte es stramm.

»Wir werden die nächsten Tage wiederkommen und nach dem Jungen sehen«, kündigte Wendelgart beim Abschied an, wobei das Lächeln auf ihrem Gesicht einer seltsamen Strenge gewichen war. Für einen kurzen Moment verharrte ihr Blick noch einmal auf den Wunden an Lisbeth Hagens Händen.

Obwohl dies nur einen Atemzug lang gedauert hatte, entging es der Hausherrin nicht. Hastig versteckte sie ihre Hände unter der wollenen Decke.

Beim Gang über die Treppe sprach Wendelgart kein Wort. Erst als die Tür zur guten Stube aufging und Lazarus Hagen erschien, brach sie ihr Schweigen. »Es ging alles gut. Ihr habt einen gesunden Sohn.« Mit heiserer Stimme fügte sie hinzu: »Eure Frau braucht jetzt viel Ruhe, aber das wisst Ihr ja von den letzten Geburten. Ich werde die Geburt beim Großen Rat anmelden und Euren Sprössling zur Taufe bringen, ganz wie es sich gehört.«

Lazarus Hagen lachte überschwänglich und klopfte sich wie ein Sieger auf die Brust. Offenbar hatte er dem Weingeist weiter gefrönt, denn er hielt sich kaum noch aufrecht. »In der Küche ist ein … ein herzhaftes Mahl gerichtet«, lallte er. »Als Dank werde ich zwei Säcke voller Korn … in … in die Vorstadt bringen lassen.«

Wendelgart schüttelte den Kopf. »Ihr wisst, dass es uns Hebammen verboten ist, Geschenke anzunehmen«, lehnte sie dankend ab. »Geht hinauf zu Eurer Gemahlin, damit ist uns allen mehr geholfen.«

In diesen Dingen war Wendelgart unnachgiebig. Schon so manch einer Hebamme war die hohle Hand zum Verhängnis geworden. War der Leumund erst dahin, gab es in der Stadt keine Arbeit mehr für sie. »Lasst in der Kirche eine Messe auf unsere Namen lesen, damit helft Ihr uns mehr«, fügte sie bei, während sie hinter Hanna in die Küche trat.

Der Hausherr hatte sich nicht lumpen lassen. Auf dem Tisch stand ein stattliches Mahl aus dreierlei Käse, dick aufgeschnittenem Schinken, Schmalz und frischem Brot. Die Magd rumorte irgendwo im oberen Stockwerk, während die Köchin sich etwas Zeit nahm und sie mit dem neuesten Klatsch aus der Stadt unterhielt. Die Geburt des Sprösslings würde das Leben im Hause des Goldschmieds hoffentlich erleichtern.

»Was bedeuten die Knoten unter Lisbeth Hagens Armen?«, fragte Hanna leise, als sie das Haus wenig später verließen und in Richtung der Marktstätte gingen. Mittlerweile stand die Sonne hoch am Himmel, was die Kälte aber keineswegs minderte. Zudem wehte ein zugiger Wind vom See herauf.

»Ich bin mir nicht sicher, habe aber einen schrecklichen Verdacht. Allerdings kann ich mir nicht erklären, wie und wo Lisbeth Hagen diese Geißel aufgelesen haben soll.«

»Du meinst, die Goldschmiedin hat die … die …«

»… die Miselsucht, ja«, beendete Wendelgart das Gestammel ihrer Lehrtochter.

Sie blieben stehen und schauten auf das Treiben inmitten der Marktstände. Eine Horde Schweine drängte sich dicht an ihnen vorbei, gefolgt von einem kleinen Jungen mit einer Rute.

Hanna hielt sich erschrocken eine Hand vor den Mund. »Dann müsste sie ja hinaus ins Leprosenhaus. Großer Gott, was wird dann aus ihren Kindern?«

»Denen wird nichts geschehen, sollten sie gesund sein. Für Lisbeth Hagen allerdings wird das Leben zur Hölle werden. Sie wird nicht nur ihr Ansehen als Gattin des viel gerühmten Goldschmieds verlieren, sie wird auch ihre Kinder niemals mehr wiedersehen.«

»Und was wirst du jetzt unternehmen?«

Wendelgart zuckte mit den Schultern und schloss die Augen. Bevor sie antwortete, schluckte sie hart. »Sollte sich mein Verdacht bestätigen, werde ich beim Großen Rat Meldung machen müssen. So will es das Gesetz.«

Im Winter hielt sich der Andrang an den Ständen auf dem noch immer größten Markt der Stadt in Grenzen. Erst wenige Händler boten ihre Waren feil. So setzten sich die Frauen langsam wieder in Bewegung. Kurz vor dem Heiliggeistspital bogen sie in die Brotlaube ab, wo Wendelgart bei einem der Pfister einen Laib Brot erstand. Nach einem kurzen Tratsch liefen sie weiter zum Fischmarkt.

Auch hier herrschte keine Emsigkeit. Die Fischer würden an diesem Tag lediglich mit halb gefüllten Geldkatzen in ihre Hütten am See heimkehren. Große Teile des Sees waren auch heuer zugefroren und würden es wohl noch viele Wochen bleiben. Mehr aus Mitgefühl als aus Nöten erwarb Wendelgart zwei Gängelfische. Ein Blick hinüber zum vornehmen Salemerhof, der von den Zisterziensermönchen als Umschlagplatz für Halleiner Salz und den weit gerühmten Seewein betrieben wurde, zeigte, dass auch die Mönche die Kälte mieden.

»Lass uns den Gang ins Rathaus so schnell wie möglich hinter uns bringen«, drängte die alte Wehmutter, während sie ihren Umhang enger zog. »Für heute reicht es an Barmherzigkeit. Mir ist saukalt. Meine Zehen sind bereits taub.«

Hanna lächelte. Auch sie sehnte sich nach der Kräuterstube mit ihren wohligen Gerüchen. Sie hatten vorige Woche eine Ladung Holz als Geschenk erhalten, und so war es in der Stube wohlig warm. Solange niemand den Namen des Wohltäters kannte, konnte man die Gabe für ihre Hebammendienste ja schlecht zurückgeben.

Das Rathaus stand am Ende des Fischmarkts. Im Erdgeschoss befanden sich ein Laubengang, der den Händlern zusätzlichen Stauraum für ihre Waren bot, wenn Gedränge auf den Märkten der Stadt herrschte. Doch jetzt im Winter lag der Gang verwaist da. Eine Steintreppe unweit des Schandpfahles führte ein Stockwerk höher in die noblen Räumlichkeiten des Großen Rates.

Als die Frauen vor der filigran geschnitzten Holztür standen, schwang diese mit einem Ruck auf. Der Zunftmeister der Tuchhändler drängte mit grimmiger Miene an ihnen vorbei. Es war stadtbekannt, dass der Große Rat und die Zünftler sich spinnefeind waren. Die Geschlechter, die seit jeher im Großen Rat ihren Sitz hielten, wollten nichts von ihrer Macht einbüßen. Sie kämpften mit allen Mitteln gegen das Begehr der Zünftler, Einzug in den Stadtrat zu halten.

Das Betreten des Rathauses jagte Hanna stets einen Schauder über den Rücken. Obwohl ihr inzwischen das Stadtrecht offiziell verliehen worden war, prangte in ihrem Hinterkopf noch immer die Angst, der Bischof könnte einen Weg finden und all ihre Träume zunichtemachen. Der Kleriker war ein Vetter ihres ehemaligen Herrn, des mächtigen Grafen Wilhelm von Montfort, dessen Leibeigene sie einst gewesen war. Klamm und heimlich hatte sie seine Burg verlassen und später in Konstanz Unterschlupf gesucht. Auf ein Räuspern seitens ihrer Lehrmeisterin vertrieb Hanna die Gedanken.

Langsam gingen sie auf den Schreiber zu, der unmittelbar neben der Tür zum Ratssaal seinen Schreibtisch hatte. Die mit riesigen Fresken bemalten Wände machten Eindruck. Wendelgart schien ein Gespür dafür zu haben, wie es Hanna in diesen heiligen Hallen erging, denn sie lächelte ihr aufmunternd zu.

Aufgeregtes Stimmengemurmel verdeutlichte, dass der Auftritt des Zunftmeisters für Aufruhr gesorgt hatte. So blickte auch der junge Schreiber nun erschrocken hoch. Als er jedoch die beiden Frauen als Konstanzer Wehmütter erkannte, entspannten sich seine Gesichtszüge.

Wendelgart meldete die Geburt des Jungen an und trug die Namen von Mutter und Vater mit heiserer Stimme vor. Der junge Mann kritzelte alles hastig auf ein Stück Pergament. Seine Aufmerksamkeit allerdings gehörte mehr dem Stimmengewirr aus dem Ratssaal als der Meldung über den neuen Konstanzer Bürger.

»Hätten wir heute nicht noch die beiden Wöchnerinnen in der Vorstadt besuchen müssen?«, fragte Hanna unsicher, als sie wenig später die Treppe wieder hinunterstiegen.

»Das kann warten. Es sind nicht ihre ersten Kinder, zudem schmerzt mein Hals ärger als ein Nagelbrett.«

Hanna zuckte mit den Schultern. Im Stillen zweifelte sie, ob wirklich das Halsweh der Grund für Wendelgarts Müßiggang war. Sie tippte eher darauf, dass die vermeintliche Miselsucht der Lisbeth Hagen ihrer Lehrmeisterin Kopfzerbrechen bereitete.

2. Kapitel

Anderntags kam die alte Wehmutter nicht von ihrer Bettstatt hoch. Sie glühte vor Fieber, zudem röchelte sie bei jedem Atemzug so herzergreifend, dass selbst die Katze, die sonst stets zu ihren Füßen schlief, das Weite suchte.

Hanna versuchte alles, um ihrer Lehrmeisterin Linderung zu verschaffen. Das beste Heilmittel gegen den Lungenhusten war ein Tee aus den Blättern der Stechpalme, gemischt mit den Blüten des Wiesengeißbartes, weswegen sie die Kräuterstube nach ebendiesen Heilkräutern durchsuchte. Statt sie nach Wirkung oder Krankheiten zu ordnen, lagerten die guten Stücke in einem heillosen Durcheinander, gerade dort, wo sich ein freier Platz bot. Als Hanna die Suche bereits voller Verzweiflung aufgeben wollte, fand sie den Topf mit den getrockneten Blütenköpfen doch noch. Vorsichtig goss sie etwas heißes Wasser über die Kräuter, ehe sie mitsamt dem aromatischen Tee die Treppe hochstieg. Ein Lungenkatarrh hatte schon den stärksten Mann ins Grab gebracht.

Das Röcheln schien sich die letzte Stunde noch verschlimmert zu haben. Während Wendelgart gierig trank, tupfte Hanna ihr die Schweißperlen von der Stirn. Die alte Wehmutter war ihr die letzten Jahre ans Herz gewachsen, wohl nicht zuletzt auch, da sie Hanna an ihre eigene Mutter erinnerte. Sie schniefte, dann rieb sie sich die Tränen aus den Augenwinkeln.

»Du musst dich jetzt richten«, keuchte Wendelgart, begleitet von einem Hustenanfall. »Bald beginnt die Messe zu Epiphanias.«

Hanna nickte. Als Hebamme durfte man weder Messen noch Prozessionen verpassen, es war Pflicht, daran teilzunehmen. Wollten sie und Wendelgart das vierteljährliche Wartegeld weiterhin vom Großen Rat erhalten, musste Hanna nun über ihren Schatten springen und Wendelgart allein lassen. Die neugierigen

Matronen und hinterhältigen Neider würden ein solches Vergehen mit Freude ins Rathaus tragen. Es waren nicht die Pfaffen, die ein Kirchgangversäumnis beim Stadtrat meldeten, die hatten damit wenig am Hut.

»Ich habe schon viel Schlimmeres überlebt, also werde ich auch mit dem Lungenhusten fertig.« Wendelgart tätschelte Hannas Hand. »Zudem glaube ich, dass du dir zu viele Sorgen machst. Bestimmt ist es nur eine einfache Erkältung, die bald schon wieder verschwunden ist.«

»Du nimmst das Ganze zu leicht. In deinem ...« Hanna biss sich auf die Unterlippe.

»In deinem Alter, wolltest du wohl sagen.« Wendelgart hustete, ob aus Empörung oder wegen eines Kratzens im Hals, blieb ungewiss. Jedenfalls hob sie gespielt mahnend den Zeigefinger und versuchte sich an einem Lächeln.

»Hoffentlich macht der Pfaffe nicht allzu lange, sodass ich bald zurück sein werde.« Der Gedanke fortzugehen, quälte Hanna. »Du versprichst mir aber, den ganzen Krug auszutrinken! Ich stelle ihn dir nahe an die Bettstatt, dass du ihn ja nicht vergisst«, sprach sie eindringlich auf Wendelgart ein, als sie bereits auf die Tür zuging.

Unter dem Türsturz verharrte Hanna noch einen Moment. Ihre Lehrmeisterin hielt die Augen geschlossen. Das heftige Heben und Senken der Brust war selbst unter der Wolldecke zu erkennen. Jeder Atemzug schien eine Qual. In diesem Augenblick setzte das Glockengeläut ein.

Hastig rannte Hanna in ihre Kammer und zog sich den guten Sonntagsrock über. Gut war allerdings doch etwas übertrieben, denn der Rock war an etlichen Stellen schon so oft geflickt worden, dass er in den besseren Haushalten in Konstanz längst dem Heiliggeistspital für die Armen gespendet worden wäre. Wenigstens war das wollene Schultertuch nicht von Motten zerfressen.

Kurz strich sie sich mit den Fingerkuppen über ihre Wangen. Trotz Wendelgarts Hafersalbe hielten sich die Pockennarben aus der Kindheit hartnäckig, das wusste sie auch ohne Spiegel. Sie wusste allerdings auch, dass ihre Augen den Glanz von Bernstein hatten und ihre Haare dick und lang waren, und dies versöhnte sie doch ein wenig.

Das Glockengebimmel wurde immer eindringlicher. Konstanz besaß so viele Pfarrsprengel wie eine Hand Finger, dazu noch das mächtige Münster in der Niederburg. Obwohl längst auch Reichsstadt, prägten die vielen Kirchen und Klöster die Stadt noch immer. In der Stadt am Bodensee tummelte sich ein Sammelsurium an Klerikern, die man überall in den Gassen und auf den Plätzen in der Stadt antraf, Dominikaner, Franziskaner und Augustiner, dazu kamen noch mehrere Frauenklöster und Beginenhäuser.

Bereits nach wenigen Metern befand sich Hanna inmitten eifriger Kirchgänger, die allesamt dem Gotteshaus St. Jodok unweit des Pilgerhospitals entgegenstrebten. Die kleine Kirche war einst als Pilgerkirche gebaut worden. Die mannshohe St.-Jodokus-Statue in der Nische neben dem Eingangstor verriet noch etwas von der alten Ursprünglichkeit, ebenso wie die Wandmalereien, die an die Jakobslegende erinnerten, doch die Pilger waren längst in der Minderzahl.

Sie wählte den Weg über die Rossgasse, vorbei an den Badestuben und den vielen Schenken. Hier draußen wohnten Huren, Totengräber und Heimlichkeitsfeger Seite an Seite mit verarmten Handwerkern und Ledergerbern. Noch vor wenigen Jahren hatten die Gerber in der Stadt gehaust, was nicht selten zu Klagen beim Großen Rat wegen des Gestanks geführt hatte. Hier in der Vorstadt stanken die Bottiche zwar auch, doch die Menschen störten sich nur selten daran.

Hanna zog ihren Umhang noch enger. Obwohl sich die Sonne hin und wieder hinter den dicken Wolken zeigte, war es bitterkalt. Schon immer war der Januar der kälteste Monat am Bodensee gewesen.

Als das Gotteshaus am Ende der Gasse auftauchte, beschleunigte Hanna ihre Schritte. Bestimmt waren die wenigen Bänke bereits alle besetzt. Als sie durch die Kirchenpforte trat, sah sie ihre Befürchtung bestätigt, und sie gesellte sich zu einer Gruppe Frauen, die eng zusammenstanden und sich den neuesten Klatsch erzählten.

»Wo ist Wendelgart?«, fragte eine von ihnen auch schon, wobei sie die Stirn in Falten legte.

Hanna ging der alten Leinenweberin normalerweise aus dem Weg. Ihre Neugier und ihr Schandmaul waren stadtbekannt. Doch in der Enge des Gotteshauses war an ein Entkommen nicht zu denken.

»Sie ist krank«, winkte sie ab. »Ein paar Tage Bettruhe und ihr geht es bald besser«, fügte sie hastig hinzu, als die neugierige Matrone bereits zur nächsten Frage ausholte.

In diesem Augenblick ging eine der beiden Seitentüren auf, und der Pfaffe trat neben den Altar. Wie durch Zauberhand verstummte das Glockengeläut. Als müsste der Mann seinem Erscheinen noch mehr Wirkung verleihen, streckte er die Arme gen Himmel und stimmte lautstark in den Ruf des Kyrie eleisons ein, ehe er zum Gesang des Glorias überging. Einige der Kirchgänger grummelten die Worte tapfer mit, doch dem Großteil der Männer und Frauen war die lateinische Sprache genauso fremd wie die Welt hinter dem mächtigen Bodensee.

Hanna hörte den Worten des Pfaffen nur mit halbem Ohr zu. Ihre Gedanken kreisten um Wendelgart. Sie machte sich ernstlich Sorgen. Als die Messe endlich ein Ende nahm, drängte sie als eine der Ersten nach draußen.

»Wohin so schnell?«, hörte sie hinter sich eine Frauenstimme.

Zu Hannas Erleichterung war es nicht die Leinenweberin, die sich an ihre Fersen geheftet hatte, sondern die Frau des Wurstmachers am Rindermarkt. Es war noch kein halbes Jahr her, dass Wendelgart und sie der Frau bei der Geburt ihres achten Kindes beigestanden hatten. »Ach, du bist es. Ich dachte schon, die alte Leinenweberin verfolgt mich.«

»Du meinst wohl die Gunda«, lachte die Frau verschmitzt, wobei sie sich den Rock über ihrem Bauch glatt strich.

»Genau die. Doch sag, bist du etwa schon wieder guter Hoffnung?« Hanna schaute kopfschüttelnd auf den sichtlich gerundeten Leib der Wurstmacherin. »Wendelgart hat dir doch geraten, damit zu warten. Die letzte Geburt war nicht einfach, und beinahe wärst du draufgegangen.«

Verhütung war für die Frauen kaum zu bewerkstelligen, es war auch gegen Gottes Gebote. So jedenfalls predigten es die Pfaffen in allen Kirchen der Stadt. Dass die Frauen durch die vielen Geburten oft so geschwächt waren, dass sie wie wandelnde Leichen durch die Gassen schlichen, war den noblen Kirchenmännern egal. Hauptsache, Gottes Wille fand Gehör.

Hannas Tadel prallte an der Wurstmacherin ab wie Regentropfen auf heißem Stein. »Wo ist die Wendelgart überhaupt?«, fragte sie neugierig.

»Sie ist krank, deswegen meine Eile.« Hanna rieb sich die Hände. Die Kälte fraß sich tief in die Knochen.

»Die Arme. Was fehlt ihr denn?«

»Nur eine Erkältung«, wiegelte Hanna schnell ab, denn schon wieder schielten ein paar neugierige Weiber in ihre Richtung. Nicht mehr lange und die Leinenweberin würde unter dem Portal der Kirche auftauchen.

»Dann bestell ihr die besten Wünsche von mir und dass sie bald wieder gesund wird.«

»Mach ich gerne«, erwiderte Hanna. »Doch sag. Könnte einer deiner Söhne mir einen Gefallen tun?«

Die Wurstmacherin nickte.

»Ich bräuchte jemanden, der für mich zur Rheinbrücke geht und der Frau des Ratsmüllers eine Nachricht überbringt.«

»Das kann doch mein kleiner Lucas tun.« Die Wurstmacherin rief einen der zerzausten Jungen zu sich her. »Sag ihm, was er ausrichten soll. Er ist ein gescheiter Kerl und vergisst nie etwas.«

Hanna kniete sich vor den kleinen Jungen und lächelte ihm zu. Die Beinlinge waren ihm verrutscht, in den Haaren klebte Stroh, aber sonst machte er tatsächlich einen aufgeweckten Eindruck.

»Sag Lena, dass ich heute Nachmittag nicht kommen kann, die Wendelgart sei krank. Sie bräuchte sich aber keine Sorgen machen. Kannst du dir alles merken?«

Der Junge nickte eifrig. Hanna klaubte eine Kupfermünze aus ihrem Beutel und hielt sie dem kleinen Kerl hin.

»Kommt nicht in Frage!«, drängte sich die Wurstmacherin dazwischen. »Du und Wendelgart habt schon so viel für mich und meine Familie getan, dass hierfür kein Obolus vonnöten ist.«

Enttäuscht verzog der Junge seinen Mund. Als er den sanften Klaps seiner Mutter auf dem Hinterteil spürte, rannte er los und verschwand wenig später um die Ecke des Pilgerhospitals.

Noch immer schielten einige der Weibsbilder in ihre Richtung. Es war nur eine Frage der Zeit, bis eine von ihnen auf sie zukam. Die Kunde von Wendelgarts Krankheit würde sich schneller verbreiten als trockenes Laub im Herbst. Deshalb verabschiedete sich Hanna mit einer hastig gemurmelten Entschuldigung von der Wurstmacherin und lief hinkend der Gassenecke entgegen. Sie verlangsamte ihr Tempo erst, als sie sicher war, dass ihr niemand folgte.

Als Hanna ihr Heim erreichte, drückte der Dunst bereits vom See herauf. Bald würde Konstanz unter einem dichten Nebelmeer versinken.

Nach einem traurigen Blick in Richtung des kümmerlichen Kräutergartens, den sie und Wendelgart im Sommer stets mit viel Liebe pflegten, trat Hanna über die Schwelle. Drinnen hängte sie ihren Umhang an den Haken und hörte von oben gleich ein qualvolles Husten. Mit einem unguten Gefühl in der Magengegend rannte sie die Stiege hoch.

»Soll ich nicht doch den Medicus holen?«, fragte sie sanft, als sie sich auf die Kante der Bettstatt setzte. »Das Fieber ist gestiegen, trotz der Kräuter. Versuch nicht, dies herunterzuspielen. Ich lasse mich nicht täuschen.«

»Wir können uns den Mann nicht leisten«, hustete Wendelgart. »Es muss auch so gehen.«

»Ganz so sorglos wie du sehe ich das Ganze nicht. Mit einem Lungenkatarrh ist nicht zu spaßen. Dann lass mich wenigstens Schwester Agrikola holen. Sie ist die beste Kräutlerin in ganz Konstanz.«

Wendelgart gab sich geschlagen, bestand aber darauf, dass Hanna erst den heutigen Tag abwartete, ehe sie die alte Begine in der Wittengasse um Hilfe bat. Da Hanna den sturen Kopf ihrer Lehrmeisterin kannte, fügte sie sich der Anordnung, wenn auch nur ungern.

Die folgenden Stunden eilte sie zwischen Küche und Krankenkammer hin und her, bewaffnet mit allen möglichen Kräutern, die sie zu Tee braute, und allmählich zeigten ihre Bemühungen doch etwas Erfolg. Wendelgart fiel in einen unruhigen Schlaf. Erschöpft setzte sich Hanna auf einen Stuhl in der Küche und starrte in die züngelnden Flammen. Als sie schon glaubte, die Stille nicht mehr auszuhalten, klopfte es an der Tür.

»Wir dachten, dass du vielleicht Hilfe gebrauchen könntest«, rief eine raue Männerstimme, dann polterte ihr Geliebter auch schon in die Küche.

Die roten Haare standen dem jungen Stallmeister wirr ab, und die Sommersprossen auf seinem Gesicht leuchteten in der winterlichen Blässe noch mehr. In seinen Augen lag so viel Wehmut, dass Hanna ihn am liebsten umarmt hätte. Doch stattdessen begnügte sie sich mit einem gequälten Lächeln, zumal sie nicht sicher sein konnte, wen Ursus als Begleitung mitgebracht hatte. Sie hörte zwar glockenhelle Stimmen, doch erkannte sie die beiden Frauen erst, als auch sie händereibend in die Küche traten.

»Diese Kälte bringt mich noch um«, jammerte Klara, während sie hastig auf den Herd zulief und ihre Finger über den Flammen wärmte. Die junge Frau war vor knapp vier Jahren in den Haushalt des Stadtmüllers Jodok Waser gekommen. Aus dem einstigen Wirbelwind war eine Schönheit geworden, wie Hanna mit stiller Bewunderung feststellte.

»Glaubst du nicht, der kleine Jost könnte allmählich allein

gehen?«, wandte sich Hanna tadelnd an ihre Freundin, die eben hinter Klara in die Küche kam.

Lena lächelte wie immer, wenn es ihr auch schwerfiel. Seit der Geburt von Jost hatte sie bereits drei Totgeburten mühsam durchgestanden, und es war zu hoffen, dass das ungeborene Kind in ihrem Leib dieses Mal mehr Glück hatte.

Hanna liebte Jost, auch wenn es ihr jedes Mal einen Stich versetzte, wenn sie den kleinen Jungen sah. Dass Jost der Bastard des mächtigen Grafen Wilhelm von Montfort war, wussten nur ganz wenige. Der Graf hatte Lena während ihrer und Hannas gemeinsamen Zeit dort als Zeitvertreib in seine Kammer geholt und, als sich ihr Leib zu runden begann, zum Ratsmüller nach Konstanz verbannt. Für einen kurzen Augenblick verharrte Hannas Blick auf dem blond gelockten Jungen, der sich eben den Korb mit den Schneckenhäusern griff und ein Jauchzen von sich gab.

»Wie geht es Wendelgart?«, fragte Lena besorgt, wobei sie sich neben Hanna an den Tisch setzte. »Als der Junge der Wurstmacherin die Nachricht brachte, haben wir uns alle Sorgen gemacht.«

»Sie fiebert stark. Ich bin nur froh, dass sie endlich eingeschlafen ist. Morgen werde ich zu den Beginen in die Wittengasse gehen und Schwester Agrikola um Rat fragen.«

»Das ist eine gute Idee. Alma wird sich freuen, dich wiederzusehen.« Lena strich sich eine blonde Haarsträhne aus dem Gesicht. Ihren Sohn ließ sie keine Sekunde aus den Augen. »Ich habe sie vor zwei Tagen auf dem Markt getroffen. Sie hat mir erzählt, dass Schwester Agrikola sie bereits bei der Mutter Oberin als ihre Nachfolgerin vorgeschlagen hat. Sie hat sich in den letzten Jahren wahrlich zu ihrem Vorteil verändert«, fuhr sie milde lächelnd fort.

Für einen Augenblick vergaß Hanna die Sorge um Wendelgart. Die einstige Badehure Alma hatte sich gemausert, aus ihr war eine sittsame Begine geworden, natürlich mit hilfreicher Unterstützung der Oberin Guta von Wellershausen. Die ehrwürdige Mutter hatte mit Weitsicht und Gottvertrauen das Beste aus Alma herausgeholt und sie zu einem vollwertigen Mitglied der Beginengemeinschaft gemacht.

Beim Gedanken an die frommen Frauen entwich Hanna ein Seufzer. Leider hatten sich die Beginen vor einem Jahr doch der franziskanischen Drittordensregel unterwerfen müssen, und nur dem Kustos der Barfüßer hatten sie es zu verdanken, dass ihre Freiräume noch nicht eingeschränkt worden waren.

»Hat Wendelgart mit dir wegen der Hebammenprüfung gesprochen?«, unterbrach Ursus ihre Gedanken. »Sie hat mir versprochen, dich im Frühjahr anzumelden.« Tief in seinen Augen zeigte sich ein Verlangen, das Hanna schmerzte. »Dann können wir endlich heiraten. Ich halte das Warten kaum noch aus. Ich habe sogar mit Ritter Conrad darüber gesprochen. Er würde uns ein kleines Haus in der Stadt zur Verfügung stellen.«

»Bitte, Ursus, nicht jetzt.« Hanna stöhnte.

»Warum zierst du dich denn immer so?« Lena rückte näher an ihre Freundin heran und legte die Hand auf ihren Arm. »Ursus liebt dich und du ihn doch auch.«

»Es ist nicht das«, quälte sich Hanna die Worte ab.

»Was ist es dann?« Ursus verschränkte die Arme vor der Brust und schnaubte.

»Vielleicht bist du ihr einfach zu stürmisch«, lachte Klara vom Herd her, wobei sie sich noch immer die Finger rieb. »Männer wollen immer nur das eine. Es gibt halt Frauen, die mögen das nicht so.«

»Hat Klara recht?«, fragte Lena leise.

»Ja und nein.« Hanna suchte verzweifelt nach den richtigen Worten. Irgendwann musste sie Ursus von ihrer Angst erzählen. Warum nicht heute?

»Du willst mich einfach nicht. Sag es doch endlich.« Ursus bockte, und verübeln konnte es ihm niemand.

»Ich liebe dich, du dummer Kerl«, begann Hanna leise, wobei sie langsam aufstand und auf Ursus zuging. Sie legte ihren Kopf an seine breiten Schultern und schluchzte. »Ich habe Angst, schreckliche Angst, dass ich das gleiche Schicksal wie Lena erdulden muss.«

»Sprichst du von Jodok?«, fragte Lena ungläubig. »Jodok ist der beste Mann, den man sich vorstellen kann. Auch wenn ich das damals nie geglaubt hätte, als er mich mit seinem Karren auf Geheiß des Grafen auf der Burg abholte. Doch glaub mir, etwas Besseres konnte mir nicht widerfahren.«

»Nein, nicht Jodok«, räusperte sich Hanna verlegen. »Jodok ist ein guter Mann. Es sind die Totgeburten, die mir Angst machen. Meine Mutter hatte derer fünf, warum soll es bei mir anders sein?«

Ursus drückte sie fester gegen seine Brust. Dann fuhr er ihr sanft über den zerzausten Haarzopf. »Sollte Gott für uns dieses Schicksal vorgesehen haben, dann stehen wir es gemeinsam durch. Ich werde dich deswegen nicht weniger lieben, Hanna«, flüsterte er ihr leise ins Ohr.

»Bist du dir sicher?« Hanna wagte nicht aufzuschauen. »Frauen werden nach der Anzahl ihrer Kinder bewertet, und vielleicht überlebt nicht eines unserer –«

»Ja, das bin ich.« Ursus schob seine Hand unter Hannas Kinn, sodass sie ihm in die Augen blicken musste. Dann drückte er ihr einen Kuss auf die Lippen.

Lange Zeit sprach niemand ein Wort. Klara wärmte verlegen ihre Finger, und Lena schaute weiterhin verträumt in Richtung ihres kleinen Sohnes, während eine Hand auf ihrem Leib lag. Auch sie kannte diese Angst, bestens sogar.

Als von oben ein quälendes Husten, gefolgt von einem erstickenden Röcheln, zu hören war, schraken sie allesamt aus ihren Gedanken auf. Hastig löste sich Hanna aus der Umarmung ihres Geliebten und griff sich den Tonkrug. »Die Kräuter haben jetzt wohl lange genug gezogen«, sagte sie verlegen, wobei sie den anderen bedeutete, hier unten auf sie zu warten. »Es macht keinen Sinn hinaufzugehen, Wendelgart will nicht, dass jemand sie so sieht.«

Froh und erleichtert, Ursus ihre Ängste endlich verraten

zu haben, betrat Hanna die Krankenkammer. Der Schlaf hatte Wendelgart gutgetan. Das Fieber war tatsächlich leicht gesunken, die Schweißperlen waren weniger geworden. Nur der Husten hielt sich hartnäckig. Nachdem Hanna vom Besuch in der St.-Jodok-Kirche berichtet und die Genesungswünsche der Wurstmacherin überbracht hatte, schloss Wendelgart wieder die Augen.

Vom Besuch unten in der Küche verriet Hanna nichts, es hätte die alte Frau nur unnötig in Bedrängnis gebracht, die Gäste doch noch in der Krankenstube begrüßen zu müssen. Für einen Moment harrte Hanna neben der Bettstatt aus, ehe sie sich umdrehte und die Stiege hinabging.

»Wie geht es ihr?«, fragten Lena und Klara beinahe gleichzeitig, als sie die Küche wieder betrat.

»Besser«, meinte Hanna achselzuckend. »Ein bisschen wenigstens.«

»Wie können wir dir helfen?« Lena seufzte.

»Das habt ihr schon, indem ihr mich besucht habt.« Hanna lächelte. »Doch erzählt, was wurde bei euch in der Kirche heute so getratscht?«

Lena rückte etwas näher an ihre Freundin heran und grinste verschwörerisch. »In St. Johann waren wieder einmal der Bischof und der Große Rat das Thema«, sagte sie. »Jodok will gehört haben, dass Bischof Rudolf allen Geistlichen mit Schärfe gedroht habe, sollten sie sich gegen die Weisung des Papstes versündigen. Er will sie sogar der Stadt verweisen, wenn sie weiterhin Anhänger des Königs an geweihten Orten bestatten.«

»Der Bischof kann einfach nicht einsehen, dass die Bürgerschaft von Konstanz auf der Seite Ludwigs des Bayern steht«, stimmte ihr Ursus eifrig zu. »Irgendwann wird der Papst zur Einsicht kommen müssen und die Exkommunikation gegen den König aufheben. Solange dies allerdings nicht geschieht, werden sich der Große Rat und der Bischof einen erbitterten Streit liefern.«

Hanna nickte nachdenklich. »Und was geschieht, wenn der

Papst dies nicht tut? Was geschieht dann mit Konstanz?«, fragte sie unsicher.

Auf diese Frage hoben sich drei Achselpaare beinahe gleichzeitig, und genau dies hatte sich so mancher Kirchgänger an diesem Morgen auch gefragt.

3. Kapitel

Mit dem ersten Hahnenschrei stand Hanna tags darauf in der Küche. Die züngelnden Flammen im Herd erwärmten den Raum allmählich und vertrieben die Kälte der Nacht. Seufzend drückte sie die getrocknete Ziegenblase, die sie stets im Winter vor das Fenster spannten, etwas zur Seite und lugte durch den Schlitz des Holzverschlages. Die kahlen Äste des Apfelbaumes ragten wie starre Krallen gen Himmel. Fast schien es, als wollten sie Gott anflehen, den Winter endlich vorübergehen zu lassen. In der Nacht war abermals Schnee gefallen. Das winterliche Weiß zauberte eine trügerische Sauberkeit. Lange würde der Schnee den Schlamm und Morast allerdings nicht verdecken. Spätestens wenn die ersten Karren durch die Gassen zogen, kam der Dreck wieder zum Vorschein.

Hanna wandte sich fröstelnd ab und warf ein weiteres Holzscheit ins Feuer. Von oben hörte man ein ersticktes Husten. Sie hatte vorhin kurz in die Kammer ihrer Lehrmeisterin gelugt, und was sie dabei gesehen hatte, gefiel ihr ganz und gar nicht. Wendelgart war krank, schwer krank, und wenn sie sich nicht bald helfen ließ, befürchtete Hanna das Schlimmste. Gestern Abend war das Fieber zurückgekehrt und mit ihm die Sturheit ihrer Meisterin. Wendelgart wehrte sich so vehement gegen die Hilfe der Beginen, dass sie im Streit auseinandergegangen waren. Wütend warf Hanna eine Handvoll Kamillenblüten in den Wasserkrug. Dann stapfte sie mit schwerem Schritt die Stiege hoch.

Bei ihrem Eintreten stöhnte die alte Wehmutter so herzergreifend auf, dass Hanna ihren Unmut hinunterschluckte und ihr zärtlich über die Stirn fuhr. »Wendelgart, ich brauche Hilfe«, flehte sie leise. »Lass mich doch endlich zu den Sammlungsschwestern in die Wittengasse gehen. Schwester Agrikola kennt sich bestens mit Kräutern aus. Sie hat uns schon so oft geholfen.«

Die alte Frau war bereits so schwach, dass man sie kaum noch verstand. Zudem zweifelte Hanna, ob sie noch bei Verstand war, denn die Worte aus ihrem Mund ergaben keinen Sinn.

Hanna presste die Lippen zusammen. Sie würde diesen Gang machen, egal ob ihre Lehrmeisterin damit einverstanden war. Mit zittrigen Händen goss sie etwas des Tees in einen Becher. Augenblicklich erfüllte der weiche Duft der Kamille die Kammer. Da Wendelgart die Augen geschlossen hielt, stellte Hanna den Becher auf den kleinen Tisch. Anschließend ordnete sie die Wolldecke und drückte Wendelgart sanft die Hand. Unten in der Küche warf sie vorsichtshalber zwei weitere Holzscheite auf die Flammen, ehe sie sich den Wollmantel umlegte.

Draußen pfiff der Wind um die Häuserecken. Bereits nach wenigen Schritten waren Hannas Füße steif gefroren. Keuchend lief sie über den verwaisten Rindermarkt dem Schlachttor entgegen. Der Wächter winkte sie verschlafen durch, froh, keinen Schritt aus seinem Wächterhäuschen tun zu müssen.

Hannas Atem kringelte sich in der kalten Morgenluft. Als sie in die Mordergasse einbog, verlangsamte sie ihren Schritt in der Hoffnung, vielleicht auf Ursus zu treffen. Doch das Tor zum Haus der Liebenfels war an diesem Morgen noch fest verschlossen. Bestimmt saß das Gesinde in der warmen Küche beim Morgenmahl.

Hanna neidete ihnen die Behaglichkeit ebenso wie die Geselligkeit. Manchmal war das Leben mit Wendelgart doch ein wenig einsam, besonders dann, wenn nicht alles rundlief. Zudem verfügten die Liebenfels über eine der besten Köchinnen in der Stadt. Die alte Wicca war eine Meisterin ihres Fachs und schaffte es, selbst aus wenigem ein Festmahl zuzubereiten. Da gab es nicht tagaus, tagein Hafermus.

Ein verträumter Ausdruck trat in Hannas Augen, als sie an das Essen zu Weihnachten dachte. Sie und Wendelgart waren zum Festschmaus geladen gewesen. Die Erinnerung an das gute Essen war ihr ebenso geblieben wie die Stunden mit dem kleinen Jakobus. Der Sohn der Liebenfels war ihr ans Herz gewachsen, besonders sein Lachen hatte es ihr angetan. Zudem war der Junge ein Wunder an Einfällen. Ruhig sitzen war eine Tugend, die er wohl nur mit viel Mühe erlernen würde.

Seit Ritter Conrad von Liebenfels in den Großen Rat berufen worden war und sich die vornehmen Konstanzer Geschlechter hier in der Mordergasse die Klinke in die Hand gaben, verbrachte Jakobus die Zeit oft bei Ursus in den Ställen. Der Junge vergötterte Ursus, und umgekehrt war es nicht anders. Vor gut einem Jahr war Ursus zum Stallmeister aufgestiegen, und somit wagte keiner der Knechte ein Murren gegen den Jungen, wenn er wieder einmal die Pferde scheu machte oder übermütig auf den Heubergen herumturnte.

Hanna drängte weiter. Am Zunfthaus, das sich die Metzger mit den Pfistern und den Apothekern teilten, bog sie nach rechts in die Marktstätte ein. Die ersten Verkaufsstände wurden bereits aufgebaut, und der Duft von frischem Brot erfüllte die Luft. Zwei Bettlern wich sie mit gesenktem Kopf aus, zumal sie keine Gaben bei sich trug, die sie den armen Kreaturen hätte geben können. Die wenigen Münzen würde sie selbst brauchen. Auf dem Rückweg wollte sie für Wendelgart nämlich einen der feinen süßen Weggen kaufen.

So schnell es Matsch und Schnee zuließen, schlängelte sich Hanna durch die Gassen, bis sie endlich vor der Mauer zum Beginenhof stand. Sie klopfte mit geballter Faust gegen das Holztor. Nach einer Ewigkeit wurde die kleine Luke endlich geöffnet, und ein von Runzeln gezeichnetes Gesicht zeigte sich.

»Seid gegrüßt, ehrwürdige Schwester«, sagte Hanna leicht verlegen, da ihr der Name der Frau partout nicht einfallen wollte. »Ich müsste dringend mit Schwester Agrikola sprechen. Ist sie schon in der Kräuterstube?«

»Kann sein«, meinte die Begine achselzuckend. »Du bist doch die Hanna, nicht wahr?«

»Ganz recht, die bin ich.«

»Dann komm herein.« Die Luke schloss sich, und das Quietschen eines Eisenriegels zerriss die morgendliche Stille. »Den

Weg findest du ja allein.« Sehnsüchtig schielte die alte Begine auf das marode Haupthaus. Längst hätte es hier einer starken Hand bedurft, doch dafür fehlte das Geld. Das wenige, das die Beginen besaßen, reichte gerade zum Leben.

Da offenbar auch die Begine nicht länger als nötig in der Kälte ausharren wollte, verzichtete Hanna auf weitere Höflichkeitsfloskeln und rannte auf das Herbarium zu. In diesem Augenblick trat Schwester Ursel über die Schwelle der Küchenstube und kippte einen Bottich Wasser auf einen der Schneehaufen. »Wohin schon so früh?«, rief sie Hanna zu, wobei sie eine Hand zum Gruß hob.

Ursel war die Schwester des Ratsmüllers und somit auch Lenas Schwägerin. Seit vielen Jahren lebte sie als Küchenschwester in der Wittengasse. Ihr Wort zählte viel, zudem hatte sie das Herz auf dem rechten Fleck.

»Wendelgart ist krank.« Hanna trat mit verzagter Miene auf Ursel zu. »Ich glaube, es ist der Lungenkatarrh. Sie fiebert und phantasiert, zudem hustet sie sich die Lunge aus dem Leib.«

»Die Arme, hoffentlich wird sie wieder bald gesund. Konstanz braucht gute Hebammen, nicht alle verstehen ihr Handwerk so vortrefflich wie Wendelgart.«

»Da sprichst du etwas Wahres. Doch sag, ist Schwester Agrikola schon drüben?« Hanna wies mit dem Kinn in Richtung des Herbariums.

»Ich bin mir nicht ganz sicher, aber Alma findest du bestimmt schon da. Sie wird sich freuen, dich zu sehen.«

Die Kälte offenbarte die Pockennarben auf dem Gesicht der Begine mit aller Härte. Unwillkürlich fuhr sich Hanna über die eigene Wange, während sich ein wehmütiger Zug in ihre Mundwinkel schlich.

»Aber jetzt muss ich wieder in die Wärme«, hörte sie Ursel sagen. »Heute gibt's Haferbrei mit Pflaumenmus. Du kannst später ja vorbeischauen und eine Schale davon kosten.«

Auch wenn dieses Angebot lockte, Wendelgarts Zustand würde diesen Müßiggang nicht entschuldigen.

Als Hanna die Tür zur Kräuterstube öffnete, fand sie sich augenblicklich in einer anderen Welt wieder. Ein schmeichelnder Duft betörte ihre Nase.

Alma stand am Tisch und schnippelte an einem Lavendelbündel. Bei ihrem Eintreten hob die junge Begine den Kopf und strahlte über das ganze Gesicht. Das Messer warf sie hastig auf die Arbeitsfläche und kam mit ausgebreiteten Armen auf ihre Freundin zu. Lange Zeit wiegten sich die beiden Frauen in stummer Harmonie.

»Was treibt dich denn hierher?« Almas Grinsen erstarb beim Anblick der Sorgenfalten auf Hannas Stirn.

»Wendelgart ist krank.« Hanna blickte sich suchend um. »Ich wollte Schwester Agrikola um Hilfe bitten.«

»Oje, hoffentlich nichts Ernstes.« Alma schlug die Hände vors Gesicht. »Wendelgart ist zwar zäh, aber auch schon alt.«

In diesem Augenblick ging die Tür auf, und die alte Kräuterschwester betrat den Raum. Unter ihrer Haube blinzelten zwei graue Haarsträhnen hervor, und ihr Gesicht schien seit dem letzten Treffen noch einige Runzeln mehr aufzuweisen.

»Ich habe es bereits gehört«, sagte sie, noch bevor Hanna ihr Anliegen vorbringen konnte. »Schwester Ursel hat es mir eben erzählt. Lungenkatarrh, meintest du?«

Hanna nickte. Dann berichtete sie von Wendelgarts Pein, die nun schon zwei Tage andauerte. Schwester Agrikola hörte schweigend zu. Hie und da rieb sie sich nachdenklich die Nase oder versuchte die Haarsträhnen unter die Haube zu schieben.

»Ich würde ihr gerne einen Besuch abstatten. Aber leider machen meine Beine nicht mehr mit«, entschuldigte sich die Kräuterschwester ächzend, während sie sich auf ihren Stock stützte und ihr Kräuterregal einer Musterung unterzog. Dann gab sie sich einen Ruck und humpelte langsam auf die hintere Wand zu. »Was hast du schon ausprobiert?« Den Kopf leicht schief gelegt, drehte sie sich zu Hanna um.

»Nebst den gängigen Kräutern wie Kamille und Salbei auch Rainweide und etwas der Wurzel des Schilfrohrs. Doch all das hilft nicht. Wendelgart fiebert noch immer, zudem hustet sie so schrecklich.«

Schwester Agrikola wandte sich wieder dem Regal zu, während hinter ihr zwei Augenpaare gebannt auf ihren krummen Rücken starrten.

»Ich schlage Stechapfel vor, allerdings nur in kleiner Dosis, und vielleicht etwas Rinde der Berberitze. Davon gib ihr alle vier Stunden einen Becher voll zu trinken. Dazwischen soll sie möglichst viel Tee aus Lungenkraut, Andorn und Baldrian zu sich nehmen. Letztes wird sie ruhiger machen, sodass das Abhusten des Schleims sie nicht so arg mitnimmt.« Die Begine nickte nachdenklich. »Habt ihr Honig im Haus?«, fragte sie mit heiserer Stimme.

Hanna nickte.

»Dann nimm vier Zwiebeln und schneid sie klein, vermisch sie mit zehn Löffeln Honig. Lass das Ganze einen Tag ruhen. Von der entstandenen Flüssigkeit gib Wendelgart ab morgen viermal täglich einen Löffel. Hast du alles verstanden?«

Hanna nickte abermals.

»Wie gesagt, ich kann leider die Schwesternsammlung nicht mehr verlassen. Mein Zipperlein nagt zu heftig an mir. Jedoch kennt sich Alma mittlerweile ebenso gut mit Kräutern aus wie ich. Solltest du Unterstützung brauchen, wird sie dir helfen.« Agrikola blinzelte ihrer Mitschwester auffordernd zu, und der Stolz in ihren Augen war nicht zu übersehen.

Die alte Kräuterschwester hatte Alma als eine der Ersten hier ins Herz geschlossen und sie sofort unter ihre Fittiche genommen. Seither verbrachte Alma die Tage in der Kräuterstube. Die Zeit als Badehure gehörte endgültig der Vergangenheit an.

Schwester Agrikola packte die Kräuter in einen Leinenbeutel und hielt ihn Hanna hin. »Und jetzt lauft«, scheuchte sie die beiden Frauen mit einem schiefen Lächeln aus der Kräuterstube. »Bestimmt wollt ihr noch das eine oder andere tratschen, danach steht mir in meinem Alter nicht mehr der Sinn.«

»Manchmal ist mir Agrikola beinahe etwas unheimlich.«

Alma grinste, als sie auf das Tor zugingen. »Ich wollte dich nämlich tatsächlich um einen Gefallen bitten. Wärst du heute nicht gekommen, hätte ich dich in den nächsten Tagen wohl aufgesucht. Ich brauche deine Hilfe.«

»Oh. Wobei?«

»Es geht um Odo.« Alma blieb stehen, während sie mit ihrem Stiefel im Schnee scharrte.

»Was ist mit deinem Bruder?«

»Er macht mir Sorgen«, begann Alma zögerlich. »Bald wäre seine Lehre beim Schustermeister Gernot zu Ende, doch der dumme Kerl treibt sich die letzte Zeit nur mit Gesindel herum. Mir kam zu Ohren, dass er sich draußen vor der Stadt einer Gruppe Vagabunden angeschlossen habe, die die Tavernen unsicher machen. Könntest nicht du vielleicht einmal mit ihm reden? Auf dich hört er bestimmt.«

Hanna zweifelte, und dies wohl nicht zu Unrecht. Odo war in einem Alter, in dem sich die jungen Kerle nicht gern dreinschwatzen ließen. Zudem war Odo jetzt schon gute zwei Köpfe größer als sie und Alma, ein weiterer Punkt, der ihr nicht unbedingt zum Vorteil gereichte. Allerdings war sein unlauterer Lebenswandel auch schon ihr zu Ohren gekommen, sodass sie Almas Sorgen durchaus verstand.

»Ich werde ihm ins Gewissen reden, sobald Wendelgart wieder gesund ist.« Hanna lächelte verzagt. »Allerdings darfst du dir nicht zu viel Hoffnung machen. Odo ist … nun, er ist …«

»Ich weiß, darum habe ich auch dich gefragt.«

Alma schob den Riegel zurück. In diesem Augenblick trat Schwester Agrikola über die Schwelle des Herbariums und hob den Stock. »Gib noch Wacholderbeeren in die Kohlepfanne«, krächzte sie über den Innenhof. »Wird Wendelgart ebenfalls helfen.«

Als Zeichen, dass sie die Worte gehört hatte, winkte Hanna der alten Begine zu. Nach einer letzten Umarmung mit Alma drückte sie sich durch den Spalt des Tores. Erst draußen auf der Gasse wurde ihr mit Schrecken bewusst, dass sie der Mutter

Oberin keine Aufwartung gemacht hatte. Hoffentlich nahm Guta von Wellershausen ihr dieses Malheur nicht übel.

Mit einem Seufzer drückte Hanna den Leinenbeutel mit den guten Kräutern fest an die Brust und lief durch die Gassen zurück zur Brotlaube. Sie hatte Glück, denn eben lud der Lehrling des Pfisters eine Ladung frischer Weggen ab. Der Duft brachte Hannas Magen zum Knurren. Hastig klaubte sie die Münzen aus ihrem Beutel, dann marschierte sie mit ausladendem Schritt dem Schlachttor entgegen. Hier musste sie sich allerdings etwas gedulden, denn der Andrang der Menschen, die in die Stadt wollten, war trotz der Kälte beachtlich.

Endlich fand Hanna ein Schlupfloch und entkam der Stadt.

Auf dem Rindermarkt tummelten sich lediglich eine Handvoll Interessenten. Im Winter kaufte kaum jemand ein neues Tier. Es war schon so schwierig, den eigenen Bestand über die Runden zu bringen.

»He, du da, Weib, verschwinde!«

Erschrocken fuhr Hanna herum. Keine Sekunde zu früh, denn der Ochsenkarren rasselte mit bahnbrechender Geschwindigkeit auf sie zu. Hastig sprang sie zur Seite. Schneematsch spritzte nach allen Seiten. Sie faustete dem Mann aufgebracht nach, als er an ihr vorbeipreschte, doch der Kerl lachte sie nur aus.

»Wendelgart, ich bin zurück«, rief Hanna laut, als sie durchnässt in die kleine Diele trat. Sie hängte den Mantel an den Haken und rannte die Stufen hoch.

Die alte Frau hatte die Decke weggestrampelt und lag jetzt mit verschwitztem Leinenhemd da. Sie zitterte am ganzen Leib, ob vor Fieber oder vor Kälte, wusste Hanna nicht zu sagen. Eilends zog sie die Decke über den mageren Körper.

»Schwester Agrikola hat mir jede Menge guter Kräuter mitgegeben. Ich werde jetzt nach unten gehen und alles so richten, wie es die Begine mir aufgetragen hat. Hast du mich verstanden, Wendelgart?«

Die alte Wehmutter versuchte sich an einem Nicken, was Hanna mit Erleichterung zur Kenntnis nahm.

»Es wird alles wieder gut, hab Vertrauen. Bald schon laufen wir wieder gemeinsam durch die Gassen der Stadt. Ich muss doch noch so viel von dir lernen.«

An der Tür verharrte Hanna kurz. Die Augen zur Decke gerichtet, flehte sie Gott um Hilfe an. Dann drehte sie sich um und rannte die Stiege hinab. Hastig befolgte sie Agrikolas Anweisungen, ehe sie abermals die Stiege hochstolperte. Die nächsten Stunden wich sie nicht von Wendelgarts Seite, und als sich die Nacht über Konstanz legte, atmete die alte Wehmutter bereits hörbar leichter.

***

Die folgenden Tage setzte sich die Heilung weiter fort. An Aufstehen war allerdings noch längst nicht zu denken. Als Wendelgart wieder halbwegs bei Sinnen war, gab sie Hanna den Auftrag, sich um Lisbeth Hagen und ihr Neugeborenes zu kümmern. Ebenfalls sollte sie in die Amelungsgasse zu Martha Eberlin, die in wenigen Wochen ein Kind, vielleicht sogar zwei erwartete. Hanna versprach, all dies zu erledigen, wenn Wendelgart im Gegenzug gelobte, die Medizin zeitgenau einzunehmen, und dazu zählte auch der Sirup aus Zwiebeln und Honig, der einen bestialischen Gestank verströmte und den Wendelgart nur unter Protest einnahm.

Ihre Lehrmeisterin gab sich geschlagen, und so marschierte Hanna mitsamt dem Kräuterkorb gegen Mittag los. Da der Seewind etwas eingeschlafen war, fühlte sich die Kälte nicht gar so garstig an.

Aus einer Laune heraus entschied sie sich für den Weg nahe dem Galgenhügel. Der Galgenbaum ragte einsam und verlassen in den grauen Winterhimmel. Sie nutzte den kleinen Umweg, um sich Gedanken über Lisbeth Hagen und ihre Krankheit zu machen. Bislang hatte Wendelgart noch keine Meldung beim Großen Rat gemacht, doch sobald ihre Lehrmeisterin wieder auf den Beinen war, würde sie dies bestimmt nachholen.

Beim Schnetztor drückte sich Hanna an einer Gruppe wütender Bauern vorbei, ehe sie in einer der angrenzenden Gassen verschwand. Der Besuch bei Lisbeth Hagen lag ihr mehr auf dem Magen, als sie nach außen zeigte. Das Klopfen an der Haustür klang dann auch zögerlich, Hanna spürte es selbst. Eine unbekannte Magd führte sie nach oben in die Schlafkammer der Herrin.

Lisbeth Hagen lag auf der Bettstatt unter einem Berg Decken und gönnte sich eben einen Becher Würzwein. Neben ihr in einer Wiege lag der Säugling und schlief friedlich. Von einer Amme war nichts zu sehen. Das Knistern des Kaminfeuers war das einzige Geräusch im Raum.

»Wie geht es Euch?«, fragte Hanna nach kurzem Räuspern. Sie stellte den Kräuterkorb auf den kleinen Beistelltisch und hob das Kind vorsichtig aus seiner Wiege.

»Gut, das siehst du ja selbst«, antwortete Lisbeth Hagen mit schnippischem Unterton. »Wo ist Wendelgart?«

»Leider krank, deshalb komme ich auch allein. Doch seid unbesorgt, ich weiß, was zu tun ist.«

Hanna löste den Wickel um den Körper des Jungen und begutachtete die Nabelwunde. Nachdem sie etwas Heilsalbe darauf gestrichen und das Kind von allen Seiten kontrolliert hatte, wickelte sie es in sauberes Leinen. Dem Säugling lief eine dünne Milchspur aus einem der Mundwinkel, ein Zeichen, dass er erst vor Kurzem gestillt worden war.

»Habt Ihr Euch eine Amme besorgt, wie Wendelgart es aufgetragen hat?«, fragte Hanna lauernd.

»Warum sollte ich? Solange ich genug Milch habe, werde ich mein Kind selbst stillen.« Lisbeth Hagens Abwehr war deutlich zu spüren. »Ich will keine fremden Leute in meinem Haus.«

»Das ist nicht klug«, versuchte Hanna einen weiteren Vorstoß. »Ihr seid krank, und Ihr wisst es. Zieht den Medicus zurate. Er soll sich die Knoten ansehen.«

»Die sind längst verschwunden.« Lisbeth Hagen zog die Decke höher. Ihre Augen funkelten vor Zorn. »Und jetzt verschwinde aus meinem Haus. Ich werde meinen Mann anhalten, mir eine andere Hebamme für die Wochenbettzeit zu besorgen.«

Hanna biss sich auf die Unterlippe. Wenn Lisbeth Hagen damit durchkam, gefährdete sie das Leben ihrer ganzen Familie. Sie durfte es nicht so weit kommen lassen. Als Zeichen guten Willens griff sie deshalb in ihren Korb.

»Ich habe Euch Kräuter zur Stärkung mitgebracht. Wenn Ihr wollt, gebe ich sie Eurer Köchin, damit sie daraus einen Tee zubereitet. Frauenmantel und Himbeerblätter, sie schmecken gut.«

Da Lisbeth Hagen nur ein Murren von sich gab, fuhr Hanna fort: »Zudem wird dieses Öl aus zerstoßener Schafgarbe helfen, die Spuren der Geburt schneller abheilen zu lassen. Soll ich Euch nicht doch untersuchen?«

Lisbeth Hagen schüttelte energisch den Kopf, die Decke noch immer fest an den Hals gepresst. Hanna ahnte, dass sie diese Schlacht verloren hatte. Nachdenklich trat sie hinaus auf die Diele.

»Was ist mit meiner Frau?« Lazarus Hagen trat so unverhofft aus dem Schatten, dass Hanna erschrocken zusammenfuhr. Im Gesicht des Goldschmieds lag ein Lauern, das Hanna zur Vorsicht mahnte.

»Ich bin mir … nicht sicher.« Verzweifelt nach den richtigen Worten suchend, umklammerte Hanna den Kräuterkorb mit festem Griff. »Wendelgart glaubt … nun, sie glaubt … Es wäre halt besser, ein Medicus würde sich die Knoten Eurer Gattin ansehen.« So, jetzt war es draußen. Hanna schaute verlegen auf ihre nassen Stiefelspitzen.

Lazarus Hagen kam einen Schritt näher. »Was ist mit den Knoten?«

»Ihr habt sie gesehen?«, fragte Hanna erstaunt.

Lazarus Hagen winkte barsch ab. Offenbar war er nicht gewillt, darüber zu sprechen. Doch sein Blick verhieß nichts Gutes. Hanna wusste, dass der Goldschmied zu Handgreiflichkeiten neigte, und Schläge waren das Letzte, was sie Lisbeth Hagen jetzt wünschte.

»Ruft einen Medicus«, sagte sie deshalb mit Nachdruck. »Er wird Klarheit in die Sache bringen und Euch sagen, was die Knoten bedeuten.« Hanna schluckte. Sie mochte das Wort Miselsucht nicht in den Mund nehmen, nicht im Haus einer Wöchnerin.

Stillschweigend drängte sie sich am Goldschmied vorbei. In der Küche gab sie die Kräuter in aller Eile ab, ehe sie hinaus auf die Gasse trat. Allmählich beruhigte sich ihr Herzschlag. Sie hatte das Richtige getan, sagte sie sich immer wieder, auch wenn damit das Schicksal der Lisbeth Hagen besiegelt war, sollte sich die Vermutung bestätigen.

Den Korb eng an sich gedrückt, ging sie weiter. Als sie in die Amelungsgasse einbog, stieß sie beinahe mit zwei Männern zusammen, die sich eifrig unterhielten. Ihre spitz zulaufenden Hüte und das gelbe Stück Stoff auf ihren Umhängen wiesen sie als Juden aus. Den Blick gesenkt, eilte Hanna auf das Haus des Tuchhändlers Eberlin zu.

Das Haus besaß einen Arkadengang zur Gasse hin, welcher zugleich als Laden diente. Im oberen Bereich des Hauses befanden sich die Wohnräume der Familie. Eine schmale Außentreppe führte hinauf zum Eingang.

»Du willst wohl zur Herrin, nicht wahr?«, fragte der Geselle neugierig, wobei er sich auf dem Schaufelstiel abstützte. Sein Gesicht war vom Schneeschaufeln ganz rot.

»Sieht man mir das Hebammenamt so an?«, lachte Hanna.

»Das nicht, aber ich kenne dich. Du hast meiner Schwester bei der Geburt beigestanden, draußen in der Vorstadt. Die Else ist dir noch heute dankbar.«

»Die Else neben der Taverne zum Goldenen Lamm?«, fragte Hanna. »Dann bist du Benz, wenn ich mich richtig erinnere. Deine Schwester hat nur Gutes von dir berichtet.«

Der junge Mann nickte und lächelte.

»Ja, das war eine schwierige Geburt, ich erinnere mich«, fuhr Hanna nachdenklich fort. »Wie geht es Else denn heute?«

»Bestens«, grinste Benz, wobei er mit der Hand einen dicken

Bauch andeutete. »Sie ist wieder guter Hoffnung und wird bestimmt bald nach dir rufen lassen.«

»Dann bestell ihr einen lieben Gruß, doch jetzt muss ich hinauf zu deiner Herrin.«

Hanna wandte sich ab und stieg die Treppe hoch. Nachdem sie gegen die Tür geklopft hatte, trat sie ein. Der Besuch bei der kerngesunden Martha Eberlin dauerte nicht lange. Die Untersuchung zeigte, dass der Bauch noch hochstand, die Zeit bis zur Geburt sich noch dahinzog. Trotzdem empfahl sie ihr, gewürzten Wein mit Hafermehl zu trinken, damit sie bei Kräften blieb. Denn sollten sich tatsächlich zwei Kinder im Bauch der Tuchhändlerin befinden, und daran bestand nach der heutigen Untersuchung eigentlich kein Zweifel mehr, würde die Geburt eine Tortur werden.

Mit dem Versprechen, ab jetzt regelmäßig einmal pro Woche vorbeizukommen, trat Hanna wieder vor die Tür. Sie blieb einen Augenblick stehen und lugte um die Ecke in den Innenhof des Hauses. Der Tuchhändler besaß etliche Ochsen und Pferde. Ihr Wiehern und Brüllen erfüllten die Luft. Jetzt im Winter war den Tieren eine Rast gegönnt, im Frühjahr ging es dann wieder auf die vielen Messen und fernen Märkte, die Ulrich Eberlin ebenso besuchte wie seine Zunftfreunde.

Hanna wollte sich eben abwenden, als sie den Mann wahrnahm, der um die Tiere schlich. Sie war sich nicht sicher, doch irgendwie wurde sie das Gefühl nicht los, dass der Kerl sie beobachtete. Als er ihr Interesse bemerkte, verschwand er blitzschnell in einem der Ställe. Verwundert stieg Hanna die Treppe hinab.

Der Geselle war längst fertig mit Schneeschaufeln, und Hanna hörte, wie Ulrich Eberlin ihn im Laden zurechtwies. Den Kopf eingezogen, lief Hanna dem Ende der Gasse entgegen.

4. Kapitel

Das Gebimmel der Werkglocken hallte durch die Gassen der Stadt und verkündete das Ende des Tages. In den Arkadenbogen wurden die Läden geschlossen und auf den Marktplätzen die letzten Stände leer geräumt. Bald würden die Armenpfründer des Heiliggeistspitals mit ihren Handkarren anrücken. Stinkende Schlachtabfälle, Haufen von vergammeltem Stroh oder auch zertrampelte Gemüsereste mussten entfernt und hinunter zum Raueneggturm gebracht werden. Dort waren diese Abfallhaufen willkommen, denn zusammen mit Schutt und Steinen rang man daraus dem See seit Jahren neues Land ab.

Im Haus des Tuchhändlers Eberlin wurde eben das Nachtmahl aufgetragen. Die Stimme des Hausherrn hallte durch die Wände und zeugte von seinem Unmut. Eigentlich galt Ulrich Eberlin als friedfertig und geduldig, doch ging es um seinen Tuchhandel und das damit verbundene Ansehen, dann zeigte sich sein verborgenes Temperament. Seit über einer Stunde saß er nun schon in der guten Stube, fluchte und zeterte in einem fort. Seine Gattin bemühte sich redlich, ihn zu besänftigen. Sie konnte nicht verstehen, warum sich Ulrich wegen des Fehlgriffes des Gesellen so aufregte, sie selbst sah darin kein so gravierendes Malheur.

»Statt wie von mir aufgetragen einen mittelwertigen Tuchballen aus dem Lager zu holen, bringt der Kerl doch tatsächlich den feinsten Silberbrokat«, rief Ulrich Eberlin bereits zum x-ten Male, wobei er mit der Faust auf den Tisch schlug.

Die Magd zuckte erschrocken zusammen. Hastig stellte sie die dampfende Schüssel auf den Tisch, ehe sie eiligst das Weite suchte.

»Du kannst dir ja vorstellen, dass die Kundin nicht lange gezögert und zugegriffen hat, zumal Benz den Preis weit unter Wert ansetzte.« Der Tuchhändler schnaufte. »Das Schlimme an der Sache ist, dass ich den Brokat bereits einer anderen Kundin versprochen habe und so schnell keinen Ersatz besorgen kann. Wie stehe ich nun da?«

»Urteil nicht so streng, Ulrich«, lächelte Martha ihm zu. »Benz gibt sein Bestes, und bestimmt nimmt ihn die Sache schrecklich mit.«

»Sein Befinden interessiert mich im Augenblick herzlich wenig. Bald wird ganz Konstanz davon erfahren. Meine Zunftbrüder werden sich ins Fäustchen lachen.«

Martha Eberlin füllte die Teller mit dem herrlich duftenden Eintopf. »Ach, Ulrich, dich interessiert doch normalerweise nicht, was die Zunftbrüder reden. Also lass sie, bald werden sie das Ganze vergessen haben. Je weniger du dich aufregst, desto besser für dich und dein Geschäft.«

Ulrich Eberlin brummte. Mit dem Zunftmeister Gutrecht verstand er sich die letzte Zeit ohnehin nicht gut. Dem Kerl gelüstete es nach seiner Meinung zu sehr nach Macht.

»Ich werde Benz die Kreuzer vom Lohn abziehen, darauf kann er sich verlassen«, verkündete er nach einem tiefen Atemzug, dann griff er sich die Weinkaraffe und goss erst Martha, dann sich etwas Wein in zwei der neuen Gläser, die er letzten Herbst von einem lombardischen Händler gekauft hatte.

»Mach das, Ulrich. Benz wird es verstehen«, nickte Martha ihm zu, während sie mit gespitzten Lippen etwas vom herrlichen Wein trank.

Ulrich konnte nie lange wütend über jemand sein, schon gar nicht über Benz. Martha wusste, dass er den jungen Mann mochte und sich keinen anderen Gesellen für seinen Tuchladen wünschte. Viele seiner Zunftbrüder hatten es da weitaus schlechter getroffen. Oftmals entpuppte sich ein Lehrling oder Geselle als Dieb. Zunftmeister Gutrecht hatte erst letzte Woche einen seiner Lehrlinge beim Großen Rat angezeigt. Doch bevor die Stadtbüttel zur Tat schreiten konnten, hatte sich der Hundsfott bereits aus der Stadt geschlichen.

»Gibt es keinen Braten?« Die Frage des alten Erasmus vertrieb die schlechte Laune seines Sohnes endgültig. Mit wackeligem Gang kam der Mann näher an den Tisch.

»Heute nicht«, erwiderte Ulrich, wobei er seinem Vater ebenfalls etwas Wein einschenkte und an dessen angestammten Platz am Tisch stellte. »Setz dich. Das Essen wird sonst kalt.«

Seit der Schlagfluss seinen Vater vor gut fünf Jahren aus heiterem Himmel getroffen hatte, lebte der alte Mann in einer anderen Welt. Kaum noch fähig, sich selbst anzukleiden oder gar allein durch die Stadt zu gehen, verbrachte Erasmus Eberlin seine Zeit größtenteils in seiner Kammer im ersten Stock. Eine Gesichtshälfte hing ihm schlaff hinunter, und auch der rechte Arm gehorchte ihm nicht mehr, zudem lag auf seinem Gesicht stets ein unergründlicher Ausdruck, den niemand so recht zu deuten vermochte. Oft nahm er die Mahlzeiten deshalb in seiner Kammer ein. Vermutlich hatte der Lärm aus der guten Stube ihn heute heruntergelockt.

Die anschließende Unterhaltung drehte sich nur noch um Banalitäten, wie den Besuch der jungen Hebamme und Gerüchte, die man stets so vom Gesinde aufschnappte. Als die Magd die Reste abräumte, gönnten sich Ulrich und Martha ein letztes Glas Wein. Erasmus Eberlin war längst wieder nach oben gegangen. Aus der Küche hörte man das Klappern von Geschirr und hin und wieder ein Lachen. Die Knechte hatten sich früh in ihre Kammern hinter den Ställen verzogen. Im Sommer gönnten sie sich dort oft ein Kartenspiel, doch jetzt im Winter holte sie die Dunkelheit zu schnell ein. Vermutlich lagen sie schon in ihren Strohkästen und ruhten für den nächsten Tag.

***

Konradin, der neue Stallknecht der Eberlins, wartete ungeduldig auf die ersten Schnarchgeräusche. Dann schlich er sich im Schutz der Dunkelheit in den Ochsenstall. Die Tiere blickten ihm schläfrig entgegen. Konradin drückte die schweren Leiber mit seinen Ellbogen zur Seite. Unter einem Haufen Stroh hatte emons: **Tel. 0221 - 569 77 - 0 · info@emons-verlag.de**

Bitte senden Sie mir das aktuelle Verlagsprogramm zu

Ich möchte den Newsletter von emons: **per E-Mail erhalten**

Ich habe Interesse an Krimis aus folgender Region:

 Besuchen Sie uns auch auf www.facebook.com/EmonsVerlag

Name

Straße

PLZ/Ort

E-Mail

emons: **verlag**
Cäcilienstraße 48

50667 Köln

Ich bin damit einverstanden, dass meine hier angeführten Daten zu dem folgenden Zweck »Versand von Kundenprospekt« erhoben, verarbeitet und genutzt sowie unter Umständen an unseren Dienstleister zum Versand des angeforderten Kundenprospektes weitergegeben bzw. übermittelt und dort ebenfalls zu dem folgenden Zweck »Versand von Kundenprospekt« verarbeitet und genutzt werden. Hier werden die Daten unmittelbar nach dem Versand gelöscht. Im Fall des Widerrufs werden mit dem Zugang meiner Widerrufserklärung meine Daten gelöscht.

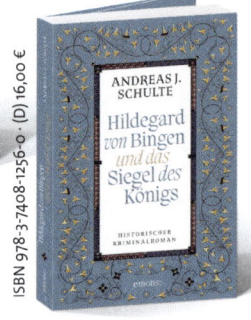

er vor Tagen zwei Leinensäcke versteckt. Angespannt horchte er in die Stille. Sollte jemand unerwartet hier auftauchen, würde er sich eine plausible Erklärung einfallen lassen müssen, warum er mit zwei Leinensäcken voller Kleider seines Herrn im Hof herumschlich.

Er lugte kurz nach beiden Seiten, ehe er den Stall verließ und auf das Tor zur Gasse zulief. Als er sich kurz umdrehte, glaubte er den alten Erasmus am Fenster seiner Kammer zu sehen, war sich aber nicht sicher. In den anderen Räumen hatte die Nacht Einzug gehalten. Hastig schlüpfte er durch das Tor.

»Na endlich«, empfing ihn eine ungeduldige kratzige Stimme. »Ich wollte bereits —«

»Hör auf zu jammern und hilf mir mit den Säcken«, fuhr Konradin dem jungen Burschen grob ins Wort. »Wenn du zu uns gehören willst, zügele dein Maul. Schwätzer mögen wir nicht.«

»Ich wollte dich nicht verärgern, entschuldige, Konradin.« Odo tippelte verlegen von einem Fuß auf den anderen, dabei hielt er den Blick demütig gesenkt. »Es ist halt nur, weil Meister Gernot mir bereits gedroht hat, meine Lehrzeit aufzulösen, sollte ich mir wieder …«

»Ist schon gut, Odo. Jetzt lass uns endlich von hier verschwinden, nicht dass man uns noch erwischt.«

Odo nickte hastig. Mit schlaksig ausladendem Schritt lief er neben Konradin die Gasse entlang. Jeder von ihnen trug einen der Leinensäcke auf der Schulter.

»Wir nehmen wieder das Schottentor. Versuch du die Wächter abzulenken, sodass ich mit den Säcken durch das Nebentor komme. Sie dürfen mich nicht entdecken.«

»Was ist denn so Wertvolles drin?« Odo schielte neugierig auf den Leinensack auf Konradins Schulter.

»Das geht dich nichts an, Jungchen. Zu viel Neugier bekommt dir nicht, merk dir das.«

Odo gierte danach, in die Gemeinschaft der wilden Horde aufgenommen zu werden, die vor Wochen nach Konstanz gekommen war, und das wusste Konradin zu nutzen. Schon etliche

Male hatte Odo mit den Männern in den Tavernen einen über den Durst getrunken. Allerdings wusste er nur einen Bruchteil von dem, was die grobschlächtigen Kerle tatsächlich trieben. Doch es war ihm offenbar egal, Hauptsache, er gehörte bald dazu.

Kurz vor dem Stadttor drückten sich die beiden Männer in eine Mauernische und beobachteten die Wächter. Das Tor war längst geschlossen, der schwere Querbalken vorgeschoben.

»Dräng sie auf die Wachstube zu, damit ich ungesehen zur Pforte komme. Ich warte drüben an der Weggabelung auf dich, dort, wo sich die drei Eichen befinden.« Konradin wies mit dem Kinn in Richtung der beiden Wachposten, wobei er Odo aufmunternd auf die Schulter klopfte.

Die Kälte fraß sich in die Beine, was Odos Schritte noch schlaksiger wirken ließ. Im Schein der dünnen Mondsichel schlenderte er auf die Männer zu.

»Ach, du bist es«, brummte einer der Wächter, der Odo schon seit Jahren kannte. »Was in Gottes Namen treibt dich denn mitten in der Nacht um?«

Odos Grinsen verkam zu einer Grimasse. Kurz schielte er über seine Schulter, ehe er sich an die Seite der beiden Männer gesellte. Er räusperte sich. »Ich dachte mir, bei euch gibt's vielleicht etwas Met für mich.«

Konradin nutzte die Unaufmerksamkeit der Wächter und schlich die Mauer entlang auf das Tor zu. In dem Augenblick, als Odo sich den Krug in der Wachstube griff, schlüpfte er durch die kleine Pforte nach draußen. Er wartete, bis der Mond hinter einer Wolke verschwand, dann lief er den eisigen Weg in Richtung der kleinen Baumgruppe.

Konradin neigte nicht zu Geduld, so war seine Laune auf dem Tiefpunkt, als er Odos Schatten endlich auf sich zukommen sah. »Warum hat das so lange gedauert?«, murrte er ihm entgegen.

»Ich musste erst zwei Becher trinken, ehe ich ihnen eine Geschichte von meiner Liebsten außerhalb der Stadt erzählen konnte.« Odo schluckte, denn insgeheim hatte er auf ein Lob seines Kumpans gehofft und nicht auf Tadel.

Der Weg durch die sumpfigen Wiesen war im fahlen Mondlicht zu gefährlich. So folgten die beiden erst der gepflasterten Straße nach Kreuzlingen, ehe sie in den befestigten Waldweg einbogen, der zum Versteck der Männer um Meister Emilian führte. Im Stillen fürchtete sich Odo jedes Mal, traf er auf den mächtigen Mann mit dem wilden Blick und dem tiefschwarzen Bart. Die ebenfalls schwarzen Haare reichten ihm bis auf die Schultern und verliehen ihm etwas Verwegenes. Der Meister stattete der Stadt nur selten einen Besuch ab, und wenn, dann verbarg er sein Gesicht unter einem tief ins Gesicht gezogenen Hut.

Man roch den beißenden Rauch schon, noch bevor sich die Hütte gegen die Schatten der Nacht abzeichnete. Sie stand auf einer kleinen Lichtung und doch bestens verborgen durch die dichten Bäume. Niemand verirrte sich in dieser Jahreszeit so tief in diese Einöde, warum auch, im Wald gab es nicht viel zu holen. Obwohl es nahe an Mitternacht war, brutzelte auf dem Spieß ein Hase, gierig beäugt von sechs Männern, die auf Holzpflöcken saßen und sich grölend zuprosteten.

Während Konradin in der windschiefen Hütte verschwand, setzte sich Odo ans Feuer und versuchte seine klammen Finger zu wärmen. Die Kälte der Nacht vermischte sich mit der Feuchte des aufsteigenden Nebels und machte das Ganze doppelt unangenehm. Als einer der Männer ihm einen Ziegenbalg voll Wein hinhielt, trank Odo gierig. Der Wein schmeckte grauenvoll, und doch entspannte sich sein Körper allmählich.

Verstohlen schaute er zur Hütte. Im Schein einer Talglampe glaubte er die Silhouette zweier Männer zu erkennen. Mit der Ausrede, seine Blase leeren zu müssen, schlenderte er auf das Fenster zu. Eben zog Konradin ein vornehmes Gewand aus einem der Leinensäcke und reichte es dem Meister. »Fast hätte mich die Hausherrin erwischt, als ich in der Kammer war. Zum Glück kam eben die Hebamme vorbei«, lachte er.

»Es darf keine Spur zu mir führen, sonst wird unser Plan nicht aufgehen.« Der Meister legte seinem Verbündeten eine Hand auf die Schulter. »Halt die Männer an, für Unruhe in der Stadt zu sorgen. Ein, zwei Morde wären gut, besonders an Huren, da fragt niemand groß nach.«

»Seid unbesorgt, Meister. Das werde ich selbst in die Hand nehmen.« Konradin grinste. »Allerdings wird den Männern die Zeit allmählich zu lang, bis die Karawane aus St. Gallen eintrifft. Sie wollen jetzt schon Gold und Silber sehen«, fügte er brummig bei.

»Solange sie meinen Plan nicht gefährden, soll mir alles recht sein.« Meister Emilian drehte sich um. »In den Pfaffenhäusern wimmelt es von Kostbarkeiten, sag ihnen das. Meine Zustimmung haben sie.«

Leider begann genau in diesem Augenblick Odos Nase zu kitzeln, sodass er eiligst zurück zum Feuer lief. Niesend setzte er sich wieder auf seinen Platz. Aus den Augenwinkeln sah er Meister Emilian und Konradin vor die Tür treten. Trotz der Finsternis glaubte Odo, ein zufriedenes Lächeln auf dem Gesicht der Männer zu sehen. Dann klopfte der Meister Konradin auf die Schulter, lachte und verschwand wieder in der Hütte.

»Eine Saukälte«, brummte Konradin, als er sich neben Odo ans Feuer setzte und sich die Hände rieb.

»Ich zähle hier nur sechs Leute. Wo ist denn der Rest der Gruppe?«, fragte Odo lauernd. Vorsichtshalber hatte er seine Stimme gesenkt, nicht dass einer der Kerle seine Frage als zu neugierig empfand. Die Gruppe um Meister Emilian zählte an die zwanzig Männer, einer raubeiniger als der andere.

»Die sind auf der Lauer. Ich habe von Meister Emilian gehört, dass eine Karawane eintreffen soll. Gibt eine reiche Beute für uns.« Konradin klopfte sich auf den Oberschenkel, ehe er sich einen Ziegenbalg angelte und einen herzhaften Schluck nahm. »Und jetzt trink und hör auf, Fragen zu stellen.«

Wie viel Wein Odo tatsächlich getrunken hatte, wusste er später nicht. Auch wusste er nicht, wie lange er am längst erloschenen

Feuer geschlafen hatte. Mit brummendem Schädel und einem galligen Gestank im Mund rappelte er sich mit einsetzender Morgendämmerung hoch. Von Konradin und den Männern fehlte jede Spur.

Wütend und enttäuscht schwankte Odo wenig später dem Stadttor entgegen. Als die beiden Wächter ihn bemerkten, sparten sie nicht mit Spott. Odo sah nicht nur schrecklich aus, er roch auch so.

Zum Glück begegnete ihm beim Gang durch die Gassen niemand, den er kannte. Da heute Sonntag war, ruhte die Stadt länger.

Als er das Haus seines Lehrmeisters erreichte, war es mit dem Glück allerdings vorbei. Meister Gernot erwartete ihn bereits mit gezückter Gerte unter dem Türsturz. Dass der Schustermeister damit nicht die zwei streunenden Hunde vertreiben wollte, die sich eben über einen Abfallberg hermachten, war Odo sofort klar.

5. Kapitel

Wendelgart ging es dank der Kräuter der alten Begine zwar bereits deutlich besser, doch war sie noch zu schwach, um das Haus zu verlassen. An eine Teilnahme an der Taufe des Kindes der Lisbeth Hagen war nicht zu denken. Für einmal musste Hanna diesen Dienst übernehmen.

Freute sie sich sonst über jedes Erdenkind, das vom Pfaffen in die Gemeinschaft der Gläubigen eingeführt wurde, so empfand Hanna diesen Gang heute als Bürde, zumal sie nicht wusste, welchen Empfang man ihr im Hause des Goldschmieds bereiten würde. Auch ahnte sie nicht, inwieweit Lazarus Hagen ihrem Rat, einen Medicus hinzuzuziehen, gefolgt war. Die Gerüchte in der Stadt gaben in dieser Beziehung nicht viel her. Entweder hatte der Goldschmied alles getan, diese im Keim zu ersticken, oder er hatte den Gelehrten tatsächlich nicht zu seiner Frau gerufen.

All diese Gedanken summierten sich in Hannas Kopf, während sie das karge Mahl aus Bohnen und Rüben richtete. Der Eintopf duftete trotz der Einfachheit herrlich.

»Wickle das Kind nicht zu fest«, krächzte Wendelgart heiser, wobei sie das Schultertuch enger zog. Sie saß auf einem der Stühle neben der Herdstelle, eine wollene Decke auf den Beinen, und beobachtete Hanna beim Hantieren mit den Töpfen. »Sonst wird es deswegen noch mehr schreien. Wird es ohnehin, wenn das eiskalte Wasser über sein Gesicht läuft«, setzte sie hüstelnd nach.

Hanna füllte etwas vom Eintopf in eine Schüssel. Dann angelte sie sich ein Stück Brot und stellte alles vor ihrer Lehrmeisterin auf den Tisch. Die Verzweiflung stand ihr wohl ins Gesicht geschrieben, denn Wendelgart nickte ihr aufmunternd zu.

»Reib dem Jungen vorher etwas Baldrianöl auf die Brust, wird ihn schläfrig machen.« Wendelgart hustete abermals.

»Und du bist sicher, dass ich dich so lange allein lassen kann?«, fragte Hanna leise. »Nach einer Taufe gibt es stets ein Festmahl, und da sollte die Hebamme nicht fehlen. Es wird ewig dauern, bis ich wieder hier sein werde.«

»Ich weiß, dass der Gang dich drückt«, meinte Wendelgart, wobei sie Hannas Hand ergriff. »Sollte der Medicus tatsächlich dort gewesen sein, wird es nicht einfach für dich. Doch das Amt einer Hebamme ist nicht immer nur Freude. Glaub mir, ich würde dir gerne zur Seite stehen, doch ich bin überzeugt, dass du es auch ohne mich schaffst.«

Hanna war nicht ganz so überzeugt wie ihre Lehrmeisterin, doch um Wendelgart nicht zusätzlich in Unruhe zu versetzen, nickte sie ergeben.

»Um mich brauchst du dich nicht zu sorgen«, fügte Wendelgart bei. »Mir geht es schon deutlich besser. Zudem hat die Frau des Flickschusters einen Besuch angekündigt. Ich vermute, ihre Tochter ist in guter Hoffnung und sie will uns als Hebammen gewinnen.« Wendelgart verzog die schmalen Lippen zu einem Lächeln.

Ihre Wangen waren eingefallen, und unter den Augen zeichneten sich dunkle Ringe ab. Zudem hatte sie an Gewicht verloren. Die spitzen Knochen waren selbst unter dem Rock zu sehen.

»Warum hast du den Besuch der Flickschusterin nicht auf die kommende Woche verschoben? Ich wäre dir doch gerne zur Seite gestanden«, tadelte Hanna, wobei sie sich die halb volle Schüssel griff, die ihr Wendelgart hinhielt. »Du solltest mehr essen, wenn du wieder zu Kräften kommen willst.«

Wendelgarts Murren klang weder zustimmend noch ablehnend, es wirkte unentschieden, was Hannas Sorgen nicht vertrieb. Sie stellte die Schüssel neben den Herd.

»Hör auf, mich zu bemuttern, und mach dich auf den Weg.« Wendelgart bemühte sich um einen harten Ton. »Ich komme schon allein zurecht. Sieh du zu, dass der Goldschmied den Stadtmedicus hinzuzieht, sollte er es nicht schon getan haben, ansonsten droh ihm mit einer Anzeige beim Großen Rat. Lisbeth Hagens Knoten müssen untersucht werden.«

Hanna gab sich einen Ruck. Sie griff sich den Umhang und verknotete die Schnüre fest am Hals. Bevor sie den Korb mit den Utensilien für die Wickelung nahm, legte sie ein weiteres Holzscheit auf die züngelnden Flammen. Ein Knistern erfüllte die Küche. Sie atmete tief durch, nickte Wendelgart kurz zu und verließ schnellen Schrittes das Haus.

Wie meistens betrat Hanna die Stadt auch jetzt durch das nahe gelegene Schlachttor. Allerdings bog sie anschließend in eine kleine Gasse ein, die sie am Augustinerkloster vorbei über das Hafengelände auf den Fischmarkt führte. So wich sie dem sonntäglichen Flanieren der noblen Stadtbewohner geschickt aus und kam zügiger voran. Auf dem verwaisten Marktplatz tummelte sich nur eine Horde streunender Hunde, und vor dem Salemerhof unterhielten sich lediglich zwei Mönche. Auch das Rathaus lag verwaist da.

Den Kopf eingezogen, lief Hanna der Amelungsgasse entgegen. Vor dem Haus des Tuchhändlers Eberlin wäre sie beinahe mit einem Bettler zusammengestoßen, der unverhofft aus einer Nische trat. Der Mann fluchte wie ein Berserker und schob sie brüsk beiseite. Für einen Augenblick war Hanna versucht, es ihm mit gleicher Münze heimzuzahlen. Da jedoch Sonntag war und sich bereits einige Spaziergänger nach ihnen umdrehten, beließ sie es bei einem Murren. Betteln am Sonntag war verboten. Insgeheim hoffte sie, dass am Gassenende ein Büttel auftauchte, um den rüden Kerl zu ermahnen. Sie blickte ihm mit finsterer Miene nach, als er langsam davontrottete.

Im Haus der Eberlins schien alles ruhig. Der Laden war am Sonntag geschlossen, wie die zugezogenen Läden bezeugten. Die Frau des Tuchhändlers war eine Freundin der Lisbeth Hagen, und somit würden sie und ihr Gemahl wohl auch an den Tauffeierlichkeiten teilnehmen. Hanna hatte gehofft, Martha Eberlin auf der Straße anzutreffen, um sie bei dieser Angelegenheit ein wenig auszuhorchen. Bestimmt hätte ihr die Frau vom Besuch eines Medicus erzählt, wäre es schon dazu gekommen. Da sich ihr diese Gelegenheit offenbar nicht bot, hastete Hanna weiter.

Sie zupfte sich ihre Kapuze zurecht und strich sich über den Rock, ehe sie an die Tür des Goldschmiedes pochte. Das Herz klopfte wild in ihrer Brust.

Die Köchin der Hagens öffnete die Tür einen Spaltbreit und lugte hastig nach beiden Seiten die Gasse entlang. Dann erst winkte sie Hanna in die Diele. »Wir haben dich schon erwartet«, sagte sie verlegen und räusperte sich. Sie trug eine frische Schürze, und ihre Haare steckten artig unter einem Tuch, das sie geschickt hinter dem Kopf geknotet hatte.

»Dann hat die Herrin also nicht nach einer neuen Hebamme rufen lassen?«, fragte Hanna zaghaft.

Die Köchin schüttelte den Kopf. »Der Herr wollte dich. Also das heißt, die Wendelgart. Aber die ist ja krank. Wie geht es ihr denn überhaupt?«

»Besser«, meinte Hanna knapp. Irgendetwas störte sie am Verhalten der Frau, doch sie konnte nicht sagen, was. »Ist das Kind oben?«, fragte sie deshalb, um zum Grund ihres Besuchs zurückzukehren.

Die Frau reagierte auf diese Frage noch eine Spur verlegener und strich sich mit steifen Fingern über die gestärkte Schürze. Sie drehte sich um und schob das kleine Holzkreuz auf einer der Truhen nervös in eine andere Position, ehe sie es packte und gegen ihre Brust drückte.

»Der Herr hat den Jungen in die kleine Kammer neben seiner gebracht«, druckste sie. »Die Amme ist ebenfalls dort.«

Hanna fiel ein Stein vom Herzen. Also hatte Lisbeth Hagen doch eingewilligt, eine Amme zu rufen. Vielleicht war der Medicus auch schon hier gewesen. Allerdings traute sich Hanna nicht so recht, die Frau danach zu fragen.

»Und die Herrin?«, fragte sie stattdessen. »Liegt sie gut versorgt in ihrer Bettstatt? Vielleicht statte ich doch erst ihr einen

Besuch ab. Ich habe noch einige Kräuter mitgebracht, die ihr helfen könnten.«

Die Köchin machte einen Schritt rückwärts, dabei fiel ihr das Holzkreuz aus der Hand.

»Das wird nicht nötig sein.« Lazarus Hagen erschien unter dem Türsturz der guten Stube. Da die Tür nur angelehnt gewesen war, musste er jedes ihrer Worte mit angehört haben. »Meiner Frau geht es bestens«, fuhr er mit weittragender Stimme fort, wobei er die Köchin scharf musterte und sie dann mit einer unwirschen Handbewegung in Richtung Küche scheuchte.

An Hanna gewandt, übte sich der Goldschmied wieder in seinem altbekannten Lächeln, das beim weiblichen Geschlecht seine Wirkung nur selten verfehlte. War Lazarus Hagen nicht gerade sturzbesoffen, konnte er äußert charmant auftreten.

»Geh hinauf und richte meinen Sohn für die Taufe. Und hör auf, unnütze Fragen zu stellen. Hinterher wird es ein Festmahl geben, zu dem du ebenfalls eingeladen bist.«

Der Goldschmied trug sein bestes Sonntagsgewand. Das mit Silber- und Goldfäden gewirkte Wams und die blauen Samthosen zeugten von Reichtum. Etliche seiner Finger zierten schwere Goldringe, und auch die Kette um seinen Hals musste ein Vermögen kosten. Die Goldschmiede war ein einträgliches Geschäft.

Hanna nickte knapp. Sie mochte Lazarus Hagen nicht. Hinter dem schmeichelnden Gehabe des Mannes verbarg sich ein unangenehmer Charakter, der schnell ins Gegenteil umschlug, verhielt sich sein Gegenüber nicht nach seinem Willen. Sie musste sich zusammennehmen, um ihre wahren Gefühle zu verbergen. Dann drehte sie sich um und lief nach oben.

Die Kammer der Amme war leicht zu finden, zumal die Tür offen stand und ein gesummtes Lied erklang. Zu Hannas Freude war die Frau wohlgenährt und schien gesund. Schwere Brüste zeichneten sich unter dem Rock ab. Bei Hannas Eintreten verstummte die Amme abrupt und wandte sich ab. Trotz mehrmaligen Fragens nach der Gesundheit der Hausherrin erhielt

Hanna nur vage Antworten. So blieb nur zu hoffen, dass sich während der Festlichkeiten eine Möglichkeit bot, kurz nach Lisbeth Hagen zu sehen, da Wöchnerinnen der Gang zur Messe vierzig Tage untersagt war.

Der kleine Junge schlief selig in seiner mit feinen Bezügen ausgestatteten Wiege. Als Hanna ihn hochhob und vorsichtig aus seinen Decken schälte, begann er zu weinen, hörte aber sofort auf, als sie ihm den Bauch streichelte. Hanna liebte Kinder, den Geruch ihrer Haut, das zufriedene Brabbeln nach dem Stillen und das engelhafte Zucken des kleinen Gesichtes. Sie träufelte ihm etwas Baldrianöl auf die Brust und rieb es sanft ein. Der Junge gluckste vor Vergnügen.

»Wie soll er denn heißen?«, fragte sie die Amme über ihre Schulter.

»Johannes Felix«, antwortete die Frau so leise, dass Hanna sie kaum verstand.

»Warum flüsterst du denn?«

»Der Herrin geht es nicht gut, hat mir die Köchin gesagt«, brach die Amme ihr Schweigen doch noch. »Sie weint seit dem Besuch des Medicus ununterbrochen.«

»Wann war der Gelehrte denn hier?« Hanna angelte sich eine der frischen Leinenbinden und begann den kleinen Johannes Felix zu wickeln.

Sie musste ihre Neugier zügeln, wollte sie den Redefluss der Amme nicht zum Erliegen bringen. Die Frau schien eingeschüchtert, ja fast ängstlich darauf bedacht, dass niemand sie hörte.

»Ich glaube, gestern Abend, als ich kurz das Haus verließ. Als ich später zurückkehrte, war es hier merkwürdig still.«

»Und dann?«

Die Amme schluckte. »Die Köchin kam zu mir in die Kammer und sagte, dass die Herrin krank sei. Mehr weiß ich auch nicht.«

Hanna nickte nachdenklich. Mittlerweile war der Junge fest gewickelt, nicht zu fest, halt genau so, wie Wendelgart ihr aufgetragen hatte. Mit spitzen Fingern griff sie sich das kostbare seidene Taufgewand, dessen Borten mit Goldfäden verziert waren, und streifte es dem kleinen Johannes Felix über. Am Schluss legte sie das Kind in eine wollene schneeweiße Decke und nickte der Amme zu. Die Frau würde den Gang in die Kirche nicht mitmachen, allerdings später zur Stelle sein, wenn der getaufte Johannes Felix schreiend vor Hunger ins Haus zurückkehrte.

Hanna stieg langsam die Treppe hinunter, das Kind fest gegen ihre Brust gedrückt. Aus der Kammer der Lisbeth Hagen hörte man keinen Ton. Auch die Köchin machte sich rar, was allerdings damit zu erklären war, dass sie ein Festmahl für die Gäste zu richten hatte. Das Gezeter aus der Küche verriet, dass ihr dabei mehrere Mägde zur Hand gingen.

Lazarus Hagen stand breitbeinig in der guten Stube, umringt von zahlreichen Gästen, die in den letzten Minuten eingetroffen waren. Seine Stimme hallte von den Wänden wider. Offenbar wusste niemand von der Hinfälligkeit der Hausherrin, anders war die ausgelassene Stimmung nicht zu erklären. Es wurde gelacht, gewitzelt und sich zugeprostet. Auf dem Tisch standen etliche Weinkrüge. Als man Hanna und den kleinen Johannes Felix bemerkte, rief Lazarus Hagen zum Aufbruch.

Zu Hannas Unmut fand die Taufe im Münster statt. Die beiden Türme ragten wie Mahnmale gen Himmel, als sie sich dem Gotteshaus auf dem Kirchhügel näherten. Hanna besuchte das Münster so gut wie nie. Bei Prozessionen, zu denen Bischof Rudolf regelmäßig rief, kam sie bewusst zu spät, um ja sicher zu sein, keinen Platz mehr im Gotteshaus zu finden. Sie hatte noch immer eine Höllenangst vor dem Mann.

Hanna zögerte, als sie über die Schwelle des Gotteshauses trat. Zu ihrer Erleichterung stand vorn am Altar jedoch nicht Bischof Rudolf, sondern sein Erzdiakon. Der Mann war erst seit Kurzem in seinem Amt. Er zeigte keinerlei Argwohn, was Hanna etwas beruhigte.

Die Zeremonie verlief ohne größere Zwischenfälle, sah man vom Schreikrampf des kleinen Johannes Felix ab, als der Geistliche ihm einen Schwall kaltes Weihwasser über das Gesicht kippte. Zum Glück hatte der Mann jetzt im Winter darauf verzichtet, den Jungen ganz ins Taufbecken zu tauchen. Johannes Felix wäre wohl nicht mehr zu beruhigen gewesen, trotz Baldrianöls. Die an die dreißig geladenen Gäste des Lazarus Hagen folgten ihrem Gastgeber wenig später wieder zurück in die Blatten.

Als Johannes Felix endlich in seiner Wiege in der Kammer lag, bestens betreut von der Amme, fasste Hanna einen Entschluss. Von unten hörte man die Festlichkeiten ihren Lauf nehmen. Eine Entschuldigung murmelnd, trat sie auf die Diele. Sie blieb am Treppenabsatz stehen und schielte erst nach unten, ehe sie auf die Kammer der Hausherrin zuging. Noch immer drang kein Laut heraus. Bemüht, kein verräterisches Geräusch zu machen, drückte sie die Klinke und trat ein.

Zu ihrem Erstaunen war die Bettstatt leer, und auch sonst wirkte die Kammer merkwürdig unbewohnt. Lisbeth Hagens Kleider waren verschwunden, ebenso ihre persönlichen Sachen. Als Hanna hinter sich ein Geräusch hörte, fuhr sie erschrocken herum.

»Sie ist weg.« Die Köchin ließ sich auf einem Hocker nieder und schlug die Hände vors Gesicht. »Ihr wart kaum auf dem Weg ins Münster, da kamen der Bader und zwei Gehilfen. Es sei alles so mit dem Herrn besprochen, redeten sie auf mich ein. Was hätte ich da machen sollen?«

»Sie haben Lisbeth Hagen weggebracht?«

Die Köchin schniefte und nickte.

»Ins Leprosenhaus draußen vor der Stadt. Der Herr wollte es offenbar so, wie der Bader sagte. Ach, Hanna, wie hätte ich ihr denn helfen können?« Die alte Frau weinte so herzerweichend, dass Hanna ihr einen Arm um die Schultern legte.

»Dann war es also doch die Miselsucht.« Hanna seufzte. »Wendelgart hat die Beulen gesehen. Ich hegte die Hoffnung, dass sie sich getäuscht hätte, aber offenbar doch nicht. Wissen es die Gäste unten schon?«

Die Köchin schüttelte den Kopf. »Der Herr möchte, dass dies niemand erfährt. Ich soll ausrichten, dass auch du und Wendelgart Stillschweigen darüber bewahrt, was ihr gesehen habt.«

»So etwas bleibt nicht lange geheim, nicht hier in Konstanz. Bald wird man jeden von euch misstrauisch beäugen, und hinter euren Rücken wird sich böser Tratsch ausbreiten.«

Die Köchin blickte zu Boden und strich sich die Tränen aus dem Gesicht. Das sauber geknotete Kopftuch war ihr längst verrutscht, doch dies schien nebensächlich.

»Woher hat deine Herrin denn diese Krankheit?«, sinnierte Hanna vor sich hin, während ihr Blick über die verbliebenen Möbelstücke in der Kammer glitt. »Sie lebte doch stets in Reichtum, musste nie Hunger leiden.«

Die Köchin zuckte die Schultern. »Hoffentlich bleiben die Kinder wenigstens davon verschont«, meinte sie schniefend. »Die beiden Mädchen wurden vorsichtshalber zu einer Verwandten außerhalb der Stadt gebracht, morgen sollen sie zurückkommen.«

Die Freude auf das herrliche Essen unten in der guten Stube war Hanna vergangen. Sie wollte nur noch weg aus diesem Unglückshaus, weg von der Scheinheiligkeit des Lazarus Hagen, der seine Gäste mit Schmeicheleien umgarnte. Der Mann hatte die ganze Taufe über keine Miene verzogen, während seine Frau grob aus dem Haus geschafft wurde, um für alle Ewigkeit hinter den Mauern des Leprosoriums zu verschwinden. Fortan würde es Lisbeth Hagen verboten sein, die Stadt jemals wieder zu betreten. Ausgestattet mit einer Klapper und einem Siechenmantel, dürfte sie sich nur wenige Meter vom Siechenhaus entfernen.

Die Kinder würde Lisbeth Hagen niemals mehr zu Gesicht bekommen, dafür würde ihr Mann sorgen. Die Goldschmiedin war eine Sondersieche geworden, eine Frau ohne Rechte, eine lebendige Tote, die mit jedem Jahr entstellter werden würde, bis ihr schließlich Nase und Ohren abfaulten.

**

Hanna floh der Fischmarktgasse entgegen. Den Rücken an eines der Häuser gelehnt, versuchte sie ihre Gedanken zu ordnen. Sie hatte wohl die Augen geschlossen, denn als sie ein Bellen hörte, schrak sie auf.

Odo lief keine zwei Meter vor ihr über den Marktplatz, gefolgt von einem Hund, den er mit Tritten zu verscheuchen versuchte.

»Halt, Odo!«, rief Hanna hastig, wenn auch hörbar erschöpft. »Ich muss mit dir reden.«

»Was willst du?« Odo wirkte zerknirscht, ob nur wegen des Hundes, blieb Hanna verborgen. Allerdings zeigten sich auf seinem Gesicht frische Blessuren.

»Hattest du eine Schlägerei?« Hanna war besorgt. Ihre Stirn legte sich in Falten.

»Geht dich nichts an«, brummte Odo. »Ich muss jetzt weiter.«

»Nein, erst muss ich mit dir reden.« Hanna packte den jungen Mann am Ärmel und zog ihn zu sich her. »Alma macht sich Sorgen um dich. Du sollst offenbar in Kreisen verkehren, die dir nicht bekommen.«

»Was geht dich das an?«

»Sehr viel. Alma ist meine Freundin und du ihr Bruder.«

Odo grummelte.

»Offenbar hat Alma recht mit ihrer Befürchtung, so wie du aussiehst.«

»Das war Meister Gernot, wenn du es wissen willst.« Wütend trat Odo mit dem Fuß gegen die Hausmauer.

»Meister Gernot wird dies nicht ohne Grund getan haben. Was in Gottes Namen hast du gemacht, dass er so fuchsteufelswild geworden ist?«

Odo presste die Lippen aufeinander und schwieg beharrlich.

»Versprich mir wenigstens, dich nicht mehr mit diesen Kerlen zu treffen. Alma hat Angst um dich und ich auch. Nochmals bekommst du nicht die Möglichkeit, eine Lehre zu machen, vergiss das nie. Ohne Meister Gernot wirst du als Bettler enden.«

Odo riss sich los und rannte quer über den Marktplatz. Hanna sah ihm lange nach. Sie bezweifelte, dass ihre Ermahnung bei Odo auf offene Ohren gestoßen war. Der junge Mann hatte sich verändert, und dies nicht unbedingt zu seinem Vorteil.

6. Kapitel

Am Tag des heiligen Sebastian erschütterten zwei heimtückische Morde die Stadt. Eine Hure war das erste Opfer. Vergewaltigt und mit durchschnittener Kehle auf den Münsterplatz geworfen, wurde der entblößte Körper der Frau offen zur Schau gestellt. Während einige Kleriker betreten vorbeischlichen, verharrten ein paar wenige in unmittelbarer Nähe und starrten gebannt auf das im Blut liegende Opfer. Erst als einer der Büttel ein Tuch über die blutigen Überreste legte und es somit nichts mehr zu begaffen gab, zerstreute sich der klerikale Klüngel.

Der andere Mord, begangen am Lehrling eines Silberschmiedes, empörte die Gemüter der Konstanzer beinahe noch mehr. Der junge Mann wurde am Tag zuvor das letzte Mal in der Schenke zum Blauen Pfau gesehen, wie er seinen Wochenlohn in Krügen voller Wein ertränkte, ehe auch er mit durchschnittener Kehle aufgefunden wurde. Der Lehrmeister des Opfers war ein angesehenes Mitglied seiner Zunft, sodass der Mord des Lehrlings durchaus auch als Angriff auf die Zunftbrüder gedeutet werden konnte.

Dass man die Leiche des jungen Mannes am Petershausertor, direkt vor der Brücke über den Rhein, fand, war schon merkwürdig, zumal die Schenke zum Blauen Pfau doch in der entgegengesetzten Richtung lag. Die Gerüchteküche in Konstanz brodelte. Mord und Totschlag waren zwar hier nichts Ungewöhnliches, doch war die Schwere dieser Taten erschütternd. Bald fiel der Verdacht auf die Almosenheischer.

Um Macht zu demonstrieren, hatte der Große Rat deswegen die Anweisung gegeben, alle Bettler, Männer wie Frauen, zu vertreiben, selbst die stadteigenen. In einer großen Scheune hielt man sie zusammengepfercht. Unter den strengen Augen der Büttel und nicht selten auch begleitet von Stockhieben, fanden Befragungen statt. Viel kam dabei allerdings nicht heraus, wie die Ordnungshüter schon nach kurzer Zeit resigniert feststellten. Trotzdem blieb die Tür der Scheune geschlossen.

Die Stimmung auf den Märkten war aufgeladen. Im Stillen zweifelte so mancher Konstanzer daran, dass die Bettler diese Taten verübt hatten. Woher sollten die armen Schlucker auch ein Messer nehmen? Die meisten besaßen nur das, was sie auf dem Leib trugen, und das war wahrlich nicht viel. Zudem hatten die beiden Opfer keinerlei Wertsachen an sich getragen, für die sich eine solche Tat gelohnt hätte.

»Habt Ihr es schon gehört, Meister Ulrich?« Benz trat mit geröteten Wangen in den Verkaufsladen. »Auf dem Markt reden sie von nichts anderem mehr als von den Toten.«

»Welche Toten?«, fragte Ulrich Eberlin mürrisch. Er hatte in dieser Nacht schlecht geschlafen, was zur Folge hatte, dass sein Kopf brummte wie ein Schwarm Bienen.

»Bodo, der Silberschmiedlehrling aus der Stadelhofergasse. Ihm wurde die Kehle durchgeschnitten und der Hure auf dem Münsterplatz sogar noch der Bauch aufgeschlitzt.« Benz machte eine unmissverständliche Handbewegung quer über seinen Bauch.

»Da musst du dich verhört haben, Benz.« Martha Eberlin, die eben mit einem Ballen feinstem Leinen aus der Nebenkammer trat, schüttelte den Kopf. »In der Niederburg gibt es keine Huren. Der Schultheiß hat die Order, strikt dafür zu sorgen, dass dies auch nie geschehen wird.«

»Aber sie lag da, direkt auf dem Münsterplatz«, verteidigte sich der Geselle eifrig. »Und splitternackt soll sie auch gewesen sein.«

Martha Eberlin drehte sich erschrocken zu ihrem Gatten um. In diesem Augenblick ging die Tür abermals auf, und die Frau des Apothekers aus der Mordergasse betrat den Laden.

»Schrecklich, schrecklich«, jammerte sie, wobei sie sich an Benz vorbeidrängte und theatralisch vor Martha aufbaute. »Und das in unserem feinen Konstanz. Jetzt muss man also auch schon hier um sein Leben fürchten.«

»Ihr sprecht von den Morden?« Ulrich Eberlin räusperte sich kurz, wobei er seinem Gesellen das Zeichen gab, ins Lager zu verschwinden.

»Natürlich! Ganz Konstanz spricht darüber.« Die Frau faltete ihre Hände und sandte einen flehenden Blick in Richtung Decke. »Hoffentlich fassen sie den Mörder bald, ansonsten ist man seines Lebens nicht mehr sicher.«

»Da gebe ich Euch natürlich voll und ganz recht«, pflichtete Ulrich der Frau beflissen bei. Im Stillen verabscheute der Tuchhändler jegliches Geschwätz, besonders dann, wenn es von Mund zu Mund ging und immer mehr aufgebauscht wurde. Das Weibsbild vor ihm gehörte für ihn genau zu der Sorte Frau, die dafür verantwortlich war.

»Doch sagt, was führt Euch heute in meinen Laden, werte Dame?« Ulrich Eberlin war ein gewiefter Händler. Erst sich die Sorgen und Nöte seiner Kunden anhören, dann etwas Honig ums Maul gestrichen, ehe man zum Geschäft kam. Letzteres allerdings fiel ihm bei der Apothekersgattin doch ein wenig schwer, zumal er den schrillen Tonfall der Frau kaum aushielt. Um seine Mundwinkel zeigte sich daher ein nervöses Zucken.

»Mir kam zu Ohren, dass Ihr besten roten Samt in Eurem Lager hättet und dazu auch St. Galler Spitzen«, säuselte die Frau mit gespitzten Lippen, wobei sie ihre Hand über einige der Tuchballen gleiten ließ. »Ich wollte mir auf Ostern ein neues Gewand schneidern lassen. Mein Mann findet, Rot stehe mir hervorragend. Seht Ihr dies auch so, Meister Ulrich?« Die Frau rückte ihre Kruseler Haube zurecht und hob das Kinn.

»Nun, die Farbe Rot ist derzeit sehr begehrt und würde Euch mit Sicherheit bestens zu Gesicht stehen.« Der Tuchhändler rieb sich die Hände. »Jedoch habe ich erst letzte Woche zwei gleiche Anfragen gehabt, und allmählich schwindet mein Bestand.«

Rasch griff sich die Frau an ihren Gürtel und zog unter ihrem Nuschenmantel eine prall gefüllte Geldkatze hervor, die sie gut sichtbar auf den Ladentisch legte. »Nun, vielleicht hilft Euch die Gewissheit, einer zahlungskräftigen Kundin gegenüberzu-

stehen, einen Ballen Samt für mich in Eurem Lager zu finden?«
Sie lächelte siegessicher.

»Und für Eure Gattin hier ein wenig Köstliches, um sich
die Zeit Eures Suchens zu versüßen.« Abermals langte die Frau
unter ihren Mantel, ehe sie Martha Eberlin ein herrlich duftendes
Säckchen entgegenstreckte. »Konfekt, hat mein Mann gestern
frisch gemacht. Ich hoffe doch, es mundet Euch, werte Martha?«
Martha griff nur zu gern zu. Sie liebte Marzipan besonders,
seit sie guter Hoffnung war.

»Selbstverständlich werden wir alles versuchen, um roten
Samt und Spitzen für Euch zu finden, nicht wahr, Ulrich?«
Martha strahlte ihrem Mann mit solcher Euphorie entgegen,
dass er nicht umhinkam, bestätigend zu nicken. »Seht Ihr, bald
werdet Ihr einen wunderschönen roten Rock besitzen.«

»Das will ich doch auch hoffen.« Triumphierend drehte sich
die Frau um. »Euer Laden ist wirklich eine Augenweide.«

»Mein Ulrich holt sich die Tuche auch nur von den besten
Messen. Erst kürzlich war er in Köln. Viele Tage musste er zu
Wasser und zu –«

»Bitte, Martha. Lass die Frau jetzt in Ruhe. Bestimmt hat sie
noch andere Besorgungen zu erledigen, habe ich nicht recht?«,
unterbrach der Tuchhändler das Gespräch hastig, zumal er
draußen bereits zwei weitere Kundinnen im Anzug sah.

Die Apothekersgattin schluckte ihre Enttäuschung nur widerwillig hinunter. Es war offensichtlich, dass sie gern gehört
hätte, was es Neues in Köln gab. Da Meister Ulrich allerdings
bereits zur Tür ging und diese mit einem Ruck öffnete, blieb ihr
nichts anderes übrig, als sich mit einem zerknirschten Lächeln
zu verabschieden.

»Wir haben keinen roten Samt mehr«, knurrte Ulrich seiner
Frau zu. »Und bis die Messe zu Frankfurt öffnet, vergehen noch
zwei Monate. Wie soll ich dieser Matrone einen Ballen zur Seite
legen, wo keiner ist?«

»Dann sag halt dem Krämerweib ab. Es wird dir wohl eine
Ausrede einfallen, warum du jetzt doch keinen roten Samt mehr

hast.« Martha verzog den Mund zu einer Schnute. »Die Frau des Apothekers ist mit Sicherheit die bessere Kundin. Ihr Gatte ist reich. Bestimmt wird sie weitere Tuche bei uns bestellen, vielleicht auch für ihren Gemahl. Du könntest ihr ja beim nächsten Mal von der neumodischen Baumwolle oder den Seidenstoffen erzählen, die man auf den Märkten Venedigs handelt.« Martha legte sich ein Stück Marzipan auf die Zunge und gab ein wohliges Gurren von sich.

Diesem Argument konnte sich ihr Gatte nicht ganz verschließen. Er liebäugelte selbst schon damit, im kommenden Jahr eine Reise in die Lagunenstadt zu unternehmen. Allerdings fürchtete er sich auch vor dem Gezeter der Krämerin, zumal die alte Matrone für ihr lautes Mundwerk in der Stadt bekannt war.

»Dich an meiner Seite zu haben, ist das größte Geschenk auf Erden.« Ulrich tätschelte die Hand seiner Frau, ehe er ihr einen Kuss auf die Stirn drückte.

»Dann bekommt die Gattin des Apothekers den roten Samt?« Ihr Mann nickte.

»Eine weise Entscheidung. Möchtest du auch etwas des guten Marzipans probieren?«, fragte Martha lockend, wobei sie über das ganze Gesicht strahlte.

Die beiden Kundinnen waren ob des Wortwechsels der Eheleute weitergezogen, was nicht sonderlich schlimm war. Denn im Laufe des Morgens füllte sich der Laden immer mehr mit Kundschaft, die allesamt von nichts anderem als den Morden sprach.

Ulrich Eberlin war froh, als er den Laden zur Mittagszeit endlich verlassen konnte, denn durch das dauernde Geschwätz hielten sich seine Kopfschmerzen hartnäckig.

Als er sich an den Tisch zu seiner Gattin setzte und den Kopf stöhnend in seinen Händen vergrub, klopfte es an der Tür zur guten Stube.

»Was ist denn jetzt schon wieder?«, rief er, wobei er sich hastig durch die zerwühlten Haare fuhr.

»Entschuldigt, Herr.« Die Köchin streckte ihren Kopf durch

den Türspalt. »Draußen wartet ein Bote. Er sagt, sein Herr schicke ihn. Die Sache sei von größter Dringlichkeit.«

»Dann schick ihn in Gottes Namen halt herein.« Der Tuchhändler schob sich ein Stück des saftigen Schinkens in den Mund und schenkte sich etwas Wein in einen Becher.

»Entschuldigt, Meister Ulrich.« Der junge Mann betrat die Stube. Dabei schielte er mit gierigen Augen auf die großzügig gedeckte Tafel. »Mein Herr, Bartholome Imholz, schickt mich. Er bräuchte Euren Rat.« Er zog ein Stück Pergament aus seinem Gürtel und kam langsam auf den Tisch zu. Während der Tuchhändler die gekritzelten Worte seines Freundes las, schob Martha dem jungen Mann ein Stück Brot mit Schinken zu.

»Bartholome will, dass ich noch heute nach St. Gallen aufbreche. Offenbar hat er ein Problem, das er mir persönlich kundtun will«, wandte sich Ulrich erstaunt an seine Gattin, wobei er ihr den Brief reichte.

Martha, nicht ganz so geübt wie ihr Mann im Lesen, musste mehrere Male ansetzen, bis sie den Inhalt des Schreibens verstand.

»Im Brief steht nicht, um was es sich handelt«, meinte sie skeptisch. »Seltsam, finde ich. Eigentlich redet Bartholome Imholz normalerweise gerne ohne Punkt und Komma. Warum hält er sich jetzt so kurz?«

»Das weiß ich allerdings auch nicht. Hast du hierfür eine Erklärung?«, wandte er sich an den Boten, der eben zu Ende kaute.

»Nein, mein Herr«, entschuldigte sich der junge Mann achselzuckend. »Ich habe nur die Order, Euch schnellstmöglich zu meinem Herrn zu bringen.«

»Womöglich ist sein Anliegen zu heikel, um es aufs Pergament zu bringen«, schlussfolgerte Ulrich Eberlin, wobei er sich den Weinkelch griff und trank.

»Sonderbar ist es trotzdem«, beharrte Martha. »Was könnte Bartholome denn für ein so gravierendes Problem haben, dass du noch heute aufbrechen musst? Diese Eile verstehe ich nicht, und ehrlich gesagt bin ich darüber nicht erfreut.«

Seit sie in anderen Umständen war, fühlte sich Martha oft unwohl, und da war es stets beruhigend, ihren Gatten in der Nähe zu wissen. Sollte er jetzt aufbrechen, würde er unter Umständen tagelang wegbleiben.

»Es wird mir wohl nichts anderes übrig bleiben, als seinem Wunsch Folge zu leisten. Bartholome war mir in der Vergangenheit stets ein guter Freund. Er würde nicht zögern, richtete ich einen solchen Wunsch an ihn.« Ulrich tätschelte die Hand seiner Frau. »Warte in der Küche auf mich«, wandte er sich an den Boten. »Sag der Köchin, sie soll uns einen Proviantbeutel richten.«

Nachdem der Mann verschwunden war, stand der Tuchhändler stöhnend auf. Er drückte beide Hände gegen den brummenden Schädel.

»Ich werde Konradin als Geleitschutz mitnehmen, auch wenn Bartholomes Bote einen guten Eindruck macht. Je größer die Gruppe, desto weniger wagen Landstreicher einen Überfall.«

»Da stimme ich dir zu, auch wenn ich den neuen Knecht für keine gute Lösung halte. Manchmal habe ich das Gefühl, er beobachtet uns.«

»Ach, Martha«, lachte Ulrich. »Deine Phantasie spielt dir immerzu Streiche. Hoffentlich geht es mit deiner Niederkunft nicht mehr so lange hin.«

»Da musst du dich allerdings schon noch ein wenig gedulden. Die Wehmütter meinen, dass es wohl erst nach Ostern sein wird.«

In diesem Augenblick klopfte es an der Tür, und Konradin streckte den Kopf herein. »Herr, ich habe gehört, dass Ihr nach St. Gallen reiten müsst. Soll eine gefährliche Gegend sein. Soll ich die Pferde satteln und Euch begleiten?«

Ulrich Eberlin lachte. »Wir haben eben davon gesprochen«, meinte er mit kurzem Zwinkern in Richtung seiner Frau. »Sattle den Rappen für mich und für dich den Braunen.«

Konradins Grinsen wurde noch eine Spur breiter. Dann schlug die Tür hinter ihm zu.

»Siehst du jetzt, genau das meinte ich.« Martha schluckte. »Wie konnte er wissen, dass du ihn dabeihaben willst? Wenn er nicht das zweite Gesicht hat, muss er uns belauscht haben.«

Der Tuchhändler neigte sich zu seiner Gattin und streichelte ihre Hand.

»Auch die Mägde fürchten sich vor ihm, ebenso wie dein Vater. Er hat es mir erst gestern gesagt«, versuchte es Martha abermals.

»Ich weiß selbst, dass Konradin unter dem Gesinde nicht beliebt ist, aber dies wird sich mit der Zeit schon geben. Schließlich ist er erst gute zwei Monate in unserem Dienst, und auf die Meinung meines Vaters gebe ich nicht viel, die ändert sich wie das Wetter.«

Als die drei Männer wenig später die Gasse entlangritten, stand Martha am Fenster und blickte ihnen lange nach. Ulrich ritt in der Mitte, Konradin zuvorderst, und der Bote bildete die Nachhut. Die Sonne verschwand immer wieder hinter dicken Wolken und warf dunkle Schatten in die Gasse. Es hatte keinen Sinn gehabt, ihren Gatten von seiner Meinung abbringen zu wollen. In manchen Dingen war er einfach stur.

Die Männer würden den Weg über das Rintburgertor nehmen, wie sie gehört hatte. Eine gute Wahl, denn vor dem Schnetztor bahnte sich ein Aufstand der Bettler an, die ihre Verbannung aus der Stadt doch nicht so leicht hinnahmen, wie sich der Große Rat erhofft hatte.

Das Letzte, was Martha Eberlin von der kleinen Gruppe sah, war Ulrichs schwarzer Reisemantel.

7. Kapitel

Eine fahle Morgendämmerung lag über der Stadt, als Hanna und Wendelgart das Schlachttor passierten. Der Wächter gähnte und streckte lediglich den Kopf durch die kleine Luke des Wärterhäuschens. Als er der beiden Frauen ansichtig wurde, winkte er sie gelangweilt durch.

Der Wind drückte den Rauch aus den Kaminen der noblen Häuser tief in die Gassen. Schmierig schwarz lag der Schnee hier knöcheltief. Einige Bauern mit ihren Handkarren waren ebenfalls schon unterwegs, und hie und da sah man die ersten Bettler.

Der Große Rat hatte das Verbot gestern Morgen aufgehoben und die armen Kreaturen wieder in die Stadt gelassen, zumal man vor wenigen Tagen einen von ihnen mit zerschmettertem Gesicht und durchschnittener Kehle unmittelbar hinter der Ratskapelle St. Laurenz gefunden hatte. Seitdem glaubte auch der letzte Zweifler nicht mehr daran, dass hinter den Morden die verwahrlosten Almosenheischer stecken sollten. Der Mörder streifte noch immer frei in der Stadt herum, darin waren sich alle Konstanzer einig.

Die Kopftücher tief in die Stirn gezogen, liefen die beiden Frauen durch die Gassen. Wendelgart hustete zwar noch immer, doch kehrte das Leben in ihren Körper zurück.

Alle zwei Wochen stand der Besuch im Heiliggeistspital an. Die Frauen erledigten diesen Gang stets zu früher Stunde, um keine unnötige Aufmerksamkeit auf sich zu ziehen. Obwohl das Spital dem Großen Rat unterstand, herrschten hier noch immer die Pauperes Christi, eine Armutsgemeinschaft aus Geistlichen und Laien, die dem Bischof treu ergeben waren. Sie ließen sich nur ungern in ihre Arbeit reden, und so mieden die beiden Wehmütter deren Gegenwart, wo es ging.

Frauen, die in den Kellerräumen des Spitals ihre Kinder zur

Welt brachten, gehörten den Ärmsten der Armen an. Nicht selten wurden ihnen die Säuglinge kurz nach der Geburt entrissen und draußen im Waisenhaus vor der Stadt wie Ware abgegeben. Bei den Geburten halfen sich die Frauen meist gegenseitig, da sich die Pauperes Christi weigerten, eine Hebamme zu rufen. Damit sie die Schreie der Frauen nicht hörten, verdrückten sie sich dann stets in die oberen Stockwerke, wo die betuchten Pfründer ihre letzten Jahre aushauchten.

Zum Glück zeigte sich den beiden Wehmüttern an diesem Morgen keiner der Pfleger, als sie das Spital betraten. Hastig liefen sie über die steile Treppe hinunter in einen kaum drei Körperlängen tiefen und breiten Raum, in dem an die zwanzig Strohsäcke lagen. In einer Halterung an der Wand brannte eine Fackel und erhellte den Raum mehr schlecht als recht. Beim Eintreten der Hebammen sprang eine der Frauen auf.

»Endlich«, rief sie erleichtert. »Wir erwarten euch bereits sehnlichst. Da drüben liegt die Erna.« Die in ein dreckiges Nachthemd gekleidete Frau wies mit der Hand in die Ecke, dabei strich sie sich den Rotz aus dem Gesicht. »Ihr Kleiner ist vor zwei Nächten gestorben, doch sie will ihn uns nicht zum Wickeln geben.«

»Mach du das«, wandte sich Wendelgart vertrauensvoll nickend an Hanna. »Auf dich hören die jungen Dinger eher. Mach ihr klar, dass das Kind wegmuss.«

Während Wendelgart auf die anderen Wöchnerinnen zuging und sich leise mit ihnen unterhielt, tat Hanna einen tiefen Atemzug und trat an den Strohsack, auf welchem Erna und ihr totes Kind lagen.

»Wie hätte er denn geheißen?«, fragte Hanna voller Mitgefühl, wobei sie das Kind sanft an der Wange berührte. Seine Haut war eisig kalt.

Die junge Frau rollte sich trotzig zur Seite, das Kind fest an ihre Brust gedrückt. »Hansi«, flüsterte sie schwach.

»Ein schöner Name.« Hanna lächelte. »Ist Hansi dein erstes Kind?«

Die Frau schüttelte den Kopf und drehte sich langsam um. »Ich habe schon zwei gehabt, sind aber alle gestorben«, schluchzte sie, wobei ihr jetzt dicke Tränen die Wangen hinabkullerten und dunkle Spuren auf dem dreckverschmierten Gesicht hinterließen.

»Gibst du Hansi jetzt mir?« Hanna streckte ihre Arme aus. »Ich werde dafür sorgen, dass er ein schönes Plätzchen bekommt.«

»Sie werden ihn verscharren, wie sie es mit den andern gemacht haben.« Die Frau presste die Lippen aufeinander und drehte den Kopf zur Seite. »Wie Hunde in einem Loch verscharren, und das will ich nicht«, zischte sie zwischen ihren Zähnen hervor.

»Innerhalb der Stadtmauern darf Hansi nicht bleiben, das weißt du, er ist nicht getauft. Aber ich bringe ihn in die Vorstadt auf den Armenacker, und wenn du wieder bei Kräften bist, werde ich dir die Stelle zeigen. Dann kannst du ihn dort so oft besuchen, wie du willst. Niemand wird dir dreinreden.«

Die Frau schien zu überlegen. Hanna suchte bereits nach weiteren Worten, als sich Ernas Körper allmählich entspannte. Sie zögerte kurz, dann setzte sie sich aufrecht hin. Den toten Hansi legte sie vorsichtig auf ihre Beine.

»Kannst du es für dich behalten?«, fragte sie schniefend, wobei sie das dreckige Leinentuch auseinanderschlug, damit Hanna einen Blick auf den kleinen Körper werfen konnte.

»Ihm fehlt ja …« Hanna hielt sich erschrocken eine Hand vor den Mund.

Hastig schlug Erna das Tuch wieder zusammen und drückte Hansi erneut gegen ihre Brust.

»Ich sage es niemandem.« Hanna schluckte. Verstohlen sah sie hinüber zu Wendelgart, die sich noch immer mit zwei der Frauen unterhielt.

Erna schnaufte erleichtert auf. Sie drückte Hansi einen Kuss auf den Haarflaum, ehe sie ihn Hanna in die Arme legte. Die Geburt hatte sie mitgenommen, und wie Hanna unschwer erkennen konnte, blutete sie noch immer. Eine Decke gab es hier unten nicht für die Frauen, die mussten sie schon selbst mitbringen. Viele von ihnen besaßen nur die schmuddeligen Röcke auf ihren ausgemergelten Körpern, so auch Erna.

Um die Blutung würde sie sich später kümmern müssen, überlegte Hanna, zuerst würde sie den missgestalteten Körper aus dem Blick der anderen Weiber verschwinden lassen. Auch wenn es ihre Pflicht wäre, Erna und ihre Missgeburt beim Großen Rat zu melden, sie würde es nicht tun. Schnell griff sie sich einige der Wickelbinden aus ihrem Korb und schnürte das tote Kind so stramm, dass niemand etwas bemerken würde. Dann strich sie Erna sanft über das tränennasse Gesicht und ging auf Wendelgart zu.

»Ich habe Erna versprochen, das Kind auf dem Armenacker zu vergraben.«

»Das werden wir machen, allerdings erst später. Jetzt warten noch zwei Besuche in der Stadt auf uns«, bemerkte Wendelgart über ihre Schulter. »Gib das Kind einer der Frauen hier, nicht dass Ernas Gejammer wieder von vorne beginnt, wenn wir es holen kommen.«

Hanna nickte. Im Stillen drängte es sie mit aller Macht nach draußen, und sie musste sich beherrschen, nicht fluchtartig das Weite zu suchen. Die Enge hier unten, der Dreck und die Armseligkeit erdrückten sie. Wie viele Frauen hatten hier schon ihr Leben gelassen? Wie viele Kinder ihren letzten Schrei getan? Die Wände schienen all diesen Schmerz gespeichert zu haben. Hanna richtete sich auf, dann suchte sie in ihrem Korb nach Kräutern.

»Erna blutet noch immer«, sprach sie leise zu Wendelgart. »Ich werde ihr etwas Hirtentäschel, Wald-Greiskraut und Huflattich hierlassen. Eine der Frauen soll sich bei den Pauperes heißes Wasser besorgen und ihr einen Tee brauen. Natürlich nur wenn du einverstanden bist.«

Wendelgart nickte. Die Hände in den Rücken gestemmt, schaute sie die Treppe hoch. »Danach gehen wir zu Martha

Eberlin«, sagte sie heiser. »Ich denke, es wird Zeit, dass wir ihr sagen, dass sie Zwillinge erwartet.«

✳✳✳

Als die Hebammen die Amelungsgasse erreichten, war das Gedränge bereits so dicht, dass sie nur noch langsam vorwärtskamen. Zu allem Elend ratterte ihnen auch noch der Wagen des Müllsammlers entgegen, was ein heftiges Fluchen und Schimpfen der Passanten auslöste. Froh, endlich das Haus des Tuchhändlers Eberlin erreicht zu haben, stiegen die beiden Frauen kurzerhand die Außentreppe hoch, ohne vorher im Laden nach der Anwesenheit der Hausherrin gefragt zu haben. Zu ihrem Glück war Martha tatsächlich im Haus.

»Wie schön, dich wieder bei bester Gesundheit zu sehen«, wandte sie sich erfreut an die alte Wehmutter. »Hanna hat mir erzählt, wie schlecht es dir ging.«

In der Kammer war es wohlig warm. Im Kamin prasselte ein Feuer, und kleine Harzkristalle in der Kohlepfanne verströmten einen herrlichen Duft. Die junge Tuchhändlerin saß in einem mit Samt gepolsterten Stuhl, eine Stickerei auf den Knien. Neben ihr brannte eine kleine Talglampe.

»Wie geht es Euch?«, fragte Wendelgart, wobei sie an den Kamin trat, um ihre Finger zu wärmen.

»Es geht so«, wich Martha zögerlich aus und blickte verlegen zur Seite.

»Euch bedrückt doch etwas?« Wendelgart warf Hanna einen Blick zu, die jedoch nur mit den Achseln zuckte und ebenfalls keine Ahnung von den Sorgen der Tuchhändlerin zu haben schien. »Macht Ihr Euch Sorgen wegen der ... des Kindes?«

Martha Eberlin schüttelte den Kopf. Dabei winkte sie die beiden Frauen näher zu sich heran. Nach einem ängstlichen Blick in Richtung der Tür dämpfte sie ihre Stimme.

»Vor zwei Tagen ist Ulrich von seiner Reise nach St. Gallen zurückgekehrt. Ein befreundeter Händler hatte nach seinem Rat verlangt.« Die Frau strich sich sichtlich verstört über ihren gerundeten Leib. »Seitdem ist Ulrich so … so verändert. Er sucht ständig nach seinen Sachen, fragt mich Dinge, die er eigentlich wissen müsste, und geht mir … er geht mir irgendwie aus dem Weg.«

»Wenn man guter Hoffnung ist, spielen einem die Sinne oft Streiche. Kann es nicht sein, dass Ihr Euch das nur einbildet?«, fragte Wendelgart mit leicht nach oben gezogener Augenbraue.

Noch bevor Martha etwas dazu sagen konnte, kam ihr Hanna mit einer Bemerkung zuvor. »Ihr glaubt doch nicht, dass eine andere Frau im Spiel ist?«

»Nein, nein«, wehrte die Tuchhändlerin rasch ab. »Ulrich hat mir stets versichert, wie sehr er mich liebt und wie sehr er sich auf das Kind freut. Da gibt es keine andere Frau, das hätte ich gespürt.«

»Hat?«, fragte Hanna lauernd.

»Ja … die letzten Tage … Nun, er … er ist einfach irgendwie verändert. Konradin, unser Stallknecht, hat mir erzählt, dass sie kurz vor St. Gallen überfallen wurden und dass Ulrich dabei einen heftigen Schlag auf den Kopf erhalten habe, vielleicht liegt darin sein merkwürdiges Verhalten begründet.«

Hanna und Wendelgart nickten.

»Manchmal habe ich … fast ein wenig Angst vor ihm. Gestern hat ihn etwas völlig Banales so in Rage versetzt, dass er unseren Gesellen wund geschlagen hat, und heute …« Die Hausherrin fuhr sich mit der Hand über die Augen. »Heute hat er die Hand sogar gegen mich erhoben«, fügte sie leise hinzu. »Das hat Ulrich in all den vielen Jahren unserer Ehe noch nie getan. Ich erkenne ihn kaum wieder.«

Als Wendelgart eben etwas zur Beruhigung erwidern wollte, flog die Tür auf, und der Tuchhändler stampfte in die Kammer. »Was wollt ihr hier?«, fauchte er die Besucherinnen aufgebracht an.

»Das sind doch meine beiden Wehmütter, Ulrich. Sie sind nur gekommen, um nach mir zu sehen.«

Der Mann fuhr sich mit der Hand über seine Haare, dabei offenbarte sich die verkrustete Wunde an seiner Stirn. »Ich hörte Stimmen und dachte mir, meine geliebte Martha befinde sich womöglich in Gefahr, deshalb mein rauer Ton. Ich bitte um Entschuldigung, sollte ich die Frauen erschreckt haben.«

»Eure Gattin hat uns eben vom Überfall erzählt. Offenbar habt Ihr dabei großes Glück gehabt.« Wendelgart trat einen Schritt vor und musterte den Mann mit zusammengekniffenen Augen.

Sie kannte Ulrich Eberlin schon sehr lange. Der groß gewachsene Tuchhändler mit den stechend schwarzen Augen gefiel den Frauen. Womöglich hatte er in der fernen Stadt nicht nur einen Schlag auf den Kopf bekommen, sondern sich auch Vergnügen hingegeben, deren er sich jetzt schämte. Oftmals reagierten Männer mit Wut und Zorn, um ihre Schwächen zu verbergen.

»Reden wir nicht mehr darüber, ich will diese Schmach möglichst schnell vergessen«, wehrte der Tuchhändler hastig ab. »Meine Geldkatzen sind zwar weg, doch das Leben ist mir durch Gottes Hilfe geblieben.«

»Habt Ihr Anzeige beim Großen Rat gemacht?«, fragte Hanna neugierig. »Vielleicht findet man die Kerle doch noch und auch Eure Geldkatzen.«

»Nein, nein.« Der Mann räusperte sich. »Bitte behaltet das eben Gehörte für euch, ich will nicht, dass jemand in Konstanz davon erfährt. Es würde nur zu unnötigem Geschwätz führen, und das wollen wir doch vermeiden.« Er trat auf seine Gattin zu und legte ihr einen Arm um die Schultern. Martha zuckte unmerklich zusammen und schloss die Augen. »Mit meiner Martha ist doch aber hoffentlich alles in Ordnung?«, fragte er sanft.

»Leider haben wir heute nicht viel Zeit für eine genaue Untersuchung«, beantwortete Wendelgart die Frage des Hausherrn ausweichend. »Wir werden deshalb in den nächsten Tagen nochmals vorbeikommen, falls Euch dies recht ist.«

In Eberlins Mundwinkel zuckte es kurz, und auch der zerknirschte Ausdruck in seinen Augen dauerte kaum länger als einen Atemzug, und doch entging Hanna beides nicht. Zu gern hätte sie sich weiter mit Martha unterhalten, doch ihr Gatte machte keinerlei Anstalten, die Kammer zu verlassen.

»Wenn die Frauen fertig sind, würde ich gerne mit Martha Rat halten wegen eines Kunden.« Das Lächeln des Mannes wirkte verkrampft, unecht und irgendwie fehl am Platz.

Mit dem Versprechen, die nächsten Tage wiederzukommen, stiegen die beiden Frauen die Treppe hinunter. Die Köchin zeigte sich nicht, ebenso wenig die Magd, die sie vorhin eingelassen hatte.

Als die Wehmütter auf der Gasse standen, lugten sie neugierig in den Laden. Von Benz, dem Gesellen, war nichts zu sehen, lediglich der alte Erasmus, der seine Dachkammer sonst so gut wie nie verließ, lümmelte sonderbarerweise inmitten der vielen Tuchballen herum. Er schien etwas zu suchen, wenn auch nicht sicher war, ob er wirklich wusste, was. Der alte Mann litt unter dem Schwund des Geistes, das war mittlerweile stadtbekannt.

»Allzu oft habe ich Ulrich Eberlin ja nicht gesehen«, begann Hanna nachdenklich, während sie die Gasse entlangschlenderten. »Und doch erschien er mir heute irgendwie merkwürdig, ich kann nicht sagen, warum.«

»Vielleicht ist es doch der Schlag auf den Kopf. So etwas verändert die Männer, besonders wenn ihr Stolz dabei verloren geht«, meinte Wendelgart.

Hanna hob die Schultern. »Irgendwie habe ich Marthas Angst verstanden. Ihr Gatte wirkte auch auf mich furchteinflößend. In seinen Augen lag etwas, das ich nicht beschreiben kann. Vielleicht sollten wir mit Benz sprechen und hören, was er dazu meint.«

»Jetzt hör aber auf! Das geht uns nichts an. Ulrich Eberlin kann mit seiner Frau machen, was er will. Viele Männer schlagen ihre Frauen, deswegen sind sie noch lange keine Unholde, und ehrlich gesagt haben viele Frauen es auch verdient.«

»Das meinst du jetzt aber nicht im Ernst?«, fragte Hanna

ungläubig. »Die Martha ist bestimmt keine Frau, die Prügel verdient hat. Ulrich und sie waren sich doch stets so innig zugetan, du hast es ja selbst gehört.«

»Wir gehen in zwei Tagen nochmals hin, wenn dich das beruhigt«, lachte Wendelgart. »Und glaub mir, dann ist alles wieder beim Alten. Ihr jungen Dinger müsst noch viel vom Leben und von den Männern lernen.«

Die nächsten Minuten übte sich Hanna in Schweigen, doch als Wendelgart den Weg zum Haus des Goldschmieds Hagen einschlug, blieb sie erschrocken stehen. »Du willst zu Lazarus Hagen?«, fragte sie mit belegter Stimme.

»Ich will wissen, wie es seiner Lisbeth draußen im Leprosenhaus ergeht.«

Hanna zweifelte, ob der Goldschmied darüber Bescheid wusste. Ein Mann, der seine Frau während der Taufzeremonie ihres gemeinsamen Kindes still und heimlich aus der Stadt hatte bringen lassen, würde bestimmt keinen Fuß in die Nähe dieser Seuchenstätte setzen.

Wie erwartet empfing Lazarus Hagen die Besucherinnen dann auch nur ungern. Er machte sich nicht einmal die Mühe, sie in die gute Stube zu bitten, sondern fragte sie noch unter dem Türsturz nach ihrem Begehr. Als sie hörten, dass der Goldschmied keinerlei Interesse am Zustand seiner Gemahlin zu haben schien, appellierte Wendelgart mit eindringlichem Ton an sein Gewissen, und am Schluss flehte sie ihn buchstäblich an, seine Lisbeth draußen im Leprosenhaus zu besuchen oder wenigstens am Tor nach ihrem Befinden zu fragen.

Doch Lazarus Hagen wehrte ab. Weder er noch sonst jemand aus seinem Gesinde werde zum Leprosenhaus gehen, hob er mahnend die Hand, woraufhin er die beiden Frauen rüde nach draußen drängte und die Tür schloss.

Nachdem zwei weitere Hausbesuche erledigt waren und sich die frühe Dämmerung allmählich über die Stadt legte, liefen die beiden Wehmütter abermals zum Heiliggeistspital. Dieses Mal dauerte der Besuch nur kurz, zumal Erna tief und fest schlief. Den Tee hatte sie getrunken, den Rest würde Gott allein schaffen müssen. Hanna drückte das fest verschnürte Kind an ihre Brust, fast so, als wolle sie es vor der beißenden Kälte schützen. Dabei war das Kind kalt wie Stein.

Der Armenacker war nicht viel mehr als ein aufgewühltes Stück Land in unmittelbarer Nähe des Mörderturmes. Da Holzkreuze hier nicht erlaubt waren, zierten Steine die Gräber der namenlosen Toten. Zum Glück hatte der Totengräber bereits im Herbst ein paar Löcher ausgehoben, nicht allzu tief, doch es reichte durchaus für einen Winzling wie den Hansi. Allerdings war es kaum möglich, das Grab mit Erde zu bedecken, alles war dick gefroren.

So blieb Hanna nichts anderes übrig, als mit bloßen Händen im Schnee nach Steinen zu suchen. Innerhalb weniger Minuten bluteten ihre Finger, was sie jedoch nicht davon abhielt, das Grab wenigstens so hoch zu füllen, dass kein Tier den kleinen Hansi hervorbuddeln konnte. Tränen liefen ihr über die Wangen, Tränen der Verzweiflung, Tränen der Wut über die Ungerechtigkeit und Tränen für den kleinen Hansi mit seinem verkrüppelten Arm.

8. Kapitel

In dieser Nacht schlief Hanna schlecht. Sie träumte abwechselnd vom Tuchhändler Eberlin und Hansis verstümmeltem Arm. Als die Schatten der Nacht endlich wichen, kletterte sie gerädert aus der Bettstatt und schlüpfte in ihren dicken Wollrock. Gähnend warf sie in der Küche einige Holzscheite auf die glimmenden Kohlen, ehe sie den morgendlichen Haferbrei ansetzte. Sie hatte eben das Pflaumenmus erwärmt, als Wendelgart sich an den Tisch setzte.

»Heute werden wir es ruhiger angehen«, seufzte ihre Lehrmeisterin, wobei sie den Rücken durchstreckte. »Ich werde Kräutersäcke abfüllen, derweil du zum Markt gehen könntest. Frag in den Metzigbänken nach gutem Schweineschmalz. Lass dich aber nicht übers Ohr hauen und dir ranziges Fett andrehen. Ich möchte mir nicht nachsagen lassen, dass unsere Salben stinken.«

Wendelgart hielt ihre Nase schnuppernd in die Luft. »Bei der Gelegenheit schau auch gleich beim Apotheker vorbei und kauf zwei kräftige Ingwerwurzeln und einen Beutel voll Beeren des Sadebaums. Und jetzt gib mir endlich etwas vom herrlichen Mus.«

Hanna stellte erst Wendelgart eine Holzschale hin, ehe sie sich selbst eine füllte. »Ich musste das Mus mit Haferbrei strecken«, meinte sie entschuldigend. »Vielleicht gibt es auf dem Markt auch getrocknete Pflaumen, dann könnten wir unseren Vorrat wieder auffüllen.«

»Gute Idee«, erwiderte Wendelgart kauend. »Getrocknete Birnen wären auch nicht schlecht. Am Stand der Hulda könntest du Glück haben. Die hatten letztes Jahr eine gute Ernte.«

Hanna tunkte ihren Löffel ins Mus, hielt dann aber nachdenklich inne. »Sadebaum ist gefährlich. Der Apotheker wird mich fragen, wofür wir die Beeren brauchen.«

»Ich mache keine Abtreibungen, das solltest du mittlerweile wissen«, belehrte Wendelgart ihre Lehrtochter mit harter

Stimme. »Der Apotheker weiß, dass ich die Beeren nur in Notfällen einsetze. Stockt eine Geburt, sind die Beeren in kleinen Dosen oftmals der einzige Weg, Mutter und Kind zu retten. Er wird dich also nicht fragen, sei unbesorgt.«

Hanna begann nachdenklich zu essen. Hebammen mussten sich mit ihrem Eid verpflichten, keinerlei abtreibende Mittel zu verwenden. Sie konnte sich beim besten Willen nicht vorstellen, dass der Große Rat die Gabe von Sadebaum gutheißen würde, auch dann nicht, wenn eine Geburt ins Stocken geriet. Als die Holzscheite krachend in sich zusammenfielen, schrak sie auf.

»Mir geht Martha Eberlin einfach nicht mehr aus dem Kopf«, sagte sie. »Im Haus des Tuchhändlers hat sich etwas verändert, ich konnte es spüren.«

»Du und dein Gespür. Glaubtest du nicht auch vor einigen Wochen, dass der Pelzer in der Niederburg seiner Frau nach dem Leben trachtet? Schlussendlich hat sich dann herausgestellt, dass die Frau alles nur erfunden hat, um ihren Mann loszuwerden. Oder letztes Jahr die Bettler vor dem Münster? Die sollten deiner Meinung nach ja –«

»Ist schon gut«, wehrte Hanna hastig ab. »Du hast ja recht. Ich werde jetzt meine Arbeit tun und mich nicht einmischen.«

»Gut so, Mädchen. Denn du weißt ja, bald ist Frühling, und dann steht Wichtiges für dich an. Versau dir bis dahin nicht deinen guten Ruf.«

Hanna griff sich die leeren Holzschüsseln und wusch sie am Trog aus, während Wendelgart ihre Hände über dem Herdfeuer wärmte.

»Die Finger werden immer dicker, bald werde ich sie kaum noch bewegen können. Ich muss wohl wieder beim Wundarzt vorbeischauen, auch wenn die Behandlung mit dem Brenneisen höllisch schmerzt.«

»Von Schwester Agrikola weiß ich, dass man diese Behandlung nur zweimal pro Jahr machen sollte, und du warst dieses Jahr schon dreimal dort. Auch sollte der Wundarzt nicht ständig das Eisen nehmen, sondern es besser mit einem Feuerschwamm oder dem Mark des Spindelbaumes versuchen.« Auf Hannas Gesicht spiegelte sich Missbilligung, auch wenn sie wusste, dass es nichts brachte, ihre Lehrmeisterin zu belehren.

»Woher nimmt sich eine Begine das Recht, einem angesehenen Wundarzt vorzuschreiben, was er zu tun oder was er zu lassen hat?«, zischelte Wendelgart mürrisch.

»Schwester Agrikola besitzt jede Menge gescheiter Bücher, und dort steht so etwas drin«, verteidigte Hanna die alte Schwester in der Wittengasse.

»Ich will jetzt nicht mit dir streiten.« Wendelgart wandte sich vom Feuer ab. »Mach, was ich dir aufgetragen habe, und trödle nicht in der Stadt herum.«

Sie klaubte aus ihrem Geldbeutel ein paar Pfennige und legte sie auf den Tisch. Dann verschwand sie schlurfend in der Kräuterstube. Hanna beendete den Abwasch, warf ein weiteres Holzscheit auf die Flammen, dann steckte sie die beiden leeren Schmalztöpfe in den Weidenkorb und verließ mit grimmiger Miene das Haus.

Die Sonne zeigte sich nur milchig inmitten der vielen Wolken. Gottlob war der Januar bald vorbei. Hanna entschied, erst die Apotheke in der Mordergasse aufzusuchen, ehe sie sich die Marktstände ansah.

Der Gelehrte gab ihr die Beeren wortlos, wie Wendelgart vorhergesagt hatte, doch tat er dies mit sichtlich schlechtem Gewissen, denn der kleine Leinenbeutel wanderte so schnell in Hannas Hand, dass keiner der übrigen Kunden dies bemerkte. Hanna wollte die Apotheke eben verlassen, als die Frau des Inhabers hereinstürmte. Keuchend und mit hochroten Wangen plusterte sie sich vor ihrem Gatten auf.

»Du glaubst ja nicht, welche Ungeheuerlichkeit mir eben widerfahren ist«, rief sie nach Luft schnappend, wobei sie sich der Neugier der anwesenden Kunden durchaus bewusst war, denn sie schaute beifallheischend in die Runde. Ebenso wie die anderen Weibsbilder horchte auch Hanna erwartungsvoll auf.

»Ich wollte beim Tuchhändler Eberlin meinen roten Samt abholen, und was musste ich feststellen?«

Der Apotheker hob verzweifelt die Hände, während die Kunden neugierig einen Schritt auf die Frau zu machten, um ja keines ihrer Worte zu verpassen.

»Der Kerl tut doch wahrlich so, als hätte er mich noch nie gesehen. Er wisse nichts von rotem Samt, und ich solle mich scheren.« Die Frau warf den Kopf wütend in den Nacken. »So eine Frechheit lasse ich mir nicht bieten, nicht von diesem dahergelaufenen Tuchhändler. Ich verlange von dir, dass du augenblicklich zu diesem Kerl gehst und ihm die Meinung sagst.«

Sie zupfte sich ihre schiefe Kruseler Haube zurecht und drückte die Lippen verärgert aufeinander, dabei sonnte sie sich in der Empörung, die auf den Gesichtern ihrer Zuhörerinnen lag.

»Beruhige dich, Frau. Ich werde die Sache nachher regeln, doch jetzt muss ich meinen eigenen Geschäften nachgehen.« Der Apotheker legte seiner Gattin die Hände auf die Schultern und schob sie sanft, aber bestimmt auf die Hintertür zu. »Es ist besser, wenn du dich etwas ausruhst. Du weißt, Aufregung bekommt dir ganz schlecht. Sag der Magd, sie soll dir einen Tee aus Baldrian brauen.«

Beim Anblick einer älteren Matrone, die ihren massigen Körper eben durch den Türspalt schob, sackten die Schultern des Gelehrten zusammen. Die Frau des Seilers galt als Schandmaul von Konstanz. Bald würde die ganze Stadt vom Auftritt seiner Gattin erfahren. Und tatsächlich, die Seilerin drängte sich bereits an die Seite einer der Kundinnen, und das Getuschel ging los.

Da das Haus des Ritters Conrad nur einen Steinwurf von der Apotheke entfernt lag, entschied Hanna kurzerhand, Ursus einen Besuch abzustatten. Hoffentlich spannte der Ritter ihren Geliebten nicht zu sehr ein, sodass sie ihm von den merkwürdigen Vorkommnissen im Hause Eberlin berichten konnte. Ursus verfügte über einen klaren Menschenverstand, vielleicht hatte er eine Erklärung für all das.

Da das Tor zum herrschaftlichen Haus wie üblich verschlossen war, machte Hanna vom vereinbarten Zeichen Gebrauch. Der schrille Pfiff hallte durch die Gasse.

Tatsächlich, es dauerte nicht lange, und das Tor öffnete sich einen Spaltbreit. Ursus trat mit einem Grinsen auf die Gasse. »Schön, dich zu sehen«, begrüßte er Hanna lächelnd, wobei er kurz nach beiden Seiten schaute, ehe er ihr einen Kuss auf den Mund drückte.

»Lass das und hör mir zu.« Verlegen strich Hanna über ihren Rock.

In aller Eile erzählte sie von der gestrigen Begegnung mit Martha Eberlin, dem sonderbaren Verhalten ihres Gatten, insbesondere von dessen plötzlicher Bereitschaft zur Gewalt, und von der Frau des Apothekers, die der Tuchhändler ebenfalls brüsk vor den Kopf gestoßen hatte.

»Irgendetwas stimmt mit dem Mann nicht mehr. Seit diesem Überfall in St. Gallen ist er offenbar völlig verändert«, schloss Hanna ihre Ausführungen atemlos.

»So etwas soll vorkommen. Wenn der Schlag allzu heftig war, warum nicht? Bestimmt legt sich das Ganze wieder«, versuchte Ursus sie zu beruhigen.

»Und wenn nicht?« Hanna blickte nachdenklich auf ihre Füße. »Man müsste herausfinden, was da wirklich geschehen ist bei diesem Angriff oder ob in St. Gallen etwas vorgefallen ist, das den Mann so verändert hat. Offenbar war Konradin, der Stallknecht, bei ihm, wie Martha uns erzählte. Könntest du ihn nicht vielleicht ein wenig aushorchen? So von Mann zu Mann, du weißt schon.«

Hanna lächelte auffordernd. »Ich werde versuchen, Benz, den Gesellen, zu erwischen, sollte er den Laden mal verlassen. Vielleicht weiß er mehr. Allerdings bezweifle ich, dass er sein Maul aufmachen wird, der Arme bekommt offenbar seit der Rückkehr seines Meisters die Gerte besonders hart zu spüren.«

Ursus hob hilfesuchend die Hände und schaute gespielt theatralisch gen Himmel.

»Tu nicht so, ich weiß, dass du selbst auch neugierig bist.«
Hanna puffte ihn in die Seite. »Ich schlage vor, wir treffen uns
in zwei Tagen bei Sonnenuntergang in der Scheune der Beginen.
Du weißt ja, die unweit von Wendelgarts Haus. Vielleicht wissen
wir bis dahin mehr.«

Hanna stellte sich auf ihre Zehenspitzen und kitzelte Ursus
am Kinn, dann lief sie mit wehendem Umhang die Gasse entlang
davon. An der Ecke drückte sie sich an die Wand des Zunft-
hauses und blickte dem geschäftigen Treiben in der Marktstätte
entgegen. Das Schweineschmalz konnte warten.

Kurzerhand verschwand sie zwischen den Häusern, schlängelte sich durch zwei verwinkelte Gassen, schon stand sie vor
dem Laden des Eberlin. Drinnen glaubte sie, den Tuchhändler
zu erkennen, der sich eben um zwei Kundinnen bemühte.

Hanna zog den Umhang enger und blickte zum zweiten Stock
hoch. Martha stand an einem der milchigen neumodischen Fenster, mit denen die betuchten Konstanzer seit einigen Jahren ihre
Häuser schmückten, und winkte ihr zu.

Verborgen hinter einem Pferdeeinspänner, überquerte Hanna
die Straße und schlich anschließend die Treppe hoch. Dabei
duckte sie sich eng an die Wand, sodass man sie vom Laden aus
nicht sah. Martha erwartete sie bereits ungeduldig an der Tür
und führte sie eiligst hinauf in ihre Kammer.

»Was ist mit Euch?«, fragte Hanna besorgt, als sie die neuen
blauen Flecken auf dem Gesicht der Tuchhändlerin bemerkte.
»War das wieder Euer Gatte?«

Martha biss sich auf die Lippen und nickte. Sie kämpfte gegen
die aufsteigenden Tränen an. »Diese Nacht war es besonders
schlimm«, schluchzte sie, wobei sie müde auf die Bettstatt sank
und den Kopf in die Hände legte. »Er kam betrunken in meine
Kammer und legte sich mit aller Härte auf mich. Er tat mir weh,
absichtlich, davon bin ich überzeugt. Ach, Hanna, ich hatte solche Angst, dass das Kind Schaden nehmen würde.«

»Kinder, nicht Kind«, sagte Hanna leise, während sie der nur
wenig älteren Frau sanft über die zuckenden Schultern strich.

»Zwillinge? Schon wieder?« Martha schluchzte auf. »Ich war
so froh, als die Kinder letzten Frühling tot zur Welt kamen. Auch
wenn Ulrich mich damals getröstet hat, so spürte ich doch, dass
es auch ihm recht war. Zwillinge sind die Strafe Gottes für ein
lasterhaftes Leben. Dieses Mal wird Ulrich mich umbringen,
bestimmt. In seinem jetzigen Zustand ist er zu allem fähig.«

»Bitte seid still, Martha. Nicht dass man uns unten im Laden
hört«, flehte Hanna leise. »Behaltet das Geheimnis um die Zwillinge vorerst für Euch, bis sich ... bis sich Euer Gatte wieder
beruhigt hat.« Sie stöhnte auf. Wehmütig wanderte ihr Blick
über all die Kostbarkeiten, die die Kammer der Tuchhändlerin
schmückten.

»Hätte Euer Gatte denn Grund zur Annahme einer Sünde?«,
fragte sie so leise, dass Martha sie erst nicht verstand. Nachdem
sie die Worte wiederholt hatte, hob die Frau energisch den Kopf.

»Willst du mir unterstellen, dass ich Ulrich untreu gewesen
wäre?« Martha Eberlin erhob sich ruckartig von ihrer Bettstatt
und machte einen Schritt auf das Fenster zu. »Ich glaubte in dir
eine echte Hilfe zu finden und nicht ein Schandmaul.« Sie drehte
sich wütend um.

»Entschuldigt«, wehrte Hanna ab. »Ich wollte Euch nicht
beleidigen. Doch irgendwie muss das Verhalten Eures Gatten
doch erklärbar sein.«

»Auf jeden Fall nicht mit einem Fehler meinerseits. Ich liebe
Ulrich, jedenfalls den Ulrich, den ich bislang kannte.« Martha
wandte sich wieder dem Fenster zu. Das Zucken ihres Rückens
zeigte, dass sie erneut weinte.

»Ich verspreche, Euch zu helfen.« Hanna griff sich das kleine
Leinentuch, das sie auf dem Beistelltisch fand, und reichte es
der Frau über die Schulter. »Was auch immer mit Eurem Gatten
geschehen ist, ich werde es herausfinden. Ich gebe Euch mein
Wort darauf.«

Martha Eberlin nickte verkrampft. Sie putzte sich die Nase.
»Ich habe sonst niemanden, mit dem ich reden könnte. Meine
Familie wohnt zu weit weg, und mit meinem Schwäher lässt sich

nicht reden. Du weißt ja, dass der alte Erasmus nicht richtig bei Verstand ist.«

»Wo ist er überhaupt?«, fragte Hanna erstaunt. »Das letzte Mal sah ich ihn im Laden unten.«

»Das Haus verlässt Erasmus nicht mehr. Ist auch besser so, denn er würde den Heimweg wohl nicht mehr finden. Allerdings hat ihn seit Ulrichs Rückkehr eine merkwürdige Unruhe erfasst. Er brabbelt ständig wirres Zeug vor sich hin, auf das sich niemand einen Reim machen kann.«

Martha ging auf den Tisch zu und griff sich den halb vollen Weinbecher. Doch statt zu trinken, drehte sie ihn gedankenverloren in den Händen. »Ulrich hat seinen Vater deshalb seit gestern Abend in der Kammer eingesperrt. Erasmus tut mir leid. Ich würde ihm gerne helfen, doch das würde Ulrichs Zorn nur weiter schüren.«

»Eingesperrt? Hat Euer Gatte dies schon öfter mit seinem Vater gemacht?« Hanna schaute entsetzt zur Decke. Irgendwo da oben lag der alte Mann, einsam und allein. Wieder spürte sie die Angst, die dieses Haus fest im Griff hatte.

Marthas Reaktion kam zögerlich. Nervös nestelte sie an der Falte ihres Rockes. Sie schüttelte den Kopf.

»Seltsam«, meinte Hanna. »Selbst wenn Euer Gatte etwas über Euch herausgefunden hätte, das seinen Unmut schüren könnte, warum dann der Groll gegen den eigenen Vater?«

Sie wollte eben eine weitere Frage stellen, als von unten Stimmen zu hören waren.

»Es ist besser, du gehst jetzt. Wenn Ulrich dich hier findet, wird er womöglich …« Bleich und wankend stützte sich Martha an der Wand ab.

»Ist schon gut«, beeilte sich Hanna zu sagen. »Sagt, ich hätte Euch Kräuter für das Kind vorbeigebracht, sollte er meinen Besuch entdecken.«

Hanna legte ein wohlriechendes Leinenbeutelchen auf den kleinen Tisch. Dann drückte sie sich leise durch den Spalt der Tür und verharrte einen Augenblick am Treppenabsatz.

Ulrich Eberlins Stimme war deutlich zu hören, sein Unmut schien sich in diesem Augenblick wieder einmal gegen den Gesellen zu richten. Flüche und Schimpftiraden hallten durch die Diele. Als die Tür zum Laden zuschlug und für einen Augenblick Stille einkehrte, rannte Hanna mit wild klopfendem Herzen hinunter. Zurück auf der Gasse versteckte sie sich in einer der Nischen und wartete, bis sie Benz aus dem Laden kommen sah. Sie zog die Kapuze ihres Umhangs tief ins Gesicht und heftete sich an seine Fersen.

»Benz, warte!«, rief sie keuchend, als der Geselle eben im Getümmel des Obermarktes zu verschwinden drohte. »Ich muss mit dir reden.«

»Was willst du von mir?« Benz sah schrecklich aus. Auch er hatte blaue Flecken im Gesicht, zudem hinkte er beinahe noch mehr als sie selbst.

»Meister Ulrich, ich muss mit dir über ihn reden.« Hanna zog den jungen Mann hinter einen der Marktstände.

»Besser nicht, du siehst ja, was er tut, sollte er davon erfahren.« Benz wehrte sich und verschränkte die Arme vor der Brust.

»Ebendeshalb.« Hanna ließ nicht locker. »Deine Herrin hat mir schon so einiges erzählt, und jetzt wollte ich es auch aus deinem Mund hören. Er soll sich verändert haben, der Meister?«

»Das kann man wohl sagen«, erboste sich Benz, wobei sich seine Backen blähten. »Er scheint nicht nur sein Gespür für das Tuchhandwerk verloren zu haben, er ist der Teufel in Person geworden. Bei jeder Kleinigkeit schlägt er zu. Er hat mir gedroht, sollte ich etwas davon herumerzählen, wird er mich beim Großen Rat des Diebstahls bezichtigen. Und ich muss dir nicht sagen, was das für mich bedeutet.«

»Aber du hast doch gar nichts gestohlen, oder?«

»Wen kümmert das schon? Das Wort des Meisters wird gegen meines stehen. Also werde ich mich die restlichen Monate wohl ducken und alles schlucken, ich brauche den Meisterbrief, ansonsten werde ich nie einen eigenen Laden eröffnen können, und das habe ich meiner Mutter auf dem Totenbett versprochen. Sie hat sich jeden Rappen vom Mund abgespart, damit ich diesen Beruf erlernen konnte.«

Hanna tat der junge Mann leid. Sie strich ihm mitfühlend über den Oberarm. »Hast du eine Ahnung, was auf dieser Reise geschehen ist, was deinen Herrn so verändert haben könnte?«

Benz zuckte mit den Schultern.

»Er war nicht allein unterwegs, euer Stallknecht hat ihn doch begleitet, oder?«

Dieses Mal nickte Benz.

»Ob Konradin uns vielleicht mehr sagen könnte?«, fragte sie nachdenklich.

»Mach das bloß nicht. Der Kerl spielt sich seit der Rückkehr dermaßen auf, dass unsere Köchin ihn nicht mehr in der Küche duldet. Der Meister hat daraufhin sogar gedroht, sie zu entlassen, sollte sie sich weiterhin so garstig gegenüber Konradin geben. Der würde deine Neugier bestimmt dem Meister zutragen, und ich kann mir kaum vorstellen, dass dies gut ankommen würde.«

Hanna schnaubte, was Benz wohl als hilflose Verzweiflung deutete, denn er verdrückte sich und verschwand fluchtartig inmitten der Marktbesucher.

Ob Ulrich Eberlin womöglich krank war? Hanna erinnerte sich an einen Mann, der zwei Gesichter gehabt hatte. An manchen Tagen war er fröhlich und ausgelassen gewesen, dann wieder grimmig und unberechenbar, zudem hatte er ständig mit sich selbst geredet. Kurz bevor man ihn zu den Tumben sperren konnte, war er aus Konstanz verschwunden.

Hanna atmete tief durch, dann drehte sie sich um und ging auf den Stand des Gewürzhändlers zu. Da der Apotheker keinen Ingwer mehr in seinem Lager gehabt hatte, kaufte sie hier zwei dicke Knollen. Dann zwängte sie sich durch die Menge der Marktstätte entgegen. Wehmütig schielte sie auf Höhe der Brotlauben auf die feinen süßen Weggen, die sie und Wendelgart so gern mochten. Doch das Geld war im Augenblick knapp, sodass an die Köstlichkeiten nicht zu denken war.

An den Metzigbänken an gutes Schweineschmalz zu kommen, kostete sie jede Menge Schmeicheleien. Doch schlussendlich waren ihre beiden Tontöpfe bis zum Rand gefüllt.

»Hanna!«

Erschrocken drehte sie sich um. Lena kam winkend auf sie zu, Klara im Schlepptau. Die beiden Frauen trugen prall gefüllte Körbe.

»Ich habe dich letzten Sonntag vermisst«, rief ihre Freundin über die Köpfe der Marktbesucher hinweg. »Ich dachte, du kommst noch bei uns in der Mühle vorbei.« Der Tadel war nicht zu überhören.

»Ich konnte nicht. Da war doch die Taufe des kleinen Johannes Felix, dem Sohn des Goldschmieds in den Blatten. Und da Wendelgart noch krank war, musste ich hin.«

»Ach ja, hab's gehört. Schreckliche Sache, das mit Lisbeth Hagen. Die Miselsucht soll sie haben, erzählen sich die Leute.« Lenas Mitgefühl war echt, ihr Unmut so schnell verflogen, wie er gekommen war. »Die arme Frau, drei kleine Kinder und jetzt eingesperrt in diesem schrecklichen Haus draußen in der Vorstadt.«

»Hätte Lazarus Hagen den Medicus nicht gerufen, hätten wir es tun müssen. So ist nun mal das Gesetz.« Hanna beugte sich leicht vor. »Ihr wisst doch stets über die neusten Gerüchte Bescheid«, lockte sie ihre beiden Freundinnen. »Was spricht man in der Stadt über Ulrich Eberlin?«

Lena schien zu überlegen, während Klara ein ernstes Gesicht machte.

»Eine ganze Menge«, sagte sie leise. »Ich kenne seine Magd, und die beneide ich wahrlich nicht. Der Tuchhändler sei plötzlich jähzornig geworden. Er suche geradezu nach Vorwänden, seine Wut auszulassen.« Klara verdrehte die Augen. »Er soll sich jetzt immer öfter in den Schenken der Stadt herumtreiben und das Geld dort mit vollen Händen ausgeben. Das hat er zuvor niemals getan, er war der Geizhals in Person, sagt die Magd. Eine Schenke habe er nur von außen gekannt, nie wäre er über die Schwelle einer solchen Spelunke getreten.«

»Und was weißt du über Konradin, den Stallknecht?« Hanna schielte kurz nach beiden Seiten.

»Der Kerl sei schlimmer als die Pest, sagt die Magd.« Klara verzog angewidert den Mund. »Er will ihr ständig an die Röcke, aber das wollte er schon immer. Sonderbar sei nur, dass der Herr jetzt offenbar seine Hand schützend über ihn hält.«

»Warum interessiert dich das so sehr?«, fragte Lena lauernd. »Witterst du schon wieder irgendein Verbrechen?«

»Du redest schon wie Wendelgart. Die glaubt auch, dass ich mir alles nur einbilde. Aber dem ist nicht so. Irgendetwas stimmt nicht mit Ulrich Eberlin, und ich werde herausfinden, was es ist.«

»Wir werden dir helfen«, eiferte sich Klara. »Genau wie bei der Giftmischerin Blarer, die ohne uns noch heute ihr Unwesen treiben würde.«

»Damals war Hanna, oder besser gesagt Ursus, direkt betroffen. Wäre seine Herrin verurteilt worden, wäre auch auf ihn kein gutes Licht gefallen.« Lena drückte kurz die Lippen zusammen. »Aber bei Ulrich Eberlin ist die Sache anders. Er ist ein angesehener Mann der Stadt. Sollte herauskommen, dass wir ihm nachstellen, wirft das kein gutes Licht auf Jodok.«

»Hört auf zu streiten«, mischte sich Hanna ein. »Ich werde Martha helfen, ob du das willst oder nicht«, wandte sie sich schroffer als beabsichtigt an Lena. »Ursus wird versuchen, Konradin auszuhorchen. In zwei Tagen, kurz nach Sonnenuntergang, treffen wir uns in der Scheune der Beginen. Wenn ihr mir helfen wollt, kommt dorthin, ansonsten ...«

»Selbstverständlich helfe ich dir.« Klaras Wangen hatten sich die letzten Minuten vor Eifer gerötet. »Ich werde mich weiter umhören, vielleicht erfahre ich noch mehr.«

»Sehr gut, mach das. Du könntest hin und wieder in der Amelungsgasse vorbeischauen, wenn du auf dem Fischmarkt bist. Womöglich gibt es noch mehr Ungereimtheiten im Hause des Tuchhändlers, die Licht ins Dunkel bringen.«

»Auch ich mache mit«, brummelte Lena zerknirscht. »Ich war nur etwas beleidigt, weil du dich mehr für andere interessierst als für mich. Schließlich erwarte auch ich bald ein Kind, wenn ich dich daran erinnern darf.«

Hanna lachte. »Und genau deshalb wirst du nicht durch die Gassen von Konstanz hetzen, um Gerüchte aufzuschnappen. Es reicht, wenn du Jodok nach Neuigkeiten aushorchst, in der Mühle erfährt er ja allerhand Neues.«

»Alma wird uns bestimmt auch helfen«, meinte Klara. »Das Beginenleben ist auf Dauer öde, wie sie mir erst vor zwei Tagen erzählte. Etwas Abwechslung wird ihr gelegen kommen. Zudem erfahren Beginen bei ihren Krankenbesuchen oft Dinge, die uns hilfreich sein könnten.«

Da bereits einige Passanten stehen blieben und die Köpfe in ihre Richtung reckten, trat Hanna einen Schritt zurück. Beim Abschied winkte sie ihren Freundinnen nach.

Gerade bahnte sie sich mit den Ellbogen einen Weg durch das Getümmel, als sie von hinten grob angerempelt wurde. Empört drehte sie sich um, hielt aber sofort inne. Dicht hinter ihr stand Konradin, ein abschätziges Lächeln in den Mundwinkeln.

»Hüte dich, Weib, Neugier bekommt dir schlecht«, zischte er drohend. »Lass deine dreckigen Finger von Ulrich Eberlin, ansonsten ergeht es dir wie der Hure auf dem Münsterplatz oder dem geschwätzigen Lehrling an der Rheinbrücke. Dir die Kehle durchzuschneiden, würde mir ein Vergnügen sein.«

Konradin schob seinen Umhang zur Seite, damit Hanna das Messer am Gürtel sehen konnte. »Das kannst du übrigens auch deinen beiden Freundinnen ausrichten«, fügte er mit hämischem Grinsen bei. Dann verschwand er so schnell in der Menge, wie er aufgetaucht war.

Konradins Worte hallten noch lange in Hannas Ohren, und sie zweifelte keinen Augenblick daran, dass der Kerl seinen Worten auch Taten folgen lassen würde. Als sich ihre Starre endlich löste und sie ein Bein vor das andere setzen konnte, war von dem schmierigen Kerl nichts mehr zu sehen. Hanna entschied, die unerfreuliche Begegnung vorerst für sich zu behalten.

9. Kapitel

Seit Hanna ihn auf Konradin angesetzt hatte, ging Ursus in Gedanken alle Möglichkeiten durch, wie er den Kerl möglichst unverfänglich aushorchen konnte. Konradin war nicht dumm, das hatte er in wenigen Begegnungen bemerkt. Zudem rutschte ihm die Hand nur allzu leicht aus. Es bedurfte nur eines schiefen Blickes, und schon war der Zorn des Knechts geschürt. Einem Kontrahenten hatte Konradin erst letzte Woche die Nase gebrochen und zwei Zähne ausgeschlagen. Sollte es ihm nicht ebenso ergehen, musste er vorsichtig sein.

Gegen Mittag fuhr Ursus seinen Herrn Conrad von Liebenfels mit dem Einspänner zum Rathaus. Schon von Weitem sah man den hölzernen Roland oben auf der Treppe, der den Domherren der Stadt seit seiner Anbringung ein Dorn im Auge war. Die Holzstatue stand für die Freiheitsrechte der Stadtbürger und gleichzeitig auch für das Schwinden der bischöflichen Macht.

An die zehn Kutschen drängten sich bereits beim Unterstand neben dem Rathaus. Die Kutscher unterhielten sich lachend oder übten sich im Kartenspiel. Ursus stellte den Einspänner nahe an die hintere Holzwand, damit das Pferd ein wenig vor dem zugigen Wind geschützt war.

Während Ritter Conrad mit ausladendem Schritt der Treppe zum Rathaus entgegeneilte, schlenderte Ursus über den Fischmarkt. Heute tagte im Rathaus das Hohe Gericht, und wie man in der Stadt bereits seit Tagen wusste, würde es für einmal nicht um Schandstrafen und Geldbußen gehen. Endlich hatte man den Mörder gefasst, der die beiden bestialischen Morde begangen hatte. Der Vagant hatte die Taten zwar noch nicht gestanden, doch seine mit Blut beschmierten Kleider waren Beweis genug.

Auf dem Podest würden dieses Mal der neu gewählte Bürgermeister, der Vogt als königlicher Vertreter, zwei Schöffen und der Gerichtsschreiber sitzen. Im Angesicht dieser Allmacht würde der Kerl schmelzen wie Butter unter der Sonne. Konstanz konnte endlich aufatmen.

Ursus schaute zögernd auf die Rathausfenster. Die Verhandlung war wie immer öffentlich und lockte jede Menge Schaulustige an. Hoffentlich wurde das Urteil noch heute gesprochen und der Kerl auf dem Galgenhügel seiner gerechten Strafe zugeführt. Sollte es zur Hinrichtung kommen, wäre dies vielleicht eine Möglichkeit, um Konradin in ein Gespräch zu verwickeln. Bestimmt würde sich der Knecht dieses Schauspiel nicht entgehen lassen.

Ursus scharrte einen Stein zur Seite und schlenderte dann über den Fischmarkt. Hie und da begrüßte ihn einer der Fischer, die lautstark ihre Ware anpriesen. Viel Kundschaft fand sich allerdings nicht ein, das Augenmerk lag mehr auf dem Geschehen im Rathaus.

Da das Beginenhaus nicht weit vom Fischmarkt entfernt lag, entschied Ursus, die Zeit zu nutzen und der Gemeinschaft einen Besuch abzustatten. Seit er vor Jahren tatkräftig mitgeholfen hatte, den damaligen Bürgermeister dingfest zu machen, wurde er im Schwesternhaus stets mit offenen Armen empfangen.

Ursus beobachtete zwei Mönche, die eben unter dem Portal des Salemerhofes verschwanden. In der kalten Jahreszeit kamen nur selten Schiffe über den Bodensee, um kostbares Halleiner Salz und den begehrten Salemer Seewein zu bringen, und trotzdem waren die Lager der Linzgau-Abtei bis unters Dach gefüllt, wie allseits bekannt war.

Ursus eilte weiter. Am Tor der Beginen klopfte er. Als die alte Sammlungsschwester ihn erkannte, huschte ein Lächeln über ihr faltiges Gesicht, und das Tor öffnete sich in Windeseile.

»Ist Schwester Ursel in der Küche?«, fragte Ursus schelmisch grinsend.

Die alte Frau schüttelte gespielt empört den Kopf, während sie ihren Zeigefinger in die Luft streckte. »Dachte schon, du kommst einmal mich besuchen«, meinte sie. Dann humpelte sie lachend auf das Schwesternhaus zu, während Ursus sich zur Küchenstube aufmachte.

Durch das leicht geöffnete Fenster hörte er die Stimmen von Ursel und Alma. Jodoks Schwester führte die Küche mit eiserner Hand, und doch kamen die beiden unterschiedlichen Frauen bestens miteinander aus.

»Ursus, welche Überraschung«, rief Ursel lachend, während sie den jungen Mann in ihre Arme schloss. »Wir haben eben von dir gesprochen.«

»Von mir?« Ursus setzte sich auf einen der Hocker.

»Ja«, eiferte sich Alma. »Ich habe nämlich vorhin Klara getroffen, und die hat mir von den sonderbaren Vorfällen im Hause des Tuchhändlers Eberlin erzählt.«

»Diese jungen Dinger sehen überall eine Verschwörung.« Ursel schlug die Hände über dem Kopf zusammen und verdrehte die Augen.

»Du sollst ja den dortigen Stallknecht aushorchen, wie Klara mir erzählte«, fuhr Alma mit glühenden Wangen und einem Zwinkern fort.

»Jetzt lass Ursus doch in Ruhe. Er ist bestimmt nicht deswegen zu uns gekommen, stimmt's?« Ursel langte in eine der Schüsseln und griff sich eine klebrige Honigschnecke, die sie ihrem Gast auffordernd hinhielt.

Ursus liebte Süßes, das war kein Geheimnis, und ebenso liebte er den Würzwein, den Ursel stets mit etwas Zimt und Anis verfeinerte. »Mein Herr musste zum Gericht. Heute werden sie wohl das Urteil über den Vaganten fällen«, meinte er kauend.

»Geschieht dem Kerl ganz recht. Hoffentlich bringen sie ihn erst auf den Stock und schneiden ihm dort die Ohren ab, oder noch besser, sie ziehen ihm die Haut vom Leib. Verdient hätte er es allemal«, entrüstete sich Alma. »Eine wehrlose Frau so zu schänden, ein Hundsfott ist das. Um den Lehrling des Silberschmieds tut es mir weniger leid. Der Kerl schaute einen immer so seltsam an.«

»Aber Alma, wie redest du denn?«, tadelte Ursel ihre Mitschwester, wobei sich ihre linke Augenbraue schelmisch hob. »Nur gut, hören dich die anderen Schwestern nicht. Die würden in Ohnmacht fallen.« Sie putzte ihre klebrigen Finger an der Schürze ab, ehe sie nachdenklich über ihre Pockennarben fuhr.

»Wie auch immer.« Alma verschränkte die Arme. »Sein Gewand war mit Blut besudelt, dafür bringen sie ihn auf den Galgenhügel.« In ihren Augen lag ein Strahlen, das Jodoks Schwester empört nach der Kelle greifen ließ.

»Wir Beginen schauen uns keine Hinrichtung an«, sagte sie streng. »Wir sorgen uns um das Seelenheil der Menschen und ergötzen uns nicht an deren Leid.«

Alma zog einen Schmollmund. Ursus war sich sicher, dass sie sich das Schauspiel auf keinen Fall entgehen lassen würde. Eine Ausrede würde ihr schon noch einfallen, um den Galgenhügel draußen vor der Stadt aufsuchen zu können.

Als Alma ihn wenig später zum Tor brachte, hielt sie ihn am Ärmel zurück. »Klara sagte mir, dass wir uns in zwei Tagen in der Scheune treffen. Ich werde ebenfalls kommen, auch wenn Ursel alles daransetzen wird, dies zu verhindern.« Sie grinste verschmitzt. »Ich muss nachher für Schwester Agrikola zum Markt, vielleicht erfahre ich dort das eine oder andere über Ulrich Eberlin.«

Da Ursus Almas Beharrlichkeit kannte, vermochte er nur zu nicken.

Als er den Fischmarkt wieder erreichte, räumten die Fischer bereits ihre Stände. Ein Armenpfründer mit seinem Handkarren klaubte Fischreste vom Boden zusammen, während ein anderer mit einem Besen bewaffnet die Innereien zusammenfegte. Aus den geöffneten Fenstern des Gerichtssaales hörte man aufgeregte Stimmen. Offenbar lieferten sich Ankläger, Eideshelfer, Zeugen und Publikum noch immer einen Schlagabtausch. Sobald das Urteil gesprochen war, würde der Gerichtsschreiber auf der Treppe des Rathauses erscheinen und den Rechtsspruch laut und deutlich allen Anwesenden auf dem Marktplatz kundtun.

Ursus schlenderte auf die rückwärtige Mauerfassade des Heiliggeistspitals zu und wartete. Einige der Schaulustigen wandten sich schon ab, zumal die Sonne jetzt so flach stand, dass sie kaum noch Wärme bot. Das Ausharren in der Kälte war nicht jedermanns Sache, auch wenn die Neugier noch so groß war.

Als sich Ursus bereits mit dem Gedanken herumschlug, sich zu den übrigen Kutschern zu gesellen und sich ihre grölenden Wortklaubereien anzuhören, trat der Schreiber endlich auf den Treppenabsatz. Der Vagant würde hängen, morgen kurz nach Sonnenaufgang. Jubelnder Beifall war der Lohn für diese Neuigkeit aus erster Hand.

Als Conrad von Liebenfels wenig später in den Einspänner stieg, wirkte er müde. Endlin, die Herrin, war vor zwei Tagen mit dem kleinen Sohn abgereist, dem vorausgegangen war ein heftiger Streit. Der Ritter zog sich die rote Ratskappe vom Kopf und lehnte sich zurück. Ursus blickte kurz über seine Schulter, doch der Herr hielt die Augen geschlossen.

Am anderen Tag stand Ursus zeitig auf. Hastig machte er seinen morgendlichen Rundgang durch die Ställe und gab den übrigen Stallknechten Anweisungen für den Tag. Da Conrad von Liebenfels seinen Kummer im Wein ertränkte, nutzte er die Gelegenheit und schlich sich davon.

Auf dem Weg zum Galgenhügel begegnete er so manch vertrautem Gesicht. Das Schauspiel zog Arm wie Reich hinaus in die Vorstadt. Der Galgen stand an der stark befahrenen Straße nach Kreuzlingen, gut sichtbar auf einem Hügel. Leichter Nebel driftete über die sumpfigen Wiesen, Gräser ragten wie Mahnmale gen Himmel.

Der Scharfrichter und zwei seiner Folterknechte waren eben dabei, den Galgenbaum zu stellen. Gekleidet in ihre dunklen Mäntel mit den spitz zulaufenden Hüten, waren sie trotz der

Nebelschwaden bestens zu erkennen. Das Handwerk dieser Männer galt als unrein, jegliche Berührung mit ihnen brachte Unglück. Deshalb hielt sich das Publikum hinter dem Holzzaun, der den Galgenhügel schützend umgab.

Allerdings diente der Zaun nicht nur zum Schutz, um die Galgenarbeit bestens auszuführen, er sorgte auch dafür, dass sich hinterher keiner am Leichnam vergriff. Glücksbringer wie ausgeschlagene Zähne, herausgerissene Daumennägel oder Stücke vom Galgenstrick musste man ordnungsgemäß beim Scharfrichter erwerben. Auch das Armsünderfett, das der Henker aus den Gebeinen der Toten herauskochte, kostete einen Batzen Geld und gereichte dem Henker zu bescheidenem Wohlstand.

Ursus schielte hinüber zum Podest, auf welchem drei der Ratsherren bereits Platz genommen hatten. Ihre Gesichter waren durch den Nebel nur undeutlich zu erkennen. Wie bei der gestrigen Gerichtsversammlung war es auch bei der Hinrichtung Pflicht, dass mindestens zwei der noblen Herren dieser beiwohnten. Ihren Mienen nach zu urteilen, erachteten sie dies jedoch kaum als Zwang, denn ihr Lachen hallte weit über die Köpfe der Schaulustigen hinaus, die sich mittlerweile dicht am Holzzaun drängten.

»Ich war gestern bei der Verhandlung dabei«, bemerkte der Mann neben Ursus mit vor Stolz geschwellter Brust. »Ein Jammerlappen ist der Hungerleider, keine Eier in den Hosen.« Der Mann griff sich zwischen die Beine, woraufhin die Frau neben ihm schallend lachte.

»Und hat er alle Morde gestanden?«, fragte eine weitere Frau, die neugierig näher rückte. »Auch den in der Gasse bei St. Laurenz? Dem armen Kerl hat man das ganze Gesicht zertrümmert.«

»Wie denn, geflennt hat der Kerl! Kein Wort war aus ihm herauszubringen.« Der Mann verzog angewidert den Mund.

»Wer war denn der Tote?«, fragte Ursus.

»Konnte man nicht mehr erkennen.« Die Frau trat näher an Ursus heran. »Zudem war er nackt, wie Gott ihn geschaffen hat.« Sie grinste über das ganze Gesicht.

Da Ursus nicht auf ihren aufreizenden Augenaufschlag einging, wandte sie sich wieder ihrer Begleiterin zu.

»Die Lisbeth Hagen soll draußen im Leprosorium wüten wie der Teufel, hat mir meine Nachbarin erzählt«, zischelte sie. »Man musste sie schon etliche Male im Keller einsperren, zumal sie immer wieder über die Mauer klettern will.«

»Ist ja auch zu traurig«, meinte die andere, »ihre Kinder nicht mehr zu sehen.«

»Die Kinder, ja, aber der Lazarus Hagen könnte mir gestohlen bleiben. Der Kerl hat die arme Lisbeth schneller vergessen, als die hinterhältige Natter dort am Galgenstrick den letzten Atemzug tut. Der Hagen soll sich bereits wieder auf Brautschau begeben haben.« Die Frau gab ein erbostes Schnaufen von sich.

Für einen kurzen Augenblick schlich sich so etwas wie Mitgefühl in die Herzen der beiden Frauen. Als die Menge allerdings erneut zu kreischen begann, war Lisbeth Hagen schnell vergessen. »Da kommen sie«, rief die eine aufgeregt, wobei sie ihren Hals streckte und mit der Hand in Richtung des Holztores zeigte.

Inmitten der Nebelschwaden sah man den Karren mit dem Verurteilten nur schemenhaft, umso gespenstischer hörte sich das Quietschen der eisenbeschlagenen Räder an. Die Menge begann zu johlen. Wüste Flüche machten die Runde. Der Blutdurst des Pöbels steigerte sich mit jedem Atemzug.

Gezogen wurde der Karren von einem Esel, der seinem Unmut mit lautem Rufen Luft machte. Der Vagant saß zusammengekauert auf der Ladefläche, bewacht von zwei Männern, die ihn immerzu mit langen Stecken drangsalierten. Etliche Gassenkinder machten sich einen Spaß daraus, den Delinquenten mit Steinen zu bewerfen.

Als der Scharfrichter vom Galgenpodest herunterstieg, verstummte die Menge. Alle Augen verfolgten jede Bewegung des Mannes, der den Verurteilten jetzt grob vom Karren zerrte. Als der Vagant flehend auf die Knie fiel, schwoll der Groll der Menge wieder an. Die Folterknechte hatten alle Mühe, die Gaffenden auf Distanz zu halten. Endlich stand der Mann auf dem Galgen-podest. Der Scharfrichter legte ihm das Hanfseil um den Hals, und die Menge tobte vor Aufregung.

Die beiden Ratsherren erhoben sich von ihren Plätzen und gaben das Zeichen, woraufhin der Scharfrichter die Ellbogen des Mannes so fest auf dem Rücken verschnürte, dass er vor Schmerz aufschrie. Er wehrte sich nach Leibeskräften, doch gegen den stämmigen Henker und seine Mannen kam er nicht an. Der Scharfrichter kontrollierte den Knoten des Galgenstricks abermals. Er genoss das Schauspiel in vollen Zügen.

»Knüpfe ihn endlich auf!«, rief ein Mann, dessen Kopf aus der Menge herausragte. »Oder sollen wir dir helfen?«

Die Menge applaudierte, johlte und schrie. Der Blutdurst erreichte seinen Höhepunkt. Der Scharfrichter gab einem der Knechte ein Zeichen, und dann öffnete sich die kleine Falltür zu Füßen des Vaganten. Augenblicklich begann der Mann zu zap-peln. Seine Augen quollen aus den Höhlen, und ein gepresster Laut quälte sich seine Kehle hoch.

Der Todeskampf zog sich hin, was darauf zurückzuführen war, dass sich der Galgenstrick etwas verschoben hatte. Als einer der Ratsherren bereits ungeduldig wurde, packte der Scharf-richter den zappelnden Vaganten und zog ihn mit einem Ruck nach unten. Das Genick brach mit einem Knacken. Regungslos baumelte der Mörder jetzt am Seil hin und her, während ein übler Gestank vom Galgenhügel herunterwehte.

Sosehr sich Ursus auch anstrengte, Konradin sah er inmit-ten der Menge nicht. Enttäuschung machte sich breit, zumal er eigentlich nur deswegen an der Hinrichtung teilgenommen hatte.

Als Ursus wenig später durch die Vorstadt schlenderte, hörte er ganz nebenbei, wie sich ein Großteil der Schaulustigen beim Schwarzen Schenker verabredete. Es war eine üble Schenke unweit des Schnetztores, die Ursus für gewöhnlich mied. Doch für einmal sprang er über seinen Schatten und schloss sich der grölenden Menge an, in der Hoffnung, dort vielleicht noch auf den Stallknecht zu treffen.

Ein abgestandener, säuerlicher Gestank lag über den Tischen, an denen sich bereits etliche Säufer tummelten. Ursus setzte sich zuhinterst an die Wand und bestellte einen Krug Met. Da die Schenke bald schon zum Bersten voll war, bemerkte er Konradin und seine Gesellen erst, als diese eine Schlägerei anzettelten. Der Wirt allerdings, ein groß gewachsener Mann mit breiten Schultern und einem Narbengesicht, beendete das Ganze allein durch seinen Auftritt.

»Für meinen Geschmack hätte der Henker den Kerl ruhig noch länger zappeln lassen können«, prostete Konradin seinen Begleitern eben lautstark zu. Seine Saufkumpane klopften mit den Bechern hart auf die Tischplatte, was ihre Zustimmung untermalen sollte.

Ursus erhob sich von seinem Platz, den Becher Met in der Hand, und mischte sich unter eine Gruppe Männer, die nahe genug bei Konradin standen, damit er jedes Wort verstand.

»Sie hätten den Kerl foltern müssen«, rief eine kratzige, vom Stimmbruch beeinträchtigte Stimme laut. »Im trockenen Zug aufgehängt, hätte er sich nicht bis zuletzt verstockt gegeben.«

Noch bevor Ursus den jungen Mann sah, erkannte er die Stimme. Verärgert trat er einen Schritt zurück, damit er unbemerkt blieb.

»Da hast du in der Tat recht, Odo«, pflichtete ihm Konradin lachend bei. »Wir hätten schon gewusst, wie man ihn zum Plaudern bringt, nicht wahr, Männer?« Konradin klopfte Odo aufmunternd auf die Schulter, was dieser ihm mit hingebungsvollem Nicken dankte.

Die Prahlereien gingen Ursus bald schon auf den Geist. Konradin würde er heute ohnehin nicht mehr allein antreffen, ebenso wenig Odo, dem er gern die Leviten gelesen hätte. Er wusste von Almas Sorgen um ihren Bruder, doch dass er sich ausgerechnet Konradin und seinen Kumpanen angeschlossen hatte, ahnte wohl auch seine Schwester nicht.

Ursus haderte mit sich, ob er diese Neuigkeit nicht doch besser verschwieg. Sollte mit Konradin und seinem Herrn tatsächlich etwas nicht stimmen, würde Alma dies nur zusätzlich beunruhigen. Zudem neigte die Begine nicht unbedingt zu Langmut. In ihrem Leichtsinn konnte es passieren, dass sie nicht nur Odo, sondern auch sich selbst gefährdete.

10. Kapitel

Konradins Drohung verfolgte Hanna bei jedem ihrer Schritte. Vor ihrer Lehrmeisterin gab sie sich zwar unbekümmert und wohlgemut, doch in unbeobachteten Momenten stand sie oft grübelnd am Fenster und starrte stumm auf das Treiben in der Gasse. Konradins Worte machten ihr Angst.

Und wenn Ulrich Eberlin sich nur deshalb so sonderbar verhielt, weil Konradin ihn unter Druck setzte? Oder hatte der Eberlin tatsächlich zwei Gesichter, und Konradin war seine ausführende Hand? War die Drohung, ihr die Kehle durchzuschneiden, nicht der Beweis, dass er hinter den beiden Morden steckte? Die Narrenfreiheit, die der Kerl im Hause des Tuchhändlers genoss, gab jedenfalls Anlass zu den schlimmsten Befürchtungen.

Hanna ahnte, dass sie im Begriff war, in ein Wespennest zu stechen.

»Was weißt du über die Familie Eberlin?«, fragte sie, als Wendelgart schlurfend in die Küche trat.

»Du lässt nicht locker, was?« Wendelgart schüttelte den Kopf, hielt dann aber inne und schaute lange Zeit stumm auf die gegenüberliegende Wand. »Nicht viel, ehrlich gesagt«, begann sie, während sie sich auf einen Hocker setzte. »Als ich als junges Mädchen nach Konstanz in die Lehre kam, hörte man zwar allerhand Gerüchte, doch viel habe ich nicht darauf gegeben.«

»Gerüchte?« Hellhörig geworden, setzte sich Hanna neben ihre Lehrmeisterin.

»Also gut«, brummelte Wendelgart, während sie mit der Hand erst einige Brotkrümel vom Tisch fegte, ehe sie sich einen Ruck gab.

»Offenbar soll es im Haus der Eberlins kurz vor meinem Eintreffen gebrannt haben, wenn ich mich recht entsinne.« Wendelgart rieb sich die Nase. »Erasmus' Frau war damals gerade dem

Wochenbett entstiegen und heilfroh, dass ihr Kind beim Brand keinen Schaden genommen hatte. Ich hatte damals eine Freundin in der Stadt, die Tratsch liebte. Wenn mich meine Erinnerung nicht trügt, sprach Lene, so hieß meine Freundin, davon, dass die Familie Eberlin bei der sonntäglichen Messe war, als der Brand ausbrach.«

Hanna schwieg und wartete, dass Wendelgart weitererzählte. Doch ihre Lehrmeisterin zierte sich. »Ist denn sonst jemand zu Schaden gekommen? Gab es Tote?«, fragte sie deshalb drängend.

Wendelgart verneinte. »Soviel ich weiß, nicht, aber Genaueres kann ich dir nicht sagen. Es hat mich auch nicht wirklich interessiert, im Gegensatz zu Lene. In Konstanz ist es immer wieder zu Bränden gekommen. Aber du willst doch diese Angelegenheit nicht wieder ausgraben? Wozu?«

Hanna zuckte mit den Schultern, dabei mied sie Wendelgarts Blick. Jedes noch so kleine Detail konnte wichtig sein. Allerdings bezweifelte sie doch ein wenig, dass eine so alte Geschichte für das sonderbare Verhalten des Tuchhändlers verantwortlich war. »Wer wüsste denn mehr über die Familie und den Brand?«, fragte sie beiläufig.

»Das ist über dreißig Jahre her. Viele von damals werden nicht mehr leben.« Wendelgart lachte. »Vielleicht am ehesten noch der alte Apotheker in der Mordergasse. Er dürfte dem Alter nach davon wissen, zumal er schon dort ansässig war, als ich in die Stadt kam.«

Wendelgart erhob sich mit einem Stöhnen und ging auf die Tür zur Kräuterstube zu. Die Stirn in Falten gelegt, drehte sie sich langsam um.

»Du weißt, ich heiße dein Tun nicht für gut. Neugier ziemt sich nicht für eine Wehmutter. Allerdings weiß ich auch, dass du keine Ruhe geben wirst. Deshalb bitte ich dich, versuch deine Fragerei zurückhaltend anzugehen, nicht dass mir noch Gerüchte aufkommen. Gerüchte sind Gift für Wehmütter, das muss ich dir hoffentlich nicht sagen.«

»Ich pass schon auf«, meinte Hanna grinsend. »Aber als Marthas Wehmütter darf uns ihr Wohl nicht unberührt lassen. Du sagst doch immer, dass wir alles für Mutter und Kind tun müssen. Ich kann nicht einfach zusehen, wie sich die Tuchhändlerin vor Sorge grämt.«

Wendelgart hob geschlagen die Hände, dann schlurfte sie in Richtung der Kräuterstube. Obwohl von Ungeduld zerfressen, musste Hanna ihre Neugier vorerst zügeln. Hastig wusch sie das Geschirr ab und warf ein neues Holzscheit auf die Flammen, ehe sie sich an die Seite ihrer Lehrmeisterin gesellte.

Die folgenden Stunden werkelten sie ohne Unterlass. Die alte Wehmutter hielt Hanna einen Vortrag über die vier Temperamente. Die Sanguinikerinnen, die Cholerikerinnen, die Phlegmatikerinnen und die Melancholikerinnen. Für jede von ihnen gab es spezielle Kräutermischungen. Allen gemein jedoch war die Latwerge aus Mutterkraut, Liebstöckel und Johanniskraut, die vertrieb sowohl Schmerzen jeglicher Art wie auch Angst und vorübergehenden Katzenjammer. Die Zubereitung dauerte allerdings Stunden, sodass Hanna erst am späten Nachmittag Gelegenheit erhielt, das Haus zu verlassen.

Bis zum Treffen in der Scheune blieben ihr nur noch gut zwei Stunden. Froh, dass der Schuster mit Esel und Karren vorbeifuhr, kletterte sie kurzerhand auf die Ladefläche. Der Mann lachte und schwang die Gerte, sodass der Esel einen Gang zulegte. Kurz vor der Mordergasse sprang Hanna vom Kutschbock und winkte.

In der Apotheke musste Hanna sich allerdings erst gedulden, bis die Reihe an ihr war. Da Wendelgart sie gebeten hatte, etwas Galgantwurzelwein gegen ihr Zipperlein zu besorgen, verbarg sie ihre Neugier, bis der Apotheker die Wurzel inmitten der vielen Kräuter gefunden hatte. Mit grimmiger Miene griff er sich eine Reibe und legte sich die Wurzel auf ein kleines Brett.

»Mögt Ihr Euch an den Brand in der Amelungsgasse erinnern?«, fragte Hanna leise, um den Gelehrten während des Schabens der Wurzel nicht zu sehr zu stören.

»Brand?«, fragte der Mann mürrisch. »In der dortigen Gasse hat es schon Jahre nicht mehr gebrannt.«

»Ich spreche vom Brand vor über dreißig Jahren im Hause des Tuchhändlers Eberlin«, hakte Hanna nach. »Die Frau des alten Erasmus hatte wohl eben einen Sohn geboren.«

Der Apotheker kippte das Pulver auf die kleine Waage, ehe er es in ein tönernes Krüglein rieseln ließ, in welchem sich bester Salemer Wein befand. Während er den Zapfen in die Öffnung drückte, verengten sich seine Augen zu Schlitzen.

»Ja, ich erinnere mich vage«, begann er nachdenklich. »Die Amme war außer Haus, und nur eine der Mägde war dort. Das dumme Luder hat wohl Feuer gemacht, trotz Föhnwarnung, und somit den Brand verursacht. Der Große Rat hätte sie dafür zur Rechenschaft ziehen sollen.«

»Was ist aus ihr geworden?«

»Sie verschwand eiligst, zusammen mit ihrem Sohn, ansonsten wäre sie bestimmt vor Gericht gekommen. Verdient hätte sie es. Wären nicht viele Helfer zur Stelle gewesen, es wäre bestimmt Schlimmeres geschehen.«

»Und das übrige Gesinde?«

Der Apotheker kratzte sich nachdenklich am Kopf. Er starrte lange auf einen Punkt an der Wand, ehe er langsam zu nicken begann.

»Die wurden damals alle entlassen, wenn ich mich richtig entsinne. Warum, wusste niemand so recht. Erasmus Eberlin galt als zornig und unberechenbar. Er war kein Mann, mit dem man gut auskam.«

Hanna hatte tausend Fragen auf den Lippen, doch sie hielt sich zurück. Solange der Gelehrte von sich aus berichtete, fiel ihre Neugier nicht unangenehm auf.

»Würde man dem alten Erasmus heute gar nicht mehr zutrauen, dass er einst ein Streithahn und ... und Weiberheld war«, redete der Apotheker auch schon weiter. »Es gab kaum einen Rock in der Stadt, hinter dem er nicht her war. Selbst bei meiner Hilda hat er es versucht, doch die hat ihm schön die Meinung gesagt. Ja, meine Hilda war schon immer ein Weib, das wusste, was es wollte.«

Hanna schob die verlangten Pfennige über den Ladentisch und verstaute den Würzwein im Beutel an ihrem Gürtel. Irgendwie musste sie das Thema wieder auf die Eberlins bringen, denn wie es aussah, sonnte sich der Mann gerade in der Erinnerung an seine einst so hübsche Gattin.

Sie räusperte sich. »Ihr sagtet, die Amme war außer Haus.« Ihre Neugier verbarg sie hinter einem Lächeln. »Lebt diese Frau vielleicht noch heute in Konstanz?«

Der Gelehrte zuckte mit den Schultern. Es war ihm anzusehen, dass er lieber über seine Hilda gesprochen hätte als über die alten Geschichten.

»Eure Frau ist auch heute noch eine ansehnliche Person«, schmeichelte Hanna ihm, um seinen Redefluss abermals anzuregen. Hoffentlich kam noch lange keine Kundin in die Apotheke.

»Ja, ja, meine Hilda«, sinnierte der Apotheker. »Ein schneidiges Weibsbild, wahrlich.«

Hanna trat einen Schritt näher. »Die Amme, vielleicht erinnert Ihr Euch doch noch?«

Der Gelehrte hob sein Kinn und rieb sich gedankenverloren die Hände. »Wenn ich mich nicht zu arg täusche, war die Frau eine Fischerin vom Paradies draußen«, meinte er zögerlich. »Sie hatte, so glaube ich, damals gerade ihr Kind verloren und galt als unbescholten und halbwegs sauber.«

»Den Namen der Frau kennt Ihr nicht zufällig?«

»Nach über dreißig Jahren?« Der Apotheker lachte, was äußerst selten vorkam. »Ein Wunder, dass ich mich überhaupt noch an den Brand und diese Fischerin erinnere.«

Als sich die Tür öffnete und eine Kundin eintrat, war es zu Hannas Enttäuschung mit der Redseligkeit des Mannes vorbei. Er verfiel in seine altbekannte starre Maske und führte Hanna mit bestimmter Hand zur Tür. Das Schwelgen in Erinnerungen schien ihm mit einem Mal peinlich, denn er drängte sie mit ein paar gebrummten Worten auf die Gasse.

Hanna hielt den Umhang mit einer Hand fest an den Hals gedrückt, während sie unschlüssig auf die Passanten blickte, die eiligst an ihr vorbeiliefen. Gegen Abend fühlte sich der Seewind oft noch kälter an. Hinaus zu den Fischern ins Paradies würde sie es heute nicht mehr schaffen. Bald kam die Dämmerung. Zudem kannte sie weder den Namen der Amme, noch wusste sie, ob die Frau überhaupt noch am Leben war.

Sie ahnte schon jetzt, dass ihre Neugier bei den Fischern nicht gut ankommen würde. Sie musste den Paradiesern schon mit einer durchdachten Geschichte kommen, warum sie sich so für die Vergangenheit interessierte, ansonsten würden sie stummer als ihre Fische bleiben. Wendelgart musste ihr helfen. Bestimmt hatte sie ihre Dienste auch schon dort draußen unter Beweis gestellt.

Zwar zweifelte Hanna, dass ihre Lehrmeisterin vom Vorschlag begeistert sein würde, doch eine andere Möglichkeit sah sie im Augenblick nicht. Für heute musste sie ihre Neugier allerdings begraben. Wenn sie sich beeilte, schaffte sie die Heimkehr noch vor Einbruch der Dämmerung.

Ohne das Eselgespann des Schusters kam sie nur langsam vorwärts, zumal sie mit ihren dünnen Stiefeln auf dem Eis immer wieder ausrutschte. Auch war die Feuchte Gift für ihren Knöchel. Jeder Schritt schmerzte.

»Wendelgart? Wo bist du?«, rief Hanna zögernd, nachdem sie über die Schwelle des kleinen Hebammenhauses getreten war. Sie bemühte sich um ein unverfängliches Lächeln, als sie ihre Lehrmutter bemerkte, die eben die Stiege herunterkam.

»Der Apotheker hatte eine Galgantwurzel vorrätig. Er fand sogar Zeit, den Würzwein sofort anzusetzen.« Hanna holte das Krüglein aus ihrem Beutel und hielt es Wendelgart hin. »Hast du schon gegessen?«, fragte sie erstaunt, als sie die dreckige Schüssel auf dem Tisch bemerkte.

»Nur eine Kleinigkeit«, entgegnete Wendelgart, während sie sich den Würzwein griff. Schnuppernd hielt sie die Nase über die Öffnung. »Scheint stark zu sein. Kann ich jetzt gut gebrauchen«, stöhnte sie. »Meine Finger werden jeden Tag steifer.«

»Aber du gehst nicht mehr zum Brenner. Du hast es mir

versprochen.« Hannas Augenbrauen zogen sich zusammen, während sie ihrer Lehrmeisterin einen strafenden Blick zuwarf. »Deine Fürsorge ehrt dich, doch ich weiß selbst, was gut für mich ist und was nicht.« Wendelgart legte ihre blau geäderte Hand auf Hannas Arm. »War nicht so gemeint, entschuldige. Die Schmerzen machen mich zuweilen etwas griesgrämig. Konnte dir der Apotheker weiterhelfen?«, fragte sie freundlicher.

Hanna gab wortgetreu wieder, was ihr der Gelehrte erzählt hatte. Als sie auf die Fischerin zu sprechen kam, nickte Wendelgart nachdenklich.

»An eine Amme erinnere ich mich nicht mehr. Allerdings gibt es da draußen im Paradies tatsächlich zwei ältere Frauen, die wohl schon ewig hier leben. Vielleicht ist eine davon diese Amme.«

»Könntest du mir vielleicht helfen, die Zungen der Frauen zu lösen? Du weißt ja, die Fischer sind etwas eigen.«

»Mal sehen«, wehrte Wendelgart ab. »Für heute will ich nur noch hoch in die Kammer. Hoffentlich wirkt der Wein schnell. Diese verfluchten Schmerzen bringen mich noch um.«

Wendelgart verkniff sich ein Stöhnen. Als Hanna ihr zu Hilfe kommen wollte, wehrte sie knurrend ab. »Bleib nicht mehr zu lange auf. Morgen haben wir einen anstrengenden Tag vor uns«, ermahnte sie ihre Lehrtochter, während sie auf die Stiege zuschlurfte.

Als oben die Tür zuschlug, atmete Hanna erleichtert auf. Sie zog einen der Hocker ans Fenster und lauschte den abendlichen Geräuschen. Die Gestalten waren nur noch als dunkle Schatten gegen den grauen Abendhimmel zu erkennen. Auch ihr wurden die Augenlider jetzt mit jedem Atemzug schwerer, und als das letzte Holzscheit im Feuer zusammenkrachte, schrak sie hoch. Hastig rieb sie sich den Schlaf aus den Augen. Von oben hörte man bereits regelmäßiges Schnarchen. In aller Eile zog sie den Holzladen zu, ehe sie sich den Kapuzenmantel griff.

Obwohl es verboten war, ohne eine Lichtquelle durch die nachtdunklen Gassen zu laufen, verzichtete Hanna bewusst auf ein

Talglicht. Eng an die Häuserfassaden gedrückt, hastete sie der Scheune der Beginen entgegen. Dort hielt ein Holzzaun neugierige Passanten ebenso fern wie herumstreunende Tiere, die sich nur allzu gern am Gemüse der Schwestern vergriffen. Der Riegel am Tor quietschte laut.

»Na endlich«, raunten ihr vier Stimmen entgegen, als sie ins halbdunkle Innere schlüpfte.

»Wir dachten schon, du hast unsere Verabredung vergessen«, beschwerte sich Lena, als sich Hanna neben sie auf einen der Holzrohlinge setzte.

In der Mitte stand ein kleiner Tisch, darauf ein Talglicht, das gespenstische Schatten an die Wände warf. Noch bevor Hanna eine Erklärung für die Verspätung fand, ergriff Ursus das Wort.

»Ich denke, wir sollten uns kurz fassen. In der Stadt machen sie jetzt vermehrt Kontrollen, und ich habe kein Interesse, aufgegriffen zu werden. Ritter Conrad würde nicht sehr erfreut sein, müsste er mich im Schelmenturm auslösen.« Er strich sich die Haare zurück und schaute auffordernd in die Runde.

»Viel wissen wir leider nicht zu erzählen«, begann Klara entschuldigend. »In der Mühle verkehren hauptsächlich Bauern von außerhalb, und die sind bekanntlich maulfaul. Allerdings wusste Jodoks Geselle, der Peter, zu erzählen, dass der Eberlin jedem Weiberrock hinterhergeifere, den er sehe. Die Schankmagd im Schwarzen Schenker mache stets einen großen Bogen um ihn.«

»Und das hat er vor dem Unfall nicht gemacht?«, fragte Alma skeptisch. »Mir ist noch kein Mannsbild untergekommen, das einer Verlockung nicht erlegen wäre.«

»Ulrich Eberlin war früher wohl ein solcher Mustergatte. Er besuchte die Schenken der Stadt kaum, und wenn, dann blieb er nie lange, so sagte der Peter«, antwortete Klara.

»Leider wusste auch im Heiliggeistspital niemand etwas über den Eberlin zu erzählen.« Alma machte ein enttäuschtes Gesicht.

Hanna lehnte sich vor. Sie räusperte sich. »Unten im Keller liegt da die junge Erna. Sie hatte vor wenigen Tagen eine Totgeburt. Weißt du, wie es ihr geht?«, fragte sie Alma leise.

»Die ist nicht mehr dort.« Alma schüttelte traurig den Kopf. »Ist trotz heftiger Blutungen einfach auf und davon. Es würde mich wundern, wenn sie überhaupt noch am Leben ist.«

Hanna schluckte. So etwas hatte sie erwartet. Junge Frauen blieben nie lange im Spital, zu groß war die Angst, dem Rat Rechenschaft über die Vaterschaft ablegen zu müssen. Konnten sie das nämlich nicht, wurden sie aus der Stadt getrieben, und das kam einem Todesurteil gleich.

»Offenbar wissen wir alle nicht viel Neues«, mischte sich Ursus in die Unterhaltung ein. »Ich habe versucht, Konradin bei der Hinrichtung anzusprechen, was allerdings inmitten der Menschenmasse unmöglich war. Später habe ich ihn im Schwarzen Schenker gesehen, umringt von seinen Saufkumpanen. Seine Prahlerei war kaum auszuhalten.« Hier blickte Ursus kurz in Richtung der jungen Begine, senkte dann aber hastig die Augen.

Hanna biss sich auf die Unterlippe. Sollte sie von Konradins Drohung erzählen? Hier und jetzt wäre der richtige Zeitpunkt. Sie räusperte sich. »Könnte es auch sein, dass Konradin hinter den Morden steckt?«, brachte sie die Sprache auf ihn, wobei sie es vermied, ihrem Geliebten in die Augen zu sehen.

»Zwischen einem Säufer und einem Mörder ist schon noch ein Unterschied«, meinte Alma.

»Der Vagant hat die Frau doch erschlagen, so jedenfalls hat das Gericht es bestimmt.« Klara klang unsicher.

»Nun, ganz so sicher wie der Rat bin ich mir bei der Schuld des Mannes nicht«, sagte Ursus nachdenklich. »Die Frau wurde erschlagen und ihr anschließend Leib und Kehle aufgeschlitzt, doch der Vagant hat bis zum Schluss beteuert, dass er der Frau nie Gewalt angetan habe. Er habe sich zwar mit ihr in einer der Gassen vergnügt, sie habe aber noch gelebt, als er von ihr abgelassen hatte, und den Lehrling habe er überhaupt nicht gekannt.«

»Und warum wurde er dann verurteilt?«, fragten Lena und Klara gleichzeitig.

»Es gab eben Zeugen, die ihn unmittelbar vor dem Mord mit der Frau gesehen haben. Allerdings hat man kein Messer in seinem Besitz gefunden, wie mir Ritter Conrad erzählte. Im Großen Rat war man einstimmig der Meinung, dass der Mann trotzdem für diesen Mord verantwortlich sei.«

»Woher stammt denn Konradin eigentlich?« Lena blickte fragend in die Runde. »Soweit mir bekannt ist, ist er erst kurz in der Stadt.«

»Ich werde mich umhören«, versprach Ursus grinsend. »Sobald Wein und Met fließen, lösen sich die Zungen oft auf wunderbare Weise.«

»Du brauchst wohl einen Vorwand, um dich nächtelang in den Schenken herumzutreiben.« Hanna blickte ihm mit hochgezogener Augenbraue entgegen. Sie mochte nicht, wenn Ursus sich mit üblen Gesellen abgab.

»Lass ihn doch, er soll sich die Hörner jetzt abstoßen«, lachte Lena. »Wenn ihr erst einmal verheiratet seid, wird ihm das Lachen schon vergehen.«

»Willst du damit sagen, dass ich ein Zankteufel bin?«, erboste sich Hanna.

»Nein, das will ich nicht.« Lena puffte ihre Freundin in die Seite. »Aber manchmal hast du schon ein wenig Haare auf den Zähnen, das kannst du nicht abstreiten.«

Hanna verschränkte die Arme vor der Brust. Dann gab sie sich einen Ruck und trat ans Fenster. War sie manchmal etwas zu forsch? Ach was, sie war nun mal, wie sie war, und wenn Ursus damit nicht klarkam, dann musste er sich halt eine andere suchen.

Sie warf einen letzten Blick auf die Sterne am stetig dunkler werdenden Nachthimmel, dann drehte sie sich um. »Ich weiß nicht, ob es etwas zu bedeuten hat«, sagte sie leise, während sie die Arme um ihren Körper schlang, um sich gegen die Kälte zu schützen.

»Vor gut dreißig Jahren hat das Haus der Eberlins gebrannt. Damals verlor wohl niemand sein Leben, allerdings hat der alte

Erasmus anschließend das gesamte Gesinde ausgetauscht. Merkwürdig, wenn ihr mich fragt.«

»War Ulrich Eberlin damals schon geboren?«, fragte Klara.

»Ja, er war der Säugling, den eine der Mägde offenbar gerettet hat. Es wurde gemunkelt, dass diese Magd für den Brand verantwortlich war. Doch sie verschwand zusammen mit ihrem eigenen Kind, bevor man sie zur Rechenschaft ziehen konnte.« Hanna schaute nachdenklich auf die tanzenden Schatten an der Wand.

»Es soll damals eine Amme gegeben haben, die im Hause der Eberlins arbeitete. Ich werde versuchen, Wendelgart zu überreden, dass sie mit mir hinaus ins Paradies geht. Vielleicht lebt die Frau heute noch dort und erinnert sich an damals.«

»Du glaubst, das merkwürdige Verhalten Ulrich Eberlins und der Brand hängen zusammen?« Ursus' Skepsis war nicht zu überhören. »Wenn du mich fragst, ist das schon sehr weit hergeholt.«

»Irgendwo müssen wir ja ansetzen«, beharrte Hanna. »Oder hast du einen besseren Vorschlag?«

Ursus stöhnte und gab sich geschlagen. »Wenn du dir etwas in den Kopf gesetzt hast, bringen dich keine zehn Pferde davon ab. Das habe ich mittlerweile verstanden.«

Die drei Frauen lächelten, während Hanna ihre Entrüstung hinunterschluckte.

»Da ist allerdings noch etwas, das dich vielleicht interessiert.« Ursus räusperte sich.

»Und?« Hanna lehnte sich mit dem Rücken gegen die Holzwand und blickte ihrem Geliebten mürrisch entgegen.

»Am Galgenhügel erzählten sie von Lisbeth Hagen. Die Ärmste soll sich offenbar aufs Heftigste grämen, und da du doch ihre Wehmutter warst, dachte ich, dass du … Nun, ich dachte, dass du das wissen solltest.«

Lisbeth Hagen hatte Hanna ob all der Aufregung völlig vergessen. Mit einem Mal regte sich ihr schlechtes Gewissen. Hastig strich sie sich die Tränen aus den Augen.

»Langes Sitzen behagt mir nicht mehr.« Lena erhob sich schwerfällig von ihrem Hocker und trat auf Hanna zu. Sie legte ihrer Freundin eine Hand auf die Schulter.

»Wir sind ohnehin am Schluss angelangt«, meinte Hanna schnell und schniefte. »Um Lisbeth Hagen werde ich mich allein kümmern. Haltet ihr die Ohren weiter offen, damit wir mehr über Ulrich Eberlin und Konradin erfahren. Irgendetwas verbindet diese beiden Männer seit dem Ritt nach St. Gallen.«

Konradins Drohung behielt Hanna für sich. Der Zeitpunkt war vertan. Zudem hätte Ursus sie womöglich ermahnt, alles zu vergessen und Martha Eberlin ihrem Schicksal zu überlassen, und das konnte sie einfach nicht.

Als draußen etwas gegen die Holzwand der Scheune schlug, zuckte Hanna zusammen. Das Fenster war zu klein, um etwas zu erkennen, zudem war es mittlerweile stockdunkel. »Habt ihr das auch gehört?«, fragte sie mit banger Stimme, wobei es ihr kalt über den Rücken lief.

»Was gehört?« Klara, die eben ihren Umhang schnürte, trat ans Fenster. »Ich sehe nichts da draußen, nur gähnende Dunkelheit.«

So ganz konnte Hanna sich der Gelassenheit der jungen Magd nicht anschließen. Da draußen war jemand gewesen, davon war sie überzeugt. Mit dem Versprechen, sich in wenigen Tagen abermals hier zu treffen, strebte die Gruppe dem Ausgang entgegen.

»Warte!« Ursus hielt Hanna am Ärmel zurück, während die anderen bereits mit der Dunkelheit des Gartens verschmolzen. »Ich wollte es vorhin vor Alma nicht sagen, aber Odo war einer der Saufkumpane von Konradin.«

»So etwas habe ich mir fast gedacht.« Hanna schnaubte. »Der Kerl tut wahrlich alles, dass Meister Gernot ihn rauswirft. Die arme Alma, sie würde es sich nie verzeihen, käme er auf die schiefe Bahn.«

»Ich werde ein Auge auf ihn haben, versprochen.« Ursus griff sich das Talglicht, küsste Hanna beherzt auf den Mund, dann rannte er den drei Frauen nach, die eben durch das Tor auf die Gasse traten.

Die vier würden die Stadt durch das Heimlichkeitstürchen betreten, das wusste Hanna, und Ursus würde jede von ihnen sicher nach Hause geleiten. Sie liebte ihn dafür, wie sie ihn für alles liebte, was er für sie tat. Sie selbst schlich sich in entgegengesetzter Richtung davon, wobei sie immer wieder über ihre Schulter schielte.

11. Kapitel

Hanna schaute am anderen Morgen grüblerisch ins Nichts. Neben ihr auf dem Herd blubberte es. Die Küche war erfüllt vom Duft geschnittener Äpfel. »Diese Amme lässt mich nicht mehr los«, empfing sie ihre Lehrmeisterin, kaum streckte diese den Kopf durch den Türspalt.

»Du solltest nicht schon am frühen Morgen deinen Kopf mit Nichtigkeiten vollstopfen«, schimpfte Wendelgart, wobei sie an Hanna vorbeiging und den Topf vom Herd zog. »Beinahe wäre dir das Mus angebrannt.«

»Ich mach das schon, nicht dass du dir deine schmerzenden Finger auch noch verbrennst.« Hanna drängte ihre Lehrmeisterin auf einen der Stühle. »Die Amme draußen im Paradies ... Ich bin überzeugt, dass sie uns mehr über diesen Brand erzählen könnte«, fuhr sie mit holdseligem Lächeln fort.

Ohne Wendelgarts Hilfe kam sie nicht weiter. Zudem mochte sie es nicht, wenn ihre Lehrmeisterin schlechter Laune war. Hastig füllte sie eine Schüssel mit dem dampfenden Mus und stellte sie auf den Tisch. Auf einem Holzbrettchen lagen die frisch geschnittenen Apfelstücke, die sie vorher mit Zimt bestreut hatte.

»Zimt?«, schnupperte Wendelgart mit skeptischem Blick.

»Ja, soll gut gegen deine Schmerzen sein«, ereiferte sich Hanna. »Ich habe gehört, wie ein Händler auf dem Markt das Pulver in den höchsten Tönen gelobt hat. Und da ich wusste, dass wir schon lange etwas des Pulvers in unserer Kräuterstube haben, da dachte ich halt, es verfeinert nicht nur unser Mus, es heilt vielleicht auch deine Finger.«

»Du brauchst mir nicht Honig ums Maul zu streichen. Ich merke doch längst, dass du etwas von mir willst.«

Hanna grinste. Wendelgart konnte so leicht niemand etwas vormachen. Die alte Frau hatte ein untrügliches Gefühl für Wahrheit und Lüge.

»Also, um nochmals auf die Amme zurückzukommen …« Hanna schluckte und setzte sich jetzt ebenfalls an den Tisch. »Heute scheint sich das Wetter zu halten, Regen und Schnee sind nicht in Sicht. Wir könnten dies doch nutzen, um dem Fischweiler draußen vor der Stadt einen Besuch abzustatten.«

Da Wendelgart keine Reaktion zeigte, sondern nur ihre geschwollenen Finger rieb, rechnete Hanna bereits mit einer Abmahnung. Wendelgart ließ sich nicht gern drängen, schon gar nicht, wenn sie von der Sache nicht überzeugt war.

»Ich kann nicht sagen, warum, aber irgendwie glaube ich, dass uns diese Frau weiterhelfen könnte. Bitte, Wendelgart, lass es uns versuchen. Wir bekommen bestimmt den Eselkarren des Schusters, wenn ich ihn frage«, setzte Hanna flehend nach.

»Ich habe dir doch gesagt, dass ich alles nur für die Einbildung einer Schwangeren halte. Die Tuchhändlerin neigt zur Übertreibung, wie es viele Weiber in diesem Zustand tun.« Die alte Wehmutter schnupperte an einem der Apfelschnitze.

»Womöglich hast du ja recht, aber … Ich würde mein Lebtag nicht mehr froh werden, sollte Martha etwas zustoßen«, seufzte Hanna.

Wendelgart schob sich den Schnitz in den Mund und begann zu kauen. »Aber danach gibst du Ruhe, sollte nichts dabei herauskommen«, brummelte sie schließlich ihre Zustimmung.

Hanna umarmte sie und drückte ihr einen Kuss auf die Wange, woraufhin Wendelgarts Brummen noch eine Spur mürrischer wurde.

»Hör auf mit dem Unfug, das kannst du mit deinem Ursus machen, nicht mit mir.« Die alte Frau war tatsächlich verlegen.

Hanna griff sich eine Scheibe Brot und strich etwas Schmalz darauf. Mitten in der Bewegung hielt sie inne. »Ich musste Martha versprechen, ihrem Mann nichts von den Zwillingen zu erzählen. Sie hat Angst, dass er in seinem jetzigen Zustand fuchsteufelswild wird.«

»Ewig können wir es ihm nicht verschweigen, das würde unserem Ruf als Hebammen nicht zuträglich sein.« Wendelgart massierte ihre Finger. Der harte Zug um ihre Mundwinkel war längst verschwunden.

»Ich kann Martha schon verstehen«, meinte Hanna besorgt. »Die Meinung, dass Zwillinge nur durch doppelte Zeugung zustande kommen, geistert nach wie vor durch die Köpfe vieler Männer. Auch wenn Martha keinerlei Verfehlung begangen hat, ihr Gatte könnte das Gegenteil behaupten. Womöglich würde er sie verstoßen oder noch Schlimmeres.«

Wendelgart winkte ab. »Darum kümmern wir uns später, jetzt gehen wir zu den Fischern, damit dein Drängen endlich ein Ende nimmt. Hol mir meinen Umhang und stopf etwas Wolle in meine Stiefel. Seit gestern klafft an der Sohle ein Loch, so groß wie ein Auge, und das ausgerechnet bei diesem Wetter.«

Wie von der Tarantel gestochen, stand Hanna auf. Nicht dass Wendelgart ihre Meinung nochmals änderte. Sie rechnete es ihr hoch an, dass sie sie trotz des Zipperleins hinaus zu den Fischern begleitete.

»Wenn ich den Schuster wegen des Karrens frage, könnte ich ihn auch gleichzeitig bitten, deine Stiefel heute Abend zu flicken.« Hanna umwickelte das Brot mit einem Leinentuch und legte es zurück in den Brotkasten. Den Rest würde sie später aufräumen.

»Wir müssen zu Fuß gehen. Der Schuster ist vorhin mit dem Karren die Gasse entlanggefahren, ich habe ihn von meinem Fenster oben gesehen.« Wendelgart beobachtete, welche Reaktion ihre Bemerkung hervorrief, doch Hanna zuckte nur mit den Schultern.

»Muss halt auch ohne Karren gehen«, sagte sie seufzend. Hanna wusste, dass der lange Marsch ihrem Bein nicht gut bekommen würde.

Als die beiden Frauen wenig später ausgerüstet mit Umhang und heugepolsterten Stiefeln vor die Hütte traten, entschied sich ihre Lehrmeisterin zu Hannas Überraschung gegen den schnelleren Weg quer durch die Stadt. Wendelgart wollte über den Galgenhügel, und Hanna ahnte, dass sie dies nur tat, um ihr vor Augen zu führen, wie leicht man sich den Unmut der Stadtbürger zuziehen konnte.

Schon von Weitem sah man die beiden Folterknechte, die eben eine Horde Leichenfledderer mit lautem Gebrüll verjagten. Krähen hatten dem toten Vaganten bereits die Augen ausgehackt, und zu seinen Füßen stritten sich quietschende Ratten. Vom Hügel wehte ein erbärmlicher Gestank, sodass sich Hanna den Umhang vor die Nase hielt. Der Tote würde noch wochenlang hier hängen und ein mahnendes Beispiel für alle Meuchler abgeben.

Sie folgten dem Weg die Stadtmauer entlang gen Norden. Eis, Schnee und Nebel verwandelten die sumpfigen Wiesen zu ihrer Linken in eine unwirkliche Landschaft. Die kahlen, beinahe schwarzen Baumriesen ragten wie Geister zwischen Binsen und Gräsern auf. Hie und da hörte man den Schrei eines Vogels. Mythen und Legenden rankten sich um die Sumpfwiese, und viele Konstanzer glaubten an die Geister, die hier ihr Unwesen trieben.

Hanna wollte ihrer Lehrmeisterin eben unter die Arme greifen, als ein Schrei die Stille zerriss. Wendelgart lag mit schmerzverzerrtem Gesicht am Wegrand und rieb sich die Schläfe.

»Kannst du aufstehen?«, fragte Hanna besorgt.

Statt einer Antwort schüttelte Wendelgart nur den Kopf, dabei bemerkte Hanna das Blut an der Schläfe. Hastig klaubte sie ein Tüchlein aus ihrem Beutel und drückte es auf die Wunde. »Und was nun?« Ihre Frage war lediglich ein Hauchen. »Bis zum Dorf ist es zwar nicht mehr weit, doch so kannst du unmöglich dahin.«

»Dann warten wir, bis ein Karren kommt«, keuchte Wendelgart. »Irgendjemand wird wohl irgendwann dieses gottverfluchte Nest aufsuchen.«

Tatsächlich dauerte es auch gar nicht so lange, und aus dem Nebel tauchte ein Ochsengespann auf. Der Mann zeigte sich allerdings nicht sehr erfreut, die beiden Frauen auf der Ladefläche seines Fuhrwerkes mitzuführen, doch schlussendlich hatte er wohl Erbarmen.

An die zwanzig Hütten reihten sich an das Ufer des Seerheins, eine wackeliger und ausgebleichter als die andere. Die Fischer hier waren arm, das war kein Geheimnis. Einige ältere Männer saßen unter einer verkrüppelten Eiche und flickten Netze. Auf ihren Gesichtern zeigte sich keinerlei Regung.

Hanna half Wendelgart von der Ladefläche hinunter, ehe der Karren im Nebel verschwand. »Es wird besser sein, du wartest so lange hier«, sagte sie. »Ich werde die Männer dort drüben nach der Amme fragen.«

Ihr Auftauchen hatte Unmut ausgelöst, auch wenn die Männer es nicht zeigten. Hanna spürte die Kälte, die sie mit einem Mal umgab, und die kam nicht nur vom eisigen Wasser des Bodensees. Das Schlagen der Wellen hörte sich mahnend an, eine stumme Aufforderung, von hier zu verschwinden. Auf einer Leine flatterte Wäsche, umgarnt von Nebelschwaden, ansonsten herrschte eine gespenstische Stille.

»Was willst du?«, brummte einer der Männer unwirsch, als Hanna näher trat.

»Ich suche eine Frau, genauer gesagt eine Amme, die vor dreißig Jahren im Haus des Tuchhändlers Erasmus Eberlin gearbeitet hat.« Hanna blickte auffordernd in die Runde.

»Warum?« Die Augen zu Schlitzen verengt, starrte der Mann ihr skeptisch entgegen.

»Vielleicht kann sie mir etwas über den Brand von damals erzählen.«

Die Männer begannen wieder, die Holzgriffel durch die Netze zu ziehen. Fast schien es, als hätten sie Hanna vergessen. Niemand sprach ein Wort.

»Und?«, bohrte Hanna nach. »Ist die Frau hier?«

»Hier gibt es viele Frauen«, knurrte ein älterer Mann, ohne von seiner Arbeit aufzusehen.

»Die Frau müsste jetzt gut fünfzig Jahre alt sein«, beharrte Hanna. So leicht gab sie sich nicht geschlagen. Allerdings musste sie sich beherrschen, um nicht einen der wortkargen Männer am Kittel zu packen. Deren Verbohrtheit brachte sie zur Weißglut, und was das Schlimmste war, die Kerle genossen ihre scheinbare Überlegenheit in vollen Zügen.

In diesem Augenblick hörte man aus einer der Hütten Geschrei. Ein kleines Mädchen kam kreischend aus dem Haus gelaufen, gefolgt von einem Hund.

»Sag dem Mädchen, sie soll dich zu Gerti bringen, und jetzt lass uns in Ruhe.« Der alte Mann spuckte einen grünlichen Schleimklumpen unweit von Hannas Stiefel in den Schnee, während das Mädchen auf zwei Boote zurannte, die am Ufer vor sich hin dümpelten.

»Warte«, rief Hanna keuchend, während sie versuchte, auf dem eisigen Grund den Halt nicht zu verlieren. »Bring mich zu Gerti, du bekommst dafür auch einen Pfennig.«

Hanna klaubte eine Münze aus ihrem Beutel und hielt sie dem dreckverschmierten Kind hin. Erst jetzt bemerkte sie, dass das Mädchen weder Umhang noch Schuhe trug. Seine Zehen waren durch die Kälte blau gefroren.

Das Mädchen blieb neugierig stehen. Mit einer Hand streichelte sie den Kopf des Hundes, die andere hielt sie Hanna hin. Blitzschnell verschwand die Münze.

»Und welches Haus gehört nun Gerti?«, fragte Hanna lauernd, wobei sie das Mädchen am Arm packte. Der Hund begann zu knurren.

»Dort drüben, und jetzt lass mich los.«

Hannas Blick folgte dem ausgestreckten Arm des Mädchens und musterte das Haus voller Skepsis. Bevor sie eine weitere Frage stellen konnte, rannte das Kind bereits davon.

»Das letzte Haus dort drüben, da soll eine Gerti wohnen. Allerdings bin ich mir nach diesem unfreundlichen Empfang nicht sicher, wie die Frau auf uns reagieren wird«, brummelte Hanna, als sie wieder an Wendelgarts Seite trat.

»Hilf mir. Dahinten liegt ein Stecken, damit müsste es gehen.« Wendelgart stöhnte. »Ohne meine Hilfe werden sie dir nichts sagen.«

Gerti erwies sich als eine Frau von gut zwanzig Jahren, untersetzt und mit hässlichem Gesicht. Als Hanna sie nach der Amme der Eberlins fragte, verschränkte sie die Arme vor der Brust, und ihre Lippen wurden noch eine Spur dünner.

»Hör auf, so borstig zu tun, und sag uns, was du weißt«, knurrte Wendelgart hinter ihr.

»Die Amme war meine Mutter, ist allerdings schon lange tot«, kam es nach einer Ewigkeit gepresst aus ihrem Mund. »Und jetzt verschwindet, sonst hole ich die Männer.« Gerti stemmte die Hände in die Hüften, ehe sie sich umdrehte und ins Innere der Hütte trat.

Jetzt wollte Hanna erst recht nicht aufgeben. Flehend blickte sie auf Wendelgart, die erst die Augen verdrehte, dann aber doch über die Schwelle trat.

»Ich bin die Wehmutter von Konstanz, also sei gefälligst etwas redseliger«, rief sie mürrisch. »Wir gehen erst, wenn du erzählst, was dir deine Mutter über den Brand berichtet hat. Das hat sie nämlich mit Sicherheit, denn hier draußen gibt es ja sonst nicht viel zu erzählen. Also rück mit der Sprache heraus.«

»Nichts hat sie mir erzählt.« Gerti biss sich auf die Unterlippe. Dabei drehte sie den Kopf kurz zur Seite. Eine Geste, die Wendelgart nicht entging.

Die Hütte war klein. Ein aufgespanntes Tuch trennte einen Teil davon ab. Doch sosehr sich Hanna inmitten der Düsternis auch anstrengte, sie bemerkte keinerlei Bewegung.

»Als ich geboren wurde, arbeitete meine Mutter schon lange nicht mehr als Amme.« Offenbar spürte Gerti die Beharrlichkeit der beiden Frauen, denn plötzlich löste sich ihre Zunge. »Ich hörte zwar vom Brand, doch er hat mich nie interessiert. Und jetzt verschwindet. Bald kommt mein Mann zurück, und der mag keine Fremden hier.«

Gerti hatte Angst, ob vor ihrem Mann oder etwas anderem, war schwer zu sagen. Da Wendelgart bereits nach draußen ging, tat es ihr Hanna gleich.

»Glaubst du, sie sagt die Wahrheit?«, fragte Hanna leise, nachdem sie außer Hörweite der Hütte waren.

Ihre Lehrmeisterin brummte nur. »Irgendwie wurde ich das Gefühl nicht los, dass uns jemand hinter dem Tuch belauscht hat«, merkte sie an.

»Ging mir auch so.« Hannas Blick schwenkte hinüber zu der Gruppe Männer, die noch immer im Kreis saßen und ihre Netze flickten. »Warum sind die Menschen hier draußen nur so unfreundlich? Wir haben ihnen doch nichts getan.«

Wendelgart zuckte mit den Schultern. »Du hast mir versprochen, die Sache ruhen zu lassen, sollten wir nicht mehr erfahren, denk daran.«

Den Rest des Weges schwieg Hanna. Wendelgarts Pein war nicht zu übersehen. Immer wieder griff sich die alte Frau an den Kopf. Hätte sie ihre Lehrmeisterin nicht gedrängt, mit ihr hier hinauszugehen, wäre sie nicht gestürzt, sondern würde in der warmen Küche sitzen und sich Gedanken über neue Kräuterrezepte machen.

Mittlerweile war der Nebel so dicht, dass Hanna das Fuhrwerk erst bemerkte, als es unverhofft hinter ihnen auftauchte. Kurzerhand stellte sie sich dem Eselgespann mit erhobenen Armen in den Weg.

»Oh, Meister Gernot«, rief sie dann überrascht und erleichtert zugleich, als sie den alten Stadtschuster auf dem Kutschbock erkannte. »Euch schickt der Himmel. Hättet Ihr die Güte und würdet uns nach Hause fahren? Wendelgart ist unglücklich gestürzt.«

Meister Gernot, der Lehrmeister des zurzeit etwas aufmüpfigen Odo, zeigte sich äußerst hilfsbereit. Er hob Wendelgart mit seinen starken Armen auf den Kutschbock und verwies Hanna auf die Ladefläche. Auf die Frage, was die beiden Frauen hier draußen in dieser Einöde zu suchen hätten, grummelte Hanna eine Ausrede. Dann ratterte das Fuhrwerk des Weges.

Lange Zeit starrte Hanna nur auf den Rücken des Schusters. Im Stillen suchte sie nach den richtigen Worten, um das Gespräch auf Odo zu bringen. Sie hoffte, wenn sie ein gutes Wort für den Jungen einlegte, würde Meister Gernots Zorn vielleicht verrauchen. Allerdings verstand sie seinen Groll durchaus, denn Odo zeigte sich seit Wochen auch gar garstig.

»Ist zurzeit etwas schwer mit Odo, nicht wahr?«, begann sie leicht unsicher, als Meister Gernot kurz den Kopf in ihre Richtung drehte.

»Der Junge macht mir nur Ärger«, kam die Antwort auch schon prompt. »Immer wieder verschwindet er, ohne mir etwas zu sagen. Er soll sich mit Gesindel herumtreiben. Ich kann und werde da nicht weiter zusehen.«

»Er ist noch jung. Bedenkt, welch schwere Kindheit er hatte«, versuchte Hanna den Mann etwas zu versöhnen. »Es würde Alma das Herz brechen, wenn Ihr ihn aus der Lehre entlasst.«

»Allein wegen der Begine drücke ich immer wieder ein Auge zu«, zischte Meister Gernot wütend. »Sonst hätte ich ihn längst beim Großen Rat gemeldet. Es gibt genügend junge Burschen, die gerne zu mir in die Lehre kommen würden.«

»Da gebe ich Euch recht, Meister Gernot«, pflichtete Hanna ihm hastig bei. »Ich verspreche Euch, mit Odo zu reden.«

Meister Gernot gab ein Murren von sich. »Wenn er sich bis zum Frühling nicht bessert, ist seine Lehrzeit vorbei. Das kannst du ihm von mir ausrichten.«

Erleichtert lehnte sich Hanna gegen die hölzerne Rückwand. Irgendwie musste sie das Unmögliche schaffen und Odo zur Vernunft bringen. Die Entlassung aus der Lehre wäre auch für Guta von Wellershausen eine Enttäuschung, zumal der Beginenhof für Odos Lehrgeld aufkam.

Als das Fuhrwerk vor dem Hebammenhaus zum Stehen kam, trug Meister Gernot die sichtlich erschöpfte Wendelgart in die Küche, dann verabschiedete er sich wortkarg.

Nachdem Wendelgarts Kopf mit einem kühlen Umschlag versorgt war und sie sich endlich dem Schlaf ergab, beschloss Hanna, den verbleibenden Tag zu nutzen, um dem Leprosenhaus einen Besuch abzustatten. Lisbeth Hagen und ihr schlimmes Schicksal ließen sie nicht mehr los.

Leise schlüpfte sie aus dem Haus. Es war nicht so sehr die Kälte, die ihr zu schaffen machte, es war die Vorstellung, in Kürze den Sondersiechen gegenüberzustehen. Die armen Kreaturen führten ein Leben in völliger Abgeschiedenheit, es war ein Warten auf den erlösenden Tod.

Hanna wählte das kleine Kreuzlingertor zum Verlassen der Vorstadt und wandte sich dann in Richtung Seeufer. Das Leprosorium, auch das Haus der Sondersiechen am Felde genannt, sah man schon von Weitem. Eine mannshohe Mauer umgab das gesamte Areal einschließlich kleiner Kapelle und Untersuchungsraum.

Hanna verlangsamte ihren Schritt, als sie die vier Heiligenstatuen an der Mauerwand entdeckte. Finster und abweisend starrten sie ihr entgegen. Sie war dem Haus noch nie so nahe gekommen. Unwillkürlich zog sie ihren Umhang enger. Als sich eine Kutsche dem Tor näherte, wich sie schnell an den Rand des Weges. Wie durch Zauberhand öffnete sich das Tor, und das Gefährt verschwand. Hanna blieb stehen und schaute unsicher auf die Mauer.

In der Ferne glaubte sie ein Klappern zu vernehmen. Ängstlich duckte sie den Kopf und schielte nach beiden Seiten. Die Sondersiechen durften das Areal nur mit ihrem schwarzen Siechenmantel bekleidet verlassen, und begegneten sie einem Gesunden, mussten sie diesen mit Hilfe ihrer Klapper, ihres Horns oder ihrer Schelle warnen.

Tatsächlich kamen in diesem Augenblick zwei Männer um die Ecke. Dort, wo einst ihre Nasen gewesen sein mussten, klaffte bei beiden ein tiefer Krater, zudem waren ihre Gesichter durch knotige Schwellungen so verzerrt, dass Hanna erschrocken die Hände vor die Augen schlug. Sie schluckte. Sie spielte mit dem Gedanken umzukehren. Verübeln würde es ihr niemand, auch ihre Lehrmeisterin nicht. Überhaupt zweifelte sie ernsthaft, dass Wendelgart ihr Vorhaben gutheißen würde. Tief Atem holend, pochte sie mit der Faust gegen die kleine Luke.

»Was willst du?«, fragte eine Frauenstimme.

»Ich möchte zu Lisbeth Hagen. Besser gesagt, ich möchte sie sprechen.«

»Dann geh ein paar Meter weiter. Dort siehst du eine kleine Vertiefung in der Mauer. Warte da!«

Erleichtert, nicht in den Hof des Leprosoriums zu müssen, lief Hanna die Mauer entlang. Sie hatte davon gehört, dass es in der Mauer Löcher gab, durch welche man in Kontakt mit den Siechen treten konnte. Bislang hatte sie dies noch nie getan, und im Stillen hoffte sie, es auch nie mehr tun zu müssen. Das Elend der armen Kreaturen war selbst hier draußen zu spüren.

Es dauerte lange, bis Lisbeth Hagen tatsächlich auf der anderen Seite der Mauer erschien. Die Luke war so hoch angesetzt, dass Hanna lediglich das Gesicht sah. Eine Berührung war somit ausgeschlossen.

»Wie geht es Euch?«, fragte sie, obwohl sie ahnte, wie dumm diese Frage doch war. Wie sollte es einer Mutter schon gehen, die ihre Kinder mit einem Schlag verloren hatte, die zu einem Leben verdammt war, das schlimmer als das Höllenfeuer war?

Lisbeth Hagen gab darauf auch keine Antwort. Ihre Augen füllten sich lediglich mit Tränen, die ihr bald schon in kleinen Rinnsalen die Wangen hinabliefen. »Sind meine Kinder wohlauf?« Ihre Stimme zitterte.

»Der kleine Johannes Felix ist bei der Amme in besten Händen, und auch den Mädchen geht es gut.«

All dies war gelogen, und doch fand Hanna nicht den Mut, Lisbeth Hagen die Wahrheit zu sagen. Erst vor wenigen Tagen hatte sie erfahren, dass der kleine Johannes Felix kränkelte und die beiden Mädchen sich nach ihrer Mutter verzehrten. Doch dies hätte Lisbeth Hagens Qual nur noch verschlimmert.

»Das ist gut so. Und Lazarus, wie ergeht es ihm?«

Hanna schaute betreten zur Seite. So wie sie von der Pein der Kinder erfahren hatte, war ihr auch zugetragen worden, dass sich Lazarus Hagen bereits nach einer neuen Frau umsah. Die Annullierung der Ehe war beim Großen Rat schon beantragt.

Lisbeth Hagen musste ihre Verlegenheit wohl gespürt haben,

denn ihr Kopf verschwand für einige Minuten. Als sie wieder an die Luke trat, waren ihre Augen rot umrändert. »Glaubst du, du könntest die Kinder einmal vorbeibringen? Nur so nahe, dass ich ihre Gesichtchen sehen könnte?« Ihre Stimme war ein einziges Flehen.

Hanna nickte zaghaft. Dabei wusste sie im Augenblick beim besten Willen nicht, wie sie dies bewerkstelligen sollte. Lazarus Hagen würde seine Kinder niemals in die Nähe seiner Gattin lassen, davon war sie überzeugt.

Als Lisbeth Hagen plötzlich zu husten begann, wich Hanna erschrocken einen Schritt zurück, und noch bevor sie etwas zum Abschied sagen konnte, wurde die Luke zugeschlagen.

Noch lange hörte Hanna ein Wimmern jenseits der Mauer, hin und wieder von einem verzweifelten Aufschrei durchbrochen. Lisbeth Hagen litt, sie litt am Körper und an der Seele. Es kostete Hanna Überwindung, sich abzuwenden und den Weg zurück in die Vorstadt einzuschlagen.

12. Kapitel

Für Martha Eberlin vergingen die Tage nun in gemächlicher Eintönigkeit, und sie glaubte bereits selbst daran, dass sie sich die Veränderung ihres Gemahls nur eingebildet hatte. Ulrich zeigte sich zuvorkommend, las ihr jeden Wunsch von den Lippen ab und umsorgte auch seinen Vater wieder treu. Selbst im Laden gab er sich größte Mühe, es allen Weibsbildern recht zu machen.

Einzig Benz bekam die Gerte noch zu spüren, auch wenn der Geselle dies vor ihr stets herunterspielte und meist damit entschuldigte, dass er sich wieder einmal im Rechnen vertan habe und der Meister durchaus im Recht war. So ganz glaubte Martha dies nicht, doch sie enthielt sich weiterer Fragen, um den Gesellen nicht zusätzlich in Bedrängnis zu bringen.

Am Tag des heiligen Valentin zeigte der Winter sein schönstes Gesicht. Die aufgehende Sonne machte aus der Oberfläche des Sees ein Meer aus Kristallen, und die Trauerweiden wiegten sich sanft im Wind. Martha Eberlin erwachte an diesem Morgen ungewohnt früh.

Sie hatte schlecht geschlafen. Wilde Träume hatten sie keine Ruhe finden lassen. Sie rief nach der jungen Hausmagd, die ihr half, das blaue Samtkleid zu schnüren. Lange würde sie die schönen Kleider nicht mehr tragen können. Mit den Händen fuhr sie über den weichen Stoff, der den dicken Bauch umhüllte.

»Soll ich die Haare zu Schnecken flechten?«, fragte die Magd schüchtern, als sich die Hausherrin an den Frisiertisch setzte. Unzählige Hornnadeln, Spangen und Bänder reihten sich in kleinen Schälchen nebeneinander.

»Aber keine Perlen dazwischen. Ist besser.« Martha schaute wehmütig auf die glitzernden Glasstücke. Seit dem Überfall verachtete ihr Gatte jegliche Art von Firlefanz, und sie wollte seine eben wiedergefundene gute Laune nicht überstrapazieren.

Als ihr die Magd einen seidenen Schleier über die Haare legte, griff sie sich das Holzdöschen mit dem Bleiweiß. Sie strich sich etwas Salbe auf die Wangen, während die Magd einem Schatten gleich aus der Kammer huschte. Nach einem letzten Blick in den milchigen Spiegel stieg Martha die Stufen hinab.

Ulrich und sein Vater Erasmus saßen bereits am großen Tisch in der Stube. Während ihr Gatte in einem Dokument las, starrte ihr Schwäher nur stumm auf seine Hände.

Ulrich sah kurz auf. »Konntest du diese Nacht besser schlafen?«, fragte er. Auf seinem Gesicht deutete sich ein Lächeln an.

Seit der denkwürdigen Rückkehr hatte ihr Gatte die große Kammer neben der ihren bezogen. Anfänglich hatte sie sich darüber gewundert, doch als er immer sonderbarer wurde und sie Angst vor ihm bekam, hatte die Verwunderung schnell einer Erleichterung Platz gemacht.

»Nicht wirklich«, beantwortete Martha seine Frage. Sie setzte sich auf den Stuhl, den Rücken gerade, die Hände sittsam im Schoß gefaltet.

Ulrich griff sich abermals das Dokument und las weiter. Er widmete sich dem geschriebenen Wort so intensiv, dass sie es nicht wagte, ihn zu stören. Stattdessen goss sie sich etwas Milch in einen Becher, dann angelte sie sich ein Stück vom frischen Schinken und vom Käse.

Erasmus blickte weiterhin stumm auf die Eierspeise vor ihm. Seine Lippen bebten leicht, ehe er mit trübem Blick auf seinen Sohn schaute. Martha wusste, dass Ulrich diese Musterungen nur schwer ertrug. Sie versuchte, ihren Schwäher in ein unverfängliches Gespräch über das Wetter zu verwickeln, jedoch mit mäßigem Erfolg. Im Stillen hoffte sie, dass Erasmus kein unbedachtes Wort entglitt, das die neu gewonnene Ruhe störte.

Vielleicht war jetzt die Gelegenheit, ihrem Gatten von den Zwillingen zu erzählen, bislang hatte sie sich gehütet, dies zu tun. Sie räusperte sich. »Bei der letzten Untersuchung zeigte sich die Wehmutter sehr erfreut«, begann sie leise.

Sie setzte den Milchbecher an die Lippen und trank einen großen Schluck. »Die Geburt wird womöglich etwas früher einsetzen als ... als normal.« Martha wartete, doch ihr Gatte zeigte keinerlei Reaktion. Das Dokument nahm ihn noch immer gefangen. »Zwillinge kommen meistens früher.« Sie hielt den Blick jetzt starr auf ihre gefalteten Hände gerichtet.

Sie hörte, wie Ulrich die Luft tief in seine Lungen sog. »Zwillinge?« Er legte das Dokument geräuschvoll zur Seite.

»Ja, Zwillinge. Hanna war sich bei der letzten Untersuchung sicher, dass ich dir zwei Kinder schenken werde.« Martha schaute langsam auf. Ihre Lippen bebten vor Angst.

Ulrich griff sich den schweren Silberlöffel und umklammerte den Griff so fest, dass seine Knöchel weiß hervortraten.

»Bitte, Ulrich, du musst mir glauben, dass ich dir nicht untreu war«, flehte sie, wobei die Angst jedes weitere Wort zur Qual machte. Sie wollte den Arm ihres Gatten ergreifen, doch dieser entzog sich ihr mit unübersehbarem Widerwillen. Ulrich rang um Fassung – nicht mehr lange und der Damm würde brechen.

»Ich weiß nicht, warum ich immer zwei Kinder unter dem Herzen trage«, murmelte sie entschuldigend, während sie tiefer in ihrem Stuhl versank und kaum noch wagte, den Blick zu heben.

Lange Zeit hörte man nur das schwere Atmen ihres Gatten und Erasmus' Schmatzen. Hatte ihr Schwäher überhaupt verstanden, was sie eben gesagt hatte? Wohl kaum, wie sein wohliges Lächeln bezeugte.

»Immer?«, fragte Ulrich nach einer Ewigkeit lauernd, den Löffel noch fest umklammert. Für einen kurzen Augenblick wandelte sich seine zornige Miene zu Unverständnis, wie Martha aus den Augenwinkeln bemerkte.

»Auch letztes Mal waren es zwei, du erinnerst dich doch? Wir haben sie in aller Heimlichkeit draußen auf dem Seelenacker vergraben.« Martha schluchzte auf und hob den Kopf. Die Tränen brannten wie Feuer auf den geweißten Wangen.

»Warum wärmst du die alten Sachen immer wieder auf?«, knurrte Ulrich. »Es gibt Dinge, die vergisst man besser.«

Martha strich sich die Tränen aus dem Gesicht, dann nickte

sie hastig. Eigentlich hatte sie den Wunsch vorbringen wollen, heute den Tändelmarkt zu besuchen, doch die Neuigkeit hatte Ulrich so sehr aufgebracht, dass sie schwieg. Der Rest des Morgenmahls verstrich daher äußerst einsilbig.

Als Ulrich endlich aufstand und verkündete, dass er gedenke, den Tag dazu zu nutzen, sich mit anderen Tuchhändlern unten in den Lagern am See zu treffen, atmete Martha erleichtert auf.

»Wie kann er nur vergessen, dass ich letztes Jahr zwei tote Kinder zur Welt gebracht habe?«, fragte Martha mehr sich selbst als ihren Schwäher, nachdem ihr Gatte die Stubentür hinter sich geschlossen hatte. ·

»Vielleicht war er nicht dabei?«

Mit hochgezogener Augenbraue schaute Martha ihrem Schwäher ins Gesicht. Der alte Mann war verwirrt. »Wie meinst du das?«, fragte sie dennoch.

Doch Erasmus schwieg und fuhr sich nur mit dem Ärmel über den Mund. Dann erhob er sich und schlurfte auf die Tür zu.

»Pass auf dich auf, Martha«, meinte er dann, wobei er sich langsam umdrehte. Müde fuhr er sich über die Augen. »Es ist vielleicht nicht alles so, wie es scheint.«

Noch bevor Martha eine weitere Frage stellen konnte, war Erasmus schon in der Diele verschwunden. Lange Zeit blieb sie reglos sitzen, den Blick auf eines der Fenster gerichtet. Was nur hatte Erasmus ihr sagen wollen?

Die Worte des alten Mannes gingen ihr nicht mehr aus dem Sinn. Erst als die Magd den Kopf durch den Türspalt streckte, erwachte sie aus ihrer Starre. »Du kannst das Morgenmahl abräumen«, sagte Martha zerstreut, während sie ans Fenster trat.

Von hier hatte man einen guten Blick auf den Innenhof, der zur Gasse hin durch ein schweres Holztor versperrt war. Weder von Ulrich noch von Konradin war etwas zu sehen. Offenbar waren sie bereits zu den Lagerhallen aufgebrochen. Ein Seufzer kroch Marthas Kehle hoch. Sie haderte kurz, ob sie den Tändelmarkt nicht doch aufsuchen sollte, entschied sich dann aber für den Besuch der St.-Laurenz-Ratskapelle. Von der Zwiesprache mit Gott versprach sie sich etwas innere Ruhe.

Sie zog den Schleier tiefer ins Gesicht, legte sich ihren dunkelroten Brokatumhang um und trat auf die Diele. »Ich werde den Vormittag bei einer meiner Freundinnen verbringen. Sollte Ulrich nach mir fragen, richte ihm dies aus«, wies sie die Magd an, die eben mit dem Korb voller Schmutzwäsche die Treppe herabkam.

Den Kopf gesenkt, hastete Martha wenig später auf das Ende der Gasse zu. Die Ratskapelle befand sich hinter dem Obermarkt, auf welchem heute der Tand verkauft wurde. Der dortige Pfaffe war ein älterer Mann, der ihr mit seiner Weisheit schon oft geholfen hatte. Unter dem Kirchenportal blickte sie kurz über die Schulter. Irgendwie wurde sie das Gefühl nicht los, dass man sie beobachtete.

Die Klinke mit zittriger Hand drückend, trat sie ein. Da sie den Pfaffen inmitten der Düsternis nicht ausmachen konnte, setzte sie sich auf eine Bank nahe der Steinsäule und wartete. Es duftete herrlich nach Weihrauch und Honigkerzen. Als sich unweit des Altars eine kleine Seitentür öffnete, schrak sie von ihrer Andacht auf. Hoffnungsvoll reckte sie den Kopf. Doch statt des Pfaffen betraten zwei Männer den Altarbereich. Sie konnte ihre Gesichter nicht erkennen, zu weit waren sie von ihr entfernt. Zudem trugen beide dunkle Mäntel, deren Kapuzen sie sich tief ins Gesicht gezogen hatten.

Martha drückte sich tiefer in die Bank, denn die beiden Männer kamen zu ihrem Entsetzen genau auf die Steinsäule zu.

»Ihr haltet Euch an unsere Abmachung, ich kann mich doch darauf verlassen?« Die Stimme des Mannes kam ihr bekannt vor, und doch konnte sie sie im Augenblick keiner Person zuordnen. »Mein Name darf nirgends erwähnt werden, ansonsten werdet Ihr kein Geld sehen«, fuhr er fort.

»Mir geht es nicht um das verfluchte Geld, das solltet Ihr allmählich wissen«, konterte sein Gegenüber.

Diese Stimme erkannte Martha sehr wohl. Der rauchige Bariton ihres Gatten brachte das Blut in ihren Ohren zum Rauschen. Was in Gottes Namen machte Ulrich hier, wo er doch eigentlich in den Lagerhäusern sein sollte?

»Ich will Genugtuung. Der Alte soll ebenso leiden, wie ich es musste«, knurrte Ulrich. »Er wusste haargenau, dass ich nicht im Feuer verbrannt war. Dass dieses Weibsbild mich mitgenommen hat, kam ihm gerade recht.«

Martha wagte kaum noch zu atmen. Was sie da hörte, ergab keinerlei Sinn.

»Ich gönne Euch diese Rache«, erwiderte sein Begleiter wohlwollend. »Der alte Erasmus war ein Hurenbock. Selbst vor meiner Mutter hat er keinen Halt gemacht.«

Martha nahm all ihren Mut zusammen und spähte um die Steinsäule. Die beiden Männer hatten sich umgedreht, sodass sie nur ihre Rücken sah.

»Dafür, und noch für viel mehr, bekommt er jetzt die Strafe«, lachte Ulrich eben hämisch auf.

»Ihr seid wahrlich ein ausgefuchster Kerl, Eberlin. Ich bin nur froh, Euch auf meiner Seite zu wissen, denn als Euer Feind würde ich kein Auge mehr zutun.« Er stimmte in Ulrichs Lachen ein.

Die Männer standen jetzt keinen Steinwurf von Martha entfernt. Sie wagte nicht die kleinste Regung zu tun. Mittlerweile fror sie so entsetzlich, dass ihre Beine zitterten.

»Mir ist ein Rätsel, warum Ihr so an diesem verfluchten Laden interessiert seid. Aber das ist wohl Euer Geheimnis«, fuhr Ulrich lachend fort.

Da sich die beiden Männer in diesem Augenblick wieder in Richtung Altar in Bewegung setzten, sackte Martha erleichtert zusammen. Sie war zu verwirrt, um das Gehörte ordnen zu können. Es drängte sie mit jeder Faser hinaus in die Helle des Tages. Zudem musste sie ihren Schwäher warnen, auch wenn sie nicht wusste, wovor.

Die Männer standen jetzt am Altar und blickten auf das Holzkreuz. Marthas Herz klopfte wild. Zitternd erhob sie sich und schlich leise auf die Tür zu. Ein Knarren zerriss die Stille, dann zwängte sie sich durch den Spalt nach draußen. Beinahe wäre sie mit einem weiteren Kirchgänger zusammengestoßen, der eben die kleine Treppe hochkam. Eine Entschuldigung murmelnd, hastete sie an ihm vorbei.

Mittlerweile hatten sich auch Gaukler auf dem Marktplatz eingefunden, was noch mehr Menschen anlockte. Mit vor Schreck geweiteten Augen blickte Martha zurück auf das Gotteshaus. Gerade traten zwei Männer in die Helle des Tages. Der eine war ihr Gatte. Der andere war der Mann, den sie vorhin beinahe umgerannt hatte. Sie duckte sich rasch hinter einen der Marktstände.

»Martha, meine holde Gattin?«, hörte sie in diesem Moment Ulrich ungläubig fragen. »Das kann unmöglich sein. Ich habe ihr verboten, das Haus zu verlassen, und glaub mir, sie gehorcht mir.«

Die Kälte in der Stimme ließ Martha erstarren. Sie musste hier weg, je schneller, desto besser. Die Röcke raffend, drückte sie sich an zwei geifernden Weibsbildern vorbei, die sich um eine Halskette stritten. Zum Glück begannen in diesem Augenblick in der Mitte des Marktplatzes weitere Gaukler ihre Kunststücke zu zeigen, sodass sich ihr ein kleiner Vorsprung bot.

Keuchend erreichte Martha ihr Haus. Benz stand hinter der Ladentheke und bediente eine Kundin. Als er seine Herrin atemlos, mit roten Wangen und starrem Blick draußen auf der Gasse bemerkte, hielt er erschrocken inne.

Martha eilte die Außentreppe hoch. Mittlerweile schmerzte ihr Bauch so heftig, dass sie befürchtete, das Leben der Kinder zu gefährden. Vor Erasmus' Kammer blieb sie kurz stehen, um Atem zu schöpfen, ehe sie die Klinke drückte und eintrat.

Erasmus lag auf seiner Bettstatt. Das Flattern seiner Augenlider verriet, dass er sich nur schlafend stellte.

»Schwäher Erasmus, hör mir zu!« Martha rüttelte den alten Mann so grob, dass er erschrocken die Augen aufschlug.

»Was willst du?«

Martha wartete nicht, bis er sich aufgerappelt hatte, dazu fehlte ihr die Zeit. »Kann es sein, dass du deine Einfältigkeit nur spielst? Dass du sehr wohl weißt, was sich hinter meinem Rücken hier im Hause abspielt?«

Erasmus' Augen verengten sich kurz. Er drückte die Lippen fest aufeinander und drehte den Kopf zur Seite.

»Wir haben jetzt keine Zeit für solche Spielchen. Sag mir die Wahrheit.« Marthas Stimme überschlug sich vor Panik.

Ihr Schwäher schüttelte den Kopf wie ein trotziges Kind, was die Geduld Marthas so arg strapazierte, dass sie ihn an den Schultern packte.

»Willst du, dass Ulrich uns beide umbringt? Irgendwie werde ich nämlich das Gefühl nicht los, dass er genau dies im Schilde führt. Ich habe ihn und einen weiteren Mann belauscht, und glaub mir, seine Stimme klang kälter als Eis.«

Der alte Mann fuhr sich mit den Händen über das Gesicht. Er wirkte in diesem Augenblick noch hinfälliger als sonst. »Ich kann dir nicht helfen«, jammerte er mit bebenden Lippen. »Die Wahrheit wäre zu grausig.«

»Dann weißt du also doch etwas?« Martha ließ sich mit einem Stöhnen auf einem der Hocker nieder. »Ich muss es wissen!«

Erasmus schwieg, doch tief in seinen Augen glaubte Martha grenzenlose Angst zu sehen. Als unten die Tür zufiel, ergriff sie die Hand ihres Schwähers, während die Schritte donnernd näher kamen.

13. Kapitel

Einige Wochen später

Misshelligkeit und Angst regierten im Hause der Eberlins. Die Mahlzeiten wurden schweigend eingenommen, und auch das Gesinde schlich schattengleich durch das Haus. An diesem Morgen hastete Benz die Amelungsgasse entlang. Er hatte kein gutes Gefühl bei seinem Auftrag, zumal dem Befehl eine schallende Ohrfeige vorausgegangen war. Kurz blieb er stehen und rieb sich die brennende Wange. So zornig wie an diesem Morgen hatte er seinen Herrn noch nie erlebt.

Er hatte mitbekommen, dass die Hausherrin immer öfter mit geröteten Augen am Tisch saß, während der alte Erasmus die Stube mied, um der Gegenwart seines Sohnes zu entkommen. Anfänglich hatte Martha versucht, es ihrem Schwäher gleichzutun, doch unter der harschen Art ihres Gatten hatte sie schließlich nachgegeben und sich wieder an den Tisch gesetzt.

Benz blinzelte in Richtung der aufgehenden Sonne, dann folgte ein herzhaftes Niesen. Unwillkürlich ballte er seine Hände zu Fäusten. Auch wenn er dem Eberlin die gute Stellung stets mit vollem Einsatz gedankt hatte, die Herrin so zu behandeln, war nicht rechtens. Seine Gesellenzeit dauerte nur noch wenige Wochen, dann würde er von hier verschwinden. Der Gedanke beruhigte ihn allerdings nicht wirklich, denn er machte sich ernsthafte Sorgen um die Gesundheit seiner Herrin. Auch wenn sie ihre blauen Flecken stets mit einem Schleier zu verbergen suchte, die Angst in ihren Augen war nicht zu übersehen.

Benz wagte nicht daran zu denken, zu welchen Handgreiflichkeiten es an diesem Morgen zwischen den Eheleuten gekommen war. Wenig später hatte der Meister den Befehl erteilt, dass niemand die Kammer seiner Frau betreten dürfe. Die Angst um die

Herrin hatte Benz jedoch hinauf zur Kammer getrieben. Kein Laut war zu hören gewesen. Er hatte sich eben niedergekniet, um einen Blick durch das Schlüsselloch werfen zu können, als er grob von hinten gepackt wurde. Die Ohrfeige hätte ihn beinahe die Stufen hinabgeworfen, mit so viel Bosheit und Wut hatte der Meister sie ausgeführt.

Und nun stand er also hier und sollte den beiden Wehmüttern kundtun, dass Martha sich nach einer anderen Hebamme umschauen würde und dass keine von ihnen je wieder das Haus in der Amelungsgasse betreten solle. Er wusste, dass dies eine Lüge war. Die Herrin hatte stets in den höchsten Tönen von den beiden Frauen gesprochen.

Ob der Streit heute Morgen etwas mit den Hebammen zu schaffen hatte? Möglich wäre es, allerdings konnte er sich beim besten Willen nicht vorstellen, weshalb Hanna oder gar Wendelgart den Zorn seines Brotgebers so geschürt hatte.

Benz eilte mit einem beklemmenden Gefühl in der Magengegend weiter. Auf dem Rindermarkt herrschte an diesem Morgen schon geschäftiges Treiben. Schafe und Ziegen warteten an ihren Pflöcken auf neue Besitzer, während der Beschauer penibel kontrollierte, ob die Tiere auch gesund waren. Das heftige Gestikulieren zweier Bauern verdeutlichte, dass der Mann wohl etwas zu beanstanden hatte.

Benz wollte eben in die Rossgasse einbiegen, als die junge Wehmutter hinter einem Fuhrwerk auftauchte und geradewegs auf ihn zukam.

»Was führt dich denn in die Vorstadt?« Hanna trat ihm lächelnd entgegen.

Der Geselle nestelte nervös an der Strickjacke. Als sich sein Finger in einem der Löcher verfing, brummelte er einige unverständliche Worte.

»Geht es etwas deutlicher?«, scherzte Hanna.

»Der Herr lässt dir und Wendelgart ausrichten, dass eure Dienste bei seiner Gattin nicht mehr benötigt werden.« Benz schaute verlegen auf. »Er werde sich nach einer neuen Wehmutter umsehen. Zudem will er euch nicht mehr in seinem Haus haben. Den letzten Satz musste ich ihm dreimal wiederholen.« Benz hob entschuldigend die Hände. »Es tut mir leid, Hanna. Aber der Herr will es so.«

»Warum? Ich dachte, bei euch im Haus ist jetzt alles wieder in Ordnung?« Hanna kniff die Augen zusammen und musterte den Gesellen streng. »Als ich kürzlich eure Magd auf dem Markt traf, erzählte sie mir dies voller Freude.«

»Das war es ja auch«, meinte Benz zerknirscht. »Bis vor zwei Wochen.«

Als ein Bauer mit einem Handkarren des Weges kam, zog Hanna den Gesellen in eine Nische. In Körben eingesperrt, gackerten auf dem Karren etliche Hühner um die Wette.

»Ich glaube ja nicht, dass dies auch der Wunsch der Herrin ist«, murmelte Benz, dabei blickte er kurz über die Schulter. »Der Meister hält seine Frau seit Neuestem wie eine Gefangene. Sie darf die Kammer nur zum Gang auf den Abort verlassen. Zudem schlägt er sie immer wieder.«

Jetzt erst bemerkte Hanna die gerötete Wange des Gesellen, auch wenn er sich verlegen von ihr abwandte. »Offenbar trifft seine Wut auch dich«, meinte sie, wobei sich ihre Nasenflügel vor Empörung blähten. »Irgendetwas muss doch geschehen sein, was deinen Herrn derart aufgebracht hat. Hast du eine Ahnung?«

Benz zierte sich, ehe er nickte. »Die Herrin ging wohl ohne seine Erlaubnis aus dem Haus, soviel ich mitbekommen habe.«

»Die arme Martha«, sagte Hanna seufzend. »Wollen wir hoffen, dass es den … dem Kind trotz allem gut geht.«

Benz verzog den Mund. »Ich muss zurück, sonst wird er noch wütender«, sagte er kleinlaut.

Hanna ahnte, welche Pein den jungen Mann in der Amelungsgasse erwartete. Zu gern hätte sie ihm ein paar Fragen über Ulrich Eberlin gestellt, doch war dies nicht der richtige Augenblick. Benz drängte zurück, und verübeln konnte sie es ihm nicht. Mit einem Blick voller Wehmut drehte er sich um und rannte los.

Lange Zeit blieb Hanna einfach nur stehen. Die Rossgasse war an manchen Stellen so eng, dass sie dort stets in tiefem Schatten lag. Als erneut ein Mann mit Handkarren an ihr vorbeidrängte, trat sie zur Seite.

Hatte Martha ihrem Gatten womöglich von den Zwillingen erzählt? Hatte ihn das so fuchsteufelswild gemacht? Doch warum? Irgendwie ahnte Hanna, dass die ganze Sache kein gutes Ende nehmen würde. Ihre Sorge um Martha wuchs mit jedem Atemzug. Die letzten Tage hatte sie einen Besuch bei der Tuchhändlerin immer wieder aufgeschoben, zumal sie noch immer keine Antwort auf das sonderbare Verhalten von Ulrich Eberlin gefunden hatte.

Nachdenklich lenkte sie ihre Schritte auf das Schlachttor zu. Da Wendelgart seit dem Sturz noch immer etwas angeschlagen war, sorgte sie allein für die Schwangeren von Konstanz. Auch aus diesem Grund hatte sich ein Besuch bei Martha weiter verzögert, des Weiteren kam hinzu, dass Hanna in vier Wochen den Hebammeneid ablegen würde und Wendelgart sie jeden Abend in Kräuterkunde unterwies.

In unmittelbarer Nähe des Augustinerklosters befand sich das Haus eines der vielen Schuster der Stadt. Dessen Frau hatte vor gut drei Wochen ein Mädchen zur Welt gebracht. Anfänglich hatte der Mann keine Freude gezeigt, zumal er nach fünf Mädchen endlich einen Sohn erwartet hatte, doch jetzt liebkoste er die Kleine ebenso wie seine Frau es tat.

Dort angekommen, untersuchte Hanna Kind und Mutter und erklärte beide für kerngesund. Beim Gehen zog sie aus ihrem Weidenkorb ein mit Mohnsaft getränktes leinenes Lutschbeutelchen und drückte es der Mutter in die Hand. Das Haus des Schusters war so klein, dass die ganze Familie in einem Raum schlief, da konnte es nicht schaden, schlief das kleine Mädchen durch den Mohnsaft eine Spur tiefer.

Im Haus hinter dem städtischen Kornhaus verlief der Besuch

nicht so harmonisch. Die Mutter und das Kind kränkelten, und Hanna befürchtete, dass die Frau bald dem Kindbettfieber erliegen könnte. Auch wenn kaum Aussicht auf Heilung bestand, übergab sie dem besorgten Hausherrn doch einen Leinenbeutel voll fiebersenkender Kräuter. Das Haus verließ sie mit schwerem Herzen.

Bei den restlichen Besuchen verlief dagegen alles ohne größere Probleme. Die beiden Frauen, die in den nächsten Tagen ihr Kind erwarteten, waren kräftig und hatten bereits mehrere Geburten hinter sich. Zudem standen ihnen Mägde zur Verfügung, die sich bestens um ihr Wohl kümmerten.

Als die Rheinbrücke in Sichtweite kam, beschleunigte Hanna ihre Schritte. Die Brücke verband die Stadt mit Petershausen, wo in einer Abtei Benediktinermönche lebten. Auch Fischer siedelten seit einigen Jahren an den Ufern, sonst war die Landzunge von dichtem Wald bewachsen und nahezu unbewohnt, sah man von den drei Häusern am Ufer ab. Die beiden ersten Holzhäuser wurden vom Stadtmüller Jodok Waser und vom bischöflichen Müller Fronlein bewohnt. Das Steinhaus dahinter gehörte dem Pfister Heribert Zipp, der ebenfalls dem Bischof unterstand.

Die Rheinbrücke war seit jeher ein Zankapfel zwischen dem Großen Rat und dem Bischof. Der begehrte Brückenzoll war Letzterem ein Dorn im Auge, doch der Stadtrat hatte mit der Vergabe des Zolles auch die Aufgabe übernommen, die Brücke instand zu halten.

Es herrschte hier wie immer viel Betrieb. Schwer beladene Fuhrwerke holperten über die Holzplanken, Handkarren wurden von Bauern gezogen, und sich sträubende Esel trotteten den beiden Rheinmühlen entgegen. In der Mitte der Brücke befand sich die Ratsmühle von Jodok, keinen Steinwurf entfernt stand die Bischofsmühle.

Da Hanna dem neuen Torwächter bekannt war und sie keinerlei Waren mit sich führte, winkte er sie durch. Allerdings tat er dies nicht so fröhlich, wie es Jerg stets getan hatte. Der junge Mann war vor gut zwei Jahren an einem Fieber gestorben, ebenso wie der Bleichgesichtige beim Müller Fronlein, doch um den war es nicht schade gewesen. Um Jerg tat es Hanna wirklich leid, doch für traurige Erinnerungen blieb jetzt keine Zeit. Bestimmt hatte Lena sie schon von einem der Fenster aus Jodoks Haus gesehen. Ihre Freundin stand gern dort und blickte auf das glitzernde Wasser des Seerheins und auf die Scharen von Enten, die sich unter der Brücke um Reste aus den Mühlen stritten.

»Schön, dass du auch wieder einmal zu Besuch kommst.« Lena tat beleidigt, als Hanna in die Küche trat. »Jodok und ich glaubten schon, du meidest unsere Geselligkeit.«

»Ganz bestimmt nicht«, lachte Hanna. »Aber Jodok ist doch froh, muss er unser Weibergeschwätz nicht anhören.« Der Ratsmüller war ein ernster Mann, klein und fast glatzköpfig, das pure Gegenteil ihrer heiteren blond gelockten Freundin.

Hanna griff sich den Becher, den Lena ihr hinhielt. Der Kräutertee schmeckte wie immer köstlich, zumal ihre Freundin nicht mit Honig geizte.

Nicht alle städtischen Bauern verfügten über genügend Geldmittel, um das Mahlen ihres Korns mit Pfennigen zu bezahlen, sodass Jodok hin und wieder ein Auge zudrückte und stattdessen Naturalien als Gegenleistung akzeptierte. Ein Glück für Lena, denn so mangelte es in ihrem Haushalt nie an Köstlichkeiten wie Honig und getrockneten Früchten. Zwar hatte gerade Honig in der Fastenzeit nichts auf dem Tisch zu suchen, doch solange der Klerus behauptete, dass Wasservögel und Biber zu den erlaubten Fischen zu zählen seien, würde wohl auch der einfache Bürger stets ein Honigtöpfchen irgendwo versteckt halten können.

»Und wie geht es dir?«, fragte Hanna mit einem Seitenblick auf Lenas geschwollenen Leib.

»Bestens. Ich bin fest davon überzeugt, dass es dieses Mal gut gehen wird. Ich schone mich, wie du mir aufgetragen hast. Klara verrichtet alle Arbeiten, während ich nur in der Stube sitze und nähe.«

»Was nicht unbedingt deine Leidenschaft ist«, bemerkte Hanna lächelnd.

»Wer Früchte säen will, muss Opfer bringen, oder so ähnlich.« Lena schmunzelte. »Nein im Ernst, allmählich geht mir das Nähen wirklich leichter von der Hand.«

In diesem Augenblick schwang die Tür auf. Den kleinen Jost an der Hand, kam Klara herein. Als der Junge Hanna erblickte, riss er sich los und rannte auf sie zu. Ungestüm kletterte er auf ihren Schoß und griff sich den Becher, während sein kleines Gesichtchen vor Freude strahlte.

»Es muss dieses Mal einfach klappen«, flüsterte Lena leise, wobei sie Hanna eine Hand auf den Arm legte. »Klara bringt den Nonnen im Dominikanerinnenkloster regelmäßig von unserem guten Mehl, dafür schließen sie mich in ihre Gebete ein.« Sie strich ihrem Sohn sanft über die blonden Locken.

Hanna hielt nicht viel von Seelenmessen, doch laut hätte sie dies natürlich nie gesagt.

»Und, gibt es Neuigkeiten wegen Ulrich Eberlin?«, fragte Klara neugierig, nachdem Jost endlich Ruhe gab und zu seinen bunten Steinen neben dem Herd lief. Das zufriedene Brummeln verdeutlichte, welche Freude dem Jungen das Spiel bereitete.

»Ja und nein«, begann Hanna. »Ich war mit Wendelgart im Fischerdorf rheinaufwärts. Es war allerdings eine Enttäuschung, denn die Tochter der damaligen Amme erklärte uns, dass ihre Mutter vor Jahren gestorben sei. Sie selbst wisse nichts von einem Brand.« Hanna zuckte mit den Schultern, machte dabei aber ein so zerknirschtes Gesicht, dass Klara näher rückte.

»Du hast ihr nicht geglaubt, stimmt's?«

Hanna wankte. Sie war sich selbst nicht sicher, was sie von der Geschichte halten sollte, doch in den beiden Frauen falsche Hoffnungen wecken wollte sie nicht.

»Ich denke, in dieser Sache kommen wir nicht weiter. Es wird wohl so sein, wie die Tochter gesagt hat. Die Amme hat ihr Geheimnis mit ins Grab genommen, falls es überhaupt ein Geheimnis gab«, sagte sie entschuldigend.

Für einen Moment sprach keine der Frauen, nur Josts dünne Stimme war zu hören.

»Das ist aber nicht alles, habe ich recht?« Lena stupste ihre Freundin in die Seite. »Dazu kenne ich dich zu gut. Du weißt noch mehr.«

»Nicht von der Amme, wirklich nicht.« Hanna seufzte. »Allerdings gibt es von Martha nichts Gutes zu berichten. Ihr Gatte hat sie offenbar in der Kammer eingesperrt, zudem will er uns nicht mehr als Hebammen.«

»Dieser Unhold!«, ereiferte sich Klara wütend. »Man sollte ihn beim Großen Rat anschwärzen.«

»Und mit welcher Begründung?« Hanna schüttelte den Kopf. »Mit der Heirat besitzt Ulrich Eberlin die Muntgewalt über seine Frau, er kann mit ihr machen, was er will. So ist nun mal das Gesetz. Wir Frauen können nichts dagegen ausrichten.«

Leider traf diese Tatsache den Nagel auf den Kopf. Ein Mann durfte seine Frau der Untreue bezichtigen und sie ohne große Erklärung verstoßen, umgekehrt sah die Sache erheblich schwieriger aus.

»Man müsste irgendwie an Martha herankommen, um herauszufinden, warum der Kerl sie eingeschlossen hat«, meinte Hanna. »Womöglich hängt das Ganze mit dem Geschehen vor zwei Wochen zusammen.«

»Vor zwei Wochen?«, fragten die beiden Frauen einstimmig.

Hanna erzählte das wenige, was sie von Marthas unerlaubtem Verlassen des Hauses wusste.

»Vielleicht hat sie dabei etwas gesehen, das sie besser nicht gesehen hätte«, sagte Lena nachdenklich.

»Zu diesem Schluss bin ich auch schon gekommen.« Hanna nickte. »Wie gesagt, man müsste an Martha herankommen oder wenigstens an den alten Erasmus. Vielleicht weiß auch er mehr.«

»Wir könnten uns ja abwechseln und das Haus beobachten«, ereiferte sich Klara. »Sobald der Alte das Haus verlässt, quetschen wir ihn aus.«

»Ganz so einfach ist das nicht. Erasmus geht nicht mehr außer Haus.« Hanna erhob sich und ging auf das Fenster zu. Ihr Blick wanderte über den Rhein, auf welchem sich gerade zwei Schiffe kreuzten. Das eine brachte die begehrten Salzscheiben in die Stadt, das andere lag deutlich tiefer im Wasser und beförderte vermutlich Eisen oder andere Erze.

»Zudem müssten wir aufpassen, dass Konradin uns nicht erwischt. Er hat mir offen gedroht.« Hanna biss sich auf die Lippe.

»Und das sagst du uns erst jetzt? So ganz nebenbei?« Lenas Empörung war nicht gespielt.

»Ich wollte euch nicht unnötig in Angst versetzen. Bislang ist noch nichts geschehen, vielleicht wollte er sich nur wichtigmachen«, wehrte Hanna ab, wobei sie den Schiffen weiter nachschaute.

»Das glaube ich allerdings nicht. Ein übler Kerl ist dieser Konradin«, mischte sich Klara wieder ein. »Der neue Torwächter ist auch schon an ihn geraten. Der Lumpenhund prügelt sich wohl ebenso gerne, wie er dem Wein zugetan ist, hat er mir erzählt.«

»Vielleicht müsste man einfach einen günstigen Zeitpunkt abwarten.« Hanna drehte sich um. »Bald werden doch die auf den Messen bestellten Waren hier in Konstanz eintreffen. Bestimmt hat auch Ulrich Eberlin Bestellungen offen.«

Sie kam langsam auf den Tisch zu. »Du verstehst dich doch bestens mit dem neuen Torwächter«, wandte sie sich an Klara. »Bitte ihn, die Augen offen zu halten. Sollten Schiffe mit Tuchladungen eintreffen, soll er es dir sagen. Erfinde irgendeinen Grund, warum du es wissen willst.«

Klara lachte. »Wird mir nicht schwerfallen. Der Kerl tut ohnehin alles, worum ich ihn bitte.«

Die Zeit mit den Freundinnen verging viel zu schnell. Hanna genoss die Unbeschwertheit hier im Hause, und als sich die Dämmerung über die Stadt legte, verließ sie die beiden Frauen nur ungern. Jodok kam eben über die Brücke. Sie wechselten ein paar höfliche Floskeln, dann eilte Hanna weiter. Zweimal glaubte sie, dass ihr jemand folgte, doch immer wenn sie sich umdrehte, war nichts Auffälliges zu sehen.

In den Gassen tummelten sich lediglich noch die stadteigenen Bettler inmitten der schnell dahineilenden Mägdeschar, die die letzten Einkäufe für ihre Herrschaft erledigte. Jetzt erst wurde Hanna bewusst, dass sie Lena eigentlich auch von ihrem Besuch im Leprosenhaus hatte erzählen wollen. Doch vielleicht war es besser, sie behielt das für sich. Ebenso wie die Tatsache, dass Konradin ein Mörder war.

14. Kapitel

In der Mordergasse herrschte Aufregung. Ritter Conrad von Liebenfels gedachte zusammen mit zwei weiteren Ratsherren an einem Treffen der bündnisgewillten Städte teilzunehmen. Die noblen Herren wollten sich dieses Mal im fernen Worms treffen, was bedeutete, dass sie wochenlang unterwegs sein würden. Zu diesem Treffen kamen nicht nur Vertreter der Bodenseestädte Überlingen, Lindau und St. Gallen, auch die rheinischen Städte Mainz, Speyer, Straßburg und Freiburg hatten ihre Teilnahme zugesichert. Ein so gewaltiges Bündnis würde Konstanz Unabhängigkeit und Selbstständigkeit garantieren.

»Ursus, was gibt es denn so Dringendes, dass du euren Stallburschen zu mir geschickt hast?«, fragte Hanna atemlos, als sie durch das Tor des noblen Anwesens schlüpfte.

Aus der Küche hörte man die alte Wicca mit ihren Töpfen hantieren, begleitet vom üblichen Gezeter in Richtung der neuen Magd. Barbel, die lange Jahre im Haus gearbeitet hatte, war letzten Sommer an einer Blutvergiftung gestorben, sodass die Liebenfels eine neue Hilfe einstellen mussten.

»Ich wollte es dir selbst sagen und dich bei der Gelegenheit ermahnen, keinen Unsinn zu machen«, meinte Ursus mit ernster Miene. »Ich werde Ritter Conrad auf seinem Ritt nach Worms begleiten müssen.«

»Und warum machst du deswegen solch ein Gesicht?«

»Weil ich mich um dich sorge, du dumme Kuh«, zischte Ursus, wobei er ihr zärtlich über die Wange strich. »Versprichst du mir, dass du Ulrich Eberlin aus dem Weg gehst? Ich will nämlich nicht aus Worms zurückkehren und dich auf dem Seelenacker besuchen müssen.«

Hanna lachte. »Sei unbesorgt, ich kann gut auf mich selbst aufpassen.«

»Das beantwortet meine Frage nicht«, konterte Ursus. Er

umklammerte Hannas Schultern mit beiden Händen und schaute ihr eindringlich entgegen. »Denk an die Worte der armen Martha und die blauen Flecken in ihrem Gesicht.«

Hanna schluckte. Sie hielt es für besser, nicht zu erwähnen, dass Eberlin seine Gattin seit Tagen in der Kammer gefangen hielt. Sie hatte gestern per Zufall auf dem Markt erfahren, dass der alte Medicus aus der Niederburg damit beauftragt worden war, nach Martha zu sehen. Der Mann war beinahe blind, und sie zweifelte keine Sekunde daran, dass Ulrich Eberlin ihn genau deswegen ausgesucht hatte. Er erfüllte damit lediglich seine Fürsorgepflicht als Gatte, sodass ihm später, sollte ein Unglück mit Martha geschehen, niemand etwas vorwerfen konnte.

»Und? Versprichst du es mir?«, doppelte Ursus mit strengem Unterton nach.

Hanna wollte Ursus den Abschied nicht unnötig erschweren, also stellte sie sich auf die Zehenspitzen und drückte ihm einen Kuss auf den Mund. »Ich verspreche es«, murmelte sie leise.

Der Bann war gebrochen und Ursus besänftigt. Mit strahlendem Gesicht begann er von der bevorstehenden Reise zu erzählen, die ihn über Städte wie Basel, Colmar und Heidelberg führen würde. Hanna horchte seiner Begeisterung nur mit halbem Ohr.

»Glaubst du, ich könnte Ritter Conrad noch kurz sprechen, bevor ihr aufbrecht?«, unterbrach sie Ursus' euphorische Schilderung.

»Warum?«

»Es geht um meine Hebammenprüfung«, log sie, wobei sie kurz die Augen zudrückte und Gott um Vergebung bat.

Ursus zögerte erst, willigte dann aber doch ein. Er wusste, dass sein Herr jetzt nicht gern gestört wurde, zumal es noch allerlei wichtige Dinge zu regeln gab, doch schaffte er es nur schwer, Hanna einen Wunsch abzuschlagen.

»Er ist drinnen in der Stube und richtet Dokumente für die Reise. Frag Wicca, sie wird dich zu ihm führen.« Ursus wandte den Kopf und blickte hinüber zu den Ställen. »Ich bin bei den Pferden, wenn du mich nachher suchst.«

Erleichtert, dass Ursus ihr nicht folgte, ging Hanna mit festem Schritt auf das mehrstöckige Steinhaus zu. Wicca verstummte sofort, als Hanna den Kopf in die Küche steckte.

Seit Barbels Tod war Wicca seltsam geworden. Sie verließ das Haus kaum noch. Immer wieder schob sie als Erklärung ihre schmerzende Hüfte vor, doch Hanna ahnte, dass die alte Frau unter Schwermut litt. Die Barbel war wie eine Tochter für sie gewesen.

»Würdest du mich zu Ritter Conrad bringen?«, fragte Hanna mit einem Lächeln. »Ich muss ihn etwas sehr Wichtiges wegen meiner Prüfung fragen.«

Wicca nickte. In ihrem wippenden Gang watschelte sie vor Hanna die Diele entlang und klopfte an eine mit filigranem Muster verzierte Tür.

»Was gibt's?«, hörte man von drinnen eine unwillige Stimme fragen.

»Er ist schlechter Laune«, meinte Wicca achselzuckend. »Ist er immer vor wichtigen Entscheidungen und wohl auch, da die Herrin nun schon seit Wochen bei ihren Eltern weilt.« Sie drückte die Tür auf und räusperte sich. »Hanna möchte Euch wegen ihrer Hebammenprüfung sprechen, Herr.«

»Sie soll hereinkommen, allerdings habe ich nicht lange Zeit«, hörte Hanna den Hausherrn brummen.

Mit Herzklopfen betrat Hanna die gute Stube. Sie war schon lange nicht mehr hier in diesem noblen Raum gewesen. Kurz wanderte ihr Blick über die wertvollen Truhen, die bunten Wandteppiche und Gobelins, ehe ein Räuspern des Ritters sie in ihrer Betrachtung abrupt unterbrach.

»Es geht also um die Hebammenprüfung? Wie kann ich dir dabei helfen?« Ritter Conrad fuhr sich mit der Hand durch seine schwarzen Haare. Er war ein stattlicher Mann, der sich seiner Ausstrahlung bewusst war. Im Großen Rat galt sein Wort viel, das war stadtbekannt.

»Verzeiht mir meinen Vorwand, doch ich dachte, dass Ihr mich sonst womöglich nicht vorgelassen hättet«, begann Hanna zögerlich. »Ich wollte Euch um Rat in einer anderen Sache fragen.«

»Sprich lauter!«

Hanna räusperte sich, dann hob sie den Kopf. »Es geht um Martha Eberlin, die Frau des Tuchhändlers in der Amelungsgasse.« Sie schluckte ihre Verlegenheit hinunter. »Ich mache mir ernstliche Sorgen um sie. Ihr Gatte soll sie in der Kammer eingesperrt halten.«

Der Ritter legte erst das Dokument auf den Tisch, ehe er sich in seinem Stuhl zurücklehnte und die Fingerkuppen aufeinanderpresste. »Eine wahrlich schlimme Sache«, sagte er, »Ulrich Eberlin war deswegen bereits beim Rat und hat von dieser Zwangsmaßnahme berichtet.«

»Der Eberlin war im Rathaus?« Hannas Augen weiteten sich vor Staunen.

»Ja, und er hat die schlimmen Zustände in seinem Heim eindrücklich geschildert. Der Zustand seines Vaters verschlechtert sich leider zunehmend, sodass er offenbar dazu übergegangen ist, die Kunden im Laden mit Lügen zu belästigen. Ulrich Eberlin sagte, dass er deswegen schon etliche Kunden verloren habe. Zudem leide seine Gattin seit Tagen an so schwerer Melancholie, dass er sie nur mit Glück von einem selbst herbeigeführten Sturz über die Treppe abhalten konnte.«

»Und Ihr habt ihm dies geglaubt?« Hannas Empörung brachte den Ritter zum Lachen.

»Mir scheint, du bist ebenfalls auf die Schauermärchen des alten Erasmus hereingefallen. Was hat er denn dir Schönes erzählt? Etwa auch von auferstandenen Toten, die ihr Unwesen treiben? So hat er nämlich die Frau des Silberschmieds aus dem Laden vertrieben.«

»Ich habe Erasmus schon seit Wochen nicht mehr gesprochen, und Schauermärchen hat er mir nie erzählt.« Hanna stampfte wütend mit dem Fuß auf. »Allerdings hat mir Martha von der plötzlichen Veränderung ihres Gatten berichtet. Seit dem Unfall sei er nicht mehr derselbe. Sie habe Angst vor ihm.«

Ritter Conrad schnaubte. »Da siehst du es ja selbst. Die Frau leidet unter Schwermut, womöglich gar Irrsinn, wie sonst könnte sie so etwas behaupten! Ulrich Eberlin sorgt sich so sehr um seine Gattin, dass er einen Medicus beauftragt hat, täglich nach ihr zu sehen.«

Hanna verschränkte die Arme vor der Brust und pustete sich eine Haarsträhne aus dem Gesicht. »Ja, den alten Medicus aus der Niederburg, der kaum noch weiter als bis zu seinen Zehen sieht.«

»Hör auf! Der Mann ist ein Gelehrter, und es steht dir nicht zu, seine Fähigkeiten in Frage zu stellen.« Ritter Conrads dunkle Augen begannen zu funkeln. »Zudem hat der Tuchhändler sich über dich beschwert. Du seist neugierig und setztest seiner Gattin Flausen in den Kopf.«

Da Hanna schwieg, wertete Ritter Conrad dies wohl als stummes Eingeständnis. Seine Stimme klang versöhnlicher, als er fortfuhr.

»Denk an deine Prüfung. Neugier kommt nicht gut bei den Ratsherren an. Willst du die neue Wehmutter werden, zügle dein Mundwerk. Halte dich von der Amelungsgasse fern und lass den Tuchhändler in Ruhe. Er wird Konstanz ohnehin bald verlassen und sein Geschäft nach Köln verlegen.«

Hanna riss erschrocken die Augen auf. »Der alte Erasmus wird dies niemals gutheißen.« Ihre Stimme zitterte.

Ritter Conrad begann die Dokumente in einer Ledertasche zu verstauen, dann sah er hoch. »Erasmus Eberlin wird seine verbleibenden Jahre im oberen Stock des Heiliggeistspitals beenden. Sein Sohn hat bereits eine Kammer für ihn ausgesucht und in Aussicht gestellt, diese Pfründe für zehn Jahre im Voraus zu zahlen, plus einem stattlichen Obolus. Gutes Geld, das das Spital bestens gebrauchen kann.«

»Aber das kann der Große Rat doch nicht zulassen! Dieser Umzug würde den Tod des alten Mannes bedeuten.«

»Und ob der Eberlin das kann. Bei Irrsinn geht die Muntgewalt an den Sohn über. Der Tuchhändler kann und wird für seinen Vater entscheiden. Das obere Stockwerk ist zudem äußerst komfortabel«, bemerkte der Ritter mit stolzer Stimme. »Ein Spitalpfarrer sieht regelmäßig nach den Insassen, zudem gibt es eine heimelige Pfrundstube, eine Kapelle und sogar eine eigens für die Alten hergerichtete Seuchenstube. Du siehst, dem alten Erasmus wird es an nichts mangeln.«

Der Ritter war so von der Richtigkeit seines Standpunkts überzeugt, dass Hanna sich geschlagen gab. Sie drehte sich um und verließ mit einem gemurmelten Abschiedsgruß die Stube.

Da Wicca und die neue Magd sich wieder stritten, trat sie unbemerkt in den Innenhof.

»Du hast nicht mit Ritter Conrad über die Hebammenprüfung gesprochen, nicht wahr?«, fragte Ursus lauernd. Er baute sich breitbeinig vor ihr auf.

»Ulrich Eberlin will aus Konstanz verschwinden. Er hat bereits alles in die Wege geleitet. Weißt du, was das bedeutet?«, fragte Hanna lahm. Da Ursus schwieg, fuhr sie leise fort. »Martha ist ihm ausgeliefert. Er könnte sie auf dem Weg nach Köln irgendwo verschwinden lassen, und niemand erführe davon.«

Ursus verschränkte die Arme vor der Brust und schüttelte den Kopf. »Glaubst du nicht, dass du etwas zu schwarzsiehst? Ich habe nämlich durch das Fenster gehört, was Ritter Conrad zu dir gesagt hat, und ehrlich gesagt neige auch ich dazu, Ulrich Eberlin zu glauben.«

»Pah!«

»Frauen verfallen gerne der Hysterie, und Martha ist hierfür das beste Beispiel.«

Hanna ahnte, dass jegliche Widerrede vergeblich war.

Sie musste mit dem alten Erasmus sprechen, wollte sie Klarheit, und vielleicht gelang ihr auch das Unmögliche, und sie konnte einen Blick auf die eingeschlossene Martha werfen. Auch wenn der Große Rat keinerlei Zweifel an dieser Sache hegte, Eberlins plötzlicher Umzug warf Fragen auf. Im Hause des Tuchhändlers stimmte etwas nicht, und sie würde dahinterkommen, was dies war.

15. Kapitel

Das traurige Schicksal der Martha Eberlin verfolgte Hanna tagaus, tagein, zumal sie spürte, dass die Zeit drängte. Denn hatte der Tuchhändler Konstanz erst verlassen, konnte sie nichts mehr für Martha tun. Sie musste in das Haus in der Amelungsgasse. Ursus war längst im Gefolge der Ratsherren aufgebrochen, und Wendelgart wurde wegen ihrer Schwindelattacken immer griesgrämiger. Hoffentlich hinterließ der Sturz keine bleibenden Schäden.

»Ich werde den Apotheker um Rat wegen deines Schwindels fragen«, trat Hanna eines Morgens mit ernster Miene an die Seite ihrer Lehrmeisterin. »Kein Kraut hat dir bislang geholfen.«

Dem konnte Wendelgart nichts entgegensetzen. Sie war mit ihrer Weisheit am Ende. »Sieh bei der Gelegenheit aber auch nach unseren Vorräten«, nickte sie. »Dieses Frühjahr stehen übermäßig viele Geburten an, nicht dass uns dann die Kräuter ausgehen.«

Hanna verschwand eiligst in Richtung der Kräuterstube. Während sie jeden Leinenbeutel und jeden Topf kontrollierte, dachte sie immer wieder an Martha Eberlin. Mit Wendelgart darüber zu sprechen, war dieser Tage ein Ding der Unmöglichkeit. Seit sie ihr vom Besuch bei Ritter Conrad erzählt hatte, hielt ihre Lehrmeisterin ebenso strikt zum Tuchhändler. Sie sehe nichts Verwerfliches darin, seinen alten Vater in das Heiliggeistspital zu geben, zumal es ihm dort an nichts mangeln würde. Zudem beharrte sie stur auf der Meinung, dass Schicksalsschläge Menschen verändern konnten und ein räuberischer Überfall durchaus dazu zähle.

Als Hanna bewaffnet mit einem Weidenkorb und ihrem Umhang vor die Tür trat, stieß sie einen wohligen Seufzer aus. Die Sonne schien von einem wolkenlosen Himmel. Frühling lag in der Luft, man konnte ihn buchstäblich riechen. Schon sprossen in den Wiesen die ersten Blumen, und die Bäume trugen stolz ihre Knospen zur Schau. An schattigen Stellen hielt sich der Schnee zwar noch hartnäckig, doch lange würde das winterliche Weiß der Sonnenwärme nicht mehr trotzen. Fuhrwerke kurvten durch die Gasse, und von überall war frohes Lachen zu hören.

Hannas Weg führte sie erst in die Apotheke, anschließend gedachte sie, sich auf den Märkten der Stadt umzusehen. Vielleicht beruhigte sich ihr Gemüt inmitten des Gewühls.

Der alte Apotheker in der Mordergasse begrüßte sie freundlich. Als sie ihm von Wendelgarts Leiden berichtet hatte, rieb er sich nachdenklich die Nase.

»Ich vermute, dass vergiftetes Gewebe die Ursache für den Schwindel ist«, meinte er nach einer Ewigkeit, wobei sein Blick das Kräuterregal hochwanderte. »Da ihr schon alles ausprobiert habt, würde ich zu Dachslebersalbe raten. Zweimal täglich eingerieben, vertreibt sie den Schwindel womöglich.«

Hanna verzog leicht angewidert den Mund, enthielt sich aber jeglicher Äußerung von Zweifel.

»Ich müsste die Salbe jedoch erst richten. Getrocknete Dachsleber dürfte ich vorrätig haben, ebenso wie schwarze Johannisbeeren und Stabwurzkraut. Allerdings bin ich mir nicht sicher, ob ich noch genügend Dachsfett unten im Keller habe.«

»Doch, Meister, das haben wir«, mischte sich der Lehrling heftig nickend ein. »Als ich letzte Woche die Fette auf Schimmel kontrollierte, sah ich den vollen Topf zwischen Schweineschmalz und Schafsfett.«

»Gut so, mein Junge. Du wirst einmal ein guter Apotheker werden, wenn du dich weiter so gelehrig zeigst.«

Der junge Mann lächelte stolz. In diesem Augenblick schwang die Tür auf, und Benz trat herein. Als er Hanna bemerkte, wich er erschrocken zurück.

»Was willst du denn schon wieder hier?«, herrschte der Apotheker den Tuchhändlergesellen mürrisch an. »Sagte ich nicht, dass ihr besser mit der Medizin haushalten solltet?«

Benz trat verlegen von einem Fuß auf den anderen, dabei kramte er ein Stück Pergament aus seinem Beutel. »Der Herr schickt mich, wir bräuchten trotzdem nochmals zwei Flaschen Aronstabwurzelwein.«

»Du hast doch erst letzte Woche zwei Flaschen geholt. Die können doch unmöglich schon leer sein.« Auf der Stirn des Apothekers zeigten sich zwei tiefe Falten.

»Hier ist das Rezept des Medicus.« Benz hielt dem Gelehrten das Pergament hin. »Es hat alles seine Richtigkeit, soll ich Euch von meinem Herrn ausrichten.«

Der Apotheker schaute ungläubig auf das Stück Pergament, dann schüttelte er verständnislos den Kopf und wies seinen Lehrling an, die Flaschen aus dem Keller zu holen. Benz legte die verlangten Pfennige auf den Ladentisch und schaute anschließend starr auf seine Füße.

»Wie geht es Martha?« Hannas Stimme zeugte von Mitgefühl und Neugier zugleich. Der Geselle ging ihr aus dem Weg, das spürte sie seit Längerem.

»Gut, denke ich«, zischelte Benz so leise, dass sie ihn kaum verstand.

»Wenn sie so viel des Aronstabwurzelweins trinkt, dann kann es ihr nicht gut gehen«, murrte der Apotheker hinter seinem Ladentisch.

»Lasst mich in Ruhe, ich darf mit niemandem über die Herrin sprechen.« Benz drückte die Lippen fest aufeinander. Hastig griff er sich die beiden Flaschen, ehe er die Apotheke fluchtartig verließ.

»Aronstabwurzelwein ist Gift für eine Schwangere«, sinnierte Hanna vor sich hin. »Warum gebt Ihr Benz diese Medizin?«

»Dem Rezept des Medicus habe ich Folge zu leisten, ob es mir passt oder nicht. Ich werde mich bestimmt nicht mit dem Tattergreis anlegen.« Der Apotheker drehte sich um und begann die Kräuter im Regal zu sortieren. »Die Salbe kannst du morgen hier abholen«, bemerkte er über die Schulter.

»Ich bräuchte noch einige andere Kräuter«, raunte Hanna

dem Lehrling zu. Sie klaubte ein kleines Stück Pergament aus ihrem Beutel, auf dem sie die Namen notiert hatte. Mit einem gemurmelten Abschiedsgruß verließ sie die Apotheke.

Eigentlich war ihr die Lust auf die Marktstände vergangen. Doch zurück zu Wendelgart mochte sie ebenfalls nicht. Gedankenverloren ging sie auf das Ende der Gasse zu, ehe sie durch die Brotlaube auf den Fischmarkt einbog. Im Schutze des Salemerhofes drängte sie sich an die Mauerwand und schaute den Fischern zu, wie sie ihre Waren anboten.

Bis zum Haus der Eberlins war es von hier nur ein Katzensprung. Die Möglichkeit, dass sie Martha zu Gesicht bekam, war verschwindend klein. Dennoch gab sie sich einen Ruck und schlenderte auf die Amelungsgasse zu. Immer wieder sah sie über die Schulter, ob nicht Konradin plötzlich wie aus dem Nichts auftauchte. Zu ihrer Erleichterung hatte sie den Kerl seit dem beängstigenden Treffen auf der Markstätte nicht mehr zu Gesicht bekommen.

Auf der Höhe des Tuchladens war ein Eselkarren in Schieflage geraten, und eine Ladung Rindermist drohte auf das Pflaster zu rutschen. Der Tumult hatte einige Gaffer angelockt. Unbemerkt zwängte sich Hanna in eine Häusernische. Die Tür des Tuchladens war mit einem Brett zugenagelt, die Fenster waren allesamt mit Läden verschlossen. Das Haus wirkte verlassen, und Hanna fragte sich, ob sie zu spät kam, als sie zwei Männer beobachtete, die zielsicher die Außentreppe hochstiegen und gegen die Tür pochten. Neugierig reckte sie den Kopf. Als sich die Tür mit einem Knarzen öffnete und Ulrich Eberlins Kopf erschien, atmete sie erleichtert aus.

»Wir haben gehört, dass Ihr Euren Laden und auch das Haus verkaufen wollt«, hörte sie einen der Männer mit lauter Stimme sagen. »Wir hätten Interesse daran.«

»Da seid Ihr nicht die Einzigen«, lachte Ulrich Eberlin, wobei er seine Brust blähte und kurz die Gasse entlangblickte. »Heute Morgen waren schon zwei weitere Bewerber hier.«

»Davon gehen wir aus. Das Haus steht in bester Lage, und

wir wissen dies durchaus zu würdigen. Unser Angebot wird Euch mit Sicherheit begeistern.«

Der Eberlin lachte abermals. Schwankend hielt er sich am Türrahmen fest, und es war unschwer zu erkennen, dass er betrunken war. »Da muss ich Euch leider enttäuschen«, rülpste er. »Das Geschäft ist bereits abgewickelt.«

Irritiert wichen die beiden Männer zurück, dann schlug die Tür wieder zu. Ihren Unmut lautstark kundtuend, verschwanden sie wenig später in einer Nebengasse.

Hanna raffte ihren Rock und rannte ihnen nach. Kurz vor dem Münsterplatz herrschte dann aber ein solches Gedränge, dass sie die beiden bald schon aus den Augen verlor. Als sie um die Ecke bog, stieß sie mit zwei Betrunkenen zusammen, von denen einer sie grob an der Schulter packte und gegen die Mauer drückte. Zu ihrem Schreck erkannte sie Konradin in ihrem Peiniger.

»Ich wollte der neugierigen Natter schon immer an die Wäsche«, säuselte der Stallknecht lallend, wobei er seinen Griff noch verstärkte.

Der Mann stank so widerlich nach Wein, dass Hanna mit aufsteigender Übelkeit kämpfte. Während sie sich mit Händen und Füßen zu wehren versuchte, stand sein Kumpan mit offenem Mund da.

»Was stehst du so unnütz da, Odo! Hilf mir lieber«, geiferte Konradin, wobei er ihr eine Hand an den Hals drückte.

»Wage es nicht!«, zischte Hanna in Odos Richtung. Dann versetzte sie Konradin einen Tritt, ehe sie ihm in die Hand biss.

Ob der unerwarteten Gegenwehr kam Konradin ins Wanken. Hanna nutzte die Gelegenheit und entwand sich seinem Griff. Da sie damit rechnete, dass er nicht so leicht aufgab, rannte sie auf die Kirche St. Stephan zu. Lange Zeit stand sie in einer der dunklen Nischen des Gotteshauses und horchte in die Stille.

Allmählich beruhigte sich ihr Atem. Der Vorfall hatte ihr mit aller Deutlichkeit vor Augen geführt, dass es Zeit war, Alma endlich über die Machenschaften ihres Bruders aufzuklären. Als eine Gruppe Nonnen vorn am Altar eben ihr Gebet beendete und dem Ausgang entgegeneilte, schloss sie sich ihnen an. Demütig den Kopf gesenkt, querte sie den Vorplatz. An der Ecke glaubte sie, Konradin gesehen zu haben, war sich aber nicht sicher. Sie überlegte kurz, dann entschloss sie sich, den Beginenhof aufzusuchen.

Die Sonne stand jetzt steil über der Stadt. Die Hektik und die ungewohnte Frühlingswärme brachten sie ins Schwitzen. Hinter der bröckeligen Mauer des Hofes befand sich eine große Eiche, in welcher eine Schar Spatzen ihr Konzert gab, sie konnte das Gezwitscher bis auf die Gasse hören.

»Was willst du?«, fragte die Begine lauernd, als sie auf Hannas Klopfen endlich die Luke öffnete.

»Guten Tag, Schwester, Gott zum Gruße. Ich habe eine Nachricht für Schwester Alma.«

Die Begine nickte.

»Sag ihr, heute Nachmittag in der Scheune, sie wird dann schon wissen, worum es geht.«

Die Begine zögerte jetzt. Etwas skeptisch blickte sie auf Hannas rot geschwitztes Gesicht. »Du bist doch die Hanna, nicht wahr?«, fragte sie mit zusammengezogenen Augenbrauen.

»Ja, Schwester.« Hanna schaute mit gehetztem Ausdruck die Gasse hoch. Jeden Augenblick konnte Konradin auftauchen. »Doch leider muss ich jetzt weiter.« Sie lächelte verkrampft, dann schlug die Luke zu.

Hoffentlich legte ihr die Begine die Eile nicht als Unfreundlichkeit aus und behielt die Nachricht nicht für sich. Sie haderte kurz, dann lief sie weiter. Auf Höhe der Rheinbrücke drückte sie sich zwischen zwei Bäume und winkte einen verdreckten Gassenjungen zu sich her.

»Du erhältst eine Kupfermünze von mir. Allerdings musst du der Frau des Müllers Jodok eine Nachricht überbringen. Schaffst du das?«

Der Junge nickte eifrig und hielt die hohle Hand hin. Hanna lachte. »Ganz bestimmt nicht so. Erst die Nachricht, dann kannst du deinen Lohn beim Torwächter abholen.«

Der Junge schielte unsicher hinüber zum Torwächterhaus, entschied dann aber doch, den Gang zu machen. Nachdem Hanna ihm die Worte mehrmals wiederholt hatte, rannte der Junge mit fliegenden Haaren über die Brücke, während Hanna beim neuen Torwächter die Münze für ihn hinterlegte.

Auch wenn sie Gefahr lief, den beiden Halunken nochmals über den Weg zu laufen, blieb ihr noch ein weiterer Gang an diesem Morgen, der sich leider nicht aufschieben ließ. Wollte sie Lisbeth Hagens Wunsch erfüllen und die Kinder zu ihr bringen, musste sie versuchen, die Köchin im Goldschmiedehaus auf ihre Seite zu ziehen. Statt den direkten Weg in die Blatten zu nehmen, schlängelte sich Hanna bewusst durch enge Durchlasse und Hinterhöfe. Immer wieder blieb sie stehen und schaute zurück. Doch von Konradin und Odo war nichts zu sehen.

In der Goldschmiede wurde emsig gearbeitet, wie Hanna durch das Fenster erkennen konnte. Lazarus Hagen verfolgte jeden Handgriff seiner beiden Gehilfen mit Argusaugen. Hie und da gab er ein zustimmendes Brummen von sich, während er sich tief über die Arbeiten beugte. Die beiden Gehilfen feilten und schliffen, als ginge es um ihr Leben. Meister Hagen war bekannt für seine Sorgfalt, seine Schmuckstücke waren deshalb auch bei den reichen Konstanzerinnen sehr begehrt.

Hanna drängte sich in den Schatten der Hausmauer und wartete, nachdem sie gegen die Haustür geklopft hatte. Lange Zeit hörte man nichts, dann schlurfende Schritte. Als sich die Köchin zeigte, atmete Hanna erleichtert auf.

»Darf ich reinkommen?«, fragte sie gehetzt, wobei sie in Richtung der Goldschmiede schielte. »Ich brauche deine Hilfe«, fügte sie eine Spur leiser bei.

»Wobei?« Der Blick der Frau verfinsterte sich, und Hanna befürchtete schon, dass sie die Tür wieder schloss. Hastig drängte sie an ihr vorbei in die Diele.

»Ich habe Lisbeth Hagen versprochen, ihr die Kinder zu bringen, wenigstens in die Nähe, damit sie sie ein letztes Mal sehen kann«, erklärte Hanna hastig.

Die alte Frau schlug entsetzt die Hände vor den Mund, während sich ihre Augen weiteten. »Du warst bei der Herrin im Leprosenhaus?« Die Frage war mehr ein Hauchen und verdeutlichte den Schrecken, den Hannas Bitte in ihr auslöste. »Wie geht es ihr?«, kam es heiser aus ihrem Mund.

»Es ginge ihr vielleicht besser, wenn sie die Kinder sieht«, meinte Hanna verzagt.

»Und wie sollen wir dies machen? Der Herr gibt uns bestimmt nicht die Einwilligung dazu.« Die Köchin blickte ängstlich auf die Verbindungstür zum Laden.

»Er braucht es ja nicht zu erfahren«, ertönte eine Stimme hinter ihren Rücken.

Erschrocken drehten sich die beiden Frauen um. Die Amme kam langsam die Stufen herab, den kleinen Johannes Felix auf dem Arm.

»Du würdest uns helfen?«, fragte Hanna skeptisch.

»Lisbeth Hagen tut mir leid. Meiner Schwester ist das gleiche Schicksal widerfahren, und daher weiß ich um die Pein dieser Frauen.«

»Man kann ihr trauen, sei unbesorgt«, versuchte die Köchin Hannas Zweifel zu zerstreuen. »Auch wenn sie bei den Kindern eine harte Hand zeigt, das Herz hat sie auf dem rechten Fleck.«

Hanna hoffte inständig, dass die Köchin sich in der Amme nicht täuschte, denn was sie bisher von der Frau gehört hatte, beruhigte sie keineswegs. Doch da die Amme nun mal von ihrem Vorhaben wusste, war es wohl besser, sie nicht vor den Kopf zu stoßen.

»Wir sollten einen günstigen Moment abwarten, damit euer Herr uns nicht erwischt«, ging sie auf das Angebot ein. »Gedenkt er vielleicht, die Stadt in den nächsten Tagen zu verlassen?«

»In der Tat«, murrte die Köchin. »Der Herr will morgen seiner neuen Braut eine Aufwartung machen.« Bei diesen Worten verdrehte sie die Augen. »Tut er immer am selben Tag der Woche, und morgen ist es wieder einmal so weit.«

Hanna nickte angespannt.

»Wir sagen einfach, dass wir das schöne Wetter nutzen wollen, um die Kinder an die frische Luft zu bringen«, schlug die Amme mit ernster Miene vor. »Sobald der Herr außer Haus ist, soll Vitus uns einen Karren richten, und wir treffen uns bei der Kirche St. Paul.«

»Gott steh uns bei«, jammerte die Köchin mit einem Seitenblick auf die Amme. »Wollen wir hoffen, dass der Herr keinen Verdacht schöpft.«

Als aus der Goldschmiede ein Schwall Flüche zu hören war, verabschiedete sich Hanna eiligst. In der zweifelhaften Hoffnung, das Richtige getan zu haben, marschierte sie dem Stadttor entgegen.

16. Kapitel

Dieses Mal war es Hanna, die in der Scheune ungeduldig auf ihre Mitstreiterinnen wartete. Sie hatte sich mit einer fadenscheinigen Ausrede davongestohlen, da Wendelgart kurz nach Mittag auf die glorreiche Idee gekommen war, ihre Kräuterkenntnisse einer weiteren Prüfung zu unterziehen.

So saß sie nun voller Aufregung auf einem der Holzrohlinge oder tigerte in ihrer Ungeduld immer wieder zum Fenster. Augen für die Schönheit des Gartens hatte sie keine, lächelte dann aber doch, als sich eine Amsel nahe ans Fenster traute, um ihr Lied zu trillern.

Als sie von draußen das Quietschen des Gartentores hörte, lief sie aufgeregt zur Tür. Klara kam wie erwartet allein. Jodok hielt also nach wie vor am Verbot für Lena fest, das Haus zu verlassen. Die junge Magd führte den Eselkarren mit sicherer Hand durch das Tor. Auf der Ladefläche befanden sich zwei Mehlsäcke.

»Ich musste Jodok versprechen, die Säcke nachher beim Fronbauer Wendelin vorbeizubringen, sonst hätte er auch mich nicht aus dem Haus gelassen«, grinste Klara verschmitzt, wobei sie das Eselgespann unter einen der Bäume führte.

Dem Fronbauern war diesen Winter nicht nur die Frau gestorben, auch zwei seiner Kinder hatte der Tod geholt. Zu allem Elend magerte auch sein Esel ab, sodass er kaum noch vor ein Fuhrwerk gespannt werden konnte. All dies war auch Hanna schon zu Ohren gekommen.

»Bin ich die Erste?«, fragte Klara erstaunt, als sie in die Scheune trat. »Ich fürchtete schon, eine Schelte einzufangen, zumal ich doch recht spät dran bin.«

Hanna hob die Schultern und ließ die Tür einen Spaltbreit offen. Klaras Geplapper über den Stadttratsch hörte sie nur mit halbem Ohr, zu aufgeregt war sie. Endlich ein weiteres Quietschen des Gartentores.

»War nicht leicht zu kommen«, schnaufte Alma mit hochroten Wangen. »Bruder Wigand hat sich für heute Nachmittag angemeldet und Guta von Wellershausen in hellste Aufregung versetzt. Offenbar scheint der Bischof wieder einmal Druck auszuüben, damit der Kustos endlich Nägel mit Köpfen macht und uns die Freiheiten nimmt.«

»Aber die Mutter Oberin hat doch ein Druckmittel zur Hand, mit welchem sie den Bischof in die Schranken verweisen kann. Ihr ist der Brief doch nicht etwa abhandengekommen?«, fragte Hanna bestürzt.

»Sei unbesorgt. Guta von Wellershausen hat sich bislang noch immer gegen den Bischof durchgesetzt. Sie wird es auch dieses Mal schaffen«, versicherte Alma. »Aber sag, warum dieses so kurzfristig anberaumte Treffen? Gibt es Neuigkeiten?«

Hanna nickte. Erst erzählte sie vom Besuch in der Apotheke und vom Aronstabwurzelwein, der Martha Eberlin ganz bestimmt nicht guttat, dann von der Beobachtung vor dem Haus des Tuchhändlers. Als sie ihre Berichterstattung mit dem unliebsamen Zusammentreffen mit Konradin abschloss, blickte sie wohl einen Moment zu lange auf Alma.

»Odo war bei ihm, nicht wahr?«, fragte diese mit einem Seufzen. »Mir kam selbst schon zu Ohren, dass er sich immer öfter mit dem Hundsfott herumtreibt.«

»Ich habe mein Möglichstes versucht, um ihn zur Vernunft zu bringen, das darfst du mir glauben«, meinte Hanna resigniert, wobei sie in einer hilflosen Geste die Handflächen nach oben drehte. »Allerdings mit nur wenig Erfolg, wie man sieht. Vielleicht sollte Ursus einmal mit ihm reden.«

Da Alma nickte, fuhr Hanna fort. »Ihm fehlt die harte Hand eines Vaters, die kannst auch du nicht ersetzen, Alma, auch wenn du dir redlich Mühe gibst.«

Die Begine blinzelte die aufsteigenden Tränen hastig weg. Hinfälligkeit und Schwäche zeigte sie nur selten, umso mehr spürte Hanna, wie arg sie das Verhalten ihres Bruders schmerzte. Tröstend legte sie ihrer Freundin einen Arm um die Schulter.

Von der Gasse her hörte man das Bellen eines Hundes, ansonsten war es mit einem Mal erdrückend still inmitten der löcherigen Scheune. Sonnenstrahlen bahnten sich ihren Weg durch die Spalte der Holzwand und brachten die Staubpartikel zum Tanzen.

»Also, hört mir zu«, begann Hanna nach einer Ewigkeit. »Wir können nicht warten, bis Ursus zurück ist. Wir müssen jetzt handeln. Ich muss mit Martha sprechen, um Klarheit zu haben, wie es ihr geht.«

»Und wie?«, fragte Klara.

»Ich habe mir etwas ausgedacht und hoffe bei Gott, dass alles auch so funktioniert.« Hanna seufzte. »Alma, du wirst an der Tür zum Wohnhaus klopfen. Sobald der Tuchhändler sich zeigt, musst du ihn mit einem Vorwand von da weglocken.«

»Das wird aber nicht einfach werden«, meinte Alma skeptisch, wobei sie sich aus Hannas Griff schälte. »Der Kerl besitzt ja offenbar kein Herz mehr, ein Almosenkrug wird da nicht ausreichen.«

»Bei Martha scheint sein Gefühl tatsächlich abhandengekommen zu sein, aber vielleicht lässt er sich erweichen, wenn es um seinen Stallknecht geht«, sinnierte Hanna. »Offenbar gilt Konradin alles bei ihm. Erzähl dem Eberlin etwas von einem Überfall auf dem Stephansplatz, dass Konradin seine Hilfe brauche.«

»Woher nimmst du nur immer deine Einfälle?« Klara grinste spitzbübisch.

»Und da kommen wir auch schon zu dir, Klara«, winkte Hanna ab. »Für Konradin habe ich dich vorgesehen. Du brauchst gar nicht so große Augen zu machen, denn mit den richtigen Hilfsmitteln wird Lena ein adrettes Weibsbild aus dir machen.«

Erschrocken sank Klara auf ihrem Hocker noch tiefer. Sie schüttelte energisch den Kopf.

»Bitte, Klara. Lena kann es schlecht machen mit ihrem dicken Bauch, und Alma würde als Begine mehr als unglaubwürdig rüberkommen, auch wenn sie in dieser Hinsicht wahrlich mehr Erfahrung hat.« Hanna schmunzelte.

»Ich kann dich ja ein wenig unterrichten, so im Schnelldurchlauf«, lachte Alma, wobei sie ihre Hände in die Hüften stemmte und ihre Brust herausstreckte. Ihre Angst um Odo hatte sie tief in ihr Inneres zurückgedrängt. Jetzt war sie wieder die flinke junge Frau, die sich von nichts und niemandem einschüchtern ließ.

»Also, Klara lenkt Konradin ab, während ich ins Haus schlüpfe. Schade, dass Lena nicht mittun kann.« Hanna biss sich auf die Unterlippe. »Sie hätte auf der anderen Straßenseite Wache stehen können, so muss es halt ohne sie gehen. Die beiden Männer dürfen nicht zu früh ins Haus zurück, das ist das Wichtigste.«

Der Plan hatte so viele Schwachstellen wie ein Fischnetz Löcher. Und doch blieb ihnen keine andere Wahl. Die Zeit drängte, darüber waren sie sich alle einig, und einig waren sie sich auch, dass nur ein Gespräch mit Martha oder dem alten Erasmus Klarheit bringen konnte.

»Also morgen früh, sobald die Glocken des Münsters das Ende der Frühmesse verkünden, treffen wir uns in der hinteren Fischmarktgasse.«

Eine nach der anderen zwängten sich die Frauen durch die Tür der Scheune, verharrten kurz unter dem Apfelbaum, ehe sie auf die Gasse traten. Klara holperte mit ihrem Eselgespann weiter durch die Vorstadt, während Alma ihre von früher bekannten Durchschlupfe nutzte und der Stadt entgegeneilte.

Hanna blieb noch kurz stehen. Vom Gerberbach wehte an diesem Morgen ein grauenhafter Gestank heran. Sie rümpfte die Nase und schlug den Weg in Richtung des Hebammenhauses ein. Wendelgart würde sie mit Fragen löchern, ein weiterer Grund, keine Eile an den Tag zu legen. Sie anzulügen, schmerzte Hanna, aber genau das musste sie tun. Ihre Lehrmeisterin hatte ihr verboten, auch nur in die Nähe des Tuchhändlers zu kommen. Also würde sie sich bei der bevorstehenden Kräuterkunde besonders Mühe geben müssen, damit Wendelgart keinen Verdacht schöpfte.

∗∗∗

In der darauffolgenden Nacht quälten Hanna Alpträume, und als die Dunkelheit allmählich der Dämmerung wich, stand sie müde auf. Sie durfte sich ihre Unruhe nicht anmerken lassen, was leichter gesagt als getan war, denn Wendelgart hatte ein gutes Gespür für Halbwahrheiten, wie sie gestern bei der Kräuterkunde deutlich bemerkt hatte.

»Ich werde dir heute die Salbe holen. Bestimmt hat der Apotheker sie schon gerichtet«, sprach Hanna über ihre Schulter, als Wendelgart die Stiege herunterkam und sich auf einen Hocker setzte.

Hanna bemühte sich, ihr alles besonders recht zu machen. Sie legte der alten Frau eine Decke auf die Knie und reichte ihr einen Becher heißer Milch. Dass sie ein wenig Baldrianextrakt in die Milch gegeben hatte, behielt sie für sich. Es war besser, Wendelgart verschlief die Zeit während ihrer Abwesenheit, so musste sich Hanna später keine Lügen ausdenken.

Der Tag versprach eine Menge an Aufregung. Ebenso schwierig wie der Besuch im Hause des Tuchhändlers würde es werden, Lisbeth Hagen ihre Kinder zu bringen. Es kostete sie Mühe, das Zittern ihrer Hände vor Wendelgart zu verbergen.

»Ich möchte, dass du heute noch in die Webergasse gehst«, bemerkte ihre Lehrmeisterin mit strengem Blick. »Mir wurde zugetragen, dass es dort zwei Mägde geben soll, die kurz vor der Geburt stehen.« Sie rieb sich die Fingerknöchel. »Die Weiber sollen den Kindsvater nicht benennen können, was womöglich dazu führt, dass sie die Kinder in einem Hinterhof zur Welt bringen werden. Ich muss dir nicht sagen, was dann mit den Würmchen geschieht.«

Hanna seufzte. Um eine Anzeige beim Großen Rat zu umgehen, fand man solche Kinder oft ertränkt im Bodensee. Ihr

Herz krampfte sich zusammen, was Wendelgart mit einem zustimmenden Gurren quittierte.

Hanna griff sich den Weidenkorb. Ihr Lächeln geriet schief, als sie gelobte, nicht allzu lange wegzubleiben.

So schnell es ihr Hinken zuließ, lief Hanna dem Stadttor entgegen. Überall regte sich das Leben. Bettler torkelten aus ihren Nachtlagern, Maurergesellen liefen in ihren verdreckten Kitteln den vielen Baustellen der Stadt entgegen, und die ersten Matronen und ihre Mägde drängten zu den Märkten. In den Metzigbänken in der Marktstätte ergatterte man zu dieser frühen Stunde die besten Stücke, doch auch die Bäcker boten bereits ihre duftenden Brote feil. Den Fischmarkt für einmal kaum beachtend, bog Hanna in die kleine Gasse gleich dahinter ein.

Klara erwartete sie schon. Beim Anblick der Magd musste Hanna schmunzeln. Kaum jemand hätte Klara unter dem geweißten Gesicht mit den Brombeerwangen erkannt, auch ein ungewohnt tiefer Ausschnitt stellte mehr zur Schau, als er bedeckte. Lena hatte ganze Arbeit geleistet.

»Schau nicht so!«, zischte die junge Frau verlegen. »Ich bin nur froh, erkennt mich so niemand.«

In diesem Augenblick kam Alma um die Ecke. Sie schwenkte ihren Almosenkrug. »Oh!«, sagte sie nur, als ihr Blick auf Klara fiel.

»Wehe, du sagst etwas Falsches«, drohte ihr die Müllersmagd, »ich fühle mich nämlich alles andere als wohl.«

Hanna mahnte die beiden zur Ruhe. Jetzt galt es, einen kühlen Kopf zu bewahren.

»Alma, du bist die Erste. Du weißt, dass alles von dir abhängt. Sollte es dir nicht gelingen, den Eberlin wegzulocken, kommen wir nie ins Haus.«

In solchen Augenblicken zeigte sich Almas Abgeklärtheit. Das Leben hatte der jungen Frau schon zu vieles abverlangt. Sie warf den Kopf in den Nacken und marschierte los.

Sie ließen Alma einen kleinen Vorsprung, dann drängten auch Hanna und Klara der Amelungsgasse entgegen. In einem der

Hauseingänge blieben sie geduckt stehen und beobachteten, wie Alma gestenreich und mit übertriebener Mimik versuchte, Ulrich Eberlin wegen eines angeblichen Unfalls aus dem Haus zu locken. Der Tuchhändler zögerte erst und blickte auf das Tor, hinter welchem die Ställe lagen. Offenbar glaubte er Konradin dort, doch Almas Verzweiflung zerstreute seine Zweifel. Mit langen Schritten lief er hinter der Begine in Richtung des Stephansplatzes her.

»Und nun du, Klara. Viel Glück.« Hanna versuchte sich an einem Lächeln, was wohl nicht so ganz gelang, denn Klara fasste sich mit der Hand an die Brust und holte tief Atem. Dann rannte sie auf das Tor zu, hinter dem sie wenig später verschwand, um Konradin in Schach zu halten.

Hanna wartete nur kurz, denn viel Zeit blieb ihr nicht. Mit wehendem Rock lief sie auf die Außentreppe zu. Zum Glück hatte Ulrich Eberlin die Tür nicht abgeschlossen, sodass sie ohne Probleme ins Haus gelangte. Alles war ruhig. Selbst die Küche schien verwaist. Mit Schrecken erinnerte sich Hanna an das Gesinde, das sie in ihrem Plan völlig vergessen hatte. Doch offenbar war ihr das Glück hold, und keine der Frauen befand sich im Haus.

Die Stille hatte etwas Unheimliches. Vorsichtig schlich Hanna die Treppe hoch. Mehr als die Kammer von Martha kannte sie nicht. Wer hinter den anderen Türen schlief, konnte sie nur erahnen. Leise drückte sie die Klinke. Die Tür war tatsächlich verschlossen, der Schlüssel nirgends zu entdecken.

»Martha, könnt Ihr mich hören?«, rief Hanna gerade so laut, dass die Tuchhändlerin sie jenseits der Tür hoffentlich verstand.

Keine Antwort.

Hanna versuchte es eine Spur lauter.

Wieder keine Antwort.

»Was machst du da?« Erasmus Eberlin trat so unverhofft aus einer der Kammern, dass Hanna erschrocken herumfuhr. Das Haar stand dem alten Mann wirr nach allen Seiten, und aus seinem Mund lief ein dünner Speichelfaden.

»Ich wollte zu Martha, um nach dem Kind zu sehen.« Auf die Schnelle fiel Hanna keine bessere Antwort ein.

»Geht nicht«, antwortete der alte Mann, wobei er sich mit dem Ärmel über den Mund fuhr. »Mein Sohn hat sie eingesperrt.«

»Wisst Ihr vielleicht, wo der Schlüssel ist?«

Erasmus Eberlin schüttelte den Kopf.

»Geht es ihr wenigstens gut?«, fragte Hanna besorgt, worauf der Mann nur mit den Schultern zuckte.

Die Zeit lief ihr davon. Hanna ahnte, dass Ulrich Eberlin jeden Moment zurückkommen würde.

»Was ist hier im Haus los?«, fragte sie den alten Mann eindringlich. Als er wieder nur die Schultern heben wollte, packte Hanna ihn grob. »Sprecht! Warum will Euer Sohn so plötzlich aus Konstanz weg?«

»Weg?«, echote der alte Mann erstaunt.

»Ja, weg, und Ihr sollt ins Heiliggeistspital. Ritter Conrad hat es mir erzählt. Euer Sohn ist bereits beim Großen Rat deswegen vorstellig geworden.«

Erasmus Eberlin begann am ganzen Leib zu zittern. Seine Augen weiteten sich vor Schreck, und Hanna glaubte schon, dass er jeden Augenblick die Besinnung verlöre. »Ich will nicht ins Heim«, rief der alte Mann immer wieder mit heiserer Stimme.

»Dann sagt mir die Wahrheit.«

Erasmus Eberlin sackte zusammen. Wie ein Häufchen Elend lehnte er sich gegen die dunkle Holzwand. Die Knie angezogen, den Kopf in den Händen vergraben, brabbelte er vor sich hin. Hanna hatte Mühe, seine Worte zu verstehen.

»Ihr müsst deutlicher sprechen, sonst kann ich Euch nicht folgen. Was in Gottes Namen geht hier vor?«

Er schaute aus wässrigen Augen auf. In diesem Augenblick hörte man von unten Schritte. Erasmus klammerte sich um Hannas Beine und begann zu wimmern.

»Was hat der alte Sack dir erzählt?« Ulrich Eberlin stand breitbeinig auf einer der Stufen. Die Augen zu Schlitzen verengt, musterte er die beiden Gestalten vor sich.

»Nichts habe ich ihr gesagt«, jammerte Erasmus mit zittriger Stimme. »Du musst mir glauben. Das Geheimnis erfährt niemand.«

Vor Angst erstarrt, kam kein Laut über Hannas Lippen. Hilflos musste sie mitansehen, wie der Tuchhändler langsam die Stufen hochkam. Als er seinem Vater einen Fußtritt versetzte, nutzte Hanna die Gelegenheit und duckte sich an den beiden vorbei. Das Poltern hinter ihr verriet, dass ihr der Tuchhändler auf den Fersen war. Sie erreichte die Tür nur einen Katzensprung vor ihm, drückte die Klinke und hechtete die Außentreppe hinab.

Laut um Hilfe schreiend, lief sie auf zwei Reiter zu. Durch ihr plötzliches Auftauchen begannen die Pferde zu scheuen. Sie bäumten sich auf, und innert Sekunden brach ein Tumult in der Gasse aus. Den Rock raffend, rannte Hanna die Blatten entlang, ehe sie inmitten der Marktstätte untertauchte. Sie wagte nicht zu rasten, denn Ulrich Eberlin setzte bestimmt alles daran, sie zu fassen. Einem plötzlichen Einfall folgend, lief sie auf die Apotheke zu.

Wie üblich an Markttagen war das Herbarium zum Bersten voll. Kurzerhand drängte sie sich an den Wartenden vorbei.

»Die Salbe ist noch unten im Keller, du musst dich schon gedulden«, ermahnte der Apotheker sie streng, wobei er auf die vielen Kunden zeigte.

Hanna hob entschuldigend die Hände, schob den Vorhang zur Seite und stieg hinab in die Kellerräume. Von oben hörte sie das empörte Rufen des Apothekers, das jedoch abrupt versiegte, als eine der Matronen ihn aufforderte, sie nicht länger warten zu lassen. Keuchend lehnte sich Hanna gegen die kalte Mauer.

Hier unten standen jede Menge Gerätschaften, die sie noch nie gesehen hatte. Glaskolben, Mörser, Schalen voller Pulver in allen Farben, Kodizes und ein dampfendes Ungetüm in der Mitte eines großen Tisches. Sie setzte sich auf einen Hocker und horchte auf die Geräusche aus dem Laden über ihr.

Es kamen immer mehr Kunden herein, die der Apotheker und sein Lehrling meist schmeichlerisch, oft belehrend und manchmal auch mahnend zufriedenstellten. Gegen Mittag leerte sich der Laden. Das Stimmengemurmel wurde seltener, bis es schließlich versiegte.

Als sich der Apotheker mit griesgrämiger Miene vor Hanna aufbaute, hörte sie seiner Schelte nur mit halbem Ohr zu. Sie griff sich die Dachslebersalbe, die ihr der Gelehrte unter Murren gab, zog sich den Umhang über den Kopf und trat auf die Gasse.

Von Ulrich Eberlin war nichts zu sehen. Allerdings wollte Hanna ihr Glück nicht allzu sehr herausfordern, sodass sie sich die folgenden Stunden in einer der Häusernischen versteckt hielt. Sie wartete bis zu der mit Lisbeth Hagens Köchin und Amme verabredeten Zeit, dann ging sie, sich immer wieder umblickend, durch die Stadelhofergasse auf die Kirche St. Paul zu.

Schon von Weitem sah sie den Karren mit den beiden lachenden Mädchen auf der Ladefläche. Auf dem Kutschbock saß die Amme, den kleinen Johannes Felix im Arm, daneben die Köchin. Als die Frauen Hanna bemerkten, winkten sie ihr freudig zu.

»Ging alles bestens«, verkündete die Amme. »Der Herr konnte es kaum erwarten, auf Brautschau zu gehen.«

Die Köchin enthielt sich weiterer Worte, doch ihr Gesichtsausdruck verdeutlichte, wie wenig auch sie diese Brautschau guthieß.

»Es wird trotzdem besser sein, ihr fahrt später allein zurück«, sagte Hanna verlegen. Dass sie wegen Ulrich Eberlin nicht mehr in die Stadt wollte, behielt sie für sich.

Sie kletterte zu den beiden Mädchen auf die Ladefläche und legte einen Arm um sie. Dann holperte das Fuhrwerk auch schon dem Schnetztor entgegen. Hannas Gedanken wanderten immer wieder zu Ulrich Eberlin und dem Geheimnis, das sein Vater nicht lüften wollte oder konnte. Die Aufregung stand ihr bestimmt deutlich ins Gesicht geschrieben, doch die beiden Frauen führten dies wohl auf das bevorstehende Treffen mit Lisbeth Hagen zurück.

Je näher sie dem See kamen, desto kühler wurde es. Dunstschwaden stiegen vom Wasser hoch und krochen wie Geister über die Wiesen.

Um die Kinder nicht mit den steinernen Heiligenfiguren des Leprosenhauses zu erschrecken, lenkte die Köchin den Karren zur hinteren Mauer. Dann half sie den Mädchen von der Ladefläche und strich ihnen sanft über die Haare.

»Wir gehen dort hinüber zum Spielen«, versuchte die Amme, Heiterkeit zu verbreiten, wobei sie den kleinen Johannes Felix fest an sich drückte.

Hanna ging wie beim letzten Mal auf das Tor zu, brachte ihre Bitte vor, und wenig später erschien Lisbeth Hagen am Mauerloch. Auf ihrem Gesicht hatten sich zwei weitere dicke Geschwulste gebildet, die eines ihrer Augen stark nach unten zogen. Sie sah fürchterlich aus.

Hanna gab der Amme das Zeichen und trat beiseite. Die beiden Mädchen rannten lachend einer Hummel nach. Ihr Kreischen und Rufen erfüllte die Luft. Lisbeth Hagen liefen Tränen die Wangen hinab, während sie verzweifelt einen Arm durch das Loch streckte, als könnte sie so ihre Kinder berühren. Sie wimmerte und schluchzte, ihr Leid zerriss einem beinahe das Herz. Und doch wusste Hanna, dass sie ihr keinen Trost spenden durfte. Aussätzige zu berühren, kam dem Tod gleich. Als Lisbeth jammernd zusammenbrach, gab Hanna den Frauen das Zeichen zum Aufbruch.

Sie selbst blieb allein zurück und kämpfte mit den Tränen. Die Augen hielt sie geschlossen, und als sie eine Bewegung neben sich spürte, wurde sie auch schon von zwei Händen grob gepackt. Jemand stülpte ihr einen stinkenden Sack über und verpasste ihr einen Schlag auf den Kopf. Innert Sekunden war um sie herum tiefste Nacht.

17. Kapitel

Als Wendelgart am späten Nachmittag nach ungewohnt tiefem Schlaf aufwachte, spürte sie sofort, dass etwas nicht stimmte. Getrieben von böser Vorahnung, kämpfte sie sich mühsam die Stiege hinab. In der Küche war das Herdfeuer lediglich noch ein schwaches Glimmen, und von Hanna war keine Spur zu sehen. Auf dem Tisch stand der leere Milchbecher genau so, wie sie ihn zurückgelassen hatte. Die Wehmutter griff sich den Krückstock und humpelte auf das Küchenfenster zu.

Ein Ochsenkarren, beladen mit schweren Steinen, ratterte einer Baustelle entgegen. Eine Gruppe Pilger schlurfte in Richtung des Hospitals, und zwei Kinder rannten eben einem Hund hinterher. Doch von Hanna war weit und breit nichts zu sehen. Bald würde sich die Dämmerung über die Vorstadt legen.

Beunruhigt begann Wendelgart das Nachtmahl zu richten. Es bestand lediglich aus Bohnenresten vom Vortag, denen sie ein paar Zwiebeln und Rüben beimischte. Hunger verspürte sie keinen, doch die Beschäftigung half ihr, die Sorge etwas in den Hintergrund zu drängen. Während der Eintopf vor sich hin blubberte, schaute Wendelgart immer wieder zum Fenster.

Draußen war es mittlerweile längst dunkel geworden. Die Geräusche, die von der Gasse hereindrangen, wurden immer spärlicher. Die Stadttore waren bestimmt schon geschlossen, eine Suche nach Hanna zu dieser Stunde also kaum noch möglich. Schweigende Verdrossenheit legte sich wie ein Leichentuch über den Raum und lähmte jegliche Bewegung.

Ihre Lehrtochter würde niemals ohne zwingenden Grund so lange wegbleiben. Hatte sich Hanna in der Webergasse den beiden Mägden mit ihren vaterlosen Kindern vielleicht zu sehr aufgedrängt? War ihr dieser Gang womöglich zum Verhängnis geworden?

Ohne vom Eintopf probiert zu haben, schob Wendelgart die

Schüssel von sich. Seufzend blickte sie auf die züngelnden Flammen im Herd. Obwohl es in der Küche angenehm warm war, fror sie bis auf die Knochen. Mühsam stand sie auf und schlurfte in die Kräuterstube. Schlafen konnte sie jetzt ohnehin nicht, dazu war sie zu aufgewühlt.

Im Schein einer kleinen Birkenkerze schnippelte sie erst etliche Büschel getrockneter Minze, ehe sie dies auch mit Melisse tat, dann gab sie alles in den Mörser und verrieb die Kräuterteile zu feinem Pulver. Anschließend vermengte sie das Ganze mit Honig und drehte daraus erbsengroße Pillen, die sie in eine Schweineblase füllte. Die Kräuterpillen halfen Schwangeren bestens gegen Magendruck. Besonders in den letzten Wochen vor der Geburt klagten viele Frauen darüber, kaum noch Appetit zu haben, da erfüllten diese einfachen Pillen ihren Zweck hervorragend. Die Arbeit lenkte Wendelgart etwas ab.

Weit nach Mitternacht erst löschte die alte Wehmutter die Kerze. Schwerfällig stieg sie die Treppe hoch. Auch wenn sie wusste, dass es nichts brachte, schaute sie doch in Hannas Kammer. Die Dunkelheit und Stille darin waren kaum auszuhalten. Besonders wühlte sie der Gedanke an die Schlupfhure auf, die man vor wenigen Wochen erstochen auf dem Münsterplatz gefunden hatte. Ein Vaterunser auf den Lippen, ging sie in ihre Kammer.

In dieser Nacht schlief Wendelgart kaum, und wenn ihr die Augen doch einmal zufielen, plagten sie Alpträume. Froh, dass der nächste Tag allmählich erwachte, schälte sie sich aus den Decken.

Der Eintopf von gestern stand noch unberührt auf dem Küchentisch. Ein fahler Geruch nach Zwiebeln erfüllte den Raum. Sie knotete den Umhang fest und verließ das Haus. Da der Schwindel sie noch immer plagte, wagte sie nicht, zu Fuß in die Stadt zu gehen. Der alte Flößer musste ihr helfen.

»Jeremias, bist du zu Hause?«, rief sie keuchend durch die Tür, als sie dessen Haus mit zittrigen Beinen erreichte.

»Was führt dich denn zu dieser frühen Stunde schon zu mir?«, begrüßte der alte Mann sie erstaunt, wobei er heraustrat und der aufgehenden Sonne entgegenblinzelte.

»Du musst mir helfen, meine Hanna zu suchen.« Wendelgart ließ sich mit einem Stöhnen auf der kleinen Bank vor dem Haus nieder.

Im Sommer saß sie manchmal mit Jeremias hier draußen, und dann erzählten sie sich Geschichten von früher. Der alte Flößer übte seinen Beruf längst nicht mehr aus, das taten jetzt seine Söhne. Jeremias genoss den Lebensabend, hielt gelegentlich einen Schwatz oder spazierte, sofern es sein Rücken zuließ, die Rossgasse entlang zum Rindermarkt. Dort schaute er gern dem Verkauf der Tiere zu, und hin und wieder ging er mit den Bauern auch auf einen Trunk in eine der Trinkstuben.

»Warum suchen?«, fragte er neugierig. »Ist sie denn verschwunden?«

»Sie ist gestern nicht nach Hause gekommen, was ihr ganz und gar nicht gleichsieht. Ich spüre, dass ihr etwas zugestoßen sein muss.«

Jeremias nickte. Er kannte Wendelgart schon viele Jahre und zweifelte keinen Augenblick an ihren Worten. Wenn die alte Wehmutter dachte, es stimme etwas nicht, dann stimmte auch etwas nicht.

»Würdest du deinen Esel vor den Karren spannen, denn ich wage nicht, so lange zu laufen.«

»Brummt dir der Kopf noch immer?« Jeremias schaute skeptisch auf.

»Nicht so wichtig«, wehrte Wendelgart ab. »Hätte auch schlimmer ausgehen können.«

Jeremias ging mit steifem Schritt auf die kleine Scheune zu. Es dauerte ewig, bis der alte Mann endlich den Esel vor den Karren gespannt hatte. Als er wieder erschien, schluckte Wendelgart ihre Ungeduld hinunter und kletterte zu ihm auf den Kutschbock.

»Wo sollen wir als Erstes suchen? Weißt du denn, wohin Hanna wollte?«, fragte Jeremias besorgt.

»Gehen wir erst zum Apotheker in die Mordergasse. Hanna wollte dort eine Salbe für mich holen.«

Jeremias schwang die Zügel, und der Esel trottete los. In gemächlichem Tempo überquerten sie den noch verlassenen Rindermarkt, passierten anschließend das Schlachttor, ehe sie am Augustinerkloster vorbei in die Mordergasse einbogen. Als Wendelgart vor der Apotheke vom Kutschbock klettern wollte, hielt Jeremias sie zurück.

»Das mach wohl besser ich. Die Kletterei bekommt dir bestimmt nicht gut.«

Wendelgart verzichtete auf einen Einwand. Sie reckte allerdings den Kopf und beobachtete jede Bewegung in der Apotheke durch das offene Fenster. Sie konnte sehen, wie der Apotheker nickte, während Jeremias ihn mit Fragen löcherte.

»Die Hanna war tatsächlich hier und hat die Salbe abgeholt«, meinte Jeremias, als er wieder auf den Kutschbock kletterte.

»Allerdings habe sie sich etwas merkwürdig verhalten, sagte der Gelehrte. Ohne ihn zu fragen, sei sie einfach in den Keller gerannt und habe dort offenbar stundenlang gewartet. Er hatte sie schon beinahe vergessen. Wohin sie danach ging, wusste er nicht zu sagen.«

Wendelgart überlegte. Dass sich Hanna so seltsam benommen hatte, konnte nur bedeuten, dass etwas nicht stimmte. Hatte sie sich womöglich vor jemandem versteckt? Warum sonst hätte sie Stunden im Keller der Apotheke zugebracht?

»Und wohin jetzt?«, fragte Jeremias besorgt.

Wendelgart zögerte. Im Weberviertel nach den schwangeren Mägden zu suchen, war schwierig, zumal sie nicht wusste, wie die beiden hießen.

Doch selbst wenn die Aussicht auf Erfolg äußerst gering war, einen Versuch musste sie einfach wagen. Denn eine andere Spur gab es nicht.

»Fahren wir in die Webergasse«, sagte sie also und nestelte nervös am Zipfel ihres Umhangs.

»Wir finden sie schon, sorg dich nicht«, versuchte Jeremias

sie zu trösten, wobei er seine schwielige Hand auf die ihre legte und sie aus einem beinahe zahnlosen Mund anlächelte.

Wendelgart nickte tapfer, auch wenn ihr eigentlich längst zum Heulen war.

Wie erwartet hatte niemand Hanna in der Niederburg gesehen. Auch in der Webergasse war die junge Frau nicht aufgetaucht. Allerdings erfuhr Wendelgart die Namen der beiden schwangeren Mägde, doch darum würde sie sich später kümmern.

Da nun auch Jeremias' Zuversicht immer mehr schwand, übten sie sich in Schweigen. Als Wendelgart den zaghaften Wunsch äußerte, drüben bei der Rheinmühle ihr Glück zu versuchen, willigte Jeremias ergeben ein.

Am Tor zur Rheinbrücke wurden sie wie alle Passanten aufgehalten. Es bedurfte erheblicher Überredungskunst, den Torwächter davon zu überzeugen, dass sie nicht gedachten, die Insel zum gewerblichen Zweck aufzusuchen. Sie wollten weder Fisch von den dort ansässigen Fischern kaufen, noch wollten sie Mehl in der Mühle abholen. Ihr Besuch der Insel diene einzig und allein einem Schwatz mit Jodok und seiner Frau, also gebe es keinen Brückenzoll zu entrichten. Vielleicht gab die Verzweiflung auf Wendelgarts Gesicht schließlich den Ausschlag, denn der Wächter winkte sie durch.

Aus der Stadtmühle drangen die üblichen Geräusche. Das Wasserrad plätscherte mit monotoner Regelmäßigkeit und brachte die Mühlsteine zum Drehen. Durch die geöffnete Tür sahen Wendelgart und Jeremias, dass lediglich die beiden Gesellen an der Arbeit waren. Von Jodok Waser war nichts zu sehen. Jeremias trieb den Esel weiter. Auf Höhe der bischöflichen Mühle mussten sie sich etwas gedulden, denn der Karren eines Fronbauern versperrte den Weg.

Inzwischen stand die Sonne bereits steil am Himmel. Während sich auf dem Seerhein Enten und Möwen um die besten Plätze stritten, trillerten Spatzen ihre Lieder auf dem Mühlendach. Ein alter Hund fläzte sich in der frühlingshaften Wärme. Endlich schien auch der Fronbauer sein Geschäft erledigt zu haben. Mit einer gemurmelten Entschuldigung zog er den schwer beladenen Handkarren nahe ans Geländer, sodass Jeremias sein Gespann sicher daran vorbeiführen konnte.

Wendelgart kniff die Augen zusammen und musterte das Haus des Müllers, das allmählich näher kam. Laute Stimmen aus dem Innern verdeutlichten, dass es wohl Unstimmigkeiten gab. Jodoks tiefer Bariton war nicht zu überhören. Der Stadtmüller schien wütend.

»Entschuldigt unser Eindringen«, platzte Wendelgart zusammen mit Jeremias in die Küche. »Doch unser Klopfen habt ihr wohl nicht gehört.«

»Was willst du?«, herrschte Jodok die Wehmutter grob an. Es war sonst nicht seine Art, eine Frau so schroff zu behandeln, doch offenbar hatte ihn etwas dermaßen aufgebracht, dass er seinen guten Ton vergaß.

»Wir suchen Hanna.« Wendelgart schaute sich hastig um. Außer Jodok saßen noch Lena und die Magd Klara am Tisch. Beide hoben erschrocken ihre Köpfe.

»Ist Hanna nicht bei dir?«, fragte Lena mit weinerlicher Stimme, wobei sie zu der jungen Magd hinüberschielte. »Sie ist ihm doch entwischt, so sagtest du, oder?«

»Wem entwischt?«, fragte Wendelgart erschrocken, bevor Klara auf die Frage ihrer Herrin eingehen konnte.

»Die dummen Kühe hatten nichts Besseres zu tun, als den angesehenen Ulrich Eberlin anzuschwärzen. Die eine gab sich als Hure aus, die andere lockte ihn unter einem fadenscheinigen Vorwand weiß Gott wohin.« Jodok musterte die beiden Frauen voller Kälte. »Und das alles hinter meinem Rücken. Hätte ich meiner Frau nicht verboten, das Haus zu verlassen, bestimmt wäre auch sie wie ein gestörtes Huhn in der Amelungsgasse aufgetaucht.« Jodok schlug mit der Faust auf den Tisch. Seine Schultern zuckten vor Wut.

Wendelgart blickte mit zusammengekniffenen Augen auf

die eingeschüchterten Frauen. »Erzählt endlich, wer war in der Amelungsgasse?«, presste sie hervor.

Lena schluckte hart. Hilfesuchend blickte sie auf Klara, die leise zu erzählen begann. Als die Magd zu der Stelle kam, bei der Hanna aus dem Haus des Tuchhändlers gerannt war, dicht gefolgt von Ulrich Eberlin, hielt sich Wendelgart erschrocken eine Hand vor den Mund.

»Und wo ist Hanna jetzt?«, fragte sie entmutigt. Wie das Schwert des Damokles schwebte die dunkle Ahnung über den Köpfen der Anwesenden.

»Sie muss etwas herausgefunden haben, davon sind wir überzeugt.« Lena schaute trotzig auf ihren Mann. »Mit Ulrich Eberlin stimmt etwas nicht, das musst doch auch du einsehen, Jodok.«

Das Murren des Müllers klang nicht wirklich versöhnlich.

»Womöglich treibt der Tuchhändler tatsächlich ein böses Spiel«, pflichtete Wendelgart bei. »Hätte ich nur früher auf Hanna gehört, dann wäre sie jetzt nicht verschwunden.«

»Verschwunden oder tot«, knurrte Jodok.

»Jodok! Wie kannst du nur so etwas sagen?«, brauste Lena auf, wobei sie sich eine Träne aus dem Auge wischte. »Wir müssen sie suchen.«

»Jeremias und ich haben schon die halbe Stadt abgesucht und sie nicht gefunden.« Wendelgart nickte dem alten Flößer voller Dankbarkeit zu. »Ich weiß wirklich nicht, wo wir noch schauen sollen.«

Lena schluchzte auf. Lange Zeit sprach niemand ein Wort, dann hob Wendelgart plötzlich die Hand.

»Vielleicht gibt es tatsächlich einen Ort, wo wir mehr über Ulrich Eberlin erfahren.« Sie richtete ihren Blick auf das Fenster und die dahinterliegende Rheinbrücke. »Ich war mit Hanna vor einiger Zeit draußen vor der Stadt bei den Fischern. Es gibt dort eine Frau, die mehr weiß, als sie uns gesagt hat. Davon bin ich überzeugt.«

»Worauf warten wir dann noch?« Klara sprang hastig von ihrem Stuhl hoch. »Ich komme mit.«

»Das lässt du schön bleiben.« Jodok drückte die Magd wieder auf ihren Platz. »Ihr habt schon genug Schaden angerichtet. Ich werde die Sache jetzt selbst in die Hand nehmen.«

Wendelgart machte einen Schritt auf Jodok zu. »Jeremias und ich werden dich begleiten. Die Frauen dort reden nicht gerne mit Fremden.«

Jodok nickte einlenkend.

Da auf dem Kutschbock kein Platz für sie war, setzte sich Wendelgart auf die Ladefläche. Das Gesicht der Sonne entgegengestreckt, versuchte sie ihre Angst zu verbergen, während der Karren durch die Gassen rumpelte. Als das Fischerdorf allmählich aus dem Dunst auftauchte, lagen die Hütten wie schon bei ihrem ersten Besuch still und einsam in der Landschaft.

»Erst rede ich mit den Frauen«, bestimmte Jodok. »Sollte ich nicht weiterkommen, soll Jeremias dich holen.«

Wendelgart blickte den beiden widerstrebend hinterher.

Kurz darauf hörte man aus der Hütte nur lautes Gezeter, dann erschienen die Männer mit zwei widerwilligen Gestalten im Schlepptau.

»Wohl doch nicht gestorben, deine Mutter«, wandte sich Wendelgart wütend an Gerti. »Hättest du uns damals schon die Wahrheit gesagt, wäre uns viel erspart geblieben.«

Gertis Antwort war ein Murren, während ihre Mutter sich mit einer Hand am Karren festhielt und trotzig ihre Lippen aufeinanderpresste.

»Sag endlich, was damals bei diesem Brand geschehen ist«, fauchte Wendelgart.

»Die Eberlins hatten zwei Söhne«, begann die Alte borstig. »Das durfte damals niemand wissen. Zwillinge sind ein Zeichen des Teufels.« Die Alte warf den Kopf in den Nacken. »War dann auch nicht mehr wichtig. Gott hat sein Urteil gefällt, und einer der Jungen ist verbrannt.« Die Alte verschränkte die Arme vor der Brust und schielte hinunter zum Ufer.

»Erzähl weiter«, drängte Wendelgart.

»Da gibt es nicht mehr viel zu erzählen. Das Luder, welches

für das Feuer verantwortlich war, hat die Stadt klammheimlich verlassen, zusammen mit ihrem eigenen Balg.«

»Hat jemand das Kind genauer untersucht, das die Magd bei sich trug?«, fragte Wendelgart lauernd.

»Warum?« Die einstige Amme sah sie verwundert an.

»Die Magd hätte also durchaus einen der Zwillinge als das ihrige Kind ausgeben können, und niemand hätte es im Durcheinander bemerkt.« Wendelgart schaute auf ihre beiden Mitstreiter.

»Warum hätte sie dies tun sollen?«, fragte Jodok.

»Vielleicht hat ihr Kind das Feuer nicht überlebt, oder … oder sie wollte ihren Bastard gegen ein von Gott gewolltes Kind eintauschen.« Wendelgart zuckte mit den Schultern.

»Nehmen wir an, dem war so. Dann wäre der Tuchhändler womöglich nicht Ulrich Eberlin, sondern sein Bruder?« Jodok fuhr sich mit der Hand über den Schädel. »Hört sich alles weit hergeholt an, wenn ihr mich fragt.«

»Aber unmöglich ist es nicht«, beharrte Wendelgart.

Jodok kraulte dem Esel gedankenverloren die Ohren, ehe ein Ruck durch seinen Körper ging. »Allerdings würde dies ja bedeuten, dass dieser Eberlin seinen Bruder Ulrich getötet hat, damit er dessen Stellung einnehmen konnte.«

»So, denke ich, wird es gewesen sein.« Wendelgart stöhnte leise auf. »Es muss auf dem Ritt nach St. Gallen geschehen sein, denn danach hatte sich sein Verhalten so abrupt geändert, dass Martha Hilfe bei Hanna suchte.«

»Brudermord, dazu gehört schon eine Menge Kaltblütigkeit«, stellte der Ratsmüller fest.

»Und deshalb müssen wir die Amme nun in Sicherheit bringen«, meinte Wendelgart mit Nachdruck. »Wenn wir sie gefunden haben, kann der Eberlin es auch.«

»Ich gehe hier nicht fort«, empörte sich die alte Frau. »Unsere Männer werden mir beistehen, sollte der Kerl hier auftauchen. Zudem hört sich all dies eher nach einem Hirngespinst an.«

Wendelgart beugte sich leicht nach vorn und legte ihre Hand

auf die Schulter der Amme. »Noch ist alles nur eine Vermutung, doch sollten wir recht haben, seid ihr, du und auch Gerti, in Gefahr. Der Gauner verfügt über die nötigen Geldmittel, um Meuchelmörder anzuwerben, und glaub mir, die würden für ein paar Pfennige alles tun.«

Die Amme wurde leichenblass. Erschrocken griff sie nach der Hand ihrer Tochter.

»Ich denke, es wird das Beste sein, wir bringen euch nach Petershausen. Gleich hinter der Benediktinerabtei gibt es ein kleines Fischerdorf. Wir haben dort in der Vergangenheit bereits erfolgreich jemanden versteckt.« Jodok trat einen Schritt auf die beiden Frauen zu.

»Eine sehr gute Idee«, pflichtete ihm Wendelgart bei. »Also geht und holt eure Habseligkeiten. Sagt niemandem, wohin wir euch bringen.«

In den Augen der Alten stand die blanke Angst, und doch warf sie ihren Kopf ein letztes Mal trotzig in den Nacken. »Ich bleibe aber nicht für immer dort«, verkündete sie mit bebender Stimme.

»Die Fischer dort wollen dich bestimmt nicht länger als nötig, wenn du dich weiterhin so kratzbürstig gibst«, meinte Jodok kopfschüttelnd.

Wenig später ratterte das Eselgespann abermals über die Rheinbrücke. Auf der Ladefläche, gut verborgen unter einer Decke, lagen die frühere Amme der Eberlins und ihre Tochter. Und noch immer wusste niemand, wo Hanna steckte.

18. Kapitel

Konradin rannte zwei Stufen auf einmal nehmend die Außentreppe hoch und verschwand im Haus. Er blickte kurz in die Küche, doch von der alten Vettel war nichts zu sehen, also hatte der Meister doch Wort gehalten und das Weibsstück zum Teufel gejagt. Er weinte der alten Krähe keine Träne nach, ebenso wenig dem Gesellen, den der Meister vor zwei Tagen ebenfalls vor die Tür gesetzt hatte. Nur die dralle Magd vermisste er. Wenn auch widerwillig, hatte sie ihm die eine oder andere Nacht versüßt.

Nachdem er gegen die Tür zur guten Stube geklopft hatte, trat er ein und grinste schelmisch.

»Alles zu Eurer Zufriedenheit erledigt, Meister. Das neugierige Luder wird den Tag bald verfluchen, an welchem sie das Licht der Welt erblickte.« Konradin lachte. »Die Ratten haben bereits Gefallen an ihr gefunden.«

»Es hat dich hoffentlich niemand beobachtet draußen beim Leprosorium? Ich möchte nicht, dass plötzlich unliebsame Besucher auftauchen und alles im letzten Moment zunichtemachen.« Der Mann spitzte den Federkiel und tunkte ihn langsam in das Tintenfass.

»Ich habe aufgepasst, glaubt mir. Niemand wird diese Hebamme finden.«

»Jahrelang habe ich diesen Augenblick herbeigesehnt.« Auf dem Gesicht des Meisters zeichnete sich wieder ein schwaches Lächeln ab. »Am meisten freut mich, dass mein Vater bald im Armenhaus landen wird. Sobald wir aus der Stadt verschwunden sind, wird niemand mehr die jährlichen Kosten für eine Unterbringung in den noblen Räumen des Heiliggeistspitals bezahlen. Der Große Rat neigt nicht zu Milde, sein Spital muss Ertrag einbringen. Der Alte wird noch vor Jahresende zum Bettler, darauf gebe ich dir mein Wort.«

Der Meister setzte seine schwungvolle Unterschrift unter das Dokument, ehe er etwas Sand auf das Pergament streute. »Er wird am eigenen Leib zu spüren bekommen, was es heißt, Hunger zu leiden, zu frieren und von jedermann verachtet zu werden.« Das Lächeln auf seinem Gesicht erstarb. »Wäre ihm der Brand nicht zuvorgekommen, hätte der Alte einen von uns beiden mit eigenen Händen erwürgt, so hat es mir meine vermeintliche Mutter erzählt. Der angesehene Erasmus Eberlin wollte keine Zwillinge, es hätte seinem guten Ruf geschadet.«

Konradin schaute verlegen umher, da der Meister in Schweigen verfiel. Nach einer Weile räusperte er sich. »Und was gedenkt Ihr, mit Martha zu machen?«, fragte er. »Ich wüsste nämlich schon eine Verwendung.« Der lüsterne Ausdruck auf seinem Gesicht war nicht zu übersehen.

Der Meister wandte sich wieder seinem Dokument zu. Er streute abermals etwas Sand über die noch immer feuchte Dornrindentinte. »Erst bringen wir sie jedoch wie geplant aus der Stadt, gut sichtbar für alle Augen, und dann in die Scheune. Dort kannst du mit ihr machen, was du willst. Allerdings muss ihr Gesicht heil bleiben, denn ich habe sie auch einem anderen versprochen.«

»Wem?«, fragte Konradin erstaunt. »Etwa einem unserer Männer?«

Eberlin lachte auf. »Dazu müsste ihr Gesicht nicht unversehrt sein. Nein, ein nobler Herr buhlt um sie.«

Mit dieser Auskunft musste sich Konradin zufriedengeben, vorläufig wenigstens. Allerdings bestätigte es seinen Verdacht, dass der Meister etwas vor ihm verbarg.

»Soll ich mal nach den beiden oben schauen?«, fragte er, wobei er seine Enttäuschung nur schwer zu verbergen vermochte. Warum weihte ihn der Meister nicht in alles ein? Mittlerweile musste er ihm doch vertrauen. Er war es doch gewesen, der die Morde in der Stadt begangen hatte, um für Unruhe zu sorgen.

Da die Tinte endlich trocken war, rollte der Meister das Pergament langsam zusammen. Dann griff er sich ein Lederband und band es fest zusammen. Konradin drehte sich um und ging auf die Tür zu. Irgendetwas hatte sich die letzten Wochen zwischen ihn und seinen Meister gedrängt. Er konnte nicht sagen, was, aber es störte ihn.

»Gib Martha noch mehr vom Beruhigungswein, und meinem Vater verpasst du eine Tracht Prügel, sollte er wieder zu rebellieren beginnen. Der Mistkerl hat schon genug Unheil angerichtet«, brummte der Meister hinter seinem Rücken. »Es könnte durchaus sein, dass die Hebamme hinter unser Geheimnis gekommen ist, auch wenn ich Frauen für zu einfältig für solche Gedankengänge halte.« Er erhob sich und trat ans Fenster.

Das schwere Pergament hing noch immer vor den Butzenscheiben, nicht so sehr wegen der Kälte, sondern mehr, um neugierige Blicke fernzuhalten. Er hob die Tierhaut an und blickte hinunter auf die Gasse. »Wir müssen herausfinden, wer diese anderen Weibsbilder waren, die ihr geholfen haben, uns hinters Licht zu führen«, zischte der Meister wütend.

Unwillkürlich zog Konradin den Kopf ein. Er war ein liebestoller Narr gewesen, hatte sich von etwas Busen und dem Wackeln der Hüfte so sehr ablenken lassen, dass diese vermaledeite Wehmutter es doch tatsächlich geschafft hatte, ins Haus zu gelangen und mit Erasmus zu sprechen.

»Diese Hanna hätte nie hier hineinkommen dürfen, das war dein Fehler«, stocherte der Meister weiter in der Wunde. »Es ist nur zu hoffen, dass damit nicht der ganze Plan gefährdet ist.«

Konradin schaute betreten auf seine Stiefelspitzen. Er hatte einen Fehler begangen, daran ließ sich nichts beschönigen. »Ich werde mich in der Stadt umhören, Herr, und meinen Fehltritt wieder wettmachen.« Er hob entschuldigend die Hände. »Die Weiber werden noch bereuen, dass –«

»Ja, ist schon gut«, wehrte der Meister ab, wobei er sich umdrehte. »Jetzt schau zu, dass du diesen Odo auftreibst. Erzähl ihm irgendeine Lüge, damit er dieses Miststück draußen in der Scheune bewacht.«

Konradin nahm all seinen Mut zusammen, räusperte sich kurz und blickte seinem Meister fest in die Augen. »Wäre es nicht einfacher, wir würden dieser Hebamme gleich die Kehle durchschneiden?«, fragte er.

»Erst müssen wir herausbekommen, wer alles mit ihr im Bunde steht«, beantwortete der Meister die Frage mürrisch. »Bring sie zum Reden. Wie, das überlass ich dir.«

Erleichtert, der Anspannung in der Stube entkommen zu können, ging Konradin in die Küche. Dort griff er sich einen Kanten Brot und zwei Krüge Wein, dann stieg er eiligst die Treppe hoch.

Martha zuckte erschrocken zurück, als er die Tür aufschloss und mit grimmiger Miene in die Kammer trat. Sie zog sich die Decke bis zum Hals, während in ihren Augen ein gehetzter Ausdruck lag.

»Trinkt das!«, herrschte er die Hausherrin an, wobei er sie grob an der Schulter packte. »Ansonsten muss ich Euch ebenso hart rannehmen wie den alten Bock drüben in der Kammer, und glaubt mir, das würde Euch nicht gefallen.«

»Warum vergreifst du dich an einem alten Mann? Was hat dir Erasmus denn getan?« Martha hielt die Augen jetzt geschlossen und wartete in atemloser Spannung auf die Reaktion ihres Peinigers.

»Ihr wollt jetzt aber nicht wirklich eine Antwort darauf.« Konradin lachte auf.

Martha Eberlin sank zurück in ihre Kissen und zog die Decke noch höher.

»Habt Ihr den Kerl in der Kapelle erkannt?«, fragte Konradin eine Spur leiser.

Erstaunt öffnete Martha die Augen. Ihre Stirn legte sich in Falten.

»Ich habe Euch gesehen hinter der Steinsäule«, fuhr Konradin fort. »Ihr wart deutlich näher als ich, also habt Ihr bestimmt auch das eine oder andere gehört.«

»Du bist auch in St. Laurenz gewesen?« Martha vergaß für

einen Moment ihre Angst. »Wo Ulrich und sein Begleiter sich trafen?«, fragte sie skeptisch.

»Ulrich? Ihr seid wirklich schwer von Verstand.«

Martha wollte etwas erwidern, doch die Augenlider wurden ihr mit jedem Atemzug schwerer. »Ich kannte den Mann nicht«, kam es nur noch schwach über ihre Lippen, dann fiel ihr Kopf zur Seite, und sie schlief ein.

Lange Zeit stand Konradin nur da und schaute auf die schlafende Frau. Martha wusste mehr, als sie vorgab, davon war er überzeugt, und er würde es erfahren, notfalls auch mit Gewalt.

Erasmus Eberlin kauerte zusammengesunken an der Wand, den Kopf zwischen seinen Knien, als Konradin eintrat. Nach einem herben Fußtritt blickte er aus blutunterlaufenen Augen auf. Der Mann schien am Ende seiner Kräfte und bereits so wirr, dass nur noch unverständiges Gebrumm aus seinem Mund kam. Zudem stank es in der Kammer so entsetzlich, dass Konradin das Essen angewidert auf den kleinen Tisch stellte und schleunigst wieder das Weite suchte.

Vor der Tür zur Stube hielt er kurz inne, doch kein Laut drang auf die Diele. Zu gern hätte er gewusst, was der Meister in diesem Augenblick trieb. Doch ihm blieb nur, zähneknirschend das Haus zu verlassen.

✳✳✳

Vor dem verrammelten Laden standen zwei noble Damen, die neugierig durch den Bretterverschlag ins Innere lugten. Konradin machte einen Bogen um sie und lief dem Fischmarkt entgegen. Sein Ziel war die Schusterwerkstatt Meister Gernots.

Er drückte sich in eine Mauernische und wartete. Geduld war noch nie seine Stärke gewesen, und als Odo endlich mit einem Paar Stiefeln unter dem Arm auftauchte, musste Konradin an sich halten, um dem jungen Schusterlehrling nicht mit einer Schimpftirade entgegenzutreten.

»Gott, hast du mich erschreckt.« Odo atmete erleichtert auf, als er Konradin erkannte. »Warum schleichst du dich so von hinten an?«

»Ich brauche deine Hilfe, Odo.« Konradin blickte ernst, wobei er seinem Kumpan beide Hände auf die Schultern legte.

»Jetzt?« Odo zeigte auf das Paar Stiefel in seinen Händen. »Ich muss diese Dinger zum bischöflichen Kämmerer bringen. Der wartet schon seit Tagen darauf.«

»Dann muss er eben noch länger warten«, konterte Konradin. »Jetzt gibt es Wichtigeres, oder willst du nicht mehr einer von uns sein?«

Odo nickte eifrig. »Aber sicher doch. Was soll ich tun?«

»Draußen vor der Stadt wartet eine wichtige Aufgabe auf dich. Bewährst du dich, will der Meister dich zu seiner rechten Hand machen.«

»Und was wird dann aus dir?«, fragte Odo skeptisch. »Bislang war dieser Posten doch der deinige.«

Konradin schluckte hart. »Der Meister hat ja bekanntlich zwei Hände«, meinte er, wobei er Odo verschwörerisch die Wange tätschelte. »Dann werde ich eben die linke.«

Odo zögerte und sah die Gasse hoch. Die Münstertürme ragten steil gen Himmel und demonstrierten die Macht der Kleriker der Niederburg.

»Die Stiefel können warten«, meinte er mit vor Stolz geschwellter Brust. »Ein wenig Buße schadet den Pfaffen nicht. Zudem sind selbst die schlechtesten Stiefel der Kleriker noch besser als meine guten. Unsereins muss auch mit löchrigem Schuhwerk durch die Gassen laufen.«

»Recht so, Odo. Ich sehe schon, du passt hervorragend zu uns. So einen wie dich brauchen wir.« Konradin boxte Odo gegen die Schulter, dann ruckte er seinen Gürtel zurecht. »Komm, wir müssen uns beeilen.«

Odo stopfte die Stiefel in seinen Schulterbeutel und rannte Konradin hinterher, der bereits einige Meter vor ihm lief. Sie mieden die Marktplätze bewusst, wählten Gassen, die kaum jemand nutzte, ehe sie die Stadt durch das Schnetztor verließen.

»Wir gehen zur Scheune?«, fragte Odo erstaunt, als Konradin den Weg nach Kreuzlingen einschlug.

Konradin nickte nur. Als der schiefe Schober schemenhaft zu erkennen war, zog er seinen jungen Begleiter an den Waldrand. Eine Ewigkeit schaute er auf die kaum noch zu erkennende Straße nach Kreuzlingen.

»Werden wir verfolgt?«, fragte Odo verunsichert, wobei er die Augen zu Schlitzen verengte und die Landschaft nach einer Bewegung absuchte.

»Hoffentlich nicht«, gab Konradin mürrisch zurück.

»Warum denn diese Heimlichtuerei? Und warum ist keiner unserer Männer bei der Scheune?«

»Hör auf, so viele Fragen zu stellen«, brummte Konradin. »Und jetzt komm!«

Konradin ging voran, Odo folgte ihm auf dem Fuß. Im Innern der Scheune schien alles wie immer. Altbackenes Brot und schimmelige Butterreste verrieten, dass hier schon länger niemand mehr hauste. Odo hatte sich die letzten Wochen immer öfter gewundert, warum der Meister stets mit Abwesenheit glänzte, doch Konradin danach zu fragen, hatte er nicht gewagt.

Als hätte sein Freund seine Gedanken erraten, drehte Konradin sich zu ihm um. »Du wunderst dich sicher, wohin der Meister verschwunden ist.«

Odo nickte verlegen.

»Er musste auf eine wichtige Reise, doch er kommt bald zurück. Bevor er Konstanz allerdings verließ, gab er mir die Anweisung, alles in seinem Namen fortzuführen. Du weißt, der Meister verlangt unabdingbare Treue und Verschwiegenheit. Die Aufgabe, die er dir zugedacht hat, ist von äußerster Wichtigkeit.«

Odo verstand nicht, worauf Konradin hinauswollte. Die Sache missfiel ihm. Warum nur hatte er nicht darauf beharrt, erst die Stiefel auszuliefern? So hätte er vielleicht mehr aus Konradin herausgebracht.

»Lass niemanden in diese Hütte. Unsere Männer werden die nächsten Tage ohnehin nicht herkommen, und sollte sich ein Neugieriger hierher verirren, vertreib ihn«, wies Konradin mit kalter Stimme an. »Du wirst die Aufsicht hier übernehmen.«

»Die Aufsicht?«, fragte Odo skeptisch. »Über was denn?« Konradin bückte sich und hob die Binsenmatte an. Erstaunt bemerkte Odo den Eisenring. Noch bevor er eine Frage stellen konnte, zog Konradin am Riegel, und eine Falltür öffnete sich. Odo trat näher und spähte in die Dunkelheit hinab.

»Wer ist das?« Odos Augen verengten sich, und doch gab die Dunkelheit im Kellerloch nicht mehr als eine schemenhaft zu erkennende Gestalt preis.

»Ein nichtsnutziges Weibsbild, das unter keinen Umständen fliehen darf. Sie ist gefährlich, also sei auf der Hut. Am besten wirfst du ihr das Essen nur hinunter und sprichst kein Wort mit ihr. Hast du mich verstanden?«

Odo verkniff sich weitere Fragen. Stattdessen nickte er zustimmend, was Konradin erleichtert zur Kenntnis nahm.

Als die Frau zu husten begann, füllte Konradin den Tonkrug an einem der beiden Weinfässer. Dann griff er sich ein Stück altes Brot und stieg zu ihr hinunter. Ein gequälter Schrei ertönte. Odo zuckte zusammen. Das selbstgefällige Grinsen auf dem Gesicht seines Freundes gefiel ihm nicht, als der wieder aus der Dunkelheit auftauchte. Dann fiel die Falltür mit lautem Krachen zu.

»Du bleibst so lange hier in der Scheune, bis ich dir einen anderen Befehl gebe, hast du mich verstanden?« Konradin rieb sich die Finger an der Hose, ehe er Odo auf die Schulter klopfte.

Odo blickte betreten auf das Paar Stiefel. Meister Gernot würde toben.

Als Konradin die Hütte verließ, stand er unschlüssig da. Dann ging ein Ruck durch ihn, und er stapfte breitbeinig durch den Raum, die Hände im Gürtel, ein zufriedenes Lächeln auf dem Gesicht. Jetzt war er ein Mann, ein richtiger Mann, ein Mitglied der raubeinigen Kerle um Meister Emilian. Er griff sich einige Feuersteine, und bald schon prasselte ein kleines Feuer im Herd.

Aus dem Kellerloch drang kein Laut. Offenbar hatte sich die Frau in ihr Schicksal ergeben. Odo hätte gern gewusst, wen er da zu bewachen hatte, doch hinab in das Kellerloch zu steigen, würde er nicht wagen.

19. Kapitel

Alma rannte die Gasse entlang. Dass sie dabei die Kutte ungebührend hoch zog, dass so manchem Konstanzer ein Blick auf die nackten Waden vergönnt war, bemerkte sie in ihrer Eile nicht. Schon blieben einige Matronen stehen und schauten ihr kopfschüttelnd hinterher. Bald würde der halbe Pfarrsprengel zu St. Stephan von dieser Liederlichkeit Kenntnis haben. Den Torwächter an der Rheinbrücke grüßte die junge Begine lediglich mit ein paar gemurmelten Worten.

Die Morgenmesse in der kleinen Kapelle der Schwesternsammlung hatte nie enden wollen. An der Seite Bruder Ludgers, der sonst die Worte Gottes stets allein verkündete und sich dabei in Knappheit übte, stand an diesem Morgen auch Bruder Wigand. Das Konstanzer Oberhaupt der Franziskaner hatte mit mahnender Stimme daran erinnert, dass heute ein besonderer Tag sei und man diesen daher auch würdigen sollte.

Der Kustos hatte während des Gottesdienstes immer wieder auf das Bild an der Seitenwand der kleinen Beginenkapelle gedeutet. Die Malerei, oder was davon noch übrig war, zeigte den Zimmermann Josef von Nazareth. Zu seinen Füßen hatte der Künstler Lilien, Tauben und ein Winkelmaß gemalt. Bettelorden wie die Franziskaner und die Dominikaner zelebrierten den Tag des heiligen Josef stets mit besonderer Hingabe, und Bruder Wigand gedachte dies an diesem Morgen besonders eindringlich zu tun.

Alma hoffte, die verlorene Zeit mit rasantem Lauf etwas wettzumachen. Vier Augenpaare starrten ihr trotzdem tadelnd entgegen, als sie keuchend über die Schwelle des Müller'schen Hauses trat. »Es ging nicht früher«, entschuldigte sie sich zerknirscht. »Ich glaubte schon, Bruder Wigand wolle die Messe nie enden lassen.«

»Vielleicht hatte er es auf ein köstliches Mahl abgesehen.

Wenn er die Messe bis Mittag ausdehnt, kann man ihn wohl schlecht wegschicken«, grinste Klara. »Jodoks Schwester kocht halt einfach zu gut.«

»Bestimmt besser als die Mönche im Barfüßerkloster«, pflichtete ihr Jodok knurrend bei. »Doch lassen wir das jetzt. Wir müssen zusehen, dass wir Hanna finden.«

Die junge Wehmutter war jetzt bereits fünf Tage verschwunden. Niemand wusste, wo sie war und ob sie noch lebte. In Konstanz hatte ihr Verschwinden bereits für Aufsehen gesorgt. Gerüchte kursierten in den Gassen, doch die gaben allesamt nicht viel her.

»Wir müssen die Suche vorantreiben«, fuhr Jodok gereizt fort. »Auch wenn wir dabei Gefahr laufen, Aufmerksamkeit auf uns zu lenken.«

»Konradin und Eberlin suchen wie wild nach uns beiden«, lachte Klara, wobei sie der Begine zuzwinkerte. »Gestern auf dem Tändelmarkt hörte ich, wie sich zwei Matronen darüber unterhielten.«

»Das ist nicht gut, überhaupt nicht gut.« Wendelgart lehnte sich ächzend zurück. »Die Männer fragen nur nach zwei jungen Weibsbildern, nach einer Begine und einer Hure.«

Beim Wort Hure wollte Klara bereits aufbegehren, doch Jodok drückte sie mit harter Hand zurück auf den Hocker.

»Sie fragen nicht nach Hanna«, fuhr Wendelgart schwer atmend fort. »Was nur bedeuten kann, dass sie wissen, wo sie ist.«

»Ist nur gut, dass Wendelgart jetzt hier wohnt.« Sanft strich Lena über den Arm der alten Hebamme.

»Aber nur so lange, bis Hanna wieder da ist.« Wendelgart schloss die Augen. Seit Hannas Verschwinden hatte Jodok darauf bestanden, dass die alte Wehmutter nicht mehr allein in ihrer Hütte draußen in der Vorstadt hauste. Es war zu gefährlich in ihrem Zustand, darin waren sich alle einig. Doch man sah ihr an, wie sehr sie sich nach ihrer Hütte, der Ruhe, dem alltäglichen Leben sehnte.

»Was, wenn sie Hanna …?« Alma wagte den Satz nicht zu Ende zu sprechen. Betreten blickte sie auf ihre Hände.

»Hanna lebt!« Jodok erhob sich so abrupt, dass der Stuhl umfiel. Die Frauen zuckten zusammen. Der kleine Jost, der bislang neben dem Herd mit Holzmännlein gespielt hatte, schaute ängstlich auf. Dann rappelte er sich hoch und lief auf seine Mutter zu.

»Nicht so laut, Jodok. Du erschreckst Jost zu Tode«, tadelte Lena ihren Mann, wobei sie schützend einen Arm um den Jungen legte und ihn fest an sich drückte. »Selbstverständlich lebt Hanna. An das wollen wir glauben und an nichts anderes«, fügte sie mit brüchiger Stimme bei.

Für einen Augenblick waren nur die Geräusche von draußen zu hören, das Plätschern der Wellen, das Schlagen der Mühlräder. Die Vorstellung, dass Hannas Leichnam vielleicht längst irgendwo in einem Straßengraben den Krähen als Futter diente, lähmte die Gedanken.

»Wir können hier nicht nur tatenlos herumsitzen, ich denke, darin sind wir uns einig«, nahm Jodok das Wort wieder auf. Dabei blickte er jeder der vier Frauen eindringlich entgegen.

»Wir müssen überall kundtun, dass Hanna verschwunden ist. Viele wissen es schon, doch längst nicht alle. Zudem schadet es nicht, wenn auch der Name Ulrich Eberlin in diesem Zusammenhang erwähnt wird. Allerdings betreiben wir keinen Rufmord, einfach hie und da den Namen streuen, der Rest ergibt sich dann von allein. Die Konstanzer Gerüchteküche wird brodeln.«

Jodok verschränkte die Arme vor der Brust und blickte mit finsterer Miene auf den langsam dahinfließenden Seerhein. »Sollte der Eberlin tatsächlich Hanna in seiner Gewalt haben, wird er unruhig werden.«

»Ich übernehme die Vorstadt.« Almas Wangen glühten jetzt nicht nur vom hastigen Lauf durch die Gassen. »Die Menschen dort draußen hören auf mich, auch wenn ich jetzt eine Begine bin. Die Hurenhäuser sind der beste Ort für Tratsch, und wenn jemand etwas über Hannas Verbleib herausfindet, dann die Dirnen.«

»Und ich werde die vielen Mägde der Stadt davon unterrichten«, ereiferte sich Klara. »Die schwatzhaften Schnattergänse helfen uns bestimmt liebend gerne.«

Lena drückte Jost eine Spur fester an ihre Brust. Sie würde ihrer Freundin nicht helfen können. Jodok würde es nicht zulassen.

»Lena und Wendelgart bleiben hier«, donnerte ihr auch schon Jodoks Stimme entgegen. Dieser Satz kam einem Befehl gleich, und Lena hütete sich, etwas dagegen zu sagen. Erst gestern Abend hatten sie und Jodok sich darüber gestritten, und Jodok hatte ihr mit ungewohnter Härte klargemacht, dass sie das Haus bis zur Geburt ihres Kindes nicht mehr verlassen durfte. Für Wendelgart kam der Hausarrest wohl ebenfalls einer Strafe gleich, auch wenn sie nichts dazu sagte.

»Die Neugier der Menschen wird dem Eberlin nicht gefallen. Sollte er hinter Hannas Verschwinden stecken, wird er, wie schon gesagt, unruhig werden, und Unruhe führt zu Fehlern«, sprach Jodok weiter. »Deswegen werde ich einen meiner Gesellen vor dem Haus postieren.«

»Du denkst an Peter?«, fragte Lena bestürzt. »Der lange Kerl fällt doch auf.«

»Nicht wenn er sich als Bettler verkleidet.« Jodok schaute hinüber zur Rheinmühle. Das Wasserrad würde sich die nächsten Tage dann eben nur mit halber Kraft drehen. Im Moment war dies nicht allzu schlimm, zumal das meiste Korn der Bauern bereits gemahlen war. Setzte allerdings die Ernte des Winterkorns ein, dann würde er auf die Hilfe seines besten Gesellen angewiesen sein.

»Hoffentlich ist uns das Glück hold, und wir finden Hanna bald«, flüsterte Lena. »Sobald der alte Eberlin nämlich den Platz im Heiliggeistspital erhält, wird sein Sohn von hier verschwinden, mit einem Säckel voller Geld und den guten Wünschen des Großen Rates.«

Sie blickte voller Verzweiflung auf ihren Gatten. »Ach, Jodok, dann werden wir nie erfahren, was er mit Hanna … gemacht hat. Wir können sie dann nicht einmal auf dem Seelenacker begraben.« Lena schämte sich ihrer Tränen nicht. Als dünne Rinnsale liefen sie ihr jetzt über die Wangen.

Alma erhob sich von ihrem Stuhl, ging auf den Herd zu und stocherte mit dem Schürhaken im Feuer. Dann drehte sie sich langsam um. »Mir ist da gerade ein Gedanke gekommen.« Sie biss sich auf die Unterlippe. »Wir müssten halt dafür sorgen, dass der alte Eberlin nicht so schnell zu seinem Platz im Heiliggeistspital kommt.«

»Und wie sollen wir das anstellen?«, fragten Lena und Wendelgart beinahe gleichzeitig.

»Wir hier schaffen das nicht«, pflichtete ihnen Alma bei. »Aber Guta von Wellershausen müsste dies gelingen.«

»Der Mutter Oberin?« Lena wischte sich die Tränen aus den Augen und schüttelte ungläubig den Kopf. »Warum sollte sie uns helfen? Im Beginenhaus plagen euch doch andere Sorgen.«

Alma winkte ab. »Guta von Wellershausen mag Hanna, das hat sie mir schon mehrmals gesagt.« Sie griff sich ein Holzscheit und wiegte es in ihren Händen. »Ich werde ihr allerdings alles erzählen müssen, was mit einem Donnerwetter für mich enden wird. Womöglich werde ich den Beginenhof diesen Sommer nur noch von innen sehen. Die schönen Tage im Garten kann ich dann wohl vergessen.« Alma seufzte.

Alle Augen lagen jetzt auf ihr. Sie holte tief Atem, dann fuhr sie fort: »Guta von Wellershausen hat gute Beziehungen zum Großen Rat. Hin und wieder stattet sie den Herren Besuche ab. Natürlich glaubt sie, niemand am Beginenhof wisse davon.« Alma grinste. »Auch wir Schwestern lieben Tratsch.«

»Der Große Rat vergibt die Plätze im Spital«, meinte Jodok nachdenklich. »Wenn die Herren den alten Eberlin auf eine Warteliste setzen, könnte sein Sohn die Stadt nicht verlassen, wollte er nicht Gefahr laufen, wegen Versäumnis seiner Aufsichtspflicht von den Bütteln verfolgt zu werden. Erasmus gilt als irrsinnig, sein Sohn hat die Muntgewalt. Will Eberlin die Stadt also mit gutem Leumund verlassen, muss er warten, bis sein Vater im Spital unterkommt.«

Endlich zeigte sich so etwas wie ein Lichtblick. Sollte Guta von Wellershausen für sie eintreten, bestand die Möglichkeit, dass sie Hanna doch noch fanden, falls sie nicht schon tot war, doch diesen Gedanken schob jeder der fünf Verbündeten weit von sich.

Alma warf das Scheit auf die Flammen. »Dann werde ich jetzt zu Guta von Wellershausen gehen«, meinte sie. »Hoffentlich sind der Kustos und Bruder Ludger nicht mehr dort. Das frömmlerische Geschwätz der beiden würde ich jetzt noch weniger ertragen.« Sie lächelte gequält in die Runde, ehe ihr Blick an Jost hängen blieb, der sich längst wieder dem Spiel mit dem Holzmännlein zugewandt hatte und eben ein Pferdchen jauchzend über den Boden springen ließ. Hastig drehte sie sich um, damit niemand ihre tränenfeuchten Augen sah, und ging auf die Tür zu.

»Vielleicht könntet ihr in der Stadt auch nach Odo fragen«, wandte sie sich noch einmal an ihre Freunde, ohne sich umzudrehen. »Er ist ebenfalls seit Tagen verschwunden, und selbst Meister Gernot weiß nicht, wo er sich herumtreibt.«

Um sich weitere Fragen über ihren Bruder zu ersparen, auf die sie ohnehin keine Antworten gewusst hätte, drängte Alma nach draußen. Als sie wenig später über die Brücke lief, begann sie zu weinen.

Der Wasserstand des Seerheins war an diesem Tag so niedrig wie schon lange nicht. Die Schiffe konnten den Fluss nur in der mittleren Fahrrinne passieren. Dies führte zu Unmut unter den Händlern, da viele mit ihren Schiffen im Gnadensee warten mussten.

Alma entschied, den Weg über die Niederburg zu nehmen. Hier wimmelte es wie stets von Kanonikern, Kaplänen, Pfaffen und Ordensbrüdern der umliegenden Klöster. Am Münster wurde noch immer fleißig gebaut, selbst heute am Josefitag.

Bischof Rudolf weigerte sich trotz zäher Intervention vonseiten der Dominikaner, diesen Tag als Feiertag auszurufen, wie es in vielen umliegenden Ländereien bereits der Fall war. Fast schien es, als werkelten die Handwerker heute noch emsiger an der Verschönerung des Münsters. Die kalkweiße Fassade der dreischiffigen Basilika, deren Grundriss ein Kreuz zeigte, war durchaus beeindruckend.

Die Pförtnerin bedachte sie mit grimmiger Miene, als sie wenig später an die Pforte des Beginenhofes klopfte. »Warum so ernst?«, fragte Alma lauernd. Hatte man ihr Wegschleichen womöglich schon bemerkt?

»Die Bettelbrüder wollen und wollen nicht gehen. Seit Stunden sitzen sie nun schon in der warmen Stube, und wir müssen uns die Hintern abfrieren.«

»Aber, aber, wie redest du denn?« Alma lachte erleichtert auf. Offenbar zeugte der Unmut ihrer Mitschwester vom hungrigen Magen und nicht von ihrem Verschwinden.

»Ist doch wahr. Selbst das Morgenmahl fiel heute nur karg für uns aus. Schwester Ursel hatte alle Hände voll zu tun, die Wünsche des Besuches zu bedienen«, zürnte die Pförtnerin.

Alma blickte hinauf zum zweiten Stock. Hinter dem mit schwerem Pergament verhangenen Fenster regte sich nichts, und doch war sie sich sicher, dass die beiden Kleriker zusammen mit Guta von Wellershausen dort immer noch auf den gepolsterten Stühlen saßen und es sich gut gehen ließen. »Ist Schwester Ursel in der Küchenstube?«, fragte sie leise.

Die Pförtnerin nickte, dann stopfte sie die Hände in ihre weiten Ärmel und verschwand unter dem Portal des Haupthauses. Die Fassade hatte in diesem Winter noch weiter gelitten. An manchen Stellen bröckelte die Mauer bereits so arg, dass der Kopf eines Kindes problemlos darin Platz gefunden hätte.

Langsam schritt Alma über den Innenhof. Aus der Küchenstube drang gedämpftes Stimmengemurmel. Sie musste sich ihre nächsten Worte wohl überlegen. Mit Ursel an ihrer Seite würde es leichter sein, der Mutter Oberin unter die Augen zu treten.

»Wo warst du denn?«, empfing Ursel ihre Mitschwester tadelnd, kaum trat die junge Begine durch die Tür.

In der Küche befanden sich nebst Ursel auch Schwester Luzia und Schwester Agrikola. Zögerlich sah Alma in die Runde. Die drei Frauen hatten sich in der Vergangenheit stets als gute Verbündete erwiesen.

»Ich brauche eure Hilfe«, begann sie unsicher, wobei sie kurz auf die Tür blickte. Draußen schien alles ruhig. Sie senkte ihre Stimme trotzdem, denn ungewollte Lauscherinnen konnte sie jetzt nicht gebrauchen.

»Also haben mich meine Sinne doch nicht getäuscht«, schnaubte Ursel. »Du kamst mir die letzten Tage merkwürdig verändert vor.«

Alma drückte die Lippen fest aufeinander, ehe sie jede der Frauen mit festem Blick musterte. »Hört mir zu, auch wenn es euch in den Fingern juckt, mich zu unterbrechen«, raunte sie.

Die Frauen nickten, und sie erzählte von Martha Eberlin und den schlimmen Zuständen im Hause des Tuchhändlers, vom einstigen Brand und am Schluss von der Amme, die bestätigt hatte, dass es damals tatsächlich Zwillinge im Hause Eberlin gegeben hatte.

»Und diese Magd, die mit dem Kind verschwunden ist, hat man nie wiedergesehen?«, fragte Ursel am Schluss. »Warum kam denn niemand vom Gesinde auf den Gedanken, das Kind genauer anzusehen?«

Alma hob die Schultern. »Und seit fünf Tagen ist nun auch Hanna verschwunden«, begann sie erneut, wobei sich ihre Stimme deutlich brüchiger anhörte. »Wir glauben, dass der Eberlin auch dafür verantwortlich ist.«

»Was heißt, Hanna ist verschwunden?«, wandte sich Ursel scharf an ihre Mitschwester. »Du hast uns doch noch lange nicht alles erzählt, stimmt's?«

Alma nickte. Erst stockend, dann immer hastiger erzählte sie vom Tag, als Hanna bei den Eberlins eingedrungen war.

»Leider konnte sie uns nicht berichten, was sie dort erfahren hat. Klara und ich mussten zusehen, dass wir die Gasse möglichst schnell verließen, während Hanna versuchte, dem Eberlin zu entwischen. Seither haben wir sie nicht mehr gesehen«, schloss Alma ihre Ausführungen mit einem verzweifelten Stirnrunzeln.

»Das hört sich gar nicht gut an, wenn ihr mich fragt«, meinte Schwester Agrikola. »Hanna hinkt, einem gestandenen Mann kann sie nicht so leicht entkommen. Zudem hätte sie sich doch längst bei Jodok oder Wendelgart gemeldet.«

»Du darfst nicht so reden. Schau doch nur, wie Alma sich grämt.« Luzia legte ihre Hand auf die ihrer Mitschwester und nickte Alma mitfühlend zu. »Gott wird ein Auge auf Hanna haben, ganz bestimmt.«

Für einen Augenblick schwiegen die vier Frauen, ehe sich Ursel einen Ruck gab. »Wir können nicht tatenlos hier herumsitzen, damit helfen wir Hanna nicht«, sagte sie und löste die vor der Brust verschränkten Arme. »Wir werden unsere Krankenbesuche im Heiliggeistspital dazu nutzen, um nach Hanna zu fragen. Etliche der Kranken bekommen regelmäßig Besuch, und es wird wohl jemand zu finden sein, der Hannas Flucht mitbekommen hat. Ein Mann, der einer Frau hinterherrennt, bleibt doch nicht unentdeckt.«

Alma schaute mit tränenfeuchten Augen auf ihre Mitschwester. Ursel war ein Fels in der Brandung. Was würde sie nur ohne Jodoks Schwester machen?

»Nun muss nur noch die Mutter Oberin gewonnen werden, uns zu helfen«, schöpfte Alma neue Hoffnung. »Wenn sie es schafft, dass man dem alten Erasmus einen Platz im Spital verweigert, kann Eberlin die Stadt nicht verlassen. So jedenfalls hoffen wir, Jodok und die anderen.«

»Wir werden dir dabei helfen.« Ursel senkte ihre Stimme, als von draußen Lärm zu hören war. Neugierig lugte sie in den Innenhof. »Die Bettelbrüder ziehen endlich ab. Jetzt ist unsere Zeit gekommen. Guta von Wellershausen wird müde sein und somit hoffentlich leichter zu beeinflussen.« Aufmunternd nickte sie in die Runde.

Als die vier Beginen wenig später in die Stube im zweiten Stock traten, ruhte Guta von Wellershausen wie erwartet auf dem einzigen bequemen Sessel und schaute müde auf die Flammen im Kamin. Beim Eintreten ihrer Mitschwestern hob sie erstaunt den Kopf.

»Entschuldigt, werte Mutter, aber wir kommen mit einem dringlichen Anliegen«, räusperte sich Ursel.

»Was kann denn so wichtig sein, dass ihr mir keinen Moment der Ruhe gönnt?« Guta von Wellershausen richtete sich mit einem Stöhnen auf.

Die gute Stube war gleichzeitig auch der einzige Raum am Beginenhof, der über einen Kamin verfügte. Von Wohlstand konnte allerdings keine Rede sein, denn mehr als einen halbwegs stabilen Eichentisch, an die sechs Stühle und den bequemen Sessel gab es nicht. Die Wände zeigten lediglich alte Malereien, die kaum noch zu erkennen waren. Die Beginen lebten bescheiden.

»Hanna ist verschwunden«, begann Alma gepresst und schluckte. »Ohne Eure Hilfe wird sie womöglich sterben.«

Hellhörig geworden, musterte die Mutter Oberin jede der vier Frauen mit skeptischem Blick. Während Schwester Luzia nervös in der Falte ihres Rockes nestelte, hielten die beiden älteren Schwestern dem Blick stand. Sie hatten im Laufe der Zeit schon so manche Hürde gemeinsam genommen. Ihre Anwesenheit verdeutlichte der Mutter Oberin wohl den Ernst der Lage, denn ihre Schläfrigkeit war mit einem Schlag verschwunden.

»Ich höre?« Die Augen verengt, schaute sie auf Alma, die zögerlich einen Schritt vorwärts machte.

Die junge Begine hörte selbst, wie heiser sie klang, als sie zu erzählen begann, bisweilen kaum hörbar. Am Schluss saß Guta von Wellershausen längst nicht mehr auf ihrem Sessel, sondern lief unruhig hin und her.

»Eine wirklich ernste Sache, von der ihr mir hier berichtet. Sollte sich der Verdacht als nichtig herausstellen und sich Martha Eberlin doch nur getäuscht haben, wird dies ein schlechtes Licht auf die Schwesternsammlung werfen.«

Guta von Wellershausen seufzte. »Ich muss nicht betonen, dass der Bischof nur auf genau so ein Malheur wartet. Bislang hat der Große Rat stets seine schützende Hand über uns gehalten, bringen wir aber einen tüchtigen Händler wie den Eberlin in Verruf, dann sind wir schneller auf uns allein gestellt, als uns lieb ist.« Guta von Wellershausen drehte sich langsam um. Die Hände vor der Brust gefaltet, rang sie mit sich.

»Bitte, werte Mutter Oberin. Ihr kennt doch einige der Ratsherren«, mischte sich Agrikola ein. »Wir möchten ja nur, dass der alte Eberlin etwas länger auf seinen Platz im Spital warten muss, mehr nicht.«

»Gar so einfach wird es nicht werden.« Guta von Wellershausen trat auf den Tisch zu und stützte sich stöhnend auf. »Die Herren werden Fragen stellen.«

»Dann vertröstet sie auf später. Sagt, dass Ritter Conrad von Liebenfels ihnen alles erklären wird.« Alma blickte bei diesen Worten verlegen auf ihre Stiefelspitzen.

»Der Ritter weiß davon?«, fragte die Mutter Oberin erstaunt, wobei sie ihre linke Augenbraue hob.

»Noch nicht, aber … Sobald er zurück ist, wird er uns helfen, ganz bestimmt.« Alma wagte kaum, den Kopf zu heben. Würde der Ritter zu ihnen stehen? Sie wusste es nicht. Hoffentlich verzieh Gott ihr diese Lüge.

Guta von Wellershausen zweifelte noch immer, zumal ihr Almas Verlegenheit nicht entging. Dann gab sie sich aber doch einen Ruck.

»Schwester Alma wird mich begleiten«, sprach sie mit fester, wenn auch tadelnder Stimme. »Nicht dass sie in meiner Abwesenheit nochmals auf dumme Gedanken kommt. Den Tuchhändler mit einer Lüge aus dem Haus zu locken, findet nicht mein Wohlwollen. Lügen gehört nicht zur Tugend einer Begine.« Sie machte einen Schritt auf die Frauen zu.

Hastig griff sich Alma den Umhang, der neben dem Kamin lag, und hielt ihn Guta von Wellershausen hin.

Der anschließende Gang zu Walter von Hof, einem der wichtigen Männer des Großen Rates, dauerte nicht lange, dafür aber das Gespräch, das Guta von Wellershausen unter vier Augen mit dem Mann führte.

Alma wartete in dieser Zeit in der Küche vor einem Becher Würzwein und hörte dem Gerede der Mägdeschar zu. Allerdings zeigte sie sich für einmal ungewöhnlich wortkarg, nicht nur, da sie auf allfällige Worte aus der guten Stube hoffte, sondern auch, weil ihr Hannas Schicksal arg zu Herzen ging. Als die Mutter Oberin endlich den Kopf in die Küche streckte, fiel Alma beim Anblick des zufriedenen Lächelns ein Stein vom Herzen.

20. Kapitel

Niemand hätte unter den Lumpen den groß gewachsenen blonden Gesellen des Müllers vermutet. Seit fünf Tagen lümmelte er nun schon in der Amelungsgasse herum. Um seine Maskerade noch überzeugender zu machen, zog Peter theatralisch sein linkes Bein nach. Die anderen Almosenheischer hatten erst versucht, ihn zu vertreiben, da sie nicht gewillt waren, ihr Scherflein mit einem weiteren Krüppel zu teilen. Doch Peters Hartnäckigkeit hatte sich schlussendlich ausbezahlt, und die übrigen Bettler ließen ihn fortan in Ruhe. Hin und wieder schlurfte er die Gasse entlang, um die Langeweile zu vertreiben, die das ungewohnte Bettlerleben mit sich brachte.

An diesem Morgen legte der Müllergeselle den Gang in Richtung des Fischmarktes eine Spur schneller zurück. Sein Magen knurrte, und er freute sich auf Klara und ihren gefüllten Weidenkorb. Im Gedränge angekommen, drückte er sich in eine Häusernische und wartete.

Als Klara die Nische erreichte, vergewisserte sie sich kurz, dass ihr niemand folgte. Dann gesellte sie sich zu Peter. Wie sie es vereinbart hatten, war sie wie immer erst interessiert an den Ständen vorbeigeschlendert und hatte da und dort eine Kleinigkeit gekauft, um den Schein einer normalen Marktbesucherin zu wahren.

»Gibt es etwas Neues?«, fragte sie jetzt neugierig und lugte über ihre Schulter, während sie ihm den Weidenkorb hinhielt. Peter lief das Wasser im Munde zusammen, als er das Schinkenbrot und die gedörrten Pflaumen in seinen Beutel steckte. Der Hunger würde warten müssen, bis er sich unbeobachtet fühlte.

»Iss halt schon«, drängte Klara, die seine Pein zu spüren schien. »Ich stelle mich so, dass es niemand bemerkt. Zudem glaube ich kaum, dass dies jemanden hier interessiert.«

Die Marktbesucher quälten an diesem Morgen tatsächlich andere Sorgen. Die Fischer brachten kaum noch genügend Fische aus dem See. Längst fehlte der Regen. Der Frühling begann unter keinem guten Omen. Die Äcker draußen in der Vorstadt waren staubtrocken, dabei hätte die Frühlingssaat bereits ausgebracht werden sollen. Doch ohne Regen verdorrten die guten Samen nur in der Erde. Solches Gejammer hörte man an allen Ecken.

»Und?«, drängte Klara abermals, während Peter herzhaft in das Schinkenbrot biss. »Hat sich etwas ereignet?«

»Der Eberlin scheint nervös«, meinte er kauend. »Seit man in der Stadt allerorten von Hannas Verschwinden redet, verlässt er das Haus nur noch selten. Und wenn, dann duckt er seinen Kopf so tief, dass ihn kaum jemand erkennt.«

»Das ist gut so. Die Kunde hat sich auch wie ein Lauffeuer verbreitet.« Klara lachte. »Ich hätte nicht gedacht, dass selbst die Huren draußen mitmachen. Du weißt ja, dass Alma den Beginenhof nicht mehr verlassen darf. An ihrer Stelle hat Schwester Ursel die Badestuben aufgesucht.«

Peter strich sich die Krümel aus dem Gesicht, ehe er den mit Wein gefüllten Ziegenbalg griff und einen herzhaften Schluck nahm. Dabei musterte er Klara verstohlen.

»Klara, ich wollte dir schon lange sagen, dass du … dass du mir gefällst«, sagte er leise, wobei er verlegen einen Kiesel zur Seite schob.

Trotz seines mit Dreck beschmierten Gesichtes und der Lumpen, die einen Teil davon bedeckten, musste Klara seine feuerroten Ohren bemerken. Vielleicht hatte er ein bisschen wenig Haare, und zu dünn war er auch, aber im Großen und Ganzen fand sie ihn hoffentlich ganz passabel.

»Darüber reden wir später, wenn alles vorbei ist«, räusperte sie sich nach einer Ewigkeit und umklammerte den Korb eine Spur fester.

»Endlin von Liebenfels soll in die Stadt zurückgekehrt sein, habe ich gehört«, fuhr Peter fort. »Offenbar ist ihr kleiner Junge krank. Der Medicus will sich aber nicht die Finger verbrennen, so sagt man, und hat die Behandlung abgebrochen.«

»Was hat der Junge denn?«

Peter zuckte mit den Schultern. »Ich bin mir nicht ganz sicher. Die einen sprechen von Halsbräune, die anderen von Schwindsucht.«

»Das ist ja entsetzlich.« Klara schlug sich die Hände vor den Mund. »Ich habe auch gehört, dass Endlin von Liebenfels nach Wendelgart suchen lässt. Vielleicht erhofft sie sich von der Wehmutter Hilfe, Genaueres weiß ich allerdings auch hier nicht.« Peter stopfte sich den letzten Bissen des Schinkenbrotes in den Mund. »Zudem verschwindet Konradin jeden Tag für einige Stunden. Leider konnte ich ihm nie folgen, zumal er mit dem Pferd zu schnell ist und ich die Scharade mit meinem lahmen Bein nicht aufgeben wollte.«

»Schon in Ordnung. Ich werde Jodok davon erzählen.« Klara schaute traurig auf die halb leeren Marktstände. »Hoffentlich ist es nicht die Halsbräune bei Jakobus. Ich habe Kinder daran ersticken sehen.«

»Ich hätte es dir wohl besser nicht erzählt«, meinte Peter leise.

»Gräm dich nicht zu sehr.«

Klara wankte. Als ein Karren mit haarsträubender Geschwindigkeit um die Ecke bog, musste Peter sie grob zu sich herziehen, sonst wäre sie unter die Räder geraten. Dass er den Druck seines Armes verstärkte, schien Klara zu gefallen.

»Gestern belauschte ich eine Handvoll Weibsbilder, die von der Verwüstung in Wendelgarts Haus erzählten. Offenbar sei jemand dort eingebrochen«, wechselte Peter das Thema in der Hoffnung, damit Klaras Sorgen um den kleinen Jakobus zu vertreiben.

»Oje, das auch noch.« Klara schüttelte den Kopf. »Gut, dass Wendelgart bei uns wohnt. Vielleicht sollten wir ihr vorerst nichts davon erzählen. Sie sorgt sich wegen Hannas Verschwinden schon so sehr, dass sie kaum noch isst.«

Als zwei Fischer auf die Nische zutraten, zog sich Peter den Lumpen tiefer ins Gesicht und hielt Klara bettelnd die Hände entgegen. »Almosen, Almosen«, murmelte er in monotonem Singsang, was die beiden Männer mit abfälligem Blick bedachten.

»Hier hast du etwas«, antwortete Klara betont laut, wobei sie ihm einen verschrumpelten Apfel in die Hand drückte.

Peter grummelte ein paar unverständliche Worte, ehe er in seiner krüppelhaften Weise erneut die Gasse hinaufschlich.

Klara kaufte bei einem der Fischer zwei mickrige Felchen und eilte dann auf die Rheinbrücke zu.

»Endlin von Liebenfels ist zurück«, platzte sie wenig später in die Küche des Müller'schen Hauses. »Aber der kleine Jakobus soll schwer krank sein. Halsbräune oder Schwindsucht, Genaueres wusste Peter nicht.«

Jodok wollte eben zur Mühle aufbrechen, hielt aber inne, als er den entsetzten Blick seiner Frau sah. Lena drückte sich die Hände auf den Mund, um einen Aufschrei zu unterdrücken. Wendelgart schaute nachdenklich.

»Endlin von Liebenfels lässt überall in der Stadt nach dir suchen«, wandte sich Klara an die Wehmutter, während sie die Fische auf den Tisch legte. »Der Medicus will ihr und dem kleinen Jakobus offenbar nicht mehr helfen.«

»Der Tod eines Kindes wirkt sich halt nicht dienlich auf den Ruf eines Gelehrten aus.« Wendelgart fuhr sich mit der Hand über das von Falten durchzogene Gesicht.

»Dann musst du ihr helfen, Wendelgart.« Lena sah die alte Frau mit solcher Eindringlichkeit an, dass es Wendelgart schmerzte.

»Du darfst den Jungen nicht sterben lassen«, kam nun auch Klara ihrer Herrin zu Hilfe. »Wenn du es nicht schaffst, den kleinen Jakobus zu retten, dann schafft es niemand.«

Wendelgart schaute stumm auf das Fenster. Der Schwindel hatte sich die letzten Tage zwar gebessert, doch die Sorge um

Hanna lag ihr schwer auf der Seele. »Erst müssen wir aber in meiner Hütte vorbeifahren und die richtigen Kräuter holen«, bemerkte sie lahm in Jodoks Richtung, der eifrig nickte.

»Willst du nicht erst sehen, was Jakobus fehlt?«, warf Klara hastig ein. »So verlieren wir nur unnütz Zeit, falls es dem Jungen wirklich so schlecht geht. Ich könnte dir dann die Kräuter aus deinem Haus holen.«

Da Wendelgart zögerte, setzte Klara abermals an. »Zudem lauert womöglich ein Scherge des Eberlin vor deiner Hütte, und was dann? Niemand könnte dem kleinen Jakobus mehr helfen.«

»Da hat die Klara recht.« Jodok legte die Hand auf Wendelgarts Schulter und drückte sie sanft. »Ich schlage vor, dass mein neuer Lehrling dich versteckt unter Mehlsäcken in die Mordergasse fährt. Niemand bringt ihn mit dir in Verbindung, also wird auch niemand Verdacht schöpfen, wenn er der Herrin von Liebenfels einige Säcke Mehl liefert.«

Wendelgart gab sich geschlagen. Wenig später lag sie bereits gut verborgen zwischen zwei Säcken Mehl und holperte der Stadt entgegen.

Die Magd der Liebenfels zeigte sich erst erstaunt, als sie das Fuhrwerk sah, öffnete dann aber bereitwillig das Tor, sodass das Eselgespann in den Innenhof rattern konnte.

»Schließ erst das Tor!«, herrschte der Lehrling sie grob an. »Es soll uns niemand sehen.«

Mittlerweile schien die Magd zu zweifeln, ob sie dem Mann die Einfahrt nicht hätte verbieten sollen.

Wicca streckte den Kopf durch das Küchenfenster. »Was in Gottes Namen soll das? Wir haben kein Mehl bestellt, und Gaffer wollen wir schon gar keine.« Ihr Tonfall war rau.

Als die alte Köchin die mit Mehl bestäubte Gestalt auf der Ladefläche bemerkte, schlug sie erschrocken die Hände vor den Mund. »Der Leibhaftige persönlich«, schrie sie eine Spur lauter als gewollt.

»Du kläffst ja lauter als ein Hund. Halt den Mund, oder willst du, dass die ganze Gasse erfährt, was wir hier treiben?« Der Junge half Wendelgart von der Ladefläche. »Das ist doch die Wehmutter aus der Vorstadt.«

»Sag deiner Herrin, dass ich hier bin, um Jakobus zu helfen«, rief Wendelgart der Köchin zu, die eiligst den Kopf zurückzog und im Innern des Hauses verschwand.

Hinter ihr ratterte das Gefährt bereits wieder auf das Tor zu. Wendelgart holte tief Atem, dann trat sie über die Schwelle.

***

Im dunklen Kellerloch wurde die Luft allmählich knapp, sodass Hanna jede Anstrengung vermied. Anfänglich war sie in dem kleinen Raum wie eine eingesperrte Katze herumgeschlichen, hatte jedes Mauerloch, jede Vertiefung und jeden Riss mit den Fingern befühlt, um vielleicht doch noch einen Fluchtweg zu finden. Als sich ihre Hoffnung nicht erfüllte, war sie dazu übergegangen, ihren Verstand zu schulen. In Gedanken ging sie jedes Kraut durch, das sie kannte, rief sich in Erinnerung, wie viel man davon nehmen durfte, damit es eine heilbringende Wirkung erbrachte, oder wann man es besser nicht einsetzte. Doch auch dies zerstreute ihre aufsteigende Panik nicht, ebenso wenig wie beten.

Mittlerweile war sie verstummt. Ihre Kehle brannte wie Feuer, und in ihrem Kopf dröhnte es. Sie hatte sich eine Erkältung eingefangen, was auf dem kalten Steinboden und der Feuchte, die aus den Wänden schrie, auch nicht verwunderlich war, zudem hatte sie jegliches Zeitgefühl verloren.

»Ist da oben jemand?«, rief sie mit heiserer Stimme. Lahm griff sie sich die Holzschüssel, in der ihr Peiniger stets das Essen auf die oberste Treppenstufe stellte, und klopfte gegen die Wand. »Ich habe Durst. Bitte gib mir etwas zu trinken.«

Seit einer Ewigkeit hörte sie kein Geräusch mehr. Ihr Bewacher schien entweder zu schlafen oder hatte die Hütte verlassen. Als man sie hierhergebracht hatte, mit einem stinkenden Sack aus Leinen über dem Kopf und durch den heftigen Schlag noch immer benommen, hatte sie nicht viel mehr gesehen, als dass ihr Gefängnis wohl ein Kellerloch in einer alten Hütte war. Sie konnte sich nicht erinnern, je einmal hier gewesen zu sein. Allerdings verriet der moderige Gestank, dass sich das Gefängnis außerhalb der Stadt, in der Nähe der Sümpfe, befinden musste.

Gelegentlich bekam ihr Bewacher Besuch, und dann hörte Hanna dumpfes Stimmengemurmel. Zweimal war der Besucher schon zu ihr ins Kellerloch gestiegen. In der Dunkelheit hatte sie sein Gesicht nicht erkannt, doch die Stimme gehörte zweifelsohne Konradin. Stets wollte er von ihr wissen, wer ihre Verbündeten seien. Immerzu sprach er von einer Hure und einer Nonne. Trotz der misslichen Lage hatte Hanna bislang hartnäckig geschwiegen.

Die meiste Zeit jedoch schien der Mann oben allein zu sein. Wenn er ihr das Essen auf die oberste Treppenstufe legte, hielt er sein Gesicht stets vermummt. Auch den Abortkübel leerte er nur dann, wenn sie sich zusammengekauert in der hintersten Ecke verborgen hielt, das Gesicht zwischen den Knien, und keine Fragen stellte. Das Brummen, das er dabei stets von sich gab, deutete darauf hin, dass er seiner Aufgabe allmählich überdrüssig wurde.

»Bitte«, rief Hanna abermals. »Ich brauche Wasser.«

Der Lärm zeigte Wirkung. Der Riegel gab ein Knarzen von sich, dann wurde die Falltür mit einem Ruck angehoben. Vom Schein einer Talglampe geblendet, hielt sich Hanna eine Hand über die Augen.

»Musst du einen solchen Radau machen? Es ist mitten in der Nacht«, zischte der Mann wütend, wobei er einen Tonkrug auf die oberste Stufe stellte.

»Welchen Tag haben wir heute?«, fragte Hanna flehend, wobei sie den Kopf abgewandt hielt.

Sie erwartete keine Antwort, zumal ihre Neugier stets mit

einem hastigen Schließen der Luke quittiert worden war. Doch dieses Mal blieb das Loch offen.

»Vier Tage nach Mariä Verkündigung«, kam es unerwartet und dumpf unter den Lumpen hervor, mit denen das Gesicht umwickelt war.

»Dann bin ich ja schon …«

»… richtig, etliche Tage hier unten, und das wirst du auch weiterhin bleiben«, unterbrach der Mann sie grob. »Und jetzt gib endlich Ruhe, ich will schlafen.«

»Warte, bitte«, flehte Hanna abermals, wobei das Krächzen aus ihrem Hals kaum noch als Stimme zu bezeichnen war. »Die Dunkelheit hier unten ist kaum auszuhalten. Könntest du mir nicht eine Lampe auf der Stiege lassen?«

Der Mann lachte auf. »Auf was für Einfälle du kommst. Weißt du, dass man mich vor dir gewarnt hat? Und wie es scheint, nicht zu Unrecht. Versuch nicht, mich mit dem bösen Blick zu verhexen.«

Der Mann stand jetzt am Rand des Kellerloches. Doch selbst ohne Lumpen wäre sein Gesicht nicht zu erkennen gewesen, zudem schien er seine Stimme zu verstellen.

»Wie sollte ich dir Schaden zufügen können?« Hanna streckte ihre Arme aus und hielt dem Mann die Handflächen in flehender Geste entgegen. »Du bist doch bestimmt gottesfürchtig, ich spüre es. Würde Gott wollen, dass du mich hier unten sterben lässt?«

Hanna lehnte sich etwas weiter nach vorn, um mehr von dem Mann zu sehen. Er war jung, das verrieten sein Körperbau und die Art, wie er sich bewegte. Er schien zu zögern, offenbar hatten ihre Worte die Wirkung nicht verfehlt. »Warum sperrt ihr mich hier unten ein? Was habe ich euch getan?«, setzte sie hoffend nach.

»Stell keine Fragen«, knurrte der Mann. »Der Meister hat seine Gründe, und die sollte man besser nicht hinterfragen, besonders nicht du.«

»Warum nicht ich?« Das Reden machte ihre Kehle noch trockener, und jedes Wort war eine Qual, doch war es die einzige Möglichkeit, der Einsamkeit für einige Augenblicke zu entkommen. Bislang hatte ihr Peiniger noch nie ein Wort mit ihr gewechselt, vielleicht bestand ja doch noch eine Möglichkeit, lebend aus diesem Loch herauszukommen. Solange sie ihn am Reden hielt, gab es Hoffnung.

»Warum nicht ich?«, wiederholte Hanna ihre Frage.

»Einer Hure steht es nicht an, Fragen zu stellen, zudem nicht einer, die meinem Meister Böses will.«

Hanna blinzelte. »Ich bin keine Hure, wie kommst du denn darauf?«

Der Mann trat einen Schritt zurück.

»Bitte nicht gehen«, flehte Hanna. »Hier unten ist es so dunkel. Dunkel und kalt.« Hastig kroch sie auf allen vieren auf die Öffnung zu und blickte nach oben. Etwas in der Stimme des Mannes kam ihr bekannt vor, doch mit dem brummenden Kopf wollte ihr partout nicht einfallen, was es war.

Der Mann hielt die Talglampe in der rechten Hand. Seine Wut über die nächtliche Störung war längst verflogen, Hanna glaubte es im unsteten Blick seiner Augen zu erkennen. Gerade als sie ihn abermals um die Lampe bitten wollte, schlug die Falltür mit lautem Krachen über ihr zu. Tränen liefen ihr über die Wangen, Tränen der Enttäuschung, Tränen der Wut. Blind ertastete sie die Treppenstufen, bis sie den Wasserkrug zu greifen bekam und gierig ein paar Schlucke nahm.

Sie wollte eben in ihre Ecke zurückkriechen, als von oben abermals ein Knarzen zu hören war und ein kleines Stück Holz in den Spalt gedrückt wurde.

Mit tränenfeuchten Augen fingerte Hanna nach der Dachslebersalbe, die sich noch immer in ihrem Beutel am Gürtel befand, und hielt sich die Arznei unter die Nase. Ein wenig scharf roch sie ja, vielleicht half sie auch gegen das Brennen im Hals. Sie sog die eindringende Luft gierig auf. Wenigstens würde sie nicht ersticken, waren die letzten Gedanken, ehe sie einschlief.

»Wer ist die Frau da unten?«

Erschrocken schlug Hanna die Augen auf. Der schmale Lichtstreifen erhellte zwar nur die obersten zwei Tritte, doch das reichte, um zu erkennen, dass ein neuer Tag angebrochen war.

»Das soll dich nicht interessieren«, brummte jemand.

Hanna kroch leise näher an den Spalt.

»Wenn ich schon auf sie achtgeben soll, dann will ich wissen, warum.«

»Deine Neugier wird dem Meister nicht gefallen. Willst du wirklich, dass ich ihm davon erzähle?«

Für einen kurzen Moment herrschte Stille, und Hanna glaubte schon, dass die beiden Männer die Hütte verlassen hätten. Doch plötzlich war das Kratzen der Stiefel wieder zu hören.

»Dann sag mir wenigstens, wie lange ich sie noch bewachen soll. Allmählich wird mir die Zeit lang«, grummelte ihr Peiniger.

»Hier hast du einen frischen Hasen. Brat das Vieh über dem Rost und denk dabei immer daran, dass sich der Meister für deinen Dienst erkenntlich zeigt und nicht für deine Neugier.«

Die Stimme gehörte Konradin. Hanna drängte ihr Gesicht dichter an den Spalt.

»Hier hast du etwas, das deinen Unmut vertreiben wird«, hörte sie Konradins Stimme abermals. »Bald kannst du das Geld in den Schenken der Tavernen ausgeben oder, noch besser, dich mit den Huren in der Vorstadt amüsieren.« Er lachte. Dann trat er so nahe an den kleinen Spalt, dass Hanna erschrocken den Kopf einzog.

»Leider entwickeln sich die Dinge nicht so wie erhofft«, fuhr Konradin nach einer Weile schmeichelnd fort. »Du wirst also noch etwas Geduld aufbringen müssen, ehe wir alle von hier verschwinden.«

»Und was wird dann aus der Frau?«

»Sobald wir sie nicht mehr brauchen, kannst du dich gerne mit ihr vergnügen. Sieh aber zu, dass sie danach nicht mehr am Leben ist.«

»Ich soll sie töten?«

Wieder lachte Konradin, hielt dann aber plötzlich inne. Offenbar gefiel ihm die Reaktion seines Begleiters nicht wirklich. »Der erste Mord ist immer etwas Besonderes«, umgarnte er seinen Verbündeten dann lockend. »Es wird dir Freude bereiten, glaub mir.«

»Bislang hast du ja nichts aus ihr herausbekommen. Wäre es nicht besser, sie laufen zu lassen?«

Die Fragerei schien Konradin immer weniger zu behagen. Seine Stiefel hallten hart auf dem Holzboden. »Das Luder ist in der Tat mundfaul. Wenn es nach mir ginge, wäre sie längst tot, das kannst du mir glauben. Aber leider werden wir sie noch brauchen. Sollte diese verfluchte Martha ihre Wehen bekommen, wird uns die Frau dort unten nützlich sein.«

»Welche Martha?«

»Martha Eberlin, meine ... meine Herrin.« Den Worten folgte ein Krachen. Ein Gegenstand war auf den Boden gefallen.

»Was hat denn Martha Eberlin mit dem Meister zu schaffen? Jetzt verstehe ich überhaupt nichts mehr. Ich dachte, wir warten auf die Karawane voller Gold und Silber, um dann mit dem Schatz von hier zu verschwinden?«

Konradin fühlte sich wohl in die Enge getrieben. Seine Stimme klang rauer und sein Ton deutlich schärfer, als er sich wieder an seinen Begleiter wandte.

»Hör jetzt auf, Fragen zu stellen, oder wir müssen uns nach einem anderen Mann umsehen. Glaub mir, in der Stadt wimmelt es nur so von willigen Kerlen, die sich uns noch so gerne anschließen. Du hast im Schwarzen Schenker gesehen, wie sie uns umgarnen«, knurrte er.

Zu Hannas Erleichterung verlagerten die beiden Männer ihr Gespräch jetzt nach draußen. Das war ihre Chance. Sie drückte mit aller Kraft gegen die Falltür. Doch das Ding bewegte sich keinen Zoll. Von den beiden Männern war nichts mehr zu hören. Enttäuscht kroch sie zurück in die Ecke. Tränen liefen ihr über die mittlerweile vor Fieber glühenden Wangen. Zusätzlich ermattet vom eben Gehörten, legte sie sich auf den Boden, den Kopf mit ihren Armen umschlingend.

»Bleib, wo du bist!« Der junge Mann stand über dem Loch. In seiner rechten Hand hielt er ein Holzbrett, auf dem ein knusprig gebratener Schenkel eines Hasen lag. »Hier hast du etwas zu essen.«

Erschrocken fuhr Hanna hoch. Erst glaubte sie zu träumen, doch der herrliche Duft gebratenen Fleisches konnte selbst in den kühnsten Träumen nicht so lieblich sein. All ihre Kraft zusammennehmend, kroch sie trotz seiner Warnung auf die kleine Treppe zu.

»Hier«, raunte der Mann, wobei er sich duckte und das Holzbrett hastig auf die Stiege legte. Dabei verrutschte der Lumpen um sein Gesicht.

»Odo?«, fragte Hanna ungläubig. »Bist du es wirklich?«

»Hanna?«, kam die Gegenfrage, gefolgt von einem zischenden »Sei still!«. Odo schaute in Richtung der Tür. »Konradin kann jeden Moment wieder hier auftauchen, und ich habe keine Lust, mich mit ihm anzulegen.«

»Dann lass mich raus. Sag, ich sei dir entkommen.« Hanna schaute hoffnungsvoll auf, griff sich den knusprigen Schenkel und biss gierig ab.

»Und dann töten sie mich an deiner Stelle?« Odo lachte hämisch auf.

»Das werden sie vermutlich ohnehin. Glaubst du wirklich, sie verschonen dich? Sobald sie mich getötet haben, wirst du der Nächste sein.«

»Du vergisst, dass ich es bin, der dich töten wird«, entgegnete Odo, wobei sich auf seinem Gesicht eine Spur Widerwille zeigte. Der Gedanke schien ihm Unbehagen zu bereiten.

Hanna wusste, dass ihr nicht viel Zeit blieb, Almas Bruder für sich zu gewinnen. Bald würde Konradin zurückkommen, und dann hatte sie verloren.

»Wie dumm bist du denn?«, herrschte sie Odo wütend an.

»Nutz die Gelegenheit und lass uns gemeinsam von hier verschwinden. Nur in der Stadt haben wir eine Chance, dem Gesindel das Handwerk zu legen.«

Als draußen ein Pferd zu wiehern begann, zuckte Odo erschrocken zusammen. Er versetzte Hanna einen Tritt, sodass sie die Stufen hinabfiel. Dann schlug die Falltür zu und tauchte das Kellerloch wieder in tiefste Dunkelheit.

Als oben die Tür aufschlug und Konradins Stimme ertönte, wusste Hanna, dass sie verloren hatte.

21. Kapitel

Einen Tag nach Palmsonntag trafen Ritter Conrad und die Ratsherren endlich wieder in Konstanz ein. Die Mission im fernen Worms war ein voller Erfolg gewesen. Alle Städte hatten das Bündnis angenommen, selbst die drei eidgenössischen Waldstätten Uri, Schwyz und Unterwalden hatten zugestimmt, fortan die Verteidigung der eigenen Rechte gegen das Reich voranzutreiben. Der Unabhängigkeit und Selbstständigkeit von Konstanz würde bald nichts mehr im Wege stehen, denn das Landfriedensbündnis garantierte den Konstanzer Kaufleuten einen sicheren Handel nah und fern, und zugleich bot es der Stadtbevölkerung Schutz und eine sichere Versorgung auch in Zeiten allfälliger Bedrohung.

Es war angedacht, am späten Nachmittag vor versammeltem Rat die frohe Kunde zu verbreiten, doch zuvor bedurften die Männer erst etwas Ruhe im eigenen Heim.

In der Hoffnung, in der Küche ein herzhaftes Mahl vorgesetzt zu bekommen, glitt Ursus aus dem Sattel und klopfte mit der Faust gegen das Holztor. Etwas scheu streckte die junge Magd den Kopf durch den Spalt. Als sie ihren Herrn hoch zu Ross erblickte, erbleichte sie. Die Hände vor den Mund gepresst, drehte sie sich um und rannte schreiend auf das Haus zu.

»Ein sonderbarer Empfang«, befand Ritter Conrad und stieg ebenfalls vom Pferd.

Die erschöpften Tiere am Zügel führend, betraten die beiden Heimkehrer den Innenhof. Wiccas grauer Haarschopf erschien kurz am Fenster, verschwand dann aber sofort wieder.

»Irgendetwas stimmt hier doch nicht«, meinte Ursus skeptisch. »Fast hat es den Anschein, als seien wir nicht willkommen.«

Ritter Conrad schaute irritiert am Wohnhaus hoch. Etliche der Fensterläden waren geschlossen, und dies trotz des milden

Wetters, das seit Tagen herrschte. Die Erschöpfung nährte seinen aufsteigenden Zorn über den seltsamen Empfang. Er wollte seinem Unmut eben lautstark Luft machen, als die alte Köchin unter der Tür erschien.

»Was ist hier los?«, herrschte Conrad sie gröber als gewollt an, während er mit ausladendem Schritt auf sie zuging. »Fast könnte man glauben, wir hätten den Aussatz.«

Die alte Frau bewegte sich keinen Zoll. Sie stand nur da und suchte verzweifelt nach den richtigen Worten.

»Geh mir aus dem Weg«, knurrte Conrad ungehalten. Seine Geduld war am Ende. Er schob die Frau mit grober Geste zur Seite und stürmte ins Haus.

»Wartet, Herr!«, rief ihm Wicca heiser hinterher. »Eure Gemahlin ist oben in ihrer Kammer, die Wendelgart ist bei ihr.«

»Dann ist sie also wieder zu Verstand gekommen«, brummte Conrad gereizt. »Die Familie hat ihr wohl die Leviten gelesen. Recht so.«

»Wendelgart, die Hebamme?« Ursus trat neugierig näher. »Ist Hanna etwa auch hier?«

Die Köchin biss sich auf die Unterlippe und schüttelte verneinend den Kopf. Sie blickte abwechselnd zwischen den beiden Männern hin und her. Die junge Magd war längst verschwunden, wohl auch besser so, denn eine große Hilfe würde sie hier nicht sein.

»Es ist viel geschehen, Herr, seit Ihr Konstanz verlassen habt, viel Schreckliches.« Wicca fuhr mit steifen Fingern über ihren Rock, als helfe ihr dies, die richtigen Worte zu finden. Da sie die Blicke der beiden Männer wie Nadeln auf sich spürte, holte sie tief Atem und fuhr fort.

»Wendelgart hat alles versucht, doch am Schluss war der Tod einfach stärker. Gott hat ein Urteil gesprochen.« Jetzt liefen ihr die Tränen haltlos über die Wangen. Sie hob entschuldigend die Hände.

Getrieben von böser Vorahnung, drehte sich Conrad um und rannte die Treppe hoch.

Endlin lag auf der Bettstatt, den Kopf zur Seite geneigt, und schlief. Trotz seines harschen Eindringens regte sich kein Muskel in ihrem Gesicht, lediglich die Flammen der beiden Kerzen auf dem Beistelltisch flackerten heftig. Da die Läden geschlossen waren, warfen sie gespenstische Schatten in die Düsternis.

»Sie schläft, endlich.« Wendelgart erhob sich mit einem Stöhnen und drängte den sichtlich erregten Mann zurück auf die Diele. Der Ritter, gut und gerne drei Köpfe größer und um einiges kräftiger als die Wehmutter, fügte sich nur widerwillig.

»Euer Sohn ist gestorben. Ich konnte ihm nicht helfen, leider.« Die Stimme Wendelgarts zitterte. »Es war die Halsbräune«, erklärte sie niedergeschlagen, wobei sie den Kopf senkte. »Der Junge ist schon krank nach Konstanz zurückgekommen. Der Medicus konnte oder wollte nicht helfen, so hat Eure Gemahlin nach mir rufen lassen.«

»Und warum hast du ihm nicht geholfen?« Tief in den Augen des Ritters blitzte es vor Zorn. Als das Unfassbare seinen Verstand erreichte, sackte er erschöpft auf eine der Truhen und vergrub sein Gesicht in Händen. Seine Wut verrauchte, machte der Verzweiflung Platz.

»Eure Frau braucht Euch jetzt.« Wendelgart betonte das Wort »Euch« jetzt so eindringlich, dass der Mann gequält aufschnaufte. »Im Augenblick schläft sie, endlich, muss ich wohl sagen. Seit wir Jakobus vor gut zehn Tagen zu Grabe getragen haben, höre ich sie Nacht für Nacht in der Kinderkammer herumirren. Sie weint nur noch, isst kaum etwas. Ich mache mir ernstlich Sorgen um ihre Gesundheit.«

Wendelgart legte ihre blau geäderte Hand auf die des Ritters und schaute ihm ernst ins Gesicht. »Eure Frau gibt sich die Schuld am Tod des Jungen«, fuhr sie beschwörend fort. »Sie ist felsenfest davon überzeugt, dass Jakobus die Krankheit hier in der Stadt nicht aufgelesen hätte. All meine Versuche, ihr klarzumachen, dass dies Unsinn ist, wehrt sie ab. Der Junge kann die Halsbräune schon lange in sich getragen haben, doch davon will sie nichts wissen. Schürt diese Wunde nicht zusätzlich. Versucht,

Eurer Gemahlin diese Last von den Schultern zu nehmen, sie zerbricht sonst daran.«

Lange Zeit starrte der Mann nur auf seine Stiefel, dann hob er müde den Kopf. Seine Augen waren gerötet, der Glanz erloschen.

»Eure Gemahlin ist wieder guter Hoffnung. Sie ist zurückgekommen, um Euch die frohe Botschaft zu bringen«, schloss Wendelgart, dann stieg sie die Treppe hinunter.

In der Küche erwartete man die alte Wehmutter bereits. Ursus sprang erregt von seinem Hocker hoch, doch Wendelgart beruhigte ihn mit fahriger Geste. »Setz dich!«, sagte sie und ließ sich ebenfalls stöhnend nieder.

»Ich habe ihm noch nichts von Hanna gesagt«, meinte Wicca seufzend, wobei sie sich eine Kelle griff und in einem der Töpfe rührte.

»Hanna?« Ursus schaute alarmiert zwischen den beiden Frauen hin und her. »Ich dachte, es ginge nur um den kleinen Jakobus?«

»Nicht nur, aber beruhig dich erst einmal.« Wendelgart drückte ihn sanft, aber bestimmt zurück auf seinen Hocker. Dann griff sie sich den Weinbecher und nahm einen kräftigen Schluck. »Hör mir aber bitte bis zum Schluss zu und unterbrich mich nicht«, ermahnte sie Ursus mit ernster Stimme, »meine Kraft ist nämlich erschöpft.«

Ursus nickte widerwillig.

Die folgenden Minuten wurde sein Gesicht immer röter. Wut und Angst wechselten in einem fort, und als Wendelgart endlich zum Schluss der Geschichte kam, schlug er seine Faust wütend auf die Tischplatte. »Und warum unternimmt niemand etwas? Wie lange wollt ihr denn noch warten?«, rief er zornig. »Womöglich ist Hanna längst tot, und wir sitzen hier und tun nichts.«

»Tu nichts Unüberlegtes«, fauchte Wendelgart zurück. Ihre Nerven lagen blank. Erst der Ritter und jetzt Ursus, lange hielt sie nicht mehr durch. »Guta von Wellershausen hat erreicht, dass der alte Erasmus vorerst keinen Platz im Spital erhält, also kann der Eberlin die Stadt nicht verlassen.«

»Aber was hilft das Hanna?«

»Ich weiß nicht, ob es ihr hilft«, wandte sich Wendelgart erschöpft an den jungen Mann an ihrer Seite. »Niemand weiß das. Vielleicht ist Hanna ja wirklich schon lange tot, und alles war vergebens. Wir wissen es einfach nicht.«

Ursus konnte seine Unruhe kaum noch zügeln. Er sprang auf die Füße und lief zum Fenster. Draußen bemühten sich zwei der jungen Stallknechte um die ermüdeten Pferde, die eben gierig ihren Durst am Brunnen stillten. Bald würden die Tiere gestriegelt in ihren Ställen stehen, einen Haferbeutel um den Hals, und jenseits jeglicher Sorgen dem nächsten Tag entgegenblicken. Er beneidete die beiden Pferde um diese Unbekümmertheit.

»Ich werde noch heute zur Ratsmühle gehen.« Ursus drehte sich um. »Sobald Ritter Conrad im Rathaus ist, werde ich mich mit Jodok beraten.«

»Du glaubst doch nicht, dass unser Herr heute noch das Haus verlässt«, empörte sich die alte Köchin. »Die arme Endlin braucht ihn hier, und dir käme etwas Trauer auch gut an.«

»Hört auf, euch zu streiten!« Wendelgart stöhne gequält auf. »Heute kannst du bei Jodok ohnehin nichts mehr ausrichten. Um diese Zeit läuft das Mühlrad heiß. Es wird besser sein, du stattest ihm morgen in aller Frühe einen Besuch ab und besprichst dich mit ihm.«

Ursus schwieg, wenn auch nur widerwillig. Mit einer Ausrede verzog er sich in Richtung der Pferdeställe. Seine Stimme hallte über den Innenhof, als er die Knechte zur Arbeit trieb.

Als die Sonne ihren Zenit eben überschritt, tauchte sein Herr im Stall auf. Gewandet im roten Ratsherrenmantel und mit dem schwarzen Barett auf dem Kopf, verbarg Ritter Conrad seinen Kummer hinter einer stoischen Miene.

»Wir gehen ins Rathaus. Ich muss das zu Ende bringen, auch wenn es mir schwerfällt. Der Stadtrat erwartet mein Erscheinen, und ich werde sie nicht enttäuschen. Zu lange haben wir auf diesen Frieden hingearbeitet.« Es hätte dieser Erklärung nicht bedurft, denn Ursus verstand seinen Herrn auch so.

Mit einem Seitenblick auf das Küchenfenster, hinter welchem er die missmutigen Blicke der beiden Frauen vermutete, lenkte Ursus die Kutsche wenig später hinaus auf die Gasse. Die eisenbeschlagenen Räder ruckelten über das Kopfsteinpflaster, als das Gefährt dem Fischmarkt entgegenrollte. Der Stadtschreiber kam ihnen aufgeregt entgegen, kaum hatten sie das Rathaus betreten.

»Ihr werdet bereits sehnlichst erwartet«, rief der Mann mit geröteten Wangen, senkte dann aber hastig den Blick, als er die glanzlosen Augen des Ratsherrn sah. »Es tut mir aufrichtig leid für Euren Sohn. Ganz Konstanz trauert mit Euch.«

»Habt Dank«, erwiderte Conrad von Liebenfels knapp. Er drückte die Schriftrolle gegen die Brust und holte tief Atem, ehe er in der Ratskammer verschwand.

»Es hat uns alle erschüttert«, flüsterte der Schreiber leise, als er zu Ursus trat. »Doch der Rat war einstimmig dagegen, einen Kurier nach Worms zu schicken. Die Verhandlungen durften nicht unterbrochen werden, es wäre fatal gewesen. Das versteht der Ritter doch hoffentlich?«

Ursus schwieg, was den Stadtschreiber ein wenig linkisch dastehen ließ. Sichtlich verlegen drehte sich der Mann um und verschwand in Richtung der Ratsstube.

Ursus setzte sich auf eine der vielen Bänke, auf denen sich sonst die Bittsteller tummelten. Erregtes Stimmengemurmel aus der Ratsstube verdeutlichte, welche Freude das Bündnis wohl auslöste. Bis vor wenigen Stunden hatten er und Ritter Conrad sich selbst darüber gefreut, doch jetzt war all dies zur Nebensächlichkeit verkommen. Auch wenn sein Herr sich nach außen kaum etwas anmerken ließ, der Kummer über den Tod seines Sohnes traf ihn hart.

Ihm selbst erging es nicht besser. Die Ungewissheit über Hannas Verbleib war kaum auszuhalten, doch Wendelgart hatte recht, heute würde ein Besuch bei Jodok nichts mehr bringen.

In der Mühle ratterten um diese Zeit die Mühlräder auf Hochtouren, es war besser, Jodok am frühen Morgen aufzusuchen.

Die Verhandlung dauerte ewig, was wohl damit zusammenhing, dass vor wenigen Augenblicken drei der Zunftmeister aufgetaucht waren und jetzt ebenfalls in der Ratsstube saßen. Das Stimmengewirr hatte sich verschärft, wirkte jetzt hörbar aggressiver.

»Was wollen denn diese Kerle in der Ratssitzung?«, fragte Ursus den Schreiber, als er mit erhitztem Gesicht aus der Ratsstube kam und sich neben ihn setzte.

»Die haben wohl gehört, dass es zum Bündnis mit den großen Städten gekommen ist. Jetzt wollen die Zünftler die Gunst der Stunde nutzen und ihr Anliegen nochmals zur Sprache bringen, endlich Sitze im Rat zu erhalten.« Der Schreiber stöhnte. »Das kann ewig dauern, du wirst sehen, zumal der neue Bürgermeister kaum in der Lage ist, für Ruhe zu sorgen. Sie hätten besser einen anderen gewählt, aber das behältst du für dich.«

Ritter Conrad hatte bereits etwas Ähnliches über den neuen Mann an der Ratsspitze verlauten lassen. Die Wahl war umstritten gewesen, einziger Trost war, dass das Amt nicht auf Lebzeiten vergeben wurde, sondern lediglich für ein Jahr.

Nachdem der Schreiber wieder in die Ratsstube verschwunden war, verlegte Ursus seinen Platz näher an die Tür. Hier konnte er wenigstens einige Wortfetzen verstehen.

Konstanz war nicht nur allein wegen der Abgaben des Adels reich geworden, einen Großteil trugen auch die städtischen Handwerksbetriebe und die Kaufleute dazu bei. Das Begehr der Zunftmeister, Rechenschaft über die städtischen Ausgaben zu erlangen und somit Mitbestimmungsrecht im Rat zu besitzen, konnte Ursus daher durchaus verstehen.

22. Kapitel

Obwohl Ursus erst weit nach Mitternacht in seine Kammer zurückgekehrt war, erwachte er am nächsten Morgen noch vor dem ersten Hahnenschrei. Die Angst um Hanna war allgegenwärtig und hatte sich in seine Träume geschlichen. Ermattet setzte er sich an den Rand der Bettstatt und rieb sich die Augen. Seit er zum Stallmeister im Hause Liebenfels aufgestiegen war, hauste er nicht mehr in der zugigen Kammer hinter dem Stall. Jetzt schlief er gleich neben der Vorratskammer im hinteren Teil der Küche. Dem Geklapper der Töpfe und Pfannen nach war auch Wicca bereits auf den Beinen.

Gähnend erhob er sich und drückte den Fensterladen auf. Draußen wich die Schwärze der Nacht nur widerwillig. Noch funkelten vereinzelt Sterne am Firmament.

»Dir geht es wohl wie mir«, sagte Ursus zur Köchin, als er sich mit verkniffener Miene an den Tisch in der Küche setzte. Er rieb sich mit beiden Händen über das Gesicht, doch die Unruhe ließ sich dadurch nicht vertreiben, ja schlimmer noch, sie steigerte sich mit jedem Atemzug.

»Ich bin froh, ist diese Nacht zu Ende.« Wicca angelte sich eine Schüssel aus einem der Regale und füllte sie mit Haferbrei. »Ich habe für dich etwas Apfelmus gemacht. Das magst du doch so gerne.«

Ursus wollte erst abwinken, überlegte es sich dann aber anders. Er wollte die alte Köchin nicht vor den Kopf stoßen. Das Kochen war für Wicca die einzige Möglichkeit, sich abzulenken, das spürte er.

»Mach die Schüssel aber nur halb voll«, bat er mit einem gequälten Lächeln. »Ich will zur Ratsmühle und mit Jodok sprechen. Solange der Herr noch in seiner Kammer ist, wird er meinen Weggang nicht bemerken.«

»Wird er wohl ohnehin nicht«, meinte Wicca, wobei sie kurz

hinauf zur Decke blickte. »Er und die Herrin haben gestern nach eurer Heimkehr aus dem Rathaus noch lange miteinander geredet. Ich denke, die beiden werden so schnell nicht herunterkommen.«

Die Köchin diente schon seit über dreißig Jahren im Haushalt der Familie. Erst auf der Burg Liebenfels im Thurgau bei Conrads Vater und später nach dem Umzug bei seinem Sohn hier in der Mordergasse. Doch in all den vielen Jahren war auch ihr noch nie so bang ums Herz gewesen.

»Wir müssen endlich Bewegung in die Sache bringen«, sprach Ursus mehr zu sich als zu Wicca, denn die schien mit ihren Gedanken meilenweit entfernt. Fahrig stellte sie die Schüssel mit dem Haferbrei so nahe an die Tischkante, dass Ursus schon befürchtete, sie könnte jeden Augenblick zu Boden fallen. Schnell zog er die Schüssel zu sich heran. »Die letzte Nacht ist mir so einiges durch den Kopf gegangen.«

»Und was soll deiner Meinung nach geschehen?«, fragte die alte Köchin lahm, während sie sich erschöpft auf einen Stuhl setzte. »Ich auf jeden Fall kann nicht tatenlos herumsitzen. Auch wenn sich Jodok sträubt, ich werde mir Zutritt zum Haus des Eberlin verschaffen. Martha oder der alte Erasmus sind die Einzigen, die Klarheit in diese Sache bringen können, wenn sie nicht schon selbst tot sind.«

Schweigen legte sich über den Raum. Wicca stocherte in ihrem Brei, während Ursus seine Unruhe nur schwer zu bändigen vermochte.

»Sag, hast du mir überhaupt zugehört?« Seine Frage klang schroff, zu schroff, wie er fand, doch um Wicca aus ihren Gedanken zu rütteln, ging es nicht anders.

»Entschuldige, ich war ganz woanders.« Sie legte den Löffel zur Seite und seufzte. »Es ist ja nicht so, dass ich mich nicht um Hanna sorge, doch der arme Jakobus geht mir einfach nicht aus dem Sinn. Ich denke immer wieder, dass ich alles nur träume und die Tür jeden Augenblick aufgeht und der kleine Sonnenschein hereinstürmt.«

»Er fehlt uns allen«, tröstete Ursus sie, wobei er einen Arm um die zuckenden Schultern der Frau legte. »Ritter Conrad hat auf der Heimreise aus Worms immerzu davon gesprochen, dass er in Bälde einen Hauslehrer für ihn anstellen werde. Er war so stolz auf den kleinen Kerl.«

In diesem Augenblick schwang die Tür auf, und Wendelgart kam in die Küche.

»Hört auf, Trübsal zu blasen, das hilft uns nicht weiter«, murrte sie. »Jetzt gilt es, nach vorne zu schauen und Hanna zu finden. Und um auf deine Bemerkung zum Verbleib von Martha Eberlin und ihrem Schwäher zurückzukommen – auch ich habe schon daran gedacht, dass die beiden womöglich längst tot sind.« Sie setzte sich auf den Stuhl neben Ursus und hielt ihre Nase schnuppernd über die Schüssel.

Da Wicca ohnehin keinen Hunger verspürte, schob sie ihren Brei der Wehmutter hin, die erst zögerlich, dann aber doch beherzt zu essen begann.

»Ursus will ins Haus der Eberlins«, erklärte Wicca. »Ich allerdings halte das für gefährlich.«

»Gefährlich hin oder her, es ist schon zu viel Zeit unnütz vertan worden«, eiferte sich Ursus.

»Da gebe ich ihm recht.« Wendelgart schob sich eben einen weiteren Löffel Brei in den Mund und nickte. »Jetzt, wo du wieder hier bist, wird dies auch Jodok einsehen.«

»Sobald es hell wird, gehe ich zur Mühle.« Ursus ruckte den Hocker zurück und stand auf. Langsam ging er auf das Fenster zu. Allmählich wich die Nacht der Dämmerung.

»Mach das«, ermunterte Wendelgart ihn. »Und richte Lena bei dieser Gelegenheit aus, dass ich weiterhin hier in der Mordergasse bleiben werde. Endlins Zustand gefällt mir nicht.« Die Wehmutter biss sich auf die Unterlippe. »Gestern hatten kurzfristig Wehen eingesetzt. Nicht dass sie dieses Kind auch noch verliert.«

Als die Köchin ihr etwas Apfelmus nachschöpfen wollte, wehrte Wendelgart hastig ab. »Ich mag kein Apfelmus, aber sagt das niemals Hanna. Sie will mir damit stets eine Freude machen«, entgegnete sie. Dabei drehte sie kurz den Kopf zur Seite, damit niemand ihre Tränen bemerkte.

»Ist die Herrin denn wieder guter Hoffnung?« Ursus drehte sich erstaunt um. Auf seinem Gesicht zeigte sich der Anflug eines Lächelns.

»Ja, zum Glück«, meinte Wendelgart und schaute hinüber zum Fenster. »Wird den beiden vielleicht helfen, ihren Kummer schneller zu vergessen«, fügte sie leise bei.

»Und diese ... diese Wehen, sind die schlimm?« Ursus runzelte die Stirn.

»Eigentlich schon«, beantwortete Wicca seine Frage, noch bevor Wendelgart zu einem Vortrag über werdende Mütter ansetzen konnte. »Zum Glück wusste Wendelgart allerdings ein Mittel dagegen. Hainbuchensprossen, etwas Schafsmilch und Grieß. Daraus machte ich eine herrliche Suppe, die die Herrin seit gestern brav isst.«

»Du erinnerst dich aber, dass ich auch gesagt habe, dass diese Suppe keine Wunder bewirkt, wenn sich deine Herrin nicht an meine Weisung hält und sich schont.« Wendelgart hob mahnend ihren Finger.

Die alte Köchin nickte achselzuckend, wobei ihr Blick zur Decke wanderte und dort einen Augenblick haften blieb. Ursus nutzte die Gelegenheit, den beiden Frauen zu entkommen, denn er kannte sowohl Wicca wie auch Wendelgart und wusste, dass sie endlos über ein Thema reden konnten. Und einen Disput über Schwangerschaft und Geburt hielten seine angespannten Nerven im Augenblick nicht aus. Mittlerweile erwachte der Tag, bald würde die aufgehende Sonne alle Schleier vertreiben.

Nachdem er die Knechte über die anfallenden Arbeiten dieses Tages unterrichtet hatte, gab Ursus seiner Unruhe nach und schlüpfte auf die Gasse. Da heute der wöchentliche Leinwandhandel in der Marktstätte stattfand, strömten die Besucher bereits jetzt im Morgengrauen zahlreich dem Platz entgegen.

Kurzerhand entschied Ursus sich für den Weg über die Schiffslände. Allerdings herrschte auch hier mehr Trubel als sonst. Fünf Schiffe lagen im Hafen. Einige der Seeleute waren damit beschäftigt, schwere Weinfässer über Holzbohlen an Land zu bringen, während andere riesige Lastenbündel auf ihren Rücken in die entgegengesetzte Richtung schleppten. Flüche und derbe Sprüche hallten über das Hafengelände.

Normalerweise schaute Ursus den Männern gern zu, und hin und wieder gönnte er sich auch einen Schwatz mit ihnen. Sie wussten viel zu erzählen, diese derben Männer, und nicht selten weckten sie in ihm ein Gefühl, das sich Fernweh nannte. Wäre er Hanna nicht begegnet, er hätte wohl schon längst auf einem der Schiffe angeheuert. Beim Gedanken an seine Liebste verspürte Ursus einen schmerzenden Stich in der Brust. Hastig lief er weiter.

Auch auf der Rheinbrücke herrschte Aufregung. Zwei Fleischerlehrlinge warfen eben vergammelte Fleischreste über das Geländer, was wiederum die Müllergesellen in Wut versetzte. Um nicht in den Konflikt hineingezogen zu werden, duckte sich Ursus an ihnen vorbei. Ein kurzer Blick in die Mühle sagte ihm, dass Jodok zu Hause sein musste, denn das Mühlrad stand noch still.

»Hast du etwas von Hanna gehört?«, platzte er wenig später mit kratziger Stimme in die Küche. Seine Angst war deutlich herauszuhören.

Jodok verneinte. »Ich dachte mir schon, dass du heute hier auftauchst, nachdem ich gehört habe, dass ihr aus Worms zurück seid.« Er wies auf den Stuhl neben sich.

»Und?«, drängte Ursus.

»Mein Geselle hat tagelang das Haus beobachtet. Weder von Hanna noch von Martha Eberlin oder dem alten Erasmus hat er etwas gesehen. Scheinen alle drei wie vom Erdboden verschluckt. Es ist zum Haareraufen, glaub mir.«

Dieser Vergleich hinkte stark, besonders aus dem Mund des Müllers, der kaum noch über genügend Haare verfügte. Doch bevor Ursus darauf eingehen konnte, hörten sie Schritte auf der Stiege.

»Ursus!« Lena kam mit ausgebreiteten Armen herunter. In ihren Augen lag so viel Hoffnung, dass es schmerzte. »Also hat mich mein Gehör nicht getäuscht. Endlich bist du wieder hier.«

Ursus lächelte gequält, während Jodok seine Frau tadelnd musterte.

»Ich schone mich doch«, erwiderte Lena auf seinen Blick hin. »Ich wollte nur Ursus begrüßen.«

»Und das hast du ja jetzt, also geh wieder hinauf und leg dich hin! Und schließ die Tür hinter dir, ich möchte nicht, dass du mich und Ursus belauschst, das regt dich nur unnötig auf.«

Lenas Augen füllten sich mit Tränen, doch zu Ursus' Überraschung drehte sie sich um und ging die Stiege hoch.

»Das Weib bringt mich noch um den Verstand«, knurrte Jodok. »Sie will einfach nicht auf mich hören. Statt auf der Bettstatt zu liegen, marschiert sie stundenlang im Haus herum.«

»Vielleicht findet sie keine Ruhe, solange Hanna verschwunden ist. Verübeln kann ich es ihr nicht. Seit ich weiß, dass Hanna verschwunden ist, geht es mir ähnlich.« Ursus schaute müde die Treppe hoch.

»Und deshalb bin ich froh, dass ihr endlich aus Worms zurück seid«, nahm Jodok das Wort wieder auf. »Ritter Conrad wird uns helfen müssen. Ansonsten werden wir vom Großen Rat nie angehört. Einzig der Ratsherr von Hof zeigte bislang so etwas wie Interesse und hat dem alten Erasmus den Platz im Spital verwehrt. Die übrigen Räte haben uns gar nicht erst als Bittsteller angehört. Der Stadtschreiber verwies uns sogar aus dem Rathaus und meinte, wir sollten wiederkommen, wenn wir genügend Beweise hätten.«

Ursus rieb sich die Nase. »Ich hab mir auf dem Weg hierher etwas ausgedacht«, setzte er an. »Wir müssen dem Eberlin eine Falle stellen, und ich weiß auch schon, wie. Allerdings wird es schwierig werden, Ritter Conrad für den Plan zu gewinnen. Du hast bestimmt schon vom Tod des kleinen Jakobus gehört.«

»Die Halsbräune, ja, wir haben es selbst hier draußen erfahren. Lena hat sich vor Kummer die Augen ausgeweint.«

»Und genau so sieht es im Augenblick in der Mordergasse aus.« Ursus drückte kurz die Lippen. »Der Kummer lähmt alles Leben im Haus.«

Jodok nickte verständnisvoll, wobei sein Blick ganz kurz zur Decke wanderte, ehe er sich wieder Ursus zuwandte. »Verübeln kann ich es dem Mann nicht. Vielleicht schenkt der Ritter uns mehr Gehör, wenn wir zu zweit auftreten.«

Jodok beugte sich leicht vor, während er die Stimme senkte. »Doch sag, wie sieht dein Plan denn aus?«

»Das werde ich dir auf dem Weg erzählen. Ich möchte keine unnötige Zeit verlieren.« Das letzte Wort kam eben über seine Lippen, da stand Ursus auch schon in der Tür. »Deine Gesellen werden den Kampf mit den Fleischern wohl ohne dich ausfechten müssen«, meinte er mit Blick in Richtung der Rheinbrücke.

»Das werden sie schon hinkriegen. Peter ist da unerbittlich. Er war es übrigens, der tagelang das Haus beobachtet hat.« Jodok zog den Gürtel höher und nickte. »Ein guter Mann, würde ihn vermissen, sollte er Konstanz verlassen wollen. Wenn die Klara seinem Werben nicht bald nachgibt, wird er der Stadt den Rücken kehren. Ich bin davon überzeugt.«

Ursus beschränkte sich auf ein Schulterzucken. Das Liebesleben des Gesellen interessierte ihn im Moment herzlich wenig.

Auf dem Weg in die Mordergasse erklärte er dem Ratsmüller seinen Plan in groben Zügen, dann schwiegen sie, bis Ursus das Tor aufdrückte.

»Der Ritter ist in keiner guten Verfassung. Sieh ihm also seinen Unmut nach, sollte er uns erst grob angehen«, meinte er entschuldigend zu Jodok.

Aus dem geöffneten Fenster der Küche hörte man die Stimmen von drei Frauen. Wendelgart und Wicca ereiferten sich eben über ein Rezept, während die junge Magd mal da, mal dort ihre

Zustimmung gab. Ungesehen erreichten die beiden Männer die Tür zur guten Stube.

Wie erwartet saß der Ritter am großen Tisch, vor sich etliche Pergamentrollen. Beim Eintreten der beiden Männer hob er müde den Kopf. Tiefe Augenringe und der Blick aus glanzlosen Augen verdeutlichten, welche Pein er litt.

Ursus räusperte sich. »Herr, wir würden Euch nicht stören, wenn es nicht so dringend wäre«, begann er und trat einen Schritt vor. »Aber wir brauchen Eure Hilfe. Es geht um den Eberlin, den … falschen Eberlin«, verbesserte er sich.

»Fängst du jetzt auch noch davon an?« Conrad von Liebenfels legte für einen Moment sein Gesicht in die Hände. »Ich habe Hanna schon vor meiner Abreise klar und deutlich gesagt, dass sie sich alles nur einbildet. Ulrich Eberlin ist ein angesehener Tuchhändler, der leider seine Bleibe hier auflösen will, um sich anderswo eine neue Existenz aufzubauen. Lasst mich also mit diesen Schauermärchen in Ruhe. Ich habe weiß Gott andere Sorgen.«

In diesem Augenblick tat Ursus etwas, das er sein Lebtag noch nie getan hatte. Er stampfte wütend mit dem Fuß auf, sodass sein Herr empört die Augen aufriss.

»Ich habe Euch immer treu gedient und würde dies noch viele Jahre gerne tun, also verzeiht mir bitte meinen Ton. Aber jetzt müsst Ihr uns anhören.« Sein Gesicht war mittlerweile röter als seine Haare, und tief in seinen Augen funkelte es wild.

Ritter Conrad verschränkte die Arme vor der Brust und lehnte sich in seinem Stuhl zurück. Der Kummer hatte ihn weich gemacht, wie Ursus in diesem Moment bemerkte. Normalerweise wäre sein Herr jetzt fuchsteufelswild geworden und hätte sie beide eigenhändig aus der Stube geworfen.

Ursus ergriff die Gelegenheit und begann zu erzählen, was er erst tags zuvor von Wendelgart und Wicca erfahren hatte. Hin und wieder half ihm Jodok mit einer Erklärung aus, besonders dann, wenn sich Ursus so in Rage geredet hatte, dass er den Faden verlor. Die Angst um Hanna legte sich auf seine Stimme.

»Wir schaffen das nicht ohne Eure Hilfe. Ihr allein vermögt die richtigen Leute von der Hinterhältigkeit des Eberlin zu überzeugen«, schloss er mit einem gequälten Ausatmen.

Ritter Conrad erhob sich von seinem Stuhl und machte einige Schritte auf den Kamin zu. Um die Melancholie im Haus erträglicher zu machen, hatte Wicca den Ofen am Morgen angefeuert. Der Hausherr drückte seine Hände auf die warmen Kacheln und schloss für einen kurzen Moment die Augen.

»Du denkst tatsächlich, dass der Zunftmeister der Tuchhändler auf mich hören wird? Kein Geringerer als dieser Nikolaus Gutrecht hat sich nämlich um den Laden und das Haus des Eberlin beworben. Sollte da nicht alles mit rechten Dingen zu- und hergehen, hätte der Zunftmeister dies nie getan. Gestern Abend wurde in der Ratssitzung darüber gesprochen.«

Der Ritter drehte sich langsam um. »Gutrecht ist ein harter Brocken, der zu keinerlei Kompromiss bereit ist, wie sich leider gezeigt hat. Der Mann will unbedingt in den Großen Rat und wird nicht zurückschrecken, alles dafür zu tun. Glaub mir, Ursus, auch wenn ich euch noch so gerne helfen würde, Gutrecht wird nie auf mich hören und sich gegen den Tuchhändler Eberlin stellen, zumal ihm der Laden genau zu der Machtstellung verhelfen wird, die er braucht, um den Großen Rat in die Knie zu zwingen.«

Jodok drängte sich wütend vor. »Entschuldigt, werter Ratsherr, doch ich kann einfach nicht länger an mich halten. Ich bin zwar nur ein einfacher Müller, wenn auch Stadtmüller, doch kann ich nicht glauben, dass Ihr die Hände in den Schoß legt und die drei Menschen ihrem Schicksal überlasst.«

Der Ritter warf den Kopf in den Nacken und schnaubte. Dann kam er langsam wieder auf den Tisch zu. »Und wie sieht euer Plan aus?«, fragte er müde.

»Wir müssen den Eberlin glauben lassen, dass er endlich am Ziel ist. Nikolaus Gutrecht muss seine Unterschrift unter den Kaufvertrag setzen, und gleichzeitig erhält der alte Erasmus nun doch eine Pfründe im Heiliggeistspital. Somit steht der Abreise des falschen Eberlin aus Konstanz nichts mehr im Wege. Wenn alles so klappt, wie wir es uns erhoffen, wird er uns … uns vielleicht zu Hanna führen.«

Ritter Conrad stützte sich mit beiden Händen an der Tischkante auf und schüttelte langsam den Kopf. »Der Plan hat einen entscheidenden Haken«, sagte er schwer atmend. »Eberlin will Geld sehen. Wenn wir Nikolaus Gutrecht einweihen, wird er ihm dies ganz bestimmt nicht geben, zumal er damit rechnen muss, dass er am Ende nicht nur ohne Haus und Laden dasteht, sondern das Geld womöglich ebenfalls verschwindet. Sollte sich eure Geschichte nämlich als wahr erweisen und Eberlin ein Betrüger und ein Brudermörder sein, wird er alles versuchen, uns zu entwischen.«

Das war tatsächlich ein Schwachpunkt, an den Ursus aber ebenfalls schon gedacht hatte. Die folgenden Worte kamen ihm nur zögerlich über die Lippen. »In der Ratskasse wäre doch genügend Geld, um … um es sich auszuleihen. Wir würden es ja wieder zurücklegen, sobald … sobald …«

Der Ritter schloss die Augen. »Das ist Diebstahl, auch wenn du versuchst, es schönzureden, und dazu kann ich meine Einwilligung nicht geben. Ich bin ein Mitglied des Großen Rates und als solches dem Eid verpflichtet, stets nur zum Wohle der Stadt zu handeln. Sollte das Geld aus irgendwelchen Gründen verloren gehen, wäre mein Schicksal als Mitglied des Großen Rates für immer besiegelt. Du verstehst, dass ich dies nicht tun kann, schon um Endlins willen nicht.«

Er ließ sich mit einem Stöhnen auf seinem Stuhl nieder. »Sie hat schon zu viel Kummer erlebt, sie würde daran zerbrechen, sollten wir die Stadt mit Schimpf und Schande verlassen müssen.«

Die Tür hatte sich so leise hinter den Männern geöffnet, dass diese erschrocken herumfuhren, als Endlin von Liebenfels langsam auf den Tisch zuwankte.

»Endlin«, rief Ritter Conrad, wobei er eiligst auf seine Frau zutrat und ihr auf einen der Stühle half. »Du sollst nicht aufstehen. Wendelgart hat es dir doch verboten.«

Die Frau wehrte mit lahmer Handbewegung ab. »Ich habe gehört, was ihr eben besprochen habt. Eure Stimmen drangen bis weit ins Haus hinein. Wenn ich es richtig verstanden habe, ist neben Martha Eberlin und ihrem Schwäher auch Hanna in großer Gefahr. Warum hat mir niemand davon erzählt?«

Die Hausherrin wandte sich erst an die beiden Männer hinter ihr, ehe ihr Blick voller Eindringlichkeit auf ihrem Gemahl zu liegen kam. »Ohne Hanna wäre ich damals im Mörderturm gestorben, Conrad. Ich muss dich hoffentlich nicht daran erinnern.«

Der Nachhall ihrer Worte verfehlte die Wirkung nicht. Doch bevor Ritter Conrad zu einer Erklärung ansetzen konnte, fuhr sie eindringlich fort. »Ich habe Geld. Eine ganze Truhe voll. Du brauchst dich also nicht an der Ratskasse zu vergreifen, und sollte das Geld verloren gehen, werde ich mir wenigstens keinen Vorwurf machen können, nicht alles versucht zu haben, um Hanna zu retten.«

Von der Entschlossenheit seiner Herrin überwältigt, fiel Ursus auf die Knie und griff sich ihre Hand. Tränen liefen dem gestandenen Mann über die Wangen und nässten die Finger der Frau.

»Bete dafür zu Gott, dass er mir mein ungeborenes Kind lässt, das ist mir Dank genug.« Endlin schnupfte kurz, dann hatte sie sich wieder im Griff. »Und jetzt, Conrad, versuche dein Möglichstes und bring den Zunftmeister Gutrecht auf unsere Seite.«

Als die drei Männer wenig später das Haus in der Mordergasse verließen und in Richtung Niederburg marschierten, wirkten ihre Mienen ernst. Nikolaus Gutrecht empfing sie wie erwartet mit verhaltener Freude, lud sie aber doch in seine Stube ein. Während sich Jodok und Ursus im Hintergrund hielten, versuchte Ritter Conrad alles, um den Mann von der Niederträchtigkeit des falschen Eberlin zu überzeugen. Schlussendlich war es dann aber der Zunftmeister, der sie alle drei überraschte.

Als er mit einem merkwürdigen Lächeln erklärte, dass ihm schon längst Zweifel an der Rechtschaffenheit des Eberlin gekommen seien und er bereits Nachforschungen ins Auge gefasst habe, löste sich die Spannung. Gutrecht zeigte sich bereit, den Lockvogel für Eberlin zu spielen, denn ihm gehe es einzig um den guten Ruf der Tuchhändlerzunft.

An seiner Haltung betreffend die Forderung eines Ratssitzes würde dies allerdings nichts ändern, wie er in aller Härte betonte.

＊

Karfreitag war der richtige Tag, das Ganze ins Rollen zu bringen. Nikolaus Gutrecht besuchte erst die Messe im Münster. Auch wenn Karfreitag nur als halbherziger Feiertag zählte und die Arbeit lediglich bis Mittag ruhte, taten es ihm viele gleich. In allen Kirchen der Stadt wurden Messen abgehalten, die an den Leidensweg Christi erinnern sollten. Auf dem Münsterplatz wurden zudem dreizehn lebensgroße Figuren aufgestellt, um das Ganze zu versinnbildlichen.

Noch während Bischof Rudolf am Altar die Zeremonie vollführte und anschließend ein Domvikar aus der Bibel las, wusste Nikolaus Gutrecht, dass in diesem Augenblick dem Eberlin ein Schreiben überbracht wurde, in dem er vom freien Pfründeplatz für seinen Vater erfuhr.

Nach der Messe verweilte der Zunftmeister bewusst lange inmitten der tratschenden Menge, ehe er sich in sein Haus zum Karfreitagsmahl begab. Nikolaus Gutrecht genoss den verheißungsvollen Tag sichtlich, wie das Schmunzeln um seine Mundwinkel bewies.

Mit wachsender Ungeduld machte er sich am frühen Nachmittag in die Amelungsgasse auf. Auf sein Klopfen öffnete ihm der mürrische Stallknecht, der ihn schon bei seinem letzten Besuch misstrauisch beäugt hatte. Seinen Ärger über Konradin hinunterschluckend, betrat Nikolaus Gutrecht das Haus. Auch heute war ihm wie erwartet kein Blick auf Martha Eberlin oder den alten Erasmus vergönnt, allerdings empfing ihn der Hausherr umgehend.

»Ich sehe Euch bester Laune«, säuselte der Zunftmeister, wobei er Konradin nicht aus den Augen ließ. Der Knecht machte keinerlei Anstalten, den Raum zu verlassen.

»In der Tat, in der Tat«, erwiderte Eberlin. »Doch setzt Euch. Ihr ließet mir ausrichten, dass Ihr mit meinen Forderungen einverstanden seid. Das freut mich. So können wir den Vertrag endlich besiegeln.«

»Ich habe mir das alles nochmals durch den Kopf gehen lassen. Tausend Pfund sind zwar eine Menge Geld, doch sind das Haus und der Laden dies durchaus wert.« Der Zunftmeister zog zwei prall gefüllte Geldkatzen aus seinem Wams und legte sie gut sichtbar auf den Tisch. »Hier ist eine Anzahlung, den Rest werden zwei meiner Knechte Euch die nächsten Tage vorbeibringen.«

Eberlin griff sich die Geldkatzen und wog sie in den Händen. Dann blickte er für den Bruchteil eines Augenblicks auf Konradin und nickte ihm zu.

»Nun, dann sollten wir jetzt zur Tat schreiten, damit das Ganze auch rechtsgültig ist«, sagte Nikolaus Gutrecht lächelnd. »Mir kam zu Ohren, dass Euer Vater jetzt also doch endlich einen Platz im Spital bekommt.« Das Lächeln wurde noch eine Spur breiter.

»Endlich, ja.« Eberlin erhob sich und ging auf eine der Truhen an der Wand zu. Er legte die Geldkatzen hinein. »So eine Alterspfründe ist natürlich eine kostspielige Angelegenheit, aber für meinen Vater ist mir nur das Beste gut genug.«

»So sollte es auch sein«, pflichtete ihm der Zunftmeister bei. »Ihm wird es dort an nichts fehlen. Die Stuben sollen ordentlich sauber sein und das Essen leidlich gut.«

»Da stimme ich Euch zu. Ich habe mich mit eigenen Augen davon überzeugt, schließlich gibt man seinen Vater nicht gerne in fremde Hände.« Als von oben ein Geräusch zu hören war, schob Eberlin sein Kinn vor und gab Konradin damit das Zeichen, nach dem Rechten zu sehen.

»Wo ist denn eigentlich Martha?« Nikolaus Gutrecht erhob sich von seinem Stuhl. »Ihr sagtet mir bei meinem letzten Besuch, dass sie wohlauf sei. Ich kann mich doch darauf verlassen?«

Eberlin drehte den Kopf. Die Tür stand einen Spaltbreit offen. »Ihr könnt Euch auf mein Wort verlassen«, erwiderte er mit regloser Miene. »Ich halte mich stets an Abmachungen.«

Der Hausherr führte seinen Gast auf die Tür zu und drückte ihm die Hand. Dabei sahen sich die beiden Männer in die Augen und nickten.

23. Kapitel

Der Meister hatte schon seit geraumer Zeit am Fenster seines Hauses gestanden und mit stoischer Miene auf das Treiben in der Gasse geschaut. Er hatte den Fensterladen nur halb geöffnet, doch das reichte, um seinen Argwohn zu schüren.

»Konradin!«, hallte seine Stimme jetzt durch das Haus. »Wo steckst du denn schon wieder?«

Der Knecht trat eben aus der Kammer des alten Erasmus. Hastig schloss er die Tür hinter sich und drehte den Schlüssel. Den zum Nachttopf umfunktionierten Spucknapf hielt er weit von sich gestreckt. Angewidert stellte er ihn auf eine der Truhen, dann eilte er die Stiege hinunter.

»Was gibt's?«, fragte er, wobei er sich die Hände an seinem Gewand sauber rieb.

»Schau auf die Gasse!«, wies ihn Eberlin grob an. »Was siehst du?«

Konradin öffnete den Fensterladen etwas weiter und steckte den Kopf durch den Spalt. Auf der Gasse kreuzten eben zwei Fuhrwerke, was in einem heftigen Wortgefecht endete. Dazwischen rannten einige Hunde einem Schwein nach, gefolgt von einem zerlumpten Jungen, der wohl verantwortlich für die Flucht des Tieres war. Zudem versuchten etliche Almosenheischer ihr Glück bei den flanierenden Matronen.

»Nichts Außergewöhnliches«, meinte er achselzuckend. »Sieht aus wie immer.«

»Dann schau genauer hin.«

Konradin schob seinen Kopf weiter hinaus. Er spürte den Unmut des Meisters nur zu gut, und es würde wohl nicht lange dauern, bis das Ganze in einem Wutausbruch endete, sollte er nicht bald eine Antwort auf die Frage haben.

Seit Zunftmeister Gutrecht die Kisten voller Goldmünzen gebracht hatte, wirkte er über Gebühr gereizt. Die kleinste Nichtigkeit erregte seinen Groll. Ein Lob aus seinem Mund war zu einem seltenen Gut verkommen. Selbst die neue Köchin, die sich wahrlich bemühte, etwas halbwegs Anständiges auf den Tisch zu bringen, erntete nur grimmiges Murren. Lange würde das Weibsbild sich dies nicht mehr bieten lassen, und dann würde die Küche wieder für Tage kalt bleiben. All dies ging Konradin durch den Kopf, als er auch schon grob im Nacken gepackt wurde.

»Zähl die Bettler!«, herrschte sein Herr hinter ihm ihn an.

Tapfer kniff er die Augen zusammen und begann leise zu zählen. Als er bei der Zahl zwanzig angelangt war, räusperte sich der Meister ärgerlich.

»Eine ganze Menge, findest du nicht auch?«, fragte er argwöhnisch, wobei sich seine Stirn in Falten legte. »Die letzten Wochen waren es höchstens vier bis fünf, die die Amelungsgasse als Bettelort gewählt haben, und heute hat sich die Zahl vervierfacht. Das kann kein Zufall sein.«

Konradin bemühte sich eiligst um ein Nicken, auch wenn er in der Häufung dieser armseligen Kreaturen keineswegs etwas Besonderes sah. Doch jede unbedachte Geste, jedes unüberlegte Wort konnte das Fass zum Überlaufen bringen.

»Wenn man doch bedenkt, dass es in dieser Gasse nicht viel zu holen gibt«, fuhr Eberlin zischend fort, wobei er Konradin zur Seite drängte und den Fensterladen wieder schloss.

»Ihr denkt womöglich an einen Hinterhalt?«, wagte Konradin leise zu fragen. Kaum hatte er jedoch das letzte Wort ausgesprochen, schnaubte sein Meister wie ein Ackergaul nach stundenlangem Einsatz.

»Um das zu erkennen, braucht es doch wahrlich nicht viel Hirn.« Der Mann drehte sich um und stapfte zurück in die gute Stube. Konradin folgte ihm auf dem Fuß.

»Ich habe es geahnt«, zeterte der Meister weiter, wobei er einem der Hocker einen Tritt versetzte. »Alles verlief plötzlich zu einfach, zu schnell. Schließ endlich die Tür, nicht dass das Weibsbild in der Küche noch etwas mitbekommt und es in die Gassen trägt.«

Emsig bemüht, jeden Wunsch des Meisters zu erfüllen, drückte Konradin die Tür zu. Auch er misstraute dem Weib, doch es hätte den Meister nur zusätzlich in Rage gebracht, hätte er gewusst, dass er sie beim Lauschen an Marthas Tür entdeckt hatte.

»Die Wende in Bezug auf den Pfründeplatz meines Vaters kam zu überraschend, zumal es doch geheißen hatte, dass vor dem Sommer nicht mit einer freien Kammer zu rechnen sei.« Der Meister stand jetzt breitbeinig hinter dem massiven Eichentisch, die Arme vor der Brust verschränkt. In seinen Augen lag der blanke Hass.

»Aber wir haben doch das Geld«, wagte Konradin einen zaghaften Einwand. »Lasst uns doch einfach von hier verschwinden, je früher, desto besser.«

»Daran habe ich in der Tat auch schon gedacht, doch genau das wollen die da draußen, davon bin ich überzeugt.«

»Wer sind denn ›die‹?« Konradins Gesicht war ein einziges Fragezeichen. Er atmete tief durch und hielt dem Blick des Meisters stand.

»Wenn ich das wüsste, wäre mir wohler, das kannst du mir glauben.« Eberlin runzelte die Stirn. »Ich werde jetzt zum Rathaus hinuntergehen, um das verlangte Pfründegeld für meinen Vater zu hinterlegen. Du gehst in der Zwischenzeit wieder hinauf und spähst durch die Ritzen des Fensterladens. Schau genau hin, besonders auf die Bettler. Falls mir jemand folgt, merk dir das Gesicht.«

Konradin nickte eifrig. Offensichtlich war ihm das Glück hold, und der Wutausbruch des Meisters hielt sich hin. Es war besser, keine weiteren Fragen zu stellen, auch wenn deren viele auf seinen Lippen brannten.

»Bleib am Fenster stehen, bis ich wieder zurück bin«, wies der Meister ihn an, dann lachte er plötzlich höhnisch auf. »Es würde mich nämlich nicht wundern, wenn der eine oder andere lahme Krüppel plötzlich rennen könnte. Ein Wunder Gottes, wenn du verstehst, was ich meine.«

Konradin nickte noch eine Spur heftiger. Der Meister hatte sich verändert. Irgendwie wurde er den Verdacht nicht los, dass das Ganze mit dem Zunftmeister zusammenhing. Doch was verband Eberlin mit Nikolaus Gutrecht? War der Zunftmeister womöglich der mysteriöse Mann in der Ratskapelle gewesen? Bislang war er noch immer nicht hinter dieses Geheimnis gekommen. Doch wie würde all dies zusammenpassen?

Der Meister nahm eben eine prall gefüllte Geldkatze aus der Lade einer der Kommoden. »Wenn ich zurück bin, will ich etwas Herzhaftes auf dem Tisch, richte dies dem Weib in der Küche aus«, rief er noch in harschem Ton, als er an Konradin vorbeischritt.

Konradin trat ans Fenster.

Der Meister blieb auf dem Treppenabsatz stehen und rückte seinen Hut zurecht. Dabei musterte er die Bettler an der gegenüberliegenden Hauswand eindringlich, ehe er langsam weiterging. Vor der Gattin des Silberschmieds verbeugte er sich leicht, strebte dann dem Ende der Gasse entgegen. Zwei Bettler hatten sich erhoben, und mit einem Mal kam Hektik auf. Konradin lächelte.

Eberlin stoppte an der Ecke und schaute kurz zurück. Obwohl er sicher war, dass der Plan bis ins kleinste Detail durchdacht war, musste er auf der Hut sein. Er durfte sich nicht zu sehr auf seinen noblen Verbündeten verlassen, auch wenn er nicht glaubte, dass der Mann ihn betrog. Schließlich stand für sie beide gleich viel auf dem Spiel.

Einzig Konradin musste er im Auge behalten, ihn bei Laune halten. Die versteckte Neugier seines Kumpans war ihm nicht entgangen. Sobald die Zeit reif war, würde er sich seiner entledigen. Doch erst musste er Martha und seinen Vater loswerden.

Mit einem Ruck drehte er sich um und lief auf die Treppe zum Rathaus zu. Innerlich war er in Aufruhr, doch die Jahre hatten ihn gelehrt, sich nach außen ruhig und gelassen zu geben. Niemand durfte den Eindruck gewinnen, er fühle sich verunsichert.

Unsicherheit erzeugte Skepsis, warf Fragen auf, und das konnte er jetzt nicht gebrauchen.

Bevor er eintrat, blickte er kurz über seine Schulter. Auch wenn sich die beiden Bettler schnell hinter einen Marktstand duckten, das Erschrecken auf ihren Gesichtern entging ihm nicht, als er in ihre Richtung sah. Sein Gefühl hatte ihn nicht getäuscht. Er fasste nach der Klinke und drückte die Tür auf.

Der Stadtschreiber saß an seinem Schreibtisch, gleich neben der Ratsstube. Die Bodendielen knarrten unter den energischen Schritten des Besuchers, was den Schreiberling jedoch nicht davon abhielt, unbeirrt an seinem Dokument weiterzuarbeiten. Eberlin stand jetzt direkt vor ihm und blickte auf ihn hinunter. Sein Räuspern klang forsch.

»Sie wünschen, mein Herr?«, fragte der junge Mann sichtlich unbeeindruckt.

Bemüht, seine Erregung nicht zu zeigen, lächelte der Besucher. »Ich bin Ulrich Eberlin und möchte das jährliche Pfründegeld für meinen Vater Erasmus Eberlin bezahlen. Er wird noch heute seine Räumlichkeiten im Spital beziehen«, sagte er mit fester Stimme, wobei er sich leicht vorbeugte, um einen Blick auf das so wichtige Dokument werfen zu können, das der Schreiberling noch immer vor sich hatte.

»Richtig, Ihr seid also Ulrich Eberlin, sein Sohn. Ich wurde bereits davon unterrichtet, dass Ihr heute vorbeikommt.« Der Schreiber griff sich einen Stapel Dokumente und begann hektisch zu suchen. »Ihr hattet tatsächlich Glück. Die Plätze sind begehrt und die Warteliste ellenlang.«

Das Geplapper strapazierte Eberlins Geduld, denn der Mann ging jetzt dazu über, das Heiliggeistspital in den höchsten Tönen zu preisen. Als er eben von der kunstvoll ausgestatteten Kapelle im oberen Stock zu schwärmen begann, gebot Eberlin ihm mit einer unwirschen Handbewegung Einhalt.

»Ihr habt doch bestimmt noch jede Menge Arbeit. Vielleicht sollten wir das Ganze etwas beschleunigen, damit wäre Euch ebenso geholfen wie mir«, schnaufte er.

Der junge Mann wurde krebsrot. Er nickte hastig. »Das wären dann dreißig Pfund«, meinte er und hielt bereits die Hand hin.

»Dreißig Pfund?«, echote Eberlin, jetzt allerdings doch erstaunt. »Das ist ja zehnmal so viel, wie ein Handwerksgeselle im Jahr verdient.«

Der Mann hob entschuldigend die Hände. »Das Kostgeld legt der Große Rat fest, ich bin nur der ausführende Arm«, gab er sich kleinlaut.

Hier und jetzt einen Streit vom Zaun brechen wollte der Meister nun doch nicht. Er legte den fälligen Betrag auf den Tisch, dann griff er sich das Dokument, das ihm der Schreiber zur Unterschrift hinhielt.

»Dafür hat Euer Vater jetzt auf Lebzeit sein Zimmer. Natürlich müsst Ihr jährlich die dreißig Pfund vor Ablauf der Frist erneuern, aber das ist doch für einen so stattlichen Kaufmann, wie Ihr es seid, kein Problem.«

Eberlin stockte. Das selbstgefällige Grinsen des Schreiberlings passte ihm nicht. Im Augenblick fehlte es ihm allerdings an Muße, sich weiter mit dem Kerl zu streiten. Einzig der Gedanke, dass in einem Jahr niemand die dreißig Pfund für seinen Vater bezahlen würde, versöhnte ihn ein wenig. Nur schade, sähe er nicht, wie sein Vater inmitten der Lumpensammler, Huren und Siechen dann dahinvegetierte. Schwungvoll setzte er seinen Namen unter das Dokument, ehe er das Rathaus mit einem zufriedenen Lächeln verließ.

Zurück in der Amelungsgasse, stieg er die Außentreppe bewusst langsam hoch, ehe er im Innern des Hauses verschwand. Aus der Küche roch es herrlich. Auch wenn er die alte Hexe nicht leiden konnte, kochen konnte das Luder.

»Meister!« Konradin hetzte die Stufen herab. »Ihr hattet recht. Kaum seid Ihr die Gasse entlanggelaufen, haben sich zwei Bettler erhoben. Statt wie Krüppel ein Bein nachzuziehen, sind sie gerannt wie junge Rehe.«

»Dachte ich es mir doch.« Eberlin hängte seinen Mantel an

den Haken. »Wir werden unseren Plan ändern. Komm mit in die Stube und schließe die Tür.«

Konradin folgte seinem Herrn. Eine unverhoffte Planänderung erregte Skepsis, wie Eberlin nur allzu deutlich auf dem Gesicht seines Gefolgsmannes sah. Er würde wohl nicht umhinkommen, ihm noch mehr Honig ums Maul zu streichen. »Wenn alles perfekt abläuft, werde ich deinen Anteil erhöhen und dir die Hälfte der Goldmünzen abgeben«, säuselte er.

Konradin setzte sich auf einen der Stühle, erhob sich aber sofort wieder, als er die hochgezogene Augenbraue des Meisters bemerkte.

»Als Erstes wirst du dem Weibsbild in der Küche den Auftrag erteilen, meinen Vater zu waschen und in frische Kleider zu stecken. Natürlich erst wenn sie uns das Essen serviert hat, danach richtest du im Innenhof die beiden Einspänner, genau so, wie wir es besprochen haben.«

Konradin nickte bedächtig mit glasigen Augen. Er konnte seine eindeutige Gier nicht mehr verbergen, wie Eberlin zufrieden feststellte.

»Dann soll sie dir helfen, meinen Vater in einen der beiden Einspänner zu packen, mit welchem ich ihn dann zum Spital bringe. Ich bin überzeugt, sobald sich das Tor öffnet, geht erneut ein Ruck durch die Bettler. Ein Teil wird sich an meine Fersen heften.«

»Und der andere?« Auf Konradins Stirn zeigte sich eine tiefe Falte.

»Die werden dir folgen, was allerdings nicht einfach sein wird.« Eberlin rieb sich die Hände. »Bevor du aus dem Tor rollst, soll das Küchenweib in der Gasse Pfennige verteilen. Die richtigen Bettler werden sich darum balgen und so einen Tumult auslösen. Dieses Geschrei wirst du ausnützen, um Martha aus der Stadt zu bringen.«

»Ich bringe sie in die Scheune im Sumpf. An diesem Plan hat sich doch nichts geändert?« Konradin schaute erwartungsvoll auf seinen Herrn.

Der Meister nickte wohlwollend.

»Und wann erhalte ich meinen Anteil?«, wagte Konradin leise zu fragen.

»Sobald wir uns treffen.« Eberlin kam um den Tisch herum und legte eine Hand auf die Schulter seines Verbündeten. Er drückte sie kurz, dann verzogen sich seine Mundwinkel zu einem angedeuteten Lächeln. »Nachdem ich im Spital alles erledigt habe, werde ich dich wie abgemacht in der Scheune abholen. Ab da wird für uns beide ein neues Leben beginnen, wie wir es uns immer gewünscht haben.«

Konradins Augen glänzten, was der Meister mit einem Nicken quittierte.

»Allerdings werde ich die Nacht an der Seite meines Vaters verbringen, ganz so, wie es sich für einen treu sorgenden Sohn gebührt. Ich kann den alten Mann doch nicht gleich allein lassen. Somit wirst du dich da draußen etwas gedulden müssen.« Eberlins eindringlicher Ton machte unmissverständlich klar, dass alles genau so ablaufen würde. »Und jetzt melde in der Küche, dass ich Hunger habe.«

**

Während des anschließenden Essens gaben sich die beiden Männer wortkarg. Jeder hing seinen Gedanken nach. Nachdem die Köchin, wenn auch unter Protest, den alten Erasmus endlich gewaschen hatte, schleppte Konradin ihn in den Innenhof. Der Alte war so von Sinnen, dass er gar nicht mitbekam, was mit ihm geschah, als man ihn unsanft in den Einspänner verfrachtete. Wesentlich schwieriger gestaltete es sich, Martha in den anderen Einspänner zu bringen, denn sie jammerte in einem fort und wand sich wie ein Wurm.

»Eure Gattin kriegt ihr Kind. Die Wehen haben vor einer Stunde eingesetzt«, meinte das Küchenweib kalt. »Wäre wohl besser, sie bliebe hier.«

Die Antwort war eine schallende Ohrfeige vonseiten des

Herrn, woraufhin die Frau kein Widerwort mehr über die Lippen brachte.

»Wenn du dir ein Pfund verdienen willst, dann mach, was man dir sagt, und halt dein Maul«, zischte Konradin ihr wütend zu, wobei er sie grob ans Tor drängte und ihr eine Hand um den Hals legte.

Die Augen der Frau weiteten sich vor Angst, während sie hilflos mit den Armen ruderte. Als Konradin sie losließ, sackte sie zusammen und trollte sich wie ein geprügelter Hund in eine Ecke.

Der Meister saß längst auf dem Kutschbock, seinen Vater hinter sich wissend. Auf ein Zeichen öffnete Konradin das Tor, und das Gefährt bog in die Gasse ein. Wie erwartet erhoben sich einige Bettler wie Vipern. Die Köpfe reckend, liefen sie hinter dem Einspänner her.

Konradin wartete wie abgemacht, bis die Glocken des Münsters zur Vesper läuteten, dann jagte er das Küchenweib mit einer Handvoll Pfennigen auf die Gasse. Innert Sekunden breitete sich ein Tumult aus, was Konradin nutzte, um den anderen Einspänner in die Gegenrichtung zu lenken. Über die Stadelhofergasse gelangte er unbehelligt zum Schnetztor, wo er kurz darauf aus den Augen der Torwächter verschwand.

Erst als das Gefährt die Weggabelung nach Kreuzlingen erreichte, drosselte Konradin das Tempo. Ein Blick zurück zeigte, dass der Plan aufgegangen war. Niemand folgte ihm. Ein hämisches Grinsen auf dem Gesicht, erreichte er wenig später die einsame Scheune im Sumpf.

»Du scheinst wohl Langeweile zu haben«, rief Konradin, als er vom Kutschbock kletterte.

Odo vertrieb sich die Zeit gerade mit Messerwerfen. Er hatte sich dazu eine Holzwand ausgesucht und mit einem Stein einen Kreis gezeichnet. Unzählige Löcher bewiesen, dass er diese Kunst allmählich zur Perfektion brachte.

»Willst du auch mal versuchen?« Er hielt Konradin sein Messer hin, doch der schüttelte den Kopf.

»Wir haben jetzt anderes zu tun. Oder besser gesagt, du!«

»Ich? Was denn?«

Konradin öffnete den Verschlag des Einspänners. Ohne auf das Flehen und Wimmern der Frau einzugehen, zerrte er Martha aus dem Innern. Odo stand wie vom Blitz getroffen da und starrte auf die Tuchhändlerin.

»Willst du noch lange so stehen und Maulaffen feilhalten?«, rief Konradin wütend über seine Schulter. »Hilf mir endlich, dieses Luder reinzubringen.«

Odo schob das Messer zurück in seinen Gürtel und griff der wimmernden Frau unter die Arme. In der Scheune warf Konradin die Tuchhändlerin wie ein Stück Vieh in eine Ecke. Die Frau hielt sich schützend die Hände über den Kopf, während sie die Beine anzog und weinte.

»Und jetzt hol die andere aus dem Loch!«, befahl Konradin mit harter Stimme.

»Warum?«

»Stell keine Fragen und mach, was ich dir sage.« Konradin lehnte sich mit einem abfälligen Lächeln gegen die Holzwand, einen Holzspan zwischen den Zähnen.

Odo hob die Falltür an und kletterte hinab. Er hatte die letzten Tage alles versucht, Hanna die Pein so erträglich wie möglich zu machen, doch sie hätte längst der Hilfe eines Medicus bedurft. Die Erkältung hatte sich verschlimmert, mittlerweile klang ihr Atmen entsetzlich.

Auch jetzt schaffte es die junge Wehmutter kaum, auf die Beine zu kommen. Hanna zitterte am ganzen Körper.

»Du musst mir helfen«, rief Odo nach oben. »Alleine schaffe ich es nicht.«

Wie erwartet kam erst ein Murren von Konradin, dann packte er Hanna mit seinen Pratzen und zog sie unsanft über die Stiege herauf. Als Odo die Falltür wieder schloss, lag Hanna mehr tot als lebendig neben der Tuchhändlerin.

»Sie ist krank, und das seit Tagen«, wandte Odo sich hart schluckend an Konradin. »Sie braucht dringend die richtige Medizin, sonst stirbt sie uns unter der Hand.«

»Das wird sie ohnehin«, lachte Konradin grob. »Und zwar durch dich, mein Freund.«

»Ich soll ...?«

»Nur harte Männer schaffen es in unseren Kreis, und du willst doch dazugehören. Also zeig, was in dir steckt.« Konradin griff sich Odos Messer und zog es ihm aus dem Gürtel. Dann hielt er es ihm auffordernd hin.

Die Angst lähmte Odos Bewegungen, und doch packte er die Waffe. Mit einer Spur Ekel schaute er auf die scharfe Klinge.

»Was zögerst du?«, drängte Konradin. »Töte dieses Luder, es wird dir Freude bereiten, glaub mir.«

Da Odo keine Anstalten machte, sich zu bewegen, zog Konradin sein eigenes Messer aus seinem Gürtel. Er prüfte die Schärfe der Klinge mit seinem Daumen, dabei blitzte es in seinen Augen.

Martha schrie laut auf. Ihr musste in diesem Augenblick klar geworden sein, was Konradins Absicht war. Ängstlich drängte sie sich näher an die leblose Hanna.

Konradins Lachen hatte längst nichts Menschliches mehr an sich. Er packte Martha grob an den Haaren und zog sie quer über den Boden. Sie wehrte sich nach Leibeskräften, schrie und wimmerte immer weiter.

Odo umklammerte den Griff seines Messers mit harter Faust, dann stürzte er sich mit einem Schrei auf Konradin. Vom unerwarteten Angriff überrumpelt, ließ der die Tuchhändlerin los. Jeder mit einem Messer bewaffnet, balgten sich die beiden unter ersticktem Stöhnen auf dem Boden.

Als ein Schwall Blut an die Wand spritzte, schrie Martha abermals auf. Wie ein weidwundes Tier kroch sie auf allen vieren zurück zu Hanna, wie der am Boden hockende Konradin lauernd beobachtete. Sie wagte den Kopf kaum zu heben, und als sie eine Gestalt auf sich zuwanken sah, blickte sie dem Tod bereits in die Augen.

Odo fiel keinen Meter vor ihr auf die Knie. In seiner rechten Bauchseite steckte Konradins Messer. Blut schoss aus der Wunde, viel Blut. Seine Lippen formten Worte, die niemand verstand. Unter Aufwallung seiner letzten Kräfte drehte er sich um. In seiner Hand hielt er noch immer sein Messer. Er warf. Das tagelange Üben hatte sich gelohnt. Konradin starrte ungläubig auf das Messer in seiner Brust, dann sackte er in sich zusammen.

Auf Odos Gesicht stand ein verzerrtes Lächeln, dann brach auch er zusammen. Lange Zeit war es nur still, totenstill. Martha wagte kaum, die Augen zu öffnen.

Nur das Röcheln von Hanna war zu hören. Die beiden Männer waren wohl tot, doch sicher war sie sich nicht. Mittlerweile war der Schmerz in ihrem Unterleib so heftig, dass sie kaum noch Luft bekam. In ihrer Verzweiflung packte sie Hanna so grob an den Schultern, dass deren Kopf gegen die Holzwand krachte.

»Wach auf, Hanna. Du musst mir helfen«, schrie und tobte sie abwechselnd. »Die Kinder zerreißen mir den Leib.«

Sie schüttelte Hanna ein letztes Mal mit aller Kraft, dann fiel sie wimmernd in sich zusammen.

24. Kapitel

Ursus saß in der Küche der Liebenfels und starrte unglücklich auf seine Hände. Den Frauen an seiner Seite erging es nicht besser. Die Verzweiflung lag wie ein schweres Tuch über ihnen und lähmte ihre Bewegungen ebenso wie ihre Gedanken. Bald würde die Nacht über Konstanz hereinbrechen, die Sterne würden sich am Firmament zeigen und wie kleine Edelsteine funkeln. Doch keiner der drei Menschen in der Küche würde sich daran erfreuen.

»Es war nicht deine Schuld, Ursus.« Wicca drückte den Arm des jungen Mannes. »Niemand konnte so etwas vorhersehen«, sagte sie zum wiederholten Male mit lahmer Stimme.

»Schwarzseherei bringt uns nicht weiter. Wir müssen überlegen, was wir jetzt tun«, pflichtete Wendelgart der Köchin bei.

Ursus erhob sich von seinem Stuhl und trat an das Fenster. Die beiden Frauen sollten seine Tränen nicht sehen.

»Vielleicht weiß Ritter Conrad ja Rat. Er kennt viele einflussreiche Männer hier in der Stadt«, versuchte es die alte Köchin noch einmal.

Ursus drehte sich abrupt um. »Ich hätte dafür sorgen müssen, dass auch am Obermarkt ein gesatteltes Pferd bereitsteht. Dann wäre mir Konradin nicht entwischt.«

»Ach, hör endlich auf!« Wendelgart klopfte mit der flachen Hand auf die Tischplatte. »Wer konnte denn wissen, dass Konradin die Tuchhändlerin in dem Augenblick aus der Stadt bringt, da der falsche Eberlin seinen Vater ins Spital fährt? Alle, und dazu zähle ich auch Ritter Conrad, alle glaubten wir, dass die beiden Halunken die Stadt gemeinsam verlassen werden. So etwas konnte doch niemand ahnen.«

Ursus schwieg. Die Worte der alten Wehmutter hatten seine Schuldgefühle nicht gemindert, ganz im Gegenteil. Warum nur hatte er lediglich am Rathaus einen der Stallknechte positioniert und nicht an allen Stadttoren? So wäre Konradin nicht entkommen. Was jetzt geschah, war seine Schuld.

»Überall gesattelte Pferde, das wäre doch aufgefallen.« Wicca schien seine Gedanken zu erraten. »Womöglich hätte der Gauner den alten Erasmus gar nicht ins Spital gebracht, sondern ihn noch im Haus umgebracht, hätte er bemerkt, dass man ihm auflauert. Hast du daran schon mal gedacht?«

»Wicca hat recht«, seufzte Wendelgart. »Wenigstens ist der alte Tuchhändler jetzt in Sicherheit.«

Sie wollte eben weitersprechen, als Ursus das Fenster öffnete und neugierig in den Innenhof blickte. Ein Schwall kühler Nachtluft drängte in die Küche. »Zumindest scheinen meine Ohren noch halbwegs zu funktionieren«, sagte er zerknirscht. »Am Tor steht jemand und hämmert dagegen.«

»Wer kann das um diese Zeit noch sein?« Die beiden Frauen erhoben sich beinahe gleichzeitig und lugten ebenfalls neugierig hinter Ursus hinaus in die Düsternis. Das Gepolter nahm eindeutig an Stärke zu.

»Geh du raus, Ursus«, meinte Wicca. »Ist wohl besser als wir zwei alten Weiber. Vielleicht steht da draußen ein Vagabund, der nach Almosen heischt.«

»Um diese Zeit?«, fragte Ursus skeptisch. Er fuhr sich mit der Hand über die zerzausten Haare, dann griff er sich eines der Talglichter und lief über den Innenhof.

»Was soll der Lärm? Zu so später Stunde lassen wir niemanden mehr herein«, rief er wenig später mit harter Stimme, wobei er mit gespitzten Ohren auf die Antwort wartete.

Ganz offensichtlich standen zwei Männer vor dem Tor. Ihre Ungeduld war zum Greifen spürbar.

»Mach endlich auf!«, kam es ungeduldig von draußen. »Wir sind angesehene Männer der Stadt und kein Lumpengesindel.«

Ursus zögerte. Er hatte sich heute bereits einen Lapsus erlaubt, einen weiteren Fehler wollte er nicht machen. Bei Nacht waren alle Katzen schwarz. Einen rechtschaffenen Mann von einem Gauner zu unterscheiden, fiel da schwer.

»Wir sind es, Walter von Hof und der Zunftmeister Gutrecht, jetzt mach endlich auf, oder sollen die Nachtwächter uns aufgreifen!«, knurrte die Stimme abermals, dieses Mal noch schärfer.

Bei der Erwähnung der beiden Namen schluckte Ursus seine Bedenken hinunter. Warum sollte sich jemand für diese beiden mächtigen Männer ausgeben? Allerdings stellte er sich ebenso die Frage, was sie um die Zeit am Tor zu suchen hatten. Langsam zog er am Riegel, und das Tor öffnete sich quietschend, da drängten sich die beiden Männer auch schon an ihm vorbei in den Innenhof. Ursus trat auf die Gasse. Das Talglicht weit von sich streckend, blickte er sich mit zusammengekniffenen Augen nach etwaigen weiteren Besuchern um. Er konnte jedoch keine Bewegung ausmachen.

»Wir sind allein, keine Sorge«, bemerkte einer der Männer hinter ihm eindringlich. »Ich bin Walter von Hof, ein Bekannter der Beginenmutter Guta von Wellershausen. Ich trug dafür Sorge, dass der alte Erasmus nicht so bald einen Platz im Spital erhielt«, fügte er erklärend hinzu, als er die Skepsis auf dem Gesicht des Stallmeisters sah.

Ursus musterte die in dunkle Kapuzenmäntel gekleideten Gestalten neugierig. Ganz traute er den beiden nicht, auch wenn es sich bei den nächtlichen Störenfrieden zweifellos um die genannten Männer handelte.

»Jetzt bring uns endlich zu Ritter Conrad«, knurrte Zunftmeister Gutrecht barsch. »Mehr an Erklärungen gibt es nicht für dich. Was nimmst du dir überhaupt heraus, uns so lange auf der Gasse warten zu lassen? Eine Frechheit ist das!«

Ursus musste stark an sich halten, um die Unfreundlichkeit des Zunftmeisters zu ertragen. Es war stadtbekannt, dass Gutrecht gern seine Macht ausspielte, in den Schenken der Stadt ebenso wie in den Hurenhäusern draußen in der Vorstadt. Alma hatte ihm dies hinter vorgehaltener Hand erzählt, jedoch eindringlich gebeten, es für sich zu behalten.

»Weise uns jetzt den Weg zu deinem Herrn«, versuchte Walter

von Hof die gefährliche Stimmung mit beschwichtigender Geste zu mildern. »Es eilt. Die Zeit läuft uns davon.«

Ursus holte tief Luft, dann drehte er sich um und leuchtete den beiden Männern den Weg in Richtung des Hauses. Obwohl sich weder Wendelgart noch Wicca blicken ließen, wusste er, dass sie hinter dem Fenster standen und alles beobachteten.

»Herr, entschuldigt.« Nach einem kurzen Klopfen betrat Ursus die gute Stube. »Walter von Hof und der Zunftmeister Gutrecht begehren Eure Aufmerksamkeit«, meldete er die beiden nächtlichen Besucher an.

Ritter Conrad blickte erstaunt zu seiner Gemahlin, die mit tränennassen Augen neben ihm saß und sich seit Stunden mit einer Handarbeit abmühte.

Die beiden Männer drängten an Ursus vorbei. Nachdem sie sich ihrer Mäntel entledigt hatten, setzten sie sich auf die freien Stühle am großen Tisch.

»Ich wollte die Herren gerade auffordern, Platz zu nehmen«, bemerkte Ritter Conrad leicht spöttisch.

»Für Höflichkeiten ist jetzt keine Zeit«, wehrte Walter von Hof erregt ab. Er nickte der Hausherrin kurz zu, dann wandte er sich wieder an deren Gemahl. »Ich habe von Eurem vereitelten Plan gehört. Warum habt Ihr mich nicht früher ins Vertrauen gezogen? Ich hätte auch helfen können.«

»Ihr habt gewusst, dass etwas im Hause Eberlin nicht stimmt?«, fragte Conrad lauernd. »Warum habt Ihr nie ein Wort davon gesagt?«

»Ich wollte mir erst ganz sicher sein.« Walter von Hof atmete tief ein. »Nur wegen Gerüchten bringe ich so etwas nicht vor den Großen Rat. Ihr wisst ebenso gut wie ich, dass sich dort viele der Herren spinnefeind sind. Die Plätze im Rat sind begehrt, und Anwärter gibt es viele.«

Er presste die Lippen zusammen. »Erst als Nikolaus Gutrecht auf mich zukam und mir vom sonderbaren Verhalten seines Zunftbruders erzählte, wurde ich hellhörig. Ihr habt sicher davon gehört, dass ich Guta von Wellershausen den Gefallen tat und dem alten Erasmus einen Platz im Spital verwehrte. Damals hielt ich die Geschichte der Mutter Oberin allerdings noch für eine Ausgeburt blühender Phantasie, wie sie bei Ordensfrauen hin und wieder vorkommt. Ich tat Guta von Wellershausen den Gefallen nur, weil ich sie schon lange kenne und auch schätze.«

Der Ratsherr nickte seinem Begleiter auffordernd zu, während er sich in die Lehne seines Stuhls zurückfallen ließ und der Hausherrin ein verzagtes Lächeln schenkte.

»Ich erzählte Euch schon bei unserem letzten Treffen, dass ich Nachforschungen ins Auge gefasst hätte, zumal mir das merkwürdige Verhalten Eberlins ebenfalls zu Ohren kam. Als mich der Geselle Benz aufsuchte und klagte, bat ich meinen Freund Walter von Hof um Hilfe«, ergriff Nikolaus Gutrecht jetzt das Wort. Seine Stimme klang kalt, und um seine buschigen schwarzen Augenbrauen zuckte es immerzu.

»Nikolaus und ich kennen uns seit Kindheitstagen, aber lassen wir das jetzt.« Über Walter von Hofs Gesicht huschte ein kurzes Zucken. »Gemeinsam holten wir Erkundigungen ein. So erfuhren wir, dass Ulrich Eberlin gar nie in St. Gallen angekommen war. Sein Freund, der dortige Tuchhändler, habe auch nie nach ihm rufen lassen. Es regte sich in uns der Verdacht, dass es eine Falle gewesen sein musste.«

Conrad von Liebenfels stand auf. Die Arme vor der Brust verschränkt, ging er auf eines der Fenster zu. »Warum habt Ihr mir all dies nicht erzählt, als ich Euch bat, den Lockvogel zu spielen?«, wandte er sich mit grimmiger Miene an den Zunftmeister.

»Es bedurfte noch weiterer Beweise, ehe ich zur Tat schreiten konnte«, antwortete Gutrecht ausweichend.

»Und die habt Ihr jetzt?«

»Ja. In unserer Zunft wird viel geredet, besonders in so hektischen Zeiten, wie wir sie heute haben. Bei den Versammlungen warf ich hin und wieder den Namen Eberlin in die Runde, und dabei erfuhr ich so einiges.« Nikolaus Gutrecht streckte seinen Rücken.

»Ulrich Eberlin war mir nie ein großer Freund, das gebe ich gerne zu, ist auch kein Geheimnis. Doch er war ein kluger Geschäftsmann mit tadellosem Ruf, weswegen sein Laden wohl auch der gewinnbringendste in der ganzen Stadt war. Doch seit einigen Wochen lief das Geschäft wohl immer schlechter, die Kunden blieben aus. Und als ich den Laden mit Eurem Wissen ja für einen unsinnig günstigen Preis erwerben konnte, schenkte ich den Worten meines Freundes immer mehr Glauben.«

Ritter Conrad sog jedes Wort des Zunftmeisters auf, allerdings ärgerte er sich zunehmend darüber, dass der Mann nicht schon längst mit ihm gesprochen hatte. »Hegtet Ihr womöglich schon Zweifel an der Integrität Eures Zunftbruders, als ich noch in Konstanz weilte? Also bevor ich nach Worms aufgebrochen bin?«, fragte er.

»Und wenn, das tut jetzt nichts zur Sache, werter Conrad.« Walter von Hof drängte sich händefuchtelnd zwischen die beiden Männer, die sich über den Tisch hinweg einen bitterbösen Blickwechsel lieferten.

»Ich beorderte zwei meiner Gesellen, das Haus des Tuchhändlers Tag und Nacht beobachten zu lassen. Das beweist wohl meinen guten Willen«, schloss Gutrecht rüde.

»Dann war das einer Eurer Männer, der mich aus der Gasse vertreiben wollte?« Ursus nahm an der Tür zur Stube eben einen Weinkrug entgegen.

»Warst du etwa auch als Bettler verkleidet?«, fragte der Zunftmeister lauernd, wobei sich eine seiner buschigen Augenbrauen für einen Moment hob. »Mein Geselle hat mir davon erzählt, dass sich einer der Kerle als sehr hartnäckig erwiesen hätte und sich nicht vertreiben ließ.«

»Leider hat alle Hartnäckigkeit nichts gebracht«, murmelte Ursus mit einem verkniffenen Zug um den Mund. »Jetzt sind zwei Frauen verschwunden, und wir wissen nicht, ob sie noch am Leben sind.«

Er stellte den Weinkrug auf den Tisch und trat wieder in den Hintergrund, während Endlin die Gläser zu füllen begann.

»Ich erwähnte vorhin, dass ich Erkundigungen eingezogen hätte.« Walter von Hof räusperte sich betroffen, als er die Tränen in den Augen der Hausherrin bemerkte. »Dabei erfuhr ich vom Brand im Haus der Eberlins«, fuhr er eine Spur leiser fort. »Aber diese Geschichte dürfte hier im Raum wohl bekannt sein.« Er senkte betreten die Augen.

In diesem Augenblick öffnete sich die Tür wieder, und Wendelgart und Wicca drängten in die Stube. Sie hatten gelauscht, daran bestand kein Zweifel.

»Wir haben die Amme von damals aufgetrieben«, erklärte Wendelgart mit kratziger Stimme. »Die Frau weiß noch als Einzige, dass es wirklich Zwillinge im Hause des Tuchhändlers gab. Um die Frau in Sicherheit zu bringen, haben wir sie in Petershausen versteckt.«

»Hervorragend«, meinte Walter von Hof, nachdem er seine Empörung heruntergeschluckt hatte. »So haben wir später vor Gericht eine Zeugin, dass es den Eberlin wirklich zweimal gibt oder gab, denn ich befürchte, dass der arme Ulrich längst nicht mehr unter uns weilt.«

»Keine Eile, die Anklage kann warten.« Ritter Conrad hob abwehrend die Hände. »Erst müssen wir Hanna und Martha finden, vorher wird Eberlin nicht gefangen genommen. Nur er allein kennt das Versteck der beiden Frauen. Wenn wir ihn festnehmen, erfahren wir womöglich nie, wo sie sind.«

»Das sehe ich genauso«, meldete sich Nikolaus Gutrecht zu Wort. »Noch ist der Eberlin in seinem Haus in der Amelungsgasse. Wir werden nun ihm eine Falle stellen.« Der Zunftmeister lächelte verschwörerisch in die Runde. »Vor wenigen Stunden ließ ich ihm durch einen Boten ausrichten, dass sein Knecht in Schwierigkeiten geraten sei und er ihn morgen früh an der verabredeten Stelle treffen wolle. So wird er uns zu diesem geheimen Ort führen.«

Walter von Hof blickte erstaunt auf den Zunftmeister neben

sich. »Warum weiß ich nichts davon?«, fragte er deutlich verstimmt. »Ich dachte, wir besprechen das weitere Vorgehen hier zusammen mit Ritter Conrad?«

Gutrecht hob entschuldigend die Hände. »Als ich hörte, dass der Plan heute schiefgegangen ist, musste ich handeln. Das versteht Ihr doch, werter Freund?«

Walter von Hof drückte die Lippen aufeinander und schwieg. Seine Kiefermuskeln mahlten. So ganz behagte ihm die Vorgehensweise seines Begleiters nicht.

»Und Ihr glaubt, dass Eberlin darauf hereinfällt? Was, wenn er gar nie vorhatte, sich noch einmal mit seinem Kumpan zu treffen?«, fragte Conrad skeptisch. »Nach allem, was ich mittlerweile von diesem Kerl weiß, traue ich ihm auch einen Verrat an seinem Verbündeten zu.«

»Ausschließen kann man es nicht, da gebe ich Euch recht. Doch hat hier jemand einen besseren Vorschlag?« Nikolaus Gutrecht hob das Kinn und blickte leicht verstimmt auf seine Mitstreiter.

Walter von Hof griff sich das Weinglas und trank. Dann gab er sich einen Ruck und nickte. Augenblicklich entspannten sich die Gesichtszüge des Zunftmeisters, und er ergriff erneut das Wort.

»Ich habe bereits weitere Vorkehrungen getroffen«, fuhr Gutrecht mit tragender Stimme fort. »Bereits jetzt sind an allen Stadttoren Männer postiert. Sobald Eberlin die Stadt verlässt, heften sie sich an seine Fersen.« Der Zunftmeister drehte sein Weinglas nur zwischen den Fingern, statt zu trinken.

»Ich vermute, dass der Mann das Schnetztor wählt, da offenbar auch Konradin dort die Stadt verlassen hat, wie mir einer der Torwächter zu berichten wusste. Wenn sich also jemand ...«, dabei blickte der Zunftmeister auf Ursus, »... wenn sich also jemand meinen Männern anschließen will, soll er sich morgen früh, sobald das Tor öffnet, dort einfinden.«

Ursus schaute hoffnungsvoll auf Ritter Conrad. Als der zustimmend nickte, atmete er erleichtert aus. Wenn alles gut lief, und das musste es dieses Mal einfach, dann fanden sie Hanna vielleicht doch noch rechtzeitig.

Auch Endlin schien erleichtert. Sie legte den Kopf an die Brust ihres Gemahls, während die Tränen weiter über ihre Wangen liefen. Einzig Ritter Conrad schien mit der Situation nicht ganz zufrieden, wie seine stoische Miene bewies. Irgendetwas störte ihn, doch konnte Ursus sich nicht denken, was es war.

25. Kapitel

In dieser Nacht schlief niemand in der Mordergasse. Gereizte Wachsamkeit und die verzehrende Angst, die beiden Frauen womöglich nicht mehr lebend zu finden, erfüllten jeden Raum im noblen Haus des Ritters. Längst waren alle Gespräche drückender Schweigsamkeit gewichen.

Conrad von Liebenfels versuchte seine Unruhe durch monotones Durchwandern der Stube zu vertreiben, während seine Gemahlin stumm in ihrem Lieblingsstuhl saß und starr gegen die Wand blickte. Einzig das Knistern des Kaminfeuers unterbrach die Stille, besonders dann, wenn eines der Holzscheite in sich zusammenbrach. Dann hielten beide in ihrer Starre kurz inne und nickten sich zu.

Auch in der Küche verging die Zeit in schleppender Langsamkeit. Ursus stand am Fenster und starrte auf die allmählich verblassenden Sterne am Nachthimmel. Nicht mehr lange und die Häuser zeichneten sich als dunkle Schatten gegen die Dämmerung ab. Jeder Muskel seines Körpers schien angespannt.

Hinter ihm saßen Wendelgart und Wicca am Tisch. Im Schein einer Talglampe schnippelten die beiden Frauen mit monotoner Langsamkeit Kohl. Als die alte Köchin den Vorschlag mit dem Kohlschneiden vorgebracht hatte, war Wendelgart erst nicht allzu begeistert gewesen. Ihre Gichtfinger vermochten das Messer kaum richtig zu halten, doch half die Arbeit, die Unruhe etwas zu vertreiben. Im Keller unten stand ein großer Holzbottich, in welchem der Kohl dann mit Hilfe von Salz und unter heftigem Stampfen zum begehrten sauren Kraut heranreifen würde.

»Du solltest das Kraut öfter essen«, meinte Wicca eben seufzend, wobei sie einen mitfühlenden Blick auf Wendelgarts Finger warf. »Soll gut sein gegen verkrüppelte Gelenke.«

Wendelgart legte das Messer zur Seite und trocknete sich die

Finger an ihrer Schürze. »Ist mir zu sauer«, sagte sie achselzuckend. »Allerdings empfehle ich es meinen Kindbetterinnen. Es hilft, den Milchfluss anzuregen.«

Der Wortwechsel hatte nur kurz gedauert und doch ausgereicht, um gegenseitige Verbundenheit zu signalisieren.

»Ich halte die Warterei nicht mehr länger aus.« Ursus' Faust prallte auf die Fensterbank, ehe er sich zu den beiden Frauen umdrehte. »Ich werde jetzt ein Pferd satteln und in die Amelungsgasse reiten.«

»Aber es war doch abgemacht, hier zu warten, bis die Männer des Zunftmeisters eintreffen«, versuchte Wendelgart den jungen Mann zu beruhigen. »Jetzt in der Düsternis wirst du ohnehin nichts sehen.«

»Was, wenn der Eberlin die Schatten der Nacht genutzt hat, während wir hier Däumchen drehen? Ich kann nicht verstehen, warum Gutrecht davon überzeugt ist, dass der Kerl die Stadt erst bei Tagesanbruch verlässt. Zudem ist mir schleierhaft, warum er partout dagegen war, dass ich das Haus bewache. Irgendetwas stimmt hier nicht.«

»Bitte, Ursus, beruhig dich doch. Der Zunftmeister hat uns versichert, dass seine Männer das Haus nicht aus den Augen lassen.« Wicca hielt in ihrer Arbeit inne und drehte sich zum Stallmeister um. »Zudem stehen an jedem Stadttor ebenfalls Wachen. Eberlin kann nicht entkommen, zumal die Tore doch erst bei Tagesanbruch öffnen.«

Ursus schnaubte widerwillig auf. »Eberlin ist schlau, er hat uns schon einmal überlistet, vergiss das nicht«, brummte er.

Wicca gab sich geschlagen. Sie wusste keine weiteren Vorbehalte gegen die Hitzigkeit des jungen Mannes vorzubringen, und Ursus stürzte bereits zur Tür hinaus.

»Richtet dem Herrn aus, dass ich in der Amelungsgasse bin«, rief er über seine Schulter. »Ich muss einfach Gewissheit haben, ob der Kerl noch dort ist. Der Ritter wird mich verstehen«, hörte man ihn aus der Diele lärmen.

»Er ist in großer Sorge«, meinte Wendelgart leise. »Und wohl nicht zu Unrecht. Zudem befürchtet er, dass Hanna womöglich längst tot ist. Ich will nur hoffen, dass dem nicht so ist. Ansonsten sehe ich keine gute Zukunft für den Burschen.«

Wicca erhob sich mit einem Stöhnen und trat ans Fenster. Im fahlen Mondlicht waren Ställe und Scheune nur zu erahnen. Das Wiehern eines Pferdes verdeutlichte, dass Ursus seine Worte wohl eben in die Tat umsetzte. Dann knarrte das Tor, ehe alle Geräusche wieder unter der nächtlichen Stille verschwanden.

»Lassen wir ihm einen Vorsprung. Er hat ihn sich verdient«, meinte Wendelgart. »Er wird schon keinen Unsinn anstellen.«

»Es wird Ritter Conrad aber nicht gefallen und dem Zunftmeister bestimmt noch weniger.« Wicca blickte besorgt auf die Tür. »Meister Gutrecht ist stadtbekannt für seinen Jähzorn. Wenn er seine buschigen Augenbrauen hochzieht, wagt kaum jemand ein Wort der Widerrede. Mir kam zu Ohren, dass viele seiner Zunftbrüder Angst vor ihm haben.«

»Wohl aber kaum die Männer des Großen Rates«, bemerkte Wendelgart. »So leicht kuschen die noblen Herren nicht vor einem Kaufmann, ist er auch noch so reich.«

»Reich ist die Familie Gutrecht in der Tat. Sie sollen sogar in Ulm und Köln riesige Häuser besitzen.« Wicca setzte sich wieder auf ihren Stuhl und griff sich einen Kohlkopf. »Was, denkst du, wird aus dem Geschäft der Eberlins werden, wenn Martha –«

»Noch haben sie sie nicht tot gefunden«, fiel ihr Wendelgart grob ins Wort. »Bete zu Gott, dass dies auch nicht der Fall sein wird.«

Die folgenden Stunden holte die bleierne Schwere die Frauen wieder ein. Nur das Ächzen der Kohlköpfe war zu hören, wenn sich die Messer in ihr Herz bohrten. Die Talglampe spendete kaum noch genügend Licht, doch das fiel den beiden nicht auf, ebenso wenig wie das Erwachen des Tages. Ihre Gedanken waren in weiter Ferne.

Als Ritter Conrad den Kopf durch den Türspalt streckte und nach Ursus fragte, fuhren Wicca und Wendelgart erschrocken hoch. Auf ihre Erklärung, dass der junge Mann seiner Ungeduld nachgegeben hatte und noch in der Nacht in die Amelungsgasse aufgebrochen war, reagierte der Ritter wie erwartet nicht mit Freude.

»Urteile nicht so hart, Conrad.« Endlin, angelockt durch den Tumult, tauchte hinter ihrem Gemahl auf und legte ihm eine Hand auf die Schulter. Ihre Stimme klang brüchig. »Du musst ihn verstehen. Es geht um seine Hanna.«

Da ihr Gemahl sich nicht so leicht besänftigen ließ, streichelte sie ihm sanft über die Wange. »Wie würdest du dich an seiner Stelle fühlen? Bestimmt würdest auch du nicht hier tatenlos herumsitzen, während du mich in Gefahr wüsstest. Habe ich recht?«

Der Ritter nahm die Hand seiner Gemahlin und drückte hastig einen Kuss darauf. Dann stürmte er hinaus auf die Diele und griff sich seinen Umhang. Draußen hörte man ihn fluchen.

Die Frauen traten ans Fenster. Nebel verdeckte die Sicht. Den Ritter und sein Pferd erahnten sie nur schemenhaft, ebenso den Stallburschen, der vom Poltern aufgescheucht auf das Tor zurannte. Dunkle Gestalten drängten in den Innenhof. Der Bariton des Zunftmeisters war mit einem Mal überall. Verstehen konnte man die Worte nicht, doch der Tonfall verriet, dass Gutrecht wütend wurde.

Wenige Atemzüge später war der Innenhof wieder leer, und nichts erinnerte mehr an die zehn Pferde, die eben noch hier gestanden hatten.

***

Seit seinem Eintreffen in der Amelungsgasse hielt Ursus sich in einem schmalen Durchgang zwischen zwei Häusern verborgen, das unruhig tänzelnde Pferd hinter ihm. Er wusste, dass er mit dem Tier Aufmerksamkeit erregte, doch etwas anderes blieb ihm nicht übrig. Würde ihnen Eberlin entkommen, war alles aus.

Unwillkürlich wanderte seine Hand zum Dolch in seiner

Lederscheide. Vor wenigen Augenblicken hatte es zu regnen begonnen, nicht viel, aber das kalte Nass reichte aus, um die Warterei doppelt unangenehm zu machen. Hätte sich Eberlin nicht zweimal kurz am Fenster gezeigt, hätte man durchaus glauben können, das Tuchhändlerhaus sei mauseleer.

Ursus' Ungeduld wuchs, als sich plötzlich die Tür öffnete und ein Mann in Kapuzenmantel erschien. Er unterhielt sich heftig gestikulierend mit Eberlin. Offenbar waren sich die Männer nicht einig. Dann stieg der Besucher die Außentreppe hinab und blieb kurz stehen. Obwohl Nebel und Dämmerung eine schützende Hülle um den Mann legten, war Ursus sicher, Nikolaus Gutrecht vor sich zu haben. Er musste an sich halten, um nicht über die Straße zu laufen und ihn zur Rede zu stellen. Was tat der Zunftmeister hier?

Gutrecht zog sich die Kapuze über den Kopf und eilte hinauf in die Blatten. Er schaute sich kein einziges Mal um, was nur bedeuten konnte, dass er mit keinem Verfolger rechnete.

Ursus sah ihm eine Weile nach, dann drückte er sich wieder in die Nische und wartete mit wachsender Ungeduld. Was, wenn Eberlin gar nicht daran dachte, Konradin zu Hilfe zu eilen? Wenn er womöglich gewarnt worden war? Dass Gutrecht hier mitten in der Nacht aufgetaucht war, missfiel ihm zutiefst.

Allmählich trudelten die ersten Stadtbettler ein, und auch sonst erwachte die Stadt zum Leben. Ein alter Mann mit einem Handkarren voller Schafwolle bog eben um die Ecke, hinter sich zwei bellende Hunde. Trotz des garstigen Wetters würde der heutige Wollmarkt wieder Hunderte von Kauflustigen anlocken, wohl auch deshalb, weil vor wenigen Tagen die neumodischen Spinnräder aus Köln eingetroffen waren.

Eben drückte sich ein Bettler keine zwei Meter von Ursus entfernt in eine schmale Gasse. Er beäugte das Eberlin'sche Haus, das war nicht zu übersehen. Noch bevor Ursus Gelegenheit hatte, den Mann auszuhorchen, öffnete sich das Tor, und Eberlin trat auf die Gasse. Ursus hielt den Atem an. Doch zu seiner Enttäuschung verschwand der Mann wieder hinter dem großen Tor.

»Der Kerl ist misstrauisch«, zischte ihm der Bettler mit zusammengepressten Lippen zu. »Drück dich enger in die Nische, damit er dich nicht bemerkt.«

Ursus spürte den kalten Stein in seinem Rücken. Unwillkürlich stellten sich ihm die Nackenhaare auf. Seine Finger zitterten vor Aufregung. »Wer bist du?«, fragte er leise.

»Ein Gefolgsmann des Walter von Hof. Ich soll das Haus nicht aus den Augen lassen.«

»Und wo sind die Männer des Zunftmeisters?« Ursus schaute auf einen alten Bettler, der ebenfalls in der Gasse herumlungerte. Der Mann konnte unmöglich zu Nikolaus Gutrecht gehören. Seine Gebrechlichkeit war nicht gespielt.

»Das habe ich mich selbst gefragt. Eigentlich hielt ich dich dafür.«

Ursus schüttelte den Kopf. »Etwas stimmt hier nicht.«

»Vorsicht, der Eberlin kommt«, hörte er den Bettler neben sich raunen. Gestützt auf seine Gehhilfen, humpelte der Mann in die Mitte der Gasse.

Das Tor öffnete sich zur Gänze, und Eberlin trat zusammen mit seinem Pferd heraus. Er schwang sich in den Sattel, blickte kurz nach beiden Seiten, ehe er den Blatten entgegenritt.

»Das Pferd geht langsam. Liegt wohl an den Geldsäcken an seinem Sattel«, zischte der Bettler.

Ursus schwang sich ebenfalls auf sein Pferd. Die unerwartete Hektik brachte das Tier zum Wiehern.

»Vorne an der Ecke geht er nach rechts. Beeil dich, sonst entwischt er dir«, rief der Bettler aufgeregt.

Eberlin hatte einen Vorsprung, keinen großen, doch inmitten des Gedränges konnte dieser durchaus reichen, um zu entwischen. Da heute offenbar jeder Mann in Konstanz einen schwarzen Mantel trug, musste Ursus sich gewaltig anstrengen, Eberlin nicht aus den Augen zu verlieren.

Als der Kerl die Blatten erreichte und nicht wie erwartet nach links in Richtung des Schnetztores abbog, sondern auf das Münster zuritt, trieb Ursus sein Pferd zur Eile. Tiraden von Flüchen und Verwünschungen waren die Folge. Einige der Passanten stellten sich ihm unverblümt in den Weg.

Zu allem Elend war in diesem Augenblick auch noch die Frühmesse im Münster zu Ende. Unzählige Mönche, Nonnen und sonstige Kirchgänger strömten aus dem Gotteshaus, und bald war der Münsterplatz brechend voll. Plötzlich war Eberlin verschwunden. Ursus fluchte, was ihm strafende Blicke der Kleriker einbrachte.

Viele Möglichkeiten, die Stadt zu verlassen, gab es in dieser Ecke nicht. Einzig das Schottentor war in der Nähe, welches hinaus in die Sümpfe führte.

»Ist hier ein Reiter vorbeigekommen, gekleidet in einen schwarzen Mantel?«, rief er dem Torwächter zu, noch bevor sein Pferd zum Stillstand kam.

»In der Tat. Er hat den Weg zum Wald eingeschlagen.« Der Mann wies mit der Hand auf die feuchten Felder, aus denen dichter Nebel aufstieg.

»Wo sind die Männer des Zunftmeisters Gutrecht?«, fragte Ursus barsch. »Sie sollten hier doch Wache halten.«

»Hier sind keine Männer«, brummte der Mann. »Du kannst mir glauben, die wären mir aufgefallen.«

Ursus schnaubte und trieb das Pferd weiter. Die Sümpfe waren ein idealer Ort für ein Versteck. Allerdings konnte er sich nicht daran erinnern, hier jemals eine Hütte gesehen zu haben. Für einen kurzen Augenblick wanderten seine Gedanken zur verfallenen Hütte der Hühnerelse. Dort wohnte schon ewig niemand mehr. Doch er wagte zu bezweifeln, dass Eberlin ein Versteck so nahe an der Stadtmauer gewählt hatte.

So schnell es der Nebel zuließ, trieb er das Pferd den Pfad entlang. Der Regen hatte zwar etwas nachgelassen, doch besserte sich die Sicht dadurch keineswegs. Plötzlich hörte er ein Wiehern, dann das Knirschen von Hufen auf dem steinigen Weg. Das Geräusch entfernte sich nicht, es kam näher. Ungeachtet der Gefahr trieb Ursus sein Pferd auf eine kleine Baumgruppe zu. Als eine schemenhafte Gestalt aus dem Nebel auftauchte, erreichte er eben das Dickicht. Trotz der schlechten Sicht war er sich sicher, Eberlin vor sich zu haben.

Das Pochen seines Herzens glich in diesem Augenblick einem Trommelwirbel. Er musste den Abstand vergrößern, wollte er nicht entdeckt werden.

Eberlin bog in einen kleinen Seitenweg ein, dann verschwand er inmitten des Nebels. Als Ursus sein Pferd antreiben wollte, begann dieses zu scheuen. Dabei trat es so ungeschickt auf, dass er Mühe hatte, es zu beruhigen.

* * *

Eberlin blickte immer wieder über seine Schulter. Zwar glaubte er, den lästigen Verfolger abgeschüttelt zu haben, doch sicher war er sich nicht. Als die Hütte aus dem Nebel auftauchte, beschleunigte er das Tempo. Gutrecht hatte ihn vor der Hartnäckigkeit des Stallmeisters gewarnt, und er war überzeugt, dass kein Geringerer als dieser Jungspund ihm auf den Fersen war.

Die Hütte lag verwaist da, von Konradin oder Odo keine Spur. Mit Wut im Bauch glitt Eberlin aus dem Sattel und trat über die Schwelle. Das Bild, das sich ihm bot, überraschte und verstörte ihn gleichzeitig.

In einer Ecke kauerte Martha neben der jungen Wehmutter. Zwischen ihnen lagen zwei Kinder, eingewickelt in Decken, und schrien aus Leibeskräften. Während Martha bei seinem Eintreten hastig eines der Kinder näher zu sich heranzog, rührte sich die Wehmutter nicht. Den beiden Frauen gegenüber lagen Konradin und Odo, die Glieder verrenkt, die Körper in Blutlachen. Es war unschwer zu erkennen, dass beide tot waren.

»Ihr habt diese Männer getötet?«, hob Eberlin erstaunt an, wobei sich ein kaltes Lachen seine Kehle hochpresste. »Alle Achtung, das muss man euch Weibern lassen.«

»Das waren nicht wir«, antwortete Martha gepresst. »Das haben sie schon selbst getan.«

»Sich gegenseitig umgebracht?«

Martha hustete, dabei hielt sie sich mit einer Hand den schmerzenden Unterleib. Ihre Lippen bebten vor Angst, während sie hilfesuchend zu Hanna blickte.

Der Mann machte einen Schritt auf die beiden Frauen zu, ehe er breitbeinig stehen blieb. »Meine liebe Martha, die Tage mit dir haben mir genussvolle Momente beschert, doch nun ist es an der Zeit, dass du die Wahrheit erfährst.« Er lachte.

»Ich kenne die Wahrheit längst, auch wenn ich lange Zeit dumm war. Erasmus hat mir alles erzählt. Du hast dir genommen, was nicht dir gehört, dafür kommst du vor Gericht.« Martha spuckte angewidert auf den Boden, während sie das Kind noch eine Spur fester an sich drückte.

»Und wer soll mich vor den Großen Rat bringen? Etwa du? Mir wird niemand etwas anhaben können, dazu habe ich zu mächtige Freunde.« Eberlin ging auf Konradin zu und zog ihm das Messer aus der Brust. Dann strich er es an der Hose des Toten sauber. »Was ist mit ihr?«, fragte er angriffig, wobei er mit dem Kinn auf Hanna zeigte. »Ist sie tot?«

»Das hättest du wohl gerne, du Hundsfott«, antwortete Martha schwer atmend.

Die Geburt letzte Nacht war nicht leicht gewesen, auch wenn Hanna ihr Bestes gegeben hatte. Martha hatte viel Blut verloren. Selbst wenn ihr verfluchter Mannesbruder sie nicht direkt hier tötete, lange würde sie es ohnehin nicht mehr machen.

»Ich habe dich und deinen Mittelsmann in der Kapelle belauscht«, kam es stöhnend über ihre Lippen. Der Schmerz drohte sie zu übermannen.

»Meinen Mittelsmann?«

»Ja, ich weiß, wer es ist.« Das war eine glatte Lüge, aber vielleicht erfuhr sie so den Namen des wahren Drahtziehers in diesem grausamen Spiel. Auch wenn sie ahnte, dass sie diesen Ort nicht lebend verlassen würde, ein wenig Genugtuung würde ihr die Wahrheit vielleicht bringen. »Warum musste Ulrich sterben?«, fragte sie leise.

Ein bitterböses Lachen erfüllte den Raum. Der Mann stand jetzt keine zwei Meter von ihr entfernt. Seine Augen waren voller Hass.

»Ulrich hatte alles und ich nichts. Kannst du dir vorstellen, wie es ist, Dreck zu fressen? Nein, kannst du nicht, ebenso wenig wie dein Ulrich.«

Er würde es genießen, ihr die Kehle durchzuschneiden, Martha sah es in seinen Augen.

»Aber warum bist du nicht einfach nach Konstanz gekommen und hast mit Ulrich gesprochen?« Mittlerweile hatte Martha es geschafft, auch das zweite Kind in ihre Arme zu nehmen. Sie hoffte inständig, dass die Kinder endlich aufhören würden zu schreien. »Ulrich war die Güte selbst. Er hätte dich doch mit offenen Armen aufgenommen.«

»Ich wollte nicht aufgenommen werden, ich wollte alles, alles, was mein Vater mir vorenthalten hat«, zischte der Mann wütend. »Denn wie mir meine vermeintliche Mutter vor ihrem Tod beichtete, war mein Vater erleichtert, als ich vermeintlich den Tod in den Flammen fand, sonst hätte er mich heimlich im Bach ersäufen müssen.«

»Das glaube ich nicht.« Martha versuchte sich etwas aufzurichten. »Das hätte Erasmus nie getan.«

»Da kennst du den Alten aber schlecht. Ein Hurenbock war er, hat die Mägde geschwängert. Hinter jedem Rock war er her.« Der Mann versetzte einem der Hocker einen Tritt, woraufhin die Kinder noch heftiger schrien. »Alle sollt ihr sterben«, setzte er bissig nach. »Ulrich war der Erste, und du und die Bälger werdet ihm folgen.«

Unwillkürlich zuckte Martha zurück. Mittlerweile zitterte sie wie Espenlaub.

»Vielleicht sollte ich dich doch noch ein letztes Mal nehmen, so hart und wild, dass dir Hören und Sehen vergeht.«

Eberlin packte Martha bei den Haaren und zog sie zu sich her. Die Kinder fielen ihr aus den Armen. »Allerdings habe ich dich ja bereits einem andern versprochen, wäre wohl doch keine so gute Idee. Mein Mittelsmann freut sich jetzt schon auf die Nächte mit dir, meine liebe Martha.«

Martha schrie und weinte jetzt in einem fort, während sie versuchte, sich aus dem harten Griff zu lösen. Als sie die Klinge an ihrer Kehle spürte, schloss sie die Augen. Dann lockerte sich der Griff mit einem Mal, und sie fiel zu Boden.

»Ihr braucht keine Angst mehr zu haben. Es ist vorbei«, hörte sie eine männliche Stimme aus der Ferne.

Erschrocken schlug sie die Augen auf. Überall war Blut. Ihr Mannesbruder lag an der hinteren Wand, neben ihm stand ein junger Mann.

»Ist er tot?«, hauchte sie aus unbewegten Lippen, wobei sie den Blick nur schwer vom Grauen lösen konnte.

»Nein. Den Gefallen tu ich ihm nicht. Er soll für seine Taten am Galgen baumeln«, beantwortete der junge Mann ihre Frage.

Aus den Augenwinkeln sah Martha, wie sich ihr Retter neben Hanna kniete und ihren Kopf in seine Hände nahm. Er küsste sie sanft auf die Stirn, dann zog er ihr die Decke bis zum Kinn.

»Du bist Ursus, nicht wahr?«, fragte Martha schluchzend. »Hanna hat mir von dir erzählt.«

Als sich Eberlin zu regen begann, versetzte Ursus ihm einen Tritt. Dann durchsuchte er die Hütte eiligst nach etwas Geeignetem, um den Kerl zu fesseln.

»Ohne Hannas Hilfe wären ich und die Kinder gestorben«, wimmerte Martha leise. »Trotz des Fiebers hat sie mir bei der Geburt geholfen, doch danach ist sie einfach umgefallen. Sie darf nicht sterben, nicht sie.«

Als von draußen Hufgetrampel zu hören war, weiteten sich Marthas Augen vor Entsetzen. Sie drückte sich eng an die Wand, die beiden Kinder fest gegen ihre Brust gepresst, und schrie aus Leibeskräften.

26. Kapitel

Seit zwei Wochen befand sich Hanna nun schon in einer Kammer des Eberlin'schen Hauses. Ihr Zustand hatte sich nicht wesentlich gebessert, obwohl es an Hilfe nicht mangelte. Jeden Tag kam der Stadtmedicus vorbei, gefolgt vom Apotheker. Allerdings zeigten sie sich über die Entwicklung am Krankenbett nicht allzu begeistert, denn ihre Unterhaltung wurde seit Tagen immer einsilbiger.

Wendelgart wich nicht von Hannas Seite, ebenso wenig Alma, der man den Hausarrest am Beginenhof erlassen hatte, damit sie sich um ihre Freundin kümmerte. Die beiden Frauen befolgten die Ratschläge der Gelehrten haargenau, zudem versuchten sie heimlich selbst, mit dem ein oder anderen Kraut die Genesung herbeizuführen.

Doch Hanna hustete mittlerweile so arg, dass sich das Leinentüchlein oftmals rot färbte. Zudem wollte das Fieber partout nicht sinken, trotz des vielen Tees aus Benediktenkraut und Engelwurz, Einreibungen mit Herkuleskraut und fingerdicker Zwiebelumschläge.

»Diese böse Hitze«, brummte Wendelgart. »Das hält kein Mensch auf Dauer aus.«

»Und wenn sie vielleicht doch das Läusefieber hat?« Alma trat näher an die alte Wehmutter heran. Beide schauten sie mit kummervollen Mienen auf die röchelnde Kranke. »In diesem Loch hatte es doch bestimmt jede Menge Ungeziefer.«

Wendelgart gab ein Seufzen von sich und zuckte entmutigt die Schultern.

»Der Medicus faselt immerzu von der Vier-Säfte-Lehre, und der Apotheker will nur seine eigenen Kräuter verkaufen«, zeterte die Begine weiter. »Ich habe deshalb ... nun, ich habe die alte Berta um Hilfe gebeten.«

»Die Kräuterhexe?« Wendelgart zeigte sich entsetzt.

»Genau die. So schlimm ist die nämlich gar nicht, wenn man sie kennt. Sie hat schon so manchem Konstanzer geholfen, was natürlich niemand offen zugibt. Wie gesagt, sie meint, dass Hanna womöglich von einem Dämon geplagt wird und deshalb keine Gesundung eintritt.«

Alma beobachtete die Wirkung ihrer Worte aus den Augenwinkeln. Da Wendelgart offenbar keine Einwände hatte, fuhr sie erleichtert fort. »Sie hat heute Morgen einige Wacholderzweige gebracht. Gerade jetzt im Frühling sei die Wirkung gegen den Bilwiss am stärksten, sagt die Berta. Wir sollen die Zweige unter Hannas Kissen legen.«

»Und wo sind die Zweige?«, fragte Wendelgart hastig, als Schritte auf der Stiege den Besuch der beiden Gelehrten ankündigten.

Alma rannte auf die Truhe an der Wand zu und hob den Deckel. Die Zweige verströmten einen balsamischen Duft nach frischem Wald.

»Mach vorwärts!«, zischelte Wendelgart. »Die beiden Oberschlauen kommen jeden Moment in die Kammer.«

Keinen Atemzug zu früh lag Hanna wieder auf ihrem Kopfkissen, und die beiden Frauen knieten demütig zu ihrer Linken. Die beiden Gelehrten betraten die Kammer mit finsteren Blicken.

»Habt ihr die Wickel auch wirklich alle zwei Stunden gewechselt, wie ich es euch aufgetragen habe?«, fragte der Medicus tadelnd, wobei er Hanna eine Hand auf die Stirn legte. Noch immer glühte die Haut der Kranken, was seine Laune nicht verbesserte.

»Ja, Herr«, pflichteten ihm die Frauen hastig bei. »Alles so, wie Ihr es uns aufgetragen habt.«

»Was riecht denn hier so sonderbar?« Der Apotheker hielt seine Nase schnuppernd in die Luft, während er die kleine Kammer nach Auffälligkeiten absuchte.

»Das müssen die Kräuter sein, die Ihr uns gestern gegeben habt«, erwiderte Alma schnell. »Aus Versehen ist mir etwas davon in die Kohlepfanne gefallen, verzeiht.« Die Begine senkte beschämt den Blick.

»Mir ist es ein Rätsel, warum sie nicht gesundet«, schnaubte der Medicus. »Schaut ihr auch wirklich zu, dass die Köchin sich an unsere Vorschriften hält?«, wandte er sich mit zwei tiefen Falten auf der Stirn an die Frauen. »Nur Fleischbrühe, weiche Eier und warme Milch.«

»Alles, wie Ihr befohlen habt. Fleischbrühe nur wenig, die Eier noch leicht flüssig und die Milch immer mit Thymian und Eisenkraut versetzt.« Wendelgarts Stimme zeugte von Sorge.

Die beiden Gelehrten nickten sich zu. Dann holte der Medicus das Hörrohr aus seiner Tasche und hielt es Hanna auf die Brust. »Es tönt nicht gut. Ihr Herz rast, und ihre Lungen rasseln. Wenn sich nicht bald eine Besserung einstellt, wird sie uns ersticken.«

Der Apotheker senkte betreten den Blick. Er war nicht aus so hartem Holz geschnitzt wie der Stadtmedicus, der nur Rezepte ausstellte und sich nicht um die Sorgen seiner Kranken scherte. Seine Aufgabe war es, die Krankheit zu bestimmen, für Mitgefühl war da nur wenig Platz. Der Apotheker dagegen hatte tagtäglich mit den Menschen zu tun. Er kannte ihre Sorgen und Nöte, und mit den Wehmüttern der Stadt pflegte er stets ein freundschaftliches Verhältnis.

»Es tut mir leid, Wendelgart. Wir kennen uns schon viele Jahre, dich jetzt so verzweifelt zu sehen, schmerzt mich«, sagte er nun auch.

»Macht weiter so, wie ich es euch aufgetragen habe. Der Rest liegt in Gottes Hand«, schlug der Medicus wieder einen kühlen Ton an, wobei er sich erhob und das Hörrohr zurück in seine Tasche legte. »Ich werde noch kurz nach Erasmus und der Hausherrin sehen. Begleitet Ihr mich?«, wandte er sich mit erhobenem Kinn an den Apotheker.

Bemüht um eine devote Haltung, nickte der Mann hastig. Er löste die Verschnürung seines Gürtelbeutels, allerdings tat er dies so langsam, dass der Medicus die Kammer bereits verließ.

»Hier, nehmt dieses Kraut, ist gemahlenes Stechpalmenpulver«, flüsterte er, wobei er immer wieder zur Tür schielte, ob sein Tun nicht entdeckt würde. »Ich habe in einem alten Kodex gelesen, dass es bei Lungenhusten Wunder bewirken soll. Gebt Hanna alle zwei Stunden einen Tee, aber sagt dem Medicus nichts davon. Ohne sein Rezept dürfte ich euch dieses Heilmittel nicht geben, vergesst das nicht, sonst bringt ihr mich in Teufels Küche.«

Die Frauen griffen beinahe gleichzeitig nach dem Beutel.

»Wo bleibt Ihr?«, hörte man von draußen die ungeduldige Stimme des Gelehrten.

»Ich komme, werter Medicus«, rief der Apotheker und lief dem Mann eiligst nach.

In der Nebenkammer lag der alte Erasmus. Allerdings war er kaum bei Sinnen, und wenn, dann glaubte er sich um Jahre zurückversetzt, wie Alma mitbekommen hatte. Offenbar hatte ihn das plötzliche Auftauchen seines vermeintlich toten Sohnes so aus der Bahn geworfen, dass er nicht mehr zwischen Gegenwart und Vergangenheit unterscheiden konnte. Immer wieder rief er den Namen seiner längst verstorbenen Frau und faselte von Dämonen, die die Strafe für sein Vergehen seien.

»Wie geht es ihr?« Martha steckte den Kopf durch die Tür. Sie hatte darauf bestanden, dass Hanna in ihrem Haus zur Genesung fand. Schließlich war die junge Wehmutter nur deshalb in diese missliche Lage geraten, weil sie sie um Hilfe angefleht hatte. Das schlechte Gewissen nagte an Martha, man sah es an ihren unsteten Augen.

»Unverändert«, meinte Alma seufzend. Die Angst um ihre Freundin drängte die Trauer um den Tod ihres Bruders in einen verborgenen Winkel ihres Herzens.

»Sie darf nicht sterben«, schnupfte Martha leise. »Sie war die Einzige, die mir geglaubt hat. Gott kann so etwas nicht zulassen.«

Wendelgart ging langsam auf die Tuchhändlerin zu und nahm sie in ihre Arme. Bei Kummer verkam Standesdünkel zur Nichtigkeit.

»Ihr dürft Euch nicht so grämen«, sagte sie einfühlsam, wobei sie der Frau sanft den Rücken streichelte. »Auch wenn Ihr Euch recht schnell von der Geburt erholt habt, als Kindbetterin müsst Ihr Eure Kraft einteilen. Ihr wollt doch nicht, dass Eure Kinder am Schluss auch ohne Mutter dastehen.«

Martha schniefte abermals. Die Erwähnung ihrer Söhne erinnerte sie an die Verantwortung, die fortan auf ihren Schultern lag. »Sie sind das Einzige, was mir von Ulrich geblieben ist«, flüsterte sie mit bebenden Lippen, wobei sie kurz die Augen schloss.

»Dann schaut zu, dass es den Kleinen an nichts mangelt. Eines Tages werden sie das Geschäft ihres Vaters weiterführen, und bis dahin müsst Ihr diese Stelle einnehmen.«

Martha strich sich die Tränen aus dem Gesicht und richtete ihr Gebände. Seit sie Gewissheit hatte, dass Ulrich tatsächlich tot war, trug sie Schwarz. Selbst ihre sonst stets geröteten Wangen hatten eine fahle Blässe angenommen. Sie schien die letzten Wochen um Jahre gealtert.

»Ihr solltet Euch jetzt wieder hinlegen. Das wird Euch guttun«, fuhr Wendelgart sanft fort. »Wenn Ihr die Kinder weiter stillen wollt, braucht Ihr Ruhe, sonst versiegt der Milchfluss, und Ihr braucht eine Amme.«

Wendelgarts Sorge galt nicht nur dem Stillen allein, auf dem die Tuchhändlerin partout beharrte, sondern auch der Tatsache, dass sie seit Tagen kaum etwas aß. Martha war mittlerweile so dünn geworden, dass sie ernsthaft in Gefahr schien.

Als von unten Stimmen zu hören waren, ging ein Ruck durch Marthas Körper. Sie zog ein letztes Mal die Nase hoch, dann trat sie auf die Tür zu. »Wie es scheint, bekommen wir Besuch«, meinte sie nicht sehr erfreut über ihre Schulter.

»Lasst Benz die Besucher empfangen, wenn Euch nicht danach ist«, riet Wendelgart.

»Es sind Ritter Conrad und seine Gemahlin.« Martha drehte sich mit einem gezwungenen Lächeln um. »Bestimmt kommen sie, um Hanna zu besuchen. Ich denke, das kann ich getrost euch überlassen. Zudem werden die beiden Gelehrten bestimmt noch bei mir vorbeischauen.«

Wie auf Kommando ertönte aus der gegenüberliegenden Kammer heftiges Kindergeschrei. Martha raffte ihren Rock und lief hinüber.

Ritter Conrad unterhielt sich mit Benz, wie Wendelgart am Ende der Treppe neugierig mitverfolgte. Der junge Geselle war unverzüglich ins Eberlin'sche Haus zurückgekehrt, als er vom Tod seines Herrn erfahren hatte. Mit Einwilligung der Tuchhändlerzunft führte er den Laden seither im Namen von Martha. Die Zünftler hatten ihm auch einen erfahrenen Gesellen zur Seite gestellt, bis er seinen eigenen Gesellenbrief erhalten würde.

Es war allerdings nicht nur die Liebe zum Tuchhandel, die Benz zurück ins Haus getrieben hatte. Wendelgart verkniff sich ein Lächeln. Man brauchte ihn nur zu beobachten, wenn die Herrin in seiner Nähe auftauchte. Dann färbten sich die Wangen des Gesellen eine Spur röter, und sein Eifer steigerte sich ins Unermessliche. Benz tat alles, um seiner Herrin zu gefallen.

»Und die Verhandlung beginnt also unmittelbar danach?«, hörte Wendelgart den Gesellen eben fragen. »Das wird ein Schauspiel werden.«

»Darauf kannst du dich verlassen.« Ritter Conrad lachte verhalten.

»Conrad, könntet ihr euer Gespräch vielleicht unterbrechen?« Endlin von Liebenfels mischte sich mit einem zaghaften Räuspern in die Unterhaltung der beiden Männer ein. »Eigentlich wollten wir doch zu Hanna.«

»Frauen sollte man nicht widersprechen.« Ritter Conrads Stimme klang wie immer weittragend und kraftvoll. Die Trauer um seinen Sohn verbarg er geschickt hinter einer starren Maske, ganz im Gegensatz zu seiner Gemahlin, die das Haus seither kaum noch verließ.

Einzig die Krankenbesuche bei Hanna, denen Endlin mit steter Regelmäßigkeit nachkam, brachten etwas Abwechslung in ihre Tristesse. Sie zeigte deutliche Spuren einer Melancholie. Seelenkummer durfte sich nicht anstauen, er vergiftete den Körper. Irgendwann musste sie sich darum kümmern, schwor sich die alte Wehmutter.

Um nicht als Lauscherin ertappt zu werden, schlich Wendelgart auf Zehenspitzen zurück in die Krankenstube. Sie setzte sich auf ihren Hocker und tat es Alma gleich, die bereits innig betete.

»Es geht ihr immer noch nicht besser, nicht wahr?« Endlins Stimme brach, und ihre Lippen bebten, als sie mit Ritter Conrad die Kammer betrat.

»Leider, ja.« Wendelgart hob den Kopf. »Doch wollt Ihr Euch nicht setzen? Ihr seht müde aus.«

Die Edelfrau lehnte ab, während sie einen Strauß Frühlingsblumen auf den kleinen Tisch legte.

Alma hielt den Blick starr auf die röchelnde Hanna gerichtet, die kaum genügend Luft bekam und sich doch mit aller Kraft ans Leben klammerte. In diesem Augenblick schämte sie sich für Odo und auch für sich selbst. Hätte sie besser auf ihn achtgegeben, wäre er niemals auf Abwege geraten.

»Schauen die Gelehrten auch wirklich jeden Tag nach ihr?«, fragte Endlin leise.

»Sie bemühen sich redlich. Der Apotheker bringt täglich neue Kräuter, und der Medicus hört sie ab«, antwortete Wendelgart.

»Und doch geht es nicht voran.« Endlin schluckte hart. »Mir scheint, Hanna wird immer schwächer. Wenn nicht bald ein Wunder geschieht, ergeht es ihr wie meinem kleinen Jakobus.« Sie schlug sich die Hände vors Gesicht, während ein Wimmern ihrer Kehle entwich.

»Ihr dürft Euch nicht so grämen. Denkt an das Kind unter Eurem Herzen.« Wendelgart erhob sich. »Mutterkummer überträgt sich auf das Ungeborene. Der kleine Jakobus hat es schön dort, wo er jetzt ist. Kinder kommen immer zu den Engeln, das wisst Ihr doch.«

Ritter Conrad drehte sich um und ging hinüber zum Fenster,

welches auf die Gasse hinausging. Er behielt seinen Kummer lieber für sich, auch wenn er wohl ahnte, dass er seiner Frau damit keine große Hilfe war.

Erst als die beiden Edelleute die Kammer wenig später verließen, trat auch Wendelgart ans Fenster. An diesem Morgen schien ganz Konstanz auf den Beinen zu sein. Laute Rufe hallten durch die Gasse.

»Würde mich schon interessieren, was hier los ist«, meinte sie nachdenklich. »Die Menschen wirken aufgeregter als sonst.«

Alma trat leise hinter sie. »Vielleicht gibt es auf dem Markt etwas Besonderes zu kaufen. Du weißt ja, wie begierig die Konstanzer auf alles Neue sind.«

Wendelgart zuckte mit den Schultern. Seit Tagen hatten sie und Alma die Kammer nicht mehr verlassen. Die beiden Gelehrten beharrten darauf, dass sie Hanna nicht allein ließen, doch dies hätten sie ohnehin nie getan, dazu hätte es einer so eindringlichen Ermahnung nicht bedurft.

Am Nachmittag kam abermals Besuch. Dieses Mal trieb es Klara in die Amelungsgasse. Da Lena auf Wendelgarts Anweisung und Jodoks eindringliches Bitten die Bettstatt nicht mehr verließ, kam die Magd stets allein.

»Habt ihr es schon gehört?«, platzte die junge Frau mit hochroten Wangen in die Kammer. »Heute Morgen sind wichtige Gesandte aus allen großen Städten eingetroffen. Es wird gemunkelt, dass in den nächsten Tagen das Bündnis zum Landfrieden hier in Konstanz unterschrieben werden soll.«

»Das wird Bischof Rudolf allerdings nicht gefallen«, meinte Wendelgart gedehnt, wobei sie den Kopf leicht schief hielt.

»Wohl kaum«, grinste Klara. »Der Stadtschreiber hat eben ein Dekret verlesen, in welchem sich der Große Rat einstimmig auf die Seite König Ludwigs des Bayern geschlagen hat.«

»Das bedeutet Krieg mit Bischof Rudolf.« Wendelgart schlug hastig das Kreuzzeichen. »Hoffentlich wissen diese Männer, was sie tun.«

»Das wissen die bestimmt«, ereiferte sich Klara. »Der Schreiber las etwas von neuen Rechten vor, allerdings habe ich das Ganze nicht so recht verstanden.«

»Wie wohl viele nicht«, knurrte Wendelgart. Sie griff sich den Tonkrug und füllte erneut einen der Becher, als ein Stöhnen sie herumfahren ließ.

Mit weit aufgerissenen Augen starrten die drei Frauen auf die Kranke, die sich eben auf ihre Ellbogen stützte.

»Ich habe Durst«, krächzte Hanna, während sie sich mit der Zunge über die aufgeplatzten Lippen fuhr.

Alma fasste sich als Erste und rannte auf die Bettstatt zu. Ungestüm umarmte sie ihre Freundin.

»Geh zur Seite! Du erdrückst sie noch.« Wendelgart wusste nicht so recht, ob sie lachen oder weinen sollte. Ihre Gefühle waren so in Aufruhr, dass sie den Inhalt des Bechers verschüttete. Hastig schenkte sie etwas des Tees nach, dann setzte sie das Getränk an die Lippen ihrer Lehrtochter, die augenblicklich gierig zu trinken begann. Noch bevor sie die Decken zurückgeschlagen hatte, wusste die alte Wehmutter, dass das Fieber wie durch ein Wunder gesunken war.

»Was ist geschehen?«, fragte Hanna leise, ehe sie, schon widerwilliger, einen weiteren Becher des bitteren Gebräus trank, den ihr Wendelgart hinhielt.

Abwechselnd, hin und wieder auch alle auf einmal, erzählten ihr die drei Frauen von den Ereignissen der letzten zwei Wochen. Am Schluss drückte Hanna die Augen zu. Der Tod des kleinen Jakobus – wie schrecklich musste sich Endlin von Liebenfels in diesem Augenblick wohl fühlen?

Als Wendelgart den sich anbahnenden Kummer bemerkte, gab sie ihren beiden Mitstreiterinnen ein Zeichen. Innert weniger Minuten war Hanna so abgelenkt mit Tratsch und Klatsch aus der Stadt, dass ihr kaum Zeit blieb, im Vergangenen hängen zu bleiben.

27. Kapitel

Konstanz feierte. Die Menschen liefen ausgelassen durch die Gassen, schwatzten und lachten. Das Bündnis brachte Sicherheit und lockte neue Händler und Kaufleute in die Stadt. Zahlungskräftige Bewohner bedeuteten Reichtum, Macht und Ansehen, und im Stillen erhoffte sich so mancher Bürger, dass Konstanz den Städten Ulm und Augsburg bald den Rang ablaufen würde. Allerdings wurde das Bündnis nicht in der ganzen Stadt mit der gleichen Freude aufgenommen.

Bischof Rudolf hatte in der heiligen Messe nochmals mit aller Härte daran erinnert, welche Folgen dieses Abkommen für die Stadt haben würde. Er wetterte mit erhobenem Zeigefinger von der Kanzel, und seine Stimme hatte einen drohenden Unterton. Gottesdienste würden aufhören, Sakramente und Begräbnisse versagt werden, ja gar das kirchliche Leben würde stillgelegt werden, sollte sich die Stadt wirklich auf die Seite des Königs stellen.

Es war ein verzweifelter Aufruf, denn die Meinungen waren längst gemacht, die Unterschriften auf die Bündnisbulle gesetzt. Zudem gab es eine nicht unerhebliche Zahl von Pfaffen, die sich bereits gegen ihren Bischof stellten und sogenannte verfallene Leute an gebannten Orten bestatteten. Die Zahl der Abtrünnigen stieg mit jedem Tag.

Am Tag des heiligen Pankratius begann die Verhandlung gegen Emilian Eberlin und zwei seiner Kumpane. Die übrigen Männer hatten sich heimlich aus der Stadt geschlichen.

Die Regel zu Pankratius, die da hieß: »Wenn's an Pankratius gefriert, so wird im Garten viel ruiniert, ist Pankratius aber schön, wird guten Wein man sehn«, nun, diese Regel konnte man an diesem Maitag auslegen, wie man wollte. Es war weder eisig kalt noch herrlich schön, der Himmel zeigte sich wolkenverhangen und düster.

Seit dem frühen Morgen belagerten etliche Schaulustige das Rathaus. In der ganzen Stadt läuteten die Glocken, ausgenommen in der Niederburg, von dort war kein Geläut zu hören. Dies sollte offensichtlich untermalen, dass sich Bischof Rudolf noch immer mit allen Mitteln gegen das Bündnis wehrte. Doch auch ohne dessen Läuten blieb keinem Konstanzer verborgen, dass sich heute im Rathaus Wichtiges abspielte.

Im Gerichtssaal hatte man mehrere Reihen zusätzlicher Bänke aufgestellt. Als die Tür geöffnet wurde, drängten jedoch so viele Neugierige in den Saal, dass die provisorischen Sitzgelegenheiten bei Weitem nicht reichten. Die Wächter schafften es kaum, die Menge aufzuhalten. Mit so einem Auflauf hatte man nicht gerechnet, und die beiden Büttel an der Tür wirkten völlig überfordert. Der Stadtschreiber drängte sich händeringend durch die Masse. Vorsorglich hatte man die Fenster des Gerichtssaals weit geöffnet, sodass auch draußen jedes Wort zu verstehen war.

Als das Geläut der Kirchen verstummte, steigerte sich die Aufregung. Die Gaffer auf dem Marktplatz reckten ihre Köpfe in Richtung der Gasse, in der der Reichsvogt und die Mitglieder des Großen Rates jeden Augenblick auftauchen mussten. Wie immer vor Verhandlungen besuchten die Männer auch heute Morgen erst die Messe in der Ratskapelle St. Laurenz, ehe sie im Rathaus zur Tat schritten.

Als die in ihre vornehmen Roben gekleideten Herren endlich erschienen, teilte sich die gaffende Menge nur widerwillig. Niemand wollte seinen guten Platz verlieren, schließlich harrte man schon seit Stunden hier aus. Der Schultheiß und seine Büttel mussten grob durchgreifen, damit die noblen Leute endlich ins Rathaus gelangten.

Drinnen ging es nicht anders zu. Selbst im langen Gang drängten sich die Schaulustigen. Der Stadtschreiber hob hilflos die Hände, als die Ratsherren an ihm vorbeischritten, dann eilte er ihnen hastig nach und stellte sich hinter sein Schreibpult.

Der Reichsvogt, von König Ludwig dem Bayern erst vor

zwei Jahren ins Amt berufen, nahm auf dem Podest Platz. Zu seiner Linken saß der Bürgermeister, während der Große Rat sich zu beiden Längsseiten aufteilte. Es dauerte eine Ewigkeit, bis endlich Ruhe einkehrte. Unruhiges Scharren auf den Bänken verdeutlichte die Spannung, die im Raum lag.

Emilian Eberlin und seine beiden Helfershelfer wurden durch eine Seitentür in den Saal geführt. Die blutunterlaufenen Augen und die Blessuren an Kopf und Armen verdeutlichten, dass die Turmwächter die letzten Tage nicht zimperlich mit ihnen umgegangen waren.

»Wir haben uns heute hier versammelt, um das Recht über Emilian Eberlin zu sprechen«, eröffnete der Vogt die Verhandlung mit fester Stimme, wobei er sich von seinem Sitz erhob. »Ihm wird vorgeworfen, den Tod seines Bruders Ulrich Eberlin herbeigeführt und dessen Gattin aufs Schändlichste getäuscht zu haben, indem er die Rolle seines Bruders einnahm.«

Auf ein Zeichen des Reichsvogts drängte einer der Büttel den Angeschuldigten auf den Knieschemel vor das Podest. An Händen und Füßen mit Ketten gefesselt, kam Emilian Eberlin ins Straucheln, was höhnisches Gelächter im Saal auslöste.

»Angeklagter, hast du verstanden, wessen man dich beschuldigt?«, rief der Vogt so laut, dass man auch draußen auf dem Marktplatz jedes Wort verstand.

Emilian Eberlin riss den Kopf zurück. Er musterte die beiden Männer auf dem Podest mit Eiseskälte. »Das ist eine Verleumdung. Wie kommt das Gericht überhaupt auf den Namen Emilian Eberlin? Ich bin Ulrich Eberlin, der angesehene Tuchhändler von Konstanz. Fragt den Zunftmeister Nikolaus Gutrecht. Er wird meine Worte bestätigen.«

Er drehte den Kopf siegessicher in Richtung des Publikums. Kniend konnte er jedoch nicht mehr als die erste Reihe der Männer und Frauen sehen, die ihm allesamt feindselig entgegenblickten, und so erstarrte sein hämisches Grinsen zu einer Fratze.

»Was maßest du dir an, den Namen eines angesehenen Mannes in den Mund zu nehmen?« Der Vogt schüttelte den Kopf.

»Doch soll auch dir gestattet werden, Zeugen für deine Unschuld vorzubringen. Es soll uns niemand nachsagen, dass wir die Rechtsprechung nicht nach allen Vorschriften abhalten.«

Er griff nach einem Dokument. »Allerdings werden wir erst die Zeugen der Anklage zu Wort bitten, und da muss ich dir leider mitteilen, dass auch der Zunftmeister Gutrecht darunter ist. Somit kann er nicht als Zeuge zu deinen Gunsten aussagen.«

»Was?«, bellte Emilian Eberlin wütend, wobei er an den Eisenketten zerrte. »Der Kerl treibt ein doppeltes Spiel. Bringt ihn her und befragt ihn zu seinen Treffen mit mir in St. Gallen.«

»Mäßige dich, Angeklagter.« Der Vogt klopfte mit seinem Hammer hart auf die Tischfläche. Doch bevor er das Wort wieder ergreifen konnte, schaffte es Emilian Eberlin auf die Beine. Mit vor Wut verzerrtem Gesicht drehte er sich zu den Schaulustigen um.

»Ich sehe aus wie Ulrich Eberlin, also bin ich Ulrich Eberlin. Ich beharre auf meiner Freilassung, alles andere ist rechtswidrig«, rief er mit von Hysterie getragener Stimme.

Der Vogt schien mit seiner Geduld am Ende, was auch den zwei anderen Bütteln nicht entging, die bislang an der Seite der Zuschauenden für Ruhe gesorgt hatten. Hastig eilten sie ihrem Genossen zu Hilfe, und zu dritt drückten sie den aufgebrachten Eberlin erneut auf den Knieschemel.

Als endlich wieder Ruhe einkehrte, fuhr der Mann des Königs mit harter Stimme fort: »Wie gesagt, es gibt glaubwürdige Zeugen für deine wahre Herkunft und auch für den Mord an deinem Bruder.« Der Vogt nickte in Richtung des Bürgermeisters.

»Diese Zeugen müsst Ihr mir zeigen«, lachte Eberlin voller Hohn auf, was ihm einen Hieb von einem der Büttel einbrachte.

»Für die Tat an deinem Bruder gibt es keine direkten Zeugen, wenigstens keine, die wir auftreiben konnten, da hast du durchaus recht. Allerdings gibt es eine sehr glaubwürdige Zeugin, vor der du dich mit deiner Tat gebrüstet hast, und das kommt auf dasselbe heraus.«

Emilian Eberlins Lachen haftete jetzt etwas aufbrausend

Überspanntes an. Er drehte sich um und fixierte die Gaffer mit bitterbösem Blick.

»Martha? Wo ist das Luder? Weiber lügen doch, wenn sie das Maul aufmachen«, rief er mit kratziger Stimme. »Alle hier wollen mich um mein Recht bringen. Doch ich hole mir, was mir von Geburt an zusteht, und jeder, der mich daran hindern will, wird das mit dem Tod bezahlen.«

Der Vogt gab den Bütteln ein Zeichen. Trotz der Überzahl brauchte es mehrere Versuche, bis die beiden den wild um sich schlagenden Angeklagten an einem der Eisenringe am Boden zu fixieren vermochten.

»Das war eine Morddrohung, und dafür gibt es Zeugen genug, zudem hast du eben selbst zugegeben, dass dir etwas seit Geburt vorenthalten wurde. So etwas hätte der wahre Ulrich Eberlin niemals von sich behauptet«, rief der Bürgermeister voller Empörung in den Saal, woraufhin es dem Vogt nicht gelang, den anschließenden Tumult selbst mit heftigem Hammerschlagen zu beenden.

Männer wie Frauen sprangen auf und forderten lautstark den Tod des Vaganten. Die Verhandlung drohte aus dem Ruder zu laufen, zumal sich Emilian Eberlin wie ein Berserker gebärdete. Mit einem Wink wies der Vogt die Büttel diesmal an, den Mann aus dem Saal zu führen.

Selbst als man Emilian Eberlin wieder in einer der Zellen in den Kellergewölben des Rathauses untergebracht hatte, tobte die Menge noch immer. Die Entrüstung der Konstanzer über die Frechheit dieses Mannes war derart groß, dass an eine Weiterführung des Prozesses nicht zu denken war. Kurzerhand vertagte der Vogt die Verhandlung auf den folgenden Tag.

***

Benz, der als einer von vielen im Gerichtssaal gewesen war, hastete anschließend die Amelungsgasse hoch. Er wurde bereits sehnlichst in der Krankenstube erwartet.

»Und wie war's?«, fragte Wendelgart, als der Geselle den Kopf durch den Spalt streckte. Da er seine Herrin nicht entdeckte, entfuhr ihm ein erleichterter Seufzer.

»Sie mussten die Verhandlung auf morgen verschieben. Der Eberlin hat getobt, schlimmer als ein Hammel vor dem Fleischer, doch damit haben wir ja gerechnet.« Benz grinste kurz. »Allerdings hat er meine Herrin öffentlich als Luder beschimpft und sie eine Lügnerin genannt, was gar nicht gut beim Gericht angekommen ist.«

»Das hat er gesagt?«, fragte Hanna lahm. Sie lehnte mit dem Oberkörper an der Wand der Bettstatt. Ihre Wangen wirkten noch immer eingefallen, doch allmählich zeigte ihr Gesicht wieder etwas Farbe.

»So ähnlich, aber am Schluss lief es wohl darauf hinaus.« Benz zuckte hilflos mit den Schultern.

»Der Hundsfott, der Gottelendige!«, zischte Alma wütend. »Man sollte ihm die Eier abschneiden, eines nach dem anderen, ganz langsam.«

»Alma, spricht so eine Begine?«, lachte Wendelgart. »Niemand wird dem Kerl glauben, du wirst schon sehen.«

»Man bräuchte halt glaubwürdige Zeugen, die den Verbrecher mit ihrer Aussage in die Enge treiben, damit er ein Geständnis ablegt, haben einige der Ratsherren hinter dem Rücken des Vogts gemunkelt.« Benz schaute vielsagend in die Runde.

»Den haben wir doch«, empörte sich Hanna. »Ursus hat ja ebenfalls gehört, wie er sich mit dem Mord vor uns gebrüstet hat.«

»Nur zum Teil«, bemerkte Wendelgart seufzend. »Ursus sagt selbst, dass er erst dazukam, als vieles schon gesagt worden war.«

»Dann soll er halt lügen und so tun, als ob.« Hanna verschränkte schmollend die Arme vor der Brust.

»Das ist nicht recht, und das weißt du.« Wendelgart setzte sich auf die Bettstatt und fuhr Hanna sanft über die Wangen. »Aber vielleicht reden diese nichtsnutzigen Helfershelfer ja, wenn sie endlich an die Reihe kommen«, sagte Benz. »Die Turmwächter gehen nicht gerade feinfühlig mit ihnen um, und wer weiß, wenn Prügel nicht ausreichen, ihnen die Worte zu entlocken, würden es vielleicht ein paar Pfennige tun.«

»Wir sollen die auch noch bezahlen?«, empörte sich Alma mit aufgerissenen Augen. »Die Mistkerle gehören allesamt an den Galgen.«

Wendelgart erhob sich und ging langsam auf Alma zu. Die Jahre hatten sie gelehrt, längst nicht alles so engstirnig zu sehen. Viele Wege führten zum Ziel, und manchmal musste man auch über seinen Schatten springen.

»Gräm dich nicht länger wegen Odo«, redete die alte Wehmutter tröstend auf die Begine ein. »Er war ein guter Junge, und vielleicht war er nicht der Einzige, der sich von den schönen Worten Emilian Eberlins blenden ließ. Könnte doch gut sein, dass einer seiner Helfershelfer es längst bereut, sich in diese Gesellschaft begeben zu haben.«

Alma murmelte einige unverständliche Worte, dabei drehte sie sich um und machte einen Schritt auf das Fenster zu. Die aufsteigenden Tränen hatte sie hastig weggeblinzelt.

»Aber wisst ihr, was seltsam war?« Benz kaute an seiner Unterlippe. »Der Eberlin behauptete, dass der Zunftmeister Gutrecht ein doppeltes Spiel treibe und er ihn mehrmals in St. Gallen getroffen habe.«

»Das kann nicht sein.« Wendelgart schüttelte entrüstet den Kopf. »Der Kerl versucht doch nur, seinen Hals zu retten, und dabei ist ihm jedes Mittel recht. Wir wissen doch alle, dass Nikolaus Gutrecht sich auf Drängen Ritter Conrads erst in die Sache eingebracht hat.«

»Der Vogt hat es ihm ebenfalls nicht geglaubt, zumal der Zunftmeister die nächsten Tage ja vor Gericht gegen Eberlin aussagen wird.«

Wendelgart nickte, Alma weinte, und Benz wuchs in seiner Rolle als Nachrichtenüberbringer, nur Hanna starrte nachdenklich vor sich hin. Gestern Abend, als Wendelgart und Alma ihre

Kammer für kurze Zeit verlassen hatten, war Ursus gekommen. Auch er hatte den Namen von Nikolaus Gutrecht in den Mund genommen und dabei ein zerknirschtes Gesicht gemacht. Er hatte ihr nicht alles erzählt, davon war sie überzeugt.

»Träumst du jetzt schon mit offenen Augen?« Wendelgart stupste ihre Lehrtochter lächelnd an. »Wird Zeit, dass du bald wieder auf die Füße und auf andere Gedanken kommst. Müßiggang ist nicht gut für das Gemüt.«

Noch bevor Hanna die Befürchtungen um ihr Seelenheil entkräften konnte, drehte sich Alma um. »Ursus kommt die Gasse herauf, und er hat es offenbar eilig«, meinte sie mit noch immer feuchten Augen.

Hanna kämpfte sich unter den Decken hervor und setzte sich an den Rand der Bettstatt. Das tagelange Liegen hatte zur Folge, dass ihr bei der kleinsten Anstrengung schwindelte. Zudem fühlte sich ihr Kopf an, als niste ein Schwarm Hornissen darin. Sie umklammerte das Kopfteil der Bettstatt mit eiserner Faust, während sie versuchte, den Schwindel mit heftigem Atmen zu vertreiben.

»Hört mir zu und kein Wort zu Ursus.« Sie hustete. »Ich finde den Vorschlag von Benz gar nicht abwegig. Vielleicht hilft uns Endlin von Liebenfels mit ein paar Pfennigen aus, die wir einem der Kerle als Belohnung anbieten können. Die Männer kennen Emilian Eberlin und können bezeugen, welches Leben er vor seiner Ankunft hier in Konstanz führte. Das wäre der Beweis, dass es zwei Eberlins gibt.«

Wendelgart rieb sich die Nase. »Die Edelfrau mag dich, vielleicht würde sie uns tatsächlich helfen.«

Hanna winkte die beiden Frauen mit wedelnder Hand zu sich her, während sie Benz ein Zeichen gab, die Tür im Auge zu behalten. »Zwei Beginen fallen im Mörderturm nicht auf. Wir könnten behaupten, dass die Pfaffen uns geschickt hätten, um für das Seelenheil der Männer zu beten.«

»Du willst doch nicht etwa in den Mörderturm? In deinem Zustand?« Wendelgart stemmte die Hände in die Hüften.

»Kommt überhaupt nicht in Frage. Erst wirst du wieder völlig gesund, und dann sehen wir weiter.«

»So lange können wir nicht warten, Wendelgart, und das weißt du. Wir müssen handeln. Wenn das Gericht zu keinem Urteil kommt, weil wirkliche Zeugen für die Tat fehlen, werden sie Emilian Eberlin womöglich laufen lassen. Der Vogt spricht kein Urteil, wenn er nicht davon überzeugt ist. Und was dann?«

Wendelgart schnaubte und schloss kurz die Augen.

»Sagt Ursus nichts davon, er würde es mir verbieten.« Hanna packte die Hände ihrer Mitstreiterinnen und drückte sie kurz. »Alma, du bringst mir morgen eine Beginentracht. Sobald ich mit Endlin gesprochen habe, gehen wir in den Mörderturm.«

»Und wie?«, fragte Alma skeptisch. »Du schaffst es ja kaum auf den Abort.«

»Dann bringst du mich eben mit dem Eselkarren hin, und jetzt seid still, Ursus kommt die Stiege herauf, ich höre ihn.«

Als der junge Mann die Kammer betrat, wichen Wendelgart und Alma wie geprügelte Hunde zurück. Keine von ihnen wagte es, Ursus ins Gesicht zu sehen. Auch Benz zeigte sich plötzlich wortkarg und verschwand aus der Kammer.

Ursus bemerkte die Spannung nicht, die aus jeder Ritze zu kriechen schien, er war einfach nur froh und erleichtert, da es Hanna von Tag zu Tag besser ging. Er drückte ihr einen Kuss auf die Stirn und setzte sich neben sie. Tiefe Augenringe und ein harter Zug um seinen Mund verdeutlichten, welche Qualen und Ängste auch er die letzten Tage ausgestanden hatte. Während er Hanna sanft über die Wangen strich, schlichen sich Wendelgart und Alma leise hinaus.

28. Kapitel

Das Gedränge auf den Bankreihen zeigte, welche Aufmerksamkeit auch die zweite Verhandlung um Emilian Eberlin genoss. Der Stadtmüller Jodok Waser erschien mit der ehemaligen Amme der Eberlins im Rathaus.

Die Miene des Reichsvogts wirkte an diesem Morgen angespannt, und um seine Augen lagen dunkle Schatten. Sich räuspernd, forderte er den Stadtschreiber auf, die Amme in den Zeugenstand zu rufen.

»Man bringe die Amme herein!«, rief der Mann gestelzt über die Köpfe der Schaulustigen hinweg.

Einer der Büttel lief daraufhin zur Tür und öffnete sie. Das Geraune auf den Bänken steigerte sich, als die alte Frau von Jodok in den Saal geführt wurde. Der Müllermeister redete beruhigend auf die sichtlich verängstigte Frau ein, während er sie langsam nach vorn geleitete.

»Euer Hochgeboren«, sprach Jodok mit klarer, fester Stimme, wobei er den Kopf hob und hinauf zum Podium schaute. »Die Frau hier hat solche Angst, dass sie mich bittet, ihr zur Seite zu stehen.«

»Und wer bist du?«, fragte der Reichsvogt schroff, obwohl er die Antwort längst kannte.

»Ich bin der Stadtmüller Jodok Waser, und die Amme war die letzten Wochen unter meiner Obhut.«

Emilian Eberlin saß keine zwei Meter entfernt und versuchte sich eben aus dem Griff zweier Büttel zu befreien. An Händen und Füßen gefesselt, steigerte sich seine Wut ins Unermessliche. Er keuchte und spuckte, dabei stieß er wüste Verwünschungen in Richtung der alten Frau aus, die immer mehr in sich zusammensackte. Sein Verhalten galt einzig und allein dem Zweck, die Frau noch mehr einzuschüchtern, damit sie nicht gegen ihn aussagte.

Die Menge reagierte auf das Gebrüll des Angeklagten mit Missfallen, und bald schon war es vorbei mit der morgendlichen Ruhe. Die Büttel versuchten mit Stöcken, die Ordnung wiederherzustellen, was wiederum zur Folge hatte, dass das Gekreische noch lauter wurde.

»Wenn nicht endlich Ruhe einkehrt, lasse ich den Saal räumen!«, rief der Reichsvogt wütend, unterstützt vom Bürgermeister, der mit der Handglocke versuchte, die Situation unter Kontrolle zu bringen.

Die Amme wagte kaum noch, den Blick zu heben, und Jodok befürchtete bereits, dass sie zu keinem Wort mehr fähig sein würde, brachte man den Tumult nicht endlich zum Erliegen.

Hanna saß in der Mitte der Meute, neben sich Ursus und Wendelgart. Ihr Augenmerk lag auf dem jungen Helfershelfer des Eberlin, der am Ende der vordersten Reihe saß und unruhig um sich blickte. Unwillkürlich wanderte Hannas Hand zu dem prall gefüllten Geldbeutel an ihrem Gürtel. Endlin von Liebenfels hatte sich nicht lumpen lassen. Lief alles nach Plan, würde der junge Kerl vielleicht Glück haben und mit einer Prügelstrafe davonkommen. Die Münzen würden ihm die Pein mit Sicherheit versüßen.

Ein Schmunzeln breitete sich auf Hannas Gesicht aus, als sie daran dachte, wie Alma und sie im Mörderturm um Einlass gebeten hatten. Die Wächter hatten sie mit anzüglichen Bemerkungen hinauf in die Zellen geführt. Schnell war ihnen klar geworden, welchen der beiden Halunken sie für ihr Vorhaben auswählen würden. Der dicke, reizbare Kerl mit den Grützbeuteln würde seinem Meister nicht in den Rücken fallen, dazu hatte er wohl selbst genug Dreck am Stecken, sein Mitstreiter allerdings zeigte deutliche Spuren der Verzweiflung. Kaum älter als Odo, war auch er ein Opfer des lockenden Sogs der Gauner geworden.

Während Alma den Grützbeuteligen ablenkte, hatte Hanna den jungen Kerl schnell für sich gewonnen. Die Aussicht, mit einem gefüllten Geldbeutel Konstanz den Rücken zu kehren, hatte seine Einsilbigkeit abrupt in Redewut verwandelt. So hatte sie am Schluss genau das erfahren, was sie hören wollte. Jetzt brauchte der Halunke nur all dies hier vor Gericht zu wiederholen. Allerdings gefiel Hanna nicht, wie ängstlich der Kerl immer wieder zu seinem Kumpan hinüberschielte. Selbst aus der Ferne glaubte sie, neue Blessuren an seinem Kopf zu erkennen. Was, wenn der Grützbeutelige doch etwas mitbekommen hatte?

Endlich legte sich der Tumult. Der Reichsvogt forderte die Amme auf, ihre Aussage zu machen. Die Frau erzählte stockend von den Zwillingen im Hause Eberlin und dass Erasmus ihr unter Androhung des Todes befohlen hatte, dies in Konstanz niemals zu erzählen. Der Vogt entließ sie mit wohlwollendem Nicken aus dem Zeugenstand.

Der nächste Zeuge erregte Erstaunen. Der junge Helfershelfer des Eberlin trat flankiert von zwei Bütteln vor das Podest. Als der junge Mann zum ersten Wort ansetzte, schnellte Eberlins Kopf pfeilschnell in seine Richtung. In seinen Augen lagen so viel Hass und Wut, dass der junge Mann erschrocken einen Schritt rückwärts machte.

Hanna schlug sich eine Hand vor den Mund. Hoffentlich behielt er angesichts der rasenden Wut seines Meisters die Nerven. Das Gleiche schien auch der Bürgermeister zu denken, denn er drängte den Mann zur Eile.

Mit zittriger Stimme erzählte der junge Kerl von seiner Zeit im fernen St. Gallen, vom Tod seiner Eltern, weswegen er sich dort Meister Emilian und seinen Männern angeschlossen hatte. Natürlich habe er gewusst, dass die Kerle grobschlächtig und brutal waren, doch er habe sich stets im Hintergrund gehalten. Ihm habe es einfach gefallen, dazuzugehören und nicht mehr allein zu sein. Auf die Frage des Reichsvogts, wann er denn zu dieser wilden Horde gestoßen sei, antwortete er reuig: »Vor gut sechs Monaten.«

Somit war endlich der Beweis erbracht, dass Emilian Eberlin

nicht der Tuchhändler aus Konstanz sein konnte, denn damals hatte sich Ulrich Eberlin noch rührend um das Wohl seiner Gattin und seines Tuchladens bemüht.

Als der Reichsvogt die entscheidende Frage nach dem Mord an Ulrich Eberlin stellte, schlug sich der junge Mann die Hände vors Gesicht. Die Geste war wohl etwas theatralisch, verfehlte ihre Wirkung allerdings nicht. In den Mienen einiger anwesender Zuhörerinnen zeigte sich bereits so etwas wie Mitleid.

Natürlich sei ihm die Ähnlichkeit des Meisters mit dem Tuchhändler sofort aufgefallen, als dieser mit Konradin auf die Ratskapelle St. Laurenz zugeritten kam, doch hätte er niemals geahnt, dass er in Kürze einem Brudermord beiwohnen würde. Meister Emilian habe dem Tuchhändler eigenhändig die Kehle im Turm der Kirche durchgeschnitten und dabei vor Schadenfreude gelacht. Vor das Rintburgertor geworfen, gekleidet in die Fetzen eines Bettlers, habe er seinen Bruder mit eingeschlagenem Gesicht liegen lassen.

Das war der Moment, in dem es die Schaulustigen nicht mehr länger auf den Bänken hielt. Allesamt sprangen sie auf die Füße und forderten mit lautstarkem Rufen den Galgen für den Brudermörder.

Der Reichsvogt wartete, zumal selbst die Handglocke des Bürgermeisters jetzt nicht mehr zur Ruhe verhalf. Sichtlich erleichtert, endlich ein Urteil sprechen zu können, nickte er den Männern des Großen Rates zu. Unter dem Gebrüll der Anwesenden sackte Emilian Eberlin in sich zusammen.

Als sich die Unruhe allmählich legte, erhob sich der Reichsvogt von seinem Stuhl und nickte dem Stadtschreiber zu. »Lest vor, was Emilian Eberlin zur Last gelegt wird«, forderte er ihn triumphierend auf.

»Martha Eberlin, die Gattin des Tuchhändlers Ulrich Eberlin, wirft ihrem Mannesbruder Emilian vor, ihren Gatten auf heimtückische Weise ermordet und in trügerischer Absicht seine Stelle eingenommen zu haben.«

Der Reichsvogt stützte sich mit beiden Armen auf dem

Podiumstisch ab und schaute mit finsterer Miene auf Emilian Eberlin.

»Angeklagter, hast du verstanden, was dir vorgeworfen wird?«, fragte er mit harter, von Ungeduld getragener Stimme.

Emilian Eberlin zuckte lediglich mit den Schultern. Auf ein Zeichen des Reichsvogts riss ihm einer der Büttel den Kopf grob nach hinten. Einige Männer in seiner Nähe glaubten bereits, dass der Angeklagte wieder zu Flüchen ausholen würde, als sich plötzlich ein wildes Lachen seine Kehle hochdrängte.

»Seine Stelle eingenommen«, zischte Emilian Eberlin. »Ich bin ebenso ein Eberlin, wie mein Bruder es war. Mit Absicht hat mein Vater damals weggeschaut, dieser Hurenbock. Er hat gewusst, dass ich nicht verbrannt war. Dass die Magd mich als ihr eigenes Kind ausgab, kam ihm nur recht. Ihr eigenes Kind war gestorben. In einem Loch haben meine vermeintliche Mutter und ich gehaust. Nachts machte sie die Beine breit, damit wir durch den Winter kamen. Auf dem Totenbett erst hat sie mir die Wahrheit gesagt.« Er lachte abermals. »Hätte sie es früher getan, hätte ich sie eigenhändig erwürgt. Allesamt haben sie mir mein Leben gestohlen.«

Der Reichsvogt verlor die Geduld und machte kurzen Prozess. »Emilian Eberlin, das Hohe Gericht zu Konstanz verurteilt dich zum Tod am Galgen. Das Urteil wird noch diesen Nachmittag vollstreckt.«

Die Abhandlung des Grützbeuteligen dauerte nur kurz. Eine der Badehuren aus der Vorstadt hatte vor Tagen Meldung gemacht, dass sich der Kerl an einer der Ihren so grob vergangen habe, dass sie gestorben sei. Da Leugnen hier nichts brachte, lautete auch sein Urteil auf Tod am Galgen.

Dem jungen Mitläufer wurde seine Redseligkeit belohnt, allerdings kam auch er nicht um eine Strafe herum. Zwei Büttel griffen den Mann und zogen ihn hinaus vor das Rathaus. Sie legten ihm das Halseisen um, das an der Wand des Rathauses befestigt war, ehe sie sich ihre Peitschen griffen. Zwanzig Hiebe auf den blanken Rücken sollten den jungen Kerl für alle

Zeit davon abhalten, sich abermals irgendeinem Gesindel anzuschließen.

»Schau zu, dass du in seiner Nähe bist, wenn er Konstanz verlässt«, flüsterte Hanna Ursus ins Ohr. »Auch wenn ich nicht glaube, dass er so unschuldig ist, wie er vorgibt, die Belohnung hat er sich verdient.«

»Ihr habt ihn bestochen?« Ursus' Entsetzen war echt.

»So würde ich es nicht sagen, eher, dass wir seiner Erinnerung etwas auf die Sprünge geholfen haben.«

Ursus schüttelte den Kopf. »Wer ist wir?«

Hanna senkte den Kopf. Jetzt kam sie wohl nicht mehr darum herum, Ursus von ihrer Schandtat zu erzählen. Sie war froh, dass hier ein solches Durcheinander herrschte, denn Ursus gab am Schluss nur ein empörtes Schnaufen von sich, und als sie ihm die Geldkatze in die Hände drückte, gab er sich geschlagen.

»Ich glaube, das mit der Heirat werde ich mir nochmals überlegen«, meinte er mit einem Augenzwinkern. »Da ist ja die alte Hexe Berta draußen in der Vorstadt geradezu eine Heilige.«

Hanna lächelte und drückte ihm hastig einen Kuss auf die Wange. »Gar so schlimm bin ich nun auch nicht, nicht wahr, Wendelgart?« Sie winkte die alte Wehmutter an ihre Seite und legte ihr einen Arm um die Schultern.

»Und wenn, dann wird ihr dies spätestens dann vergehen, wenn sie zur Stadthebamme ausgerufen wird«, lachte Wendelgart heiser. »Ich habe sie nämlich gestern beim Großen Rat für die Prüfung angemeldet.«

»Und warum weiß ich nichts davon?« Hanna schwankte.

»Weil du sonst wieder eine Ausrede vorgebracht hättest. Ich kenne dich allmählich gut.« Wendelgart schaute voller Stolz zu ihrer Lehrtochter hoch. »Und jetzt sehen wir uns die Prügelstrafe dieses Halunken an. Hoffentlich schlägt der Henker auch ordentlich zu. Ich will die Peitsche knallen hören.«

***

Den Rest des Tages verbrachte Hanna bei Martha Eberlin in der guten Stube. Auf der Ofenbank lag der alte Erasmus und schlief. Keine der beiden Frauen verspürte den Drang, draußen beim Galgen zu sein, auch wenn die Zeit sich quälend dahinzog. Als Alma und Wendelgart endlich durch die Tür traten, war es bereits dunkel. Der Todeskampf des Emilian Eberlin und des Grützbeuteligen hatte Stunden gedauert, zumal man die beiden nicht wie gewöhnlich am Kopf aufgehängt hatte, sondern an den Füßen. An ihren Seiten hatte man zwei Straßenköter drapiert, die gierig um sich gebissen hatten. Das Ganze war zu einer blutigen Angelegenheit verkommen. Und erst als der Henker den Tod der beiden Halunken ausgerufen hatte, hatten sich die Schaulustigen zurück in die Stadt verzogen. Der Große Rat hatte Order gegeben, die Toten bis Himmelfahrt hängen zu lassen, als mahnendes Beispiel für alle Verbrecher der Stadt.

29. Kapitel

Hannas Genesung schritt weiter voran. Da Wendelgart seit Tagen drängte, dass sie wieder zu ihr in das kleine Haus in der Vorstadt ziehen sollte, willigte sie schließlich ein. Der Abschied von Martha schmerzte. Zu viel hatten sie die letzten Wochen gemeinsam durchgemacht. Doch Wendelgart vermochte auch diese Bedenken zu zerstreuen, indem sie darauf hinwies, dass Benz so verliebt um seine Herrin herumschwänzelte, dass es manchmal beinahe schon peinlich war. Allerdings empfand Martha dies wohl nicht so, wie das wohlwollende Lächeln in ihren Mundwinkeln bewies.

Am Morgen des Abschieds stand Hanna mit neuem Rock und ordentlich geflochtenen Haaren in der guten Stube. Als von der Diele Stimmen zu hören waren, zeigte sich die Hausherrin überrascht. Zunftmeister Gutrecht betrat, gefolgt von Ritter Conrad, die Stube.

»Welche Ehre, die beiden Herren in meinem Haus begrüßen zu dürfen«, sagte Martha nach einem Räuspern, während sie die Gäste mit einer Geste aufforderte, sich zu setzen.

Nikolaus Gutrecht hielt sich nicht lange mit unnötigen Floskeln auf und kam schnell zur Sache. Kurz zog er seine buschigen Augenbrauen hoch, während er zu sprechen begann.

»Wir hatten bislang noch nicht das Vergnügen, uns persönlich kennenzulernen, daher jetzt meine Aufwartung. In der Vergangenheit bin ich mit Eurem Gatten stets gut gefahren und hoffe, dass es auch mit Euch weiter so bleiben wird.«

Hanna beobachtete die Szene voller Interesse. Sie hielt sich im Hintergrund, trotzdem entging ihr die Veränderung auf Marthas Gesicht nicht. Die Hausherrin wirkte mit einem Mal blass. Ihre Finger umklammerten die Tischplatte mit aller Kraft.

»Da es für Euch als Frau bestimmt nicht einfach sein wird, den Tuchhandel weiterzuführen, wollte ich meine Hilfe anbieten«, fuhr der Zunftmeister mit einem Seitenblick auf Ritter Conrad fort. »Ich wäre bereit, Euch den Laden abzukaufen, natürlich zu einem ehrenhaften Preis. Deshalb hat mich auch Ritter Conrad begleitet, damit alles seine Richtigkeit hat.«

Da Martha nur gebannt auf den Zunftmeister starrte und keine Silbe von sich gab, änderte Gutrecht seine Taktik. Seiner Stimme haftete mit einem Mal eine ungewohnte Feinfühligkeit, ja fast Schmeichelei an.

»Ich könnte Euch natürlich auch mit Rat und Tat zur Seite stehen, wenn Ihr nicht verkaufen wollt. Es wäre mir eine Ehre, Euch einen meiner besten Gesellen zur Seite zu stellen, und selbstverständlich käme ich auch regelmäßig vorbei, um nach dem Rechten zu sehen. Einer Witwe steht es zu, das Geschäft ihres Gatten ein Jahr weiterzuführen. Doch dann solltet Ihr Euch entscheiden.«

Martha schluckte hart. Dann reckte sie das Kinn. »Ich werde mir Eure Vorschläge durch den Kopf gehen lassen, werter Zunftmeister.« Ihre Stimme zitterte. »Doch macht Euch nicht zu viel Hoffnungen, weder auf das eine noch auf das andere. Ich habe einen sehr guten Gesellen, der das Geschäft durchaus im Sinne meines Mannes weiterführen kann.«

»Ich wollte Euch nur meine Hilfe anbieten«, entgegnete Nikolaus Gutrecht hörbar beleidigt. »Solltet Ihr Eure Meinung in der Zukunft doch noch ändern, wisst Ihr, wo ich zu finden bin.« Er erhob sich von seinem Stuhl. Enttäuschung und Wut lagen auf seinem Gesicht.

»Kommt Ihr?« Ritter Conrad hatte sich ebenfalls erhoben und stand bereits unter der Tür. »Wir wollen die Hausherrin nicht länger stören, zumal sie bestimmt wichtige Pflichten zu erfüllen hat.«

Gutrecht gab ein zustimmendes Brummen von sich. Mit einer angedeuteten Verbeugung drehte er sich um, und gemeinsam verließen die beiden Männer das Haus.

»Ich werde mich dann auch auf den Weg machen.« Hanna räusperte sich, wobei sie stolz auf ihren neuen Rock schaute.

Jetzt ging ein Ruck durch Marthas Körper. Die Starre löste sich, und sie schlug sich die Hände vor den Mund. Kreidebleich blickte sie auf Hanna.

»Emilian hat sich einmal mit einem Mann in der Ratskapelle getroffen, kurz bevor er mich in die Kammer einsperrte«, flüsterte sie mit bebenden Lippen. »Dieser Mann war Nikolaus Gutrecht, ich habe seine Stimme wiedererkannt.«

»Seid Ihr Euch sicher?«

Martha nickte.

»Großer Gott, wenn das stimmt, dann seid Ihr womöglich noch immer in Gefahr.« Hanna legte der zitternden Martha eine Hand auf die Schulter. »Der Kerl will Euren Laden, daran hat er eben keinen Zweifel gelassen.«

Die Gewissheit, dass hinter den Gräueltaten ein Mann wie Nikolaus Gutrecht steckte, schürte Angst. Wie weit würde er noch gehen?

Hanna wagte sich nicht vorzustellen, was noch alles geschehen würde, saß er erst im Großen Rat. Denn lange würden sich die alteingesessenen Konstanzer nicht mehr gegen dieses Begehren der Zünftler wehren können.

»Er wird den Laden nie bekommen, nicht solange ich lebe.« Martha warf den Kopf in den Nacken und presste die Lippen aufeinander. »Ich werde um alles kämpfen. Ulrichs Tod soll nicht vergebens gewesen sein.«

»Und wenn wir Ritter Conrad ins Vertrauen ziehen?«, fragte Hanna verlegen. »Vielleicht hilft er uns.«

»Sich gegen den Zunftmeister stellen?« Martha lachte höhnisch auf. »Das wird er niemals. Es ist besser, du behältst all dies für dich. Ich will nicht, dass der Kerl auch dir das Leben schwer macht, und das würde er, wüsste er, dass wir ihm auf die Schliche gekommen sind.«

Hanna zögerte. Konnte der Zunftmeister so einfach davonkommen? Das durfte nicht sein. Mit einem klammen Gefühl in der Magengegend verließ sie das Tuchhändlerhaus.

»Endlich«, empfing Wendelgart sie draußen auf der Gasse

ungeduldig. »Es war doch abgemacht, dass ich dich nach dem Morgenläuten abhole.«

»Es kam noch unverhoffter Besuch, sodass es halt nicht vorher ging«, entschuldigte sich Hanna.

»Ritter Conrad und der Zunftmeister. Ich habe sie gesehen. Gutrecht war fuchsteufelswild, hat geflucht wie ein Berserker, als er in seine Kutsche stieg.« Wendelgart schaute auffordernd in Hannas Richtung.

»Erzähle ich dir später, ist nicht so wichtig«, winkte Hanna lahm ab. Allerdings ahnte sie, dass Wendelgart keine Ruhe geben würde, bis sie den Grund für Gutrechts Wut erfahren hatte.

Hanna hatte darauf beharrt, den Weg durch die Stadt zu Fuß hinter sich zu bringen und nicht auf einem Eselkarren. Der Marsch würde ihr guttun, zudem würde sie so jede Menge Leute sehen und ganz nebenbei den neuesten Klatsch erfahren. Wendelgart hatte sich geschlagen gegeben und schweren Herzens auf Jeremias' Eselgespann verzichtet.

Als die beiden Frauen das Haus des Goldschmieds Hagen passierten, verlangsamte Hanna ihren Schritt und blickte nachdenklich die steinerne Fassade hoch.

»Lazarus Hagen hat noch nicht wieder geheiratet, wenn es das ist, was dich interessiert.« Wendelgart lachte. »Die junge Braut ist ihm abgesprungen. Er war ihr wohl zu geizig.«

Hanna seufzte. Wendelgart wusste nichts von ihrem Besuch draußen beim Leprosorium, war auch besser so, sie würde es womöglich nicht verstehen.

Viele Konstanzer grüßten Hanna herzlich und erkundigten sich mitfühlend nach ihrer Genesung. Die Entführung hatte sich in Windeseile in der Stadt herumgesprochen und große Bestürzung ausgelöst. Hanna war beliebter, als sie selbst geahnt hatte. Die ehrliche Betroffenheit der Menschen trieb ihr die Tränen in die Augen.

»Lass uns den Weg über die Marktstätte nehmen«, bat sie leise, wobei sie einer schwangeren Frau freundlich zunickte.

Inmitten des Marktgetümmels schien es ihr, als sei halb Konstanz guter Hoffnung. Sie glaubte, allein an die zwanzig Frauen zu zählen, die dicke Bäuche vor sich hertrugen.

»Die Arbeit wird dir so leicht nicht ausgehen«, lachte Wendelgart, wobei sie ihre Lehrtochter mit stiller Genugtuung beobachtete.

»Etwa das Gleiche dachte auch ich gerade.« Hanna grinste hinter vorgehaltener Hand.

Wie herrlich es sich anfühlte, Teil dieser vielen Menschen zu sein. Krankheit lehrte Demut und Dankbarkeit, denn es war nicht selbstverständlich, den Lungenhusten heil zu überstehen, das wusste sie nur zu gut.

»Hast du die letzten Tage etwas von Lena gehört?«, fragte Hanna neugierig. »Sie fehlt mir so schrecklich.«

Wendelgart griff sich die Hand ihrer Lehrtochter und drückte sie fest. »Gräm dich nicht. Mit Lena ist alles bestens, solange sie im Bett bleibt.«

Wendelgart hob mahnend einen Finger. »Komm du ja nicht auf den Gedanken, sie die nächsten Tage zu besuchen«, sagte sie streng. »Du brauchst all deine Kräfte für die Hebammenprüfung. Zudem würdest du ohnehin keine Zeit finden, denn wir werden jede Gelegenheit nutzen, um deinem Kräuterwissen den letzten Schliff zu geben. Ich kenne noch jede Menge Geheimmixturen, von denen du bislang keine Ahnung hast.«

Hanna wagte nicht recht zu fragen, was Wendelgart mit Geheimmixturen meinte. Ihre Lehrmeisterin hantierte doch nicht etwa im Verborgenen mit Hexenkräutern?

Als die beiden Frauen wenig später das Stadttor erreichten, schielte Hanna beklommen die Straße hoch. Auch wenn sie von hier den Galgenhügel nicht sah, so wusste sie doch, dass die beiden Kerle noch immer am Strick baumelten. Viel sei allerdings nicht mehr von ihnen übrig, hatte Ursus ihr gestern mit sichtlicher Freude erzählt, die Krähen hätten ganze Arbeit geleistet.

Wendelgart schien ihr Zögern zu bemerken, denn sie drängte sie hastig dem Rindermarkt entgegen.

Die Vorstadt hatte sich die letzten Wochen verändert. Überall auf den Wiesen zeigte sich saftiges Grün. Das gelbe Scharbockskraut streckte seine Köpfe vorwitzig zwischen den blauen Leberblümchen hervor, während sich Teppiche voller Schlüsselblumen sanft im Wind bewegten. Es roch herrlich. Selbst der nahe Mühlbach mit seinem immerwährenden Gestank vermochte die Idylle nicht zu trüben.

Als Wendelgarts Hütte vor ihnen auftauchte, beschleunigte die alte Wehmutter ihre Schritte, sodass Hanna keuchend hinter ihr herlief. Langes Laufen zehrte an ihren Kräften, und ihr Körper würde wohl noch eine ganze Zeit brauchen, bis er seine alte Frische wiedererlangte. Erschöpft lehnte sie sich gegen den Türpfosten, während Wendelgart bereits im Innern verschwunden war. Tief Atem holend, trat auch sie über die Schwelle.

»Willkommen zu Hause«, schallte es plötzlich aus allen Winkeln der kleinen Hütte.

Ganz überwältigt von der überbordenden Herzlichkeit starrte Hanna auf die Gestalten, die ihr entgegenkamen. Jetzt verstand sie auch Wendelgarts Eile.

»Schön, dich wieder bei uns zu haben«, flüsterte ihr Ursus ins Ohr, während Alma ihn sanft, aber bestimmt zur Seite schubste, um sie zu umarmen.

Doch am meisten freute sich Hanna über Lena, die ihr beide Arme entgegenstreckte. Noch bevor Jodok, der wie ein Wachhund an der Seite seiner Frau stand, einen Einwand vorbringen konnte, rannte Hanna auf ihre Freundin zu und drückte sie fest an ihre Brust.

»Ich hatte solche Angst um dich«, weinte Lena leise. »Dich ein zweites Mal zu verlieren, hätte ich nicht überlebt.«

»Ich bin zäh, das weißt du doch«, meinte Hanna mit tränenerstickter Stimme. »Wie bist du überhaupt hierhergekommen, ich dachte, du musst liegen?«

»Jodok hat mich mit dem Eselgespann gebracht. Hat schön geholpert, doch das habe ich Jodok natürlich nicht gesagt«, flüsterte Lena mit einem verschmitzten Lächeln. »Wendelgart sagt, wenn das Kind jetzt kommen sollte, wäre es nicht allzu schlimm.«

Hanna stöhnte. Vor Aufregung brummte es in ihrem Kopf wie in einem Wespennest.

»Die Herrin Endlin lässt dich recht herzlich grüßen.« Ursus nickte ihr zu. »Sie hat euer Erdloch bis zum Rand mit guten Sachen füllen lassen.«

Wendelgart fuhr sich mit der Zunge über die Lippen und verdrehte vor Wonne die Augen. »Schinken, Speck und jede Menge Kohl und Rüben. Hungern werden wir die nächsten Wochen wahrlich nicht müssen.«

Der Rest des Nachmittags verging wie im Fluge, und als sich die kleine Gruppe allmählich wieder in alle Himmelsrichtungen zerstreute, saß Hanna erschöpft auf einem Hocker in der Küche. »Täusche ich mich, oder ist hier alles irgendwie verändert?«, fragte sie müde.

»Du täuschst dich nicht. Diese Halunken um den falschen Eberlin haben meine Hütte verwüstet. Ursus und Jodoks Geselle Peter haben alles neu gezimmert, ja selbst die Kräuterstube haben sie aufgeräumt. Allerdings nicht so ordentlich, wie du es immer tust. Ich glaube, das kann niemand.« Wendelgart strahlte.

Der Stolz in der Stimme ihrer Lehrmeisterin war nicht zu überhören und trieb Hanna erneut Tränen in die Augen. Die Zeit mit Wendelgart ging zu Ende, daran war nicht zu rütteln. Die alte Frau war ihr wie eine Mutter ans Herz gewachsen.

»An was denkst du?«, fragte Wendelgart leise. Sie stand am Fenster und blickte den Schatten der Nacht entgegen, die sich langsam über Konstanz legten.

»Nicht wichtig«, entgegnete Hanna ebenso leise. Sie erhob sich und trat an die Seite der alten Frau. Zärtlich legte sie ihr einen Arm um die mageren Schultern. Lange Zeit standen sie nur so da, jede in ihre Erinnerungen versunken.

**

Drei Tage später klopfte es an die Tür des kleinen Hauses. Hanna und Wendelgart befanden sich in der Kräuterstube und gingen akribisch jedes einzelne Kraut durch.

»Wer kann das sein?« Hanna schüttelte ihren Rock aus und lief zur Tür.

Draußen stand ein kleiner Botenjunge und streckte ihr ein Stück Pergament entgegen. Als Hanna ihm eine Münze zustecken wollte, wehrte er hastig ab. »Haben die Ratsherren schon getan«, meinte er grinsend und rannte mit wehenden Haaren davon.

»Was wollte er?« Wendelgart steckte neugierig ihren Kopf aus der Kräuterstube.

Hanna entrollte das Stück Tierleder und las. Am Ende schluckte sie trocken. »Ich soll morgen ins Rathaus kommen.«

»Endlich, die Prüfung!« Wendelgart klatschte vor Freude.

»Erst wird mich der Stadtmedicus einer Befragung unterziehen, und sollte alles zu seiner Zufriedenheit enden, werde ich vor versammeltem Rat den Hebammeneid schwören.« Hanna war kreidebleich geworden.

»Du hast doch nicht etwa Angst?« Wendelgart lachte. »Brauchst du nicht. Der Mann will dir nichts Böses, obwohl er dir strenger als sonst erscheinen wird. Schlechte Hebammen kann Konstanz nämlich nicht gebrauchen.«

Als Hanna noch immer gebannt auf das Stück Tierhaut in ihren Händen starrte, fügte Wendelgart tröstend bei: »Du wirst die beste Wehmutter werden, die Konstanz je gesehen hat. Glaub es mir. Beantworte alle Fragen so, wie ich es dir beigebracht habe.«

Den restlichen Tag war Hanna kaum zu gebrauchen. Wendelgart ahnte, welche Angst die junge Frau ausstand. Ihr war es vor vielen Jahren nicht besser ergangen. Doch Hanna würde es schaffen, da war sie sich sicher.

Anderntags fuhren sie mit Jeremias' Eselgespann zum Rathaus. Hanna trug den neuen blauen Leinenrock von Martha Eberlin und eine weiße Schürze. Ihre Unruhe konnte sie nicht verbergen.

Als die beiden Frauen die Treppe zum Rathaus hochstiegen, lud die Ratsglocke eben zur Versammlung. Der Stadtschreiber begrüßte sie hastig, ehe er Wendelgart zu verstehen gab, draußen zu warten. Hanna führte er nach kurzem Klopfen in die Ratsstube.

Im Raum saßen zu beiden Seiten nicht die erwarteten zehn Ratsherren, sondern lediglich derer vier, wie Hanna mit Erleichterung bemerkte. Walter von Hof und Conrad von Liebenfels waren zwei davon. Hanna ging langsam nach vorn. Neben dem Bürgermeister saß der Stadtmedicus, der sich jetzt erhob. Hanna wagte kaum, den Kopf zu heben. Den Blick starr auf ihre Stiefel gerichtet, nestelte sie nervös an ihrer Schürze.

»Du brauchst keine Angst haben.« Der Stadtmedicus sprach jetzt langsam, jedes Wort betonend. »Beantworte einfach meine Fragen, so wie es dich deine Meisterin die letzten Jahre gelehrt hat.«

Hanna nickte. Als sie an Wendelgart dachte, ging ein Ruck durch ihren Körper. Wendelgart war die beste Lehrmeisterin gewesen, die sie sich hätte wünschen können. Bestimmt würde sie es nicht begrüßen, wenn sie jetzt so kummervoll dastand und ein Bild des Elends bot. Sie hob den Kopf.

»Dann werden wir jetzt beginnen.« Der Mann kam langsam um den Tisch herum, die Arme vor der Brust verschränkt. »Wie erkennst du, wann die Geburtswehen einsetzen? … Wann ist die Geburt so weit, dass die Gebärende pressen darf? … Wie funktioniert eine Nottaufe?«

Hanna beantwortete alle Fragen. Anfänglich war ihre Stimme noch begleitet von einem Zittern, doch je länger sie den weiteren Fragen des Gelehrten lauschte, desto zuversichtlicher wurde sie. Am Schluss ging der Medicus zurück an seinen Platz, schrieb etwas in ein dickes Buch, ehe er erst dem Bürgermeister, dann den Ratsherren zunickte.

»Wir sind sehr zufrieden mit dir.« Der Bürgermeister griff

sich das Buch, welches ihm der Medicus zuschob. »Du hast alle Fragen zu unserer Zufriedenheit beantwortet.«

Hanna fiel ein Stein vom Herzen. Verlegen schielte sie in Richtung Ritter Conrads, der ihr einen aufmunternden Blick zuwarf.

»Wir werden dich als Stadthebamme in den Dienst nehmen«, fuhr der Bürgermeister fort. »Der Lohn ist nicht allzu hoch, doch angemessen. Du erhältst zwölf Gulden im Jahr, zudem ein Haus in der Stadt. Du verpflichtest dich, stets zum Wohle der Stadt zu arbeiten.«

Hanna nickte.

»Dann lege deine rechte Hand auf dieses Buch und sprich den Eid nach, den ich dir jetzt vorlesen werde.«

Hannas Finger zitterten, als sie den mit Edelsteinen verzierten Einband berührte.

»Ich gelobe, meine Hebammentätigkeit stets mit Sorgfalt, Demut und Bescheidenheit auszuführen, ich verzichte auf jegliches Eigenlob, helfe allen Frauen, reich wie arm. Sollte ich außerhalb der Stadt zu Hilfe gerufen werden, komme ich dem ebenfalls nach, sollte ich bei einer Geburt in Schwierigkeiten geraten, scheue ich mich nicht, eine andere Hebamme zurate zu ziehen.«

Hanna schloss die Augen und bemühte sich, jedes Wort laut und deutlich auszusprechen.

»Diesen Eid wirst du ab jetzt jedes Jahr nach Ostern erneuern. Sollte uns zu Ohren kommen, dass du deinem Handwerk zuwidergehandelt hast, liegt es in unserer Macht, dich aus der Stadt zu verweisen.«

Hanna nickte ergeben. Die Erinnerung an Wendelgarts spezielle Kräutermixturen trieb ihr die Röte ins Gesicht. Hoffentlich deuteten die Männer ihre kurze Unsicherheit lediglich als Zeichen ihrer Aufregung.

»Dann entlassen wir dich jetzt als unsere neue Stadthebamme.«

Die Männer erhoben sich allesamt und klatschten. Hanna übte sich in einem Lächeln.

»Dürfte ich vielleicht noch etwas fragen?«, hauchte sie. »Ich möchte kein Haus in der Stadt, ich würde gerne bei Wendelgart in der Vorstadt wohnen bleiben.«

»Das Haus ist schon so alt, dass es bald in sich zusammenfällt«, erwiderte der Bürgermeister erstaunt. »Hier in der Stadt gäbe es deutlich bessere Häuser.«

Hanna blickte flehend in die Runde. »Lange kann Wendelgart ihre Arbeit nicht mehr machen, und dann will ich für sie sorgen.«

Einige der Ratsherren räusperten sich verlegen.

»Wenn das dein Wunsch ist, werden wir dem natürlich nachkommen. Wie gesagt, der Eid wird jährlich erneuert, und wer weiß, bis dahin kommst du vielleicht doch auf den Geschmack, ein Haus in der Stadt beziehen zu wollen.«

Hanna gehörte nicht in die engen Gassen der Stadt, ihre Liebe galt der Vorstadt mit ihren grünen Wiesen, den Schotterstraßen und dem stinkenden Mühlbach. Dort fühlte sie sich wohl. Doch das würde sie den noblen Ratsherren nie sagen.

Sie knickste artig, wie Wendelgart es ihr beigebracht hatte, und ging um eine Last erleichtert auf die Tür zu. Stadthebamme – eine einstige Leibeigene aus Veltkirchen –, schade, dass ihre Mutter diesen Augenblick nicht erlebte.

Auf dem Gang erwartete Wendelgart sie voller Ungeduld. Als die Wehmutter das Strahlen auf Hannas Gesicht sah, entwich ihr ein heiserer Freudenschrei. Sie umarmte sie und drückte ihr einen Kuss auf die Wange. Wieder einmal spürte Hanna, wie dünn Wendelgart geworden war, wie gebrechlich sich ihr Körper anfühlte.

»Wenn es dir recht ist, werde ich vorerst bei dir wohnen bleiben. Der Rat hat zugestimmt, du brauchst dich also gar nicht dagegen zu wehren.«

Wendelgart löste sich sanft, aber bestimmt aus der Umarmung und machte einen Schritt rückwärts. »Eigentlich wollte ich es dir nicht jetzt sagen. Ich werde meinen jährlichen Eid nicht mehr ablegen und stattdessen zu meiner Schwester auf die andere See-seite ziehen.«

»Du lässt mich allein?« Hanna schluckte hart.

»Du bist nicht allein. Schau durch das Fenster.« Wendelgart trat einen Schritt zur Seite. »Da draußen wartet dein Leben. Gib ihm endlich dein Jawort, er hat es verdient.«

Als Hannas Blick auf Ursus fiel, der unruhig auf dem Fischmarkt auf und ab lief, traten ihr Tränen in die Augen.

»Lauf zu ihm!«, forderte Wendelgart mit ungewohnt harter Stimme.

Hanna fuhr sich mit der Hand über die Augen und nickte. Sie lächelte Wendelgart zu, dann rannte sie die Stufen hinab.

Ursus kam sofort auf sie zu. »Bestanden?«, fragte er grinsend, was ihm einen Boxhieb von Hanna eintrug.

»Was hast du denn gedacht?« Hanna blickte kurz hinauf zum Fenster. Wendelgart stand noch immer da. »Ja, ich will«, sagte Hanna.

»Was?«

»Dich heiraten, du dummer Kerl.« Hanna lachte und weinte jetzt beinahe gleichzeitig. »Aber bevor du das Aufgebot bestellst, gehen wir auf den Seelenacker. Ich möchte das Grab des kleinen Jakobus besuchen.«

Ursus griff ihre Hand und zog sie sanft an seine Seite. Gemeinsam schritten sie erst über den Fischmarkt, dann die Marktstätte hoch. Sie bogen eben in die Stadelhofergasse ein, als sich ihnen von hinten ein Eselgespann mit Kinderlachen näherte. Erstaunt traten sie zur Seite.

»Ihr geht wieder hinaus zu Lisbeth?«, fragte Hanna so leise, dass nur die beiden Frauen auf dem Kutschbock sie hören konnten.

»Jede Woche am selben Tag zur selben Zeit.« Die Amme trug den kleinen Johannes Felix im Arm.

»Und wie geht es ihr?«, fragte Hanna zögerlich.

»Sie winkt uns zu und wir zurück. Die Kinder wissen nicht, warum wir stets auf dieser Wiese eine Rast einlegen. Sie werden es auch nie erfahren.« Die Köchin seufzte. »Doch solange Lisbeth Hagen am Tor des Leprosoriums erscheint, werden wir dort hinausfahren.«

Hanna schwieg. Der aufsteigende Schmerz raubte ihr die Stimme. Mit Tränen in den Augen schaute sie zu dem Gespann, als es langsam dem Schnetztor entgegenratterte.

Danksagung

Ich danke dem Emons Verlag, dass dieses Buch trotz der widrigen Umstände und aller Unsicherheiten, die Corona uns beschert hat, wieder mit einem so herrlichen Cover erscheint.

Ebenfalls danke ich meiner Lektorin Hilla Czinczoll für die großartige Zusammenarbeit und die Entschlossenheit, auch aus dem zweiten Band um die Wehmutter Hanna ein wunderbares Buch zu machen.

Ein großer Dank gebührt auch meinem Agenten Dr. Michael Wenzel, ohne den ich nie so weit gekommen wäre.

Ebenfalls bedanke ich mich wieder bei der Kulturstiftung Liechtenstein, die mir hilfreich unter die Arme gegriffen hat.

Und am Schluss gebührt auch meiner Familie wieder ein ganz großes Dankeschön. Allesamt hielten sie mir den Rücken frei, wenn ich wieder einmal für Stunden ins Mittelalter abgetaucht war.

Doris Röckle
DIE WEHMUTTER VOM BODENSEE
Broschur, 352 Seiten
ISBN 978-3-7408-1146-4

Bodensee, 1323: Kaum entdeckt die junge Hanna in Konstanz ihre
Liebe zum Hebammenamt, schreckt ein heimtückischer Giftmord
die Reichsstadt auf. Die Mörderin ist schnell gefunden, ebenso
schnell ihr Motiv: Missgunst. Aber Hanna glaubt nicht an die Schuld
der Edelfrau und beginnt mit Nachforschungen. Bald schon taucht
sie tief in die Intrigen ein, die in den Gassen von Konstanz gesponn-
nen werden. Doch ihre Neugier entgeht auch den wahren Mördern
nicht, und Hanna muss um ihr Leben bangen …

www.emons-verlag.de